JN199569

MY BELOVED WORLD

Sonia Sotomayor

私が愛する世界

ソニア・ソトマイヨール
長井篤司 訳

亜紀書房

MY BELOVED WORLD
by Sonia Sotomayor

This translation published by arrangement with Alfred A. Knopf, an imprint of The Knopf Doubleday Group, a division of Penguin Random House LLC through The English Agency (Japan) Ltd.

１歳の私。父と母の間で

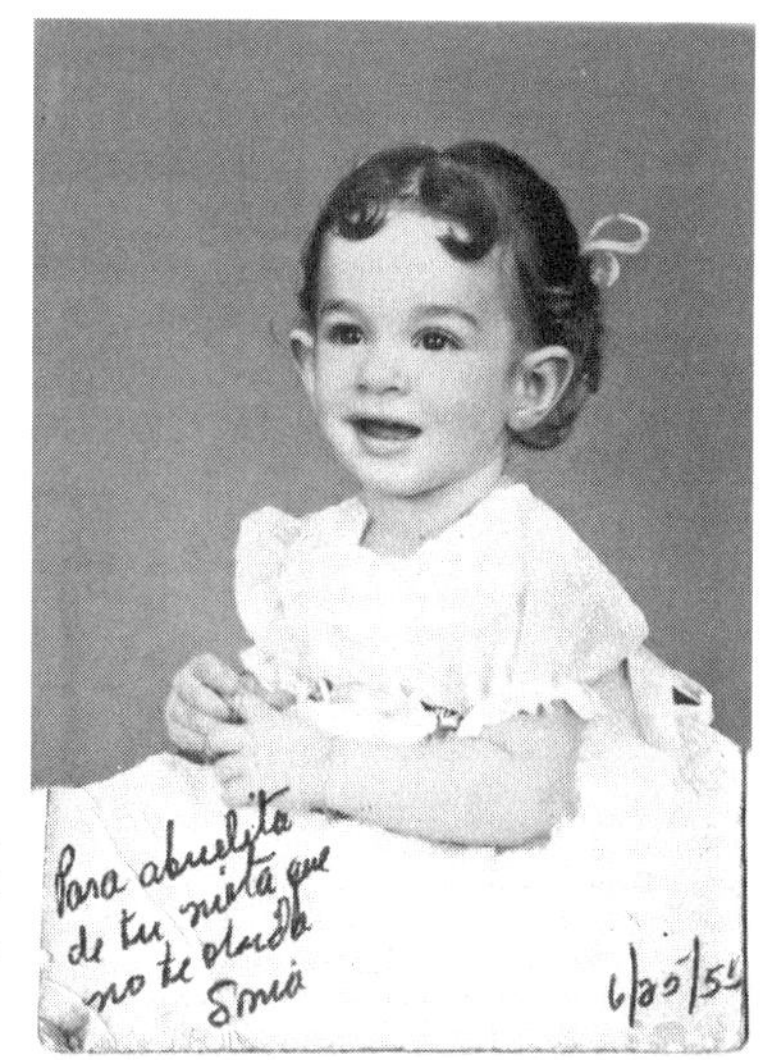

１歳の誕生日。その数年後、「おばあちゃんへ、あなたを決して忘れない孫娘より。ソニア」と書き入れ、記念として祖母に贈った写真

右から母セリーナ、彼女の義
母メルセデス、義妹グロリア

祖母と二番目の夫ガジェゴ。
プエルトリコにて

ニューヨーク到着直後
の若かった父ジュリ

婦人部隊のセリーナ。
当時19歳

2歳のフアン・ルイス(ジュリ)・ソトマイヨール。セリーナと交際を始めた頃に彼女に渡したもの。裏に以前の祖母への献辞が添えられている

POST CARD

CORRESPONDENCE

ADDRESS

PLACE STAMP HERE

A mi querida abuelita dedico este humilde recuerdo en prueba del amor que le profesa

Su nietecito
Juan Luis Soto

「おばあちゃんへ、愛の証の記念に。あなたの小さな孫、フアン・ルイス・ソトマイヨール」

1 歳の誕生日を迎えたジュニアと。本書を執筆する過程で、この写真に添えられていた父の手書きメモを 54 年ぶりに発見

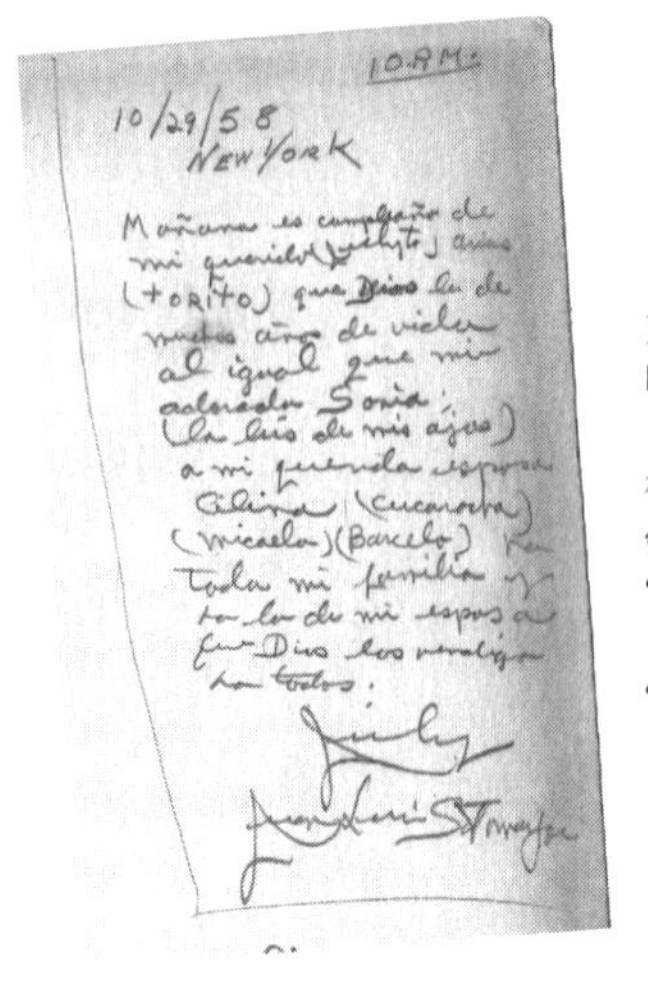

10.P.M.

10/29/58
NEW YORK

Mañana es cumpleaño de
mi querido [illegible] [illegible]
(TORITO) que Dios le de
muchos años de vida
al igual que mi
adorada Sonia
(la luz de mis ojos)
a mi querida esposa
Celina (cucaracha)
(micaela) (Barcelo) [illegible]
toda mi familia y
toda la de mi esposa
que Dios los bendiga
a todos:

Juli

Juan Luis Sotomayor

1958 年 10 月 29 日、午後 10 時
明日は、愛する息子「小さな闘牛」
ジュリートの誕生日。かわいいソニアと同様、
彼にも長い人生を与えたまえ。
愛するセリーナ、“クカロチャ”“ミカエラ”
“バルセロ”や家族みんなに、神のご加護を

“ジュリ”フアン・ルイス・ソトマイヨール

ジュリの陽気さは徐々に失われていった

ラディエータ工場でのジュリ（左端）

私は人形よりも銃のような男の子のおもちゃが好きだった。父が飾り付けをしたクリスマスツリーのそばで父、ジュニア、母と

誕生日に、(左から) 教母のカルミン、母セリーナ、アウロラ伯母と

セリーナ (中央) はブロンクスデールのジャッキー・オナシスだったが、カルメン (右隣) も美人だった。祖母は後列左から二人目で、彼女の姉妹と一緒に並ぶ。グロリア叔母はカルメンの後ろに。最前列左からジュニア、ネルソン、私、エディー、そしてミリアム

いとこたちと。左からエディー、ミリアム、ネルソン、私、そしてリリアン。ミリアムと私はしばしばお揃いの服を着ていた

4歳にして母の魅力に対抗しようと懸命だった。二人ともイースター用の新しい帽子を被っている

「さあ、大騒ぎしましょう!」祖母はピクニックが好きだった

ブレスト・サクラメント校で、
初めて学ぶ喜びや金の星
集めの楽しみを知った

カーディナル・スペルマン高校での
最上級年時

SONIA MARIA SOTOMAYOR

I am not a champion of lost causes, but of causes
not yet won.
— Norman Thomas

My Princeton experience has been the people I've met.
To them, for their lessons of life, I remain
eternally indebted and appreciative.
To them and to that extra-special person in my life

Thank You — For all that I am and am not.
The sum total of my life here, has been made-up
of little parts from all of you.

プリンストン大学の年鑑。1976年のクラス

ブロンクスの人々が週末プリンストンにやってきたときの一枚。左端がケビン、その隣にいるのが私。右端には母、その隣がケン・モイとジュニア。前列左側に座っているのがフェリース・シー

ナッソー・ホールの外にある
虎のブロンズ像と

イェール大学法科大学院からの帰省時、台所でアウロラ伯母と母と

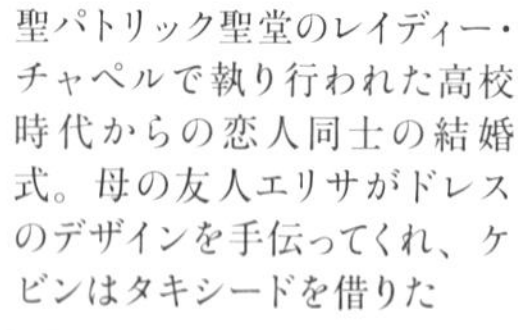

聖パトリック聖堂のレイディー・チャペルで執り行われた高校時代からの恋人同士の結婚式。母の友人エリサがドレスのデザインを手伝ってくれ、ケビンはタキシードを借りた

イェールの仲間たちのために即席の中華料理を作る

独身お別れ会で花嫁付き添い人のマルグリット・バトラー（右）と、大学のルームメイトのメアリ・カデット（左）と

イェールでの２年目の夏、ケビンとの西部への旅でロッキー山脈へ

アメリカの広大さを初めて実感する一方、今後のキャリアの問題で悩む

ドローレス・チャベスをアルバカーキの実家に訪ねる。彼女とその父親が「ククルクク・パロマ」というバラードの素晴らしい演奏をしてくれた

ソニア・ソトマイヨール、地区検事助手、ニューヨーク郡の人々を代表

それを証明するバッジ

パヴィア＆ハーコートのパートナーとアソシエートたち。
私が判事になってすぐにあった元同僚の結婚式で。
前列左端がデヴィッド・ボトウィニク、その隣がジョージ・パヴィア

アレサンドロ・サラチーノ＝フェンディと。顧客だが弟のようになった

裁判所での年恒例のミュージカル。何度もリハーサルをして、地方裁判所判事のチャールズ・S・ハイト・ジュニアやジェッド・S・ラコフとともに浮浪者を演じた

宣誓の日、「ボス」ロバート・
M・モーゲンソーと

ソトマイヨール女3代。
姪のカイリー、母、そして私

イェールでの私の指導者で、巡回裁判所判事のホセ・カブラネスが、私のニューヨーク南地区の地方裁判所への就任時の宣誓を執り行なった

花嫁セリーナと花婿オマールを挟んだジュニア（現在はソトマイヨール医師）と私。
第二巡回控訴裁判所に着任した夜、初めての公式行事として彼らの結婚式を執り行なった

ホワイトハウスにて。オバマ大統領が私の最高裁判事への就任を発表した際、会場に列席していた母、カイリー、コナー、そしてコーリー

最高裁判所の判事になるためにはいくつかの宣誓をする。判事の会議室でロバーツ最高裁判所長官立ち合いのもと、私は裁判官としての宣誓を行なった。母が聖書を持ち、ジュニアは見守っている

責めないでおくれ
情熱のままに流離う私を
愛する世界へ帰ろう
私が生まれた大地に思いをはせて

「プエルトリコへ（帰郷）」
――ホセ・ゴーティエ・ベニテスの詩より

序文

アメリカ合衆国の最高裁判事に任命されてからというもの、多くの場でさまざまな人から質問を受け、それに答えてきた。予想されたことではあったが、問いの大半は、法律に関して、裁判所について、また判事としての経歴についてだった。しかし驚いたのは、将来を期待できなかった幼少期の状況を私がどのように克服してきたかに、人々がより強い関心を示したことだ。

たとえば、若年性糖尿病に関するある会議でのこと。患者である六歳の少女が悲しげなようすで、病状は歳を取るにつれて楽になるのかと訊ねてきた。また別の機会には、父親を亡くした一人の少年から、私が若くして父親と死別したときにどうやってそれを乗り越えたのかと聞かれた。民族的に少数派の学生たちからは、私が二つの世界の間でどう生きてきたのか、たとえば、生来のコミュニティとどうつながっていたか、差別を経験したかなどと訊ねられた。若い弁護士の多くは男女ともに、私がどのようにプライベートと仕事とのバランスを取ってきたのかと質問した。けれども、それら多くの質問のなかで、もっとも困惑したのが、この本を書くきっかけとなった「人生を生き抜くために、幼年期はどれほど幸福でなければならないのか」という問いかけだった。答えるのが難しい問題だった。これまで、私は、幼年期の苦い経験を公にしたこともなく、自分の幼年期を恵まれたものだと思ったこともなかった。けれども、本当は私にもとても楽しい思い出があり、それらが、どんな不運にも負けない強い楽観主義を育ててくれたということに気がついたのだ。

こうしたすべての質問から、私は自分の人生の歩みが人々に影響を与え得るのだと感じた。物質的な貧しさ、慢性的な病気、そして母一人の手で育てられたことなど、私が直面した困難は決して特別なことではなく、また、私の大きな望みを達成する妨げにもならなかった。一人の人間が生まれながらに重荷を背負いつつ夢を実現させるのを見ることは、多くの人々にとって希望の兆しとなる。私は、自分の人生が他の人たち、特に若い人たちに、どのような教訓を与えることができるのか、時間をかけてじっくりと考えてみた。なぜ、逆境にあっても意気をくじかれず、むしろ奮起することができたのか。私の希望的観測や楽観主義はどこからきているのか。

このような回想録を書くのは、私の実例を示すことにより、困難な状況に置かれた人々が希望を失わず、最後には幸せを摑めると信じてもらいたいからなのだ。

最近ある学生が、最高裁には九人の判事しかいなくて、しかもみな終身だと考えると、それを目標とすることは現実的なのだろうか、統計的にほとんど不可能な夢にどうして固執したのかと質問をしてきた。本文中にも記したが、私の最初の夢は裁判官になることだった。それすらも、最初はとても到達できないもののように思えた。最高裁判事になるというのはたしかに狭き門で、私にとっても夢のまた夢だった。しかし、夢というものは実現可能かどうかで評価すべきものではない。大事なのは、それを実現したいと思う気持ちを呼び起こすことであり、その決意は、最終的な運命がどうであれ、私たちを前進させる。そして後になって、成功を測る尺度は、目標への距離をいかにして短くしたかではなく、まさに今日やったことの質によるものだということを知るのだ。

ペンを執るにあたり、最高裁の一員として型どおりに記すより、もっと親しみやすく書こうと思ったが、そこにはある種の脆さがあることに気づいた。読者はその文章を読んで人間としての私を評価するだろう。フランクであるということは、危うさをも伴うのだ。とはいえ、強みも弱みもある普通の女性が、尋常ではない旅路を目指したいきさつを読んだ読者が得られる慰めや刺激に比べれば、そんな危惧は些細なことだろう。

私の司法助手たちは、私が執筆上のルールを何度も破っていると思うに違いない。しかしルールはそれぞれの文脈に呼応するものであり、個人的な回想録を書く際には、法律上の意見陳述とは異なるスタイルが必要となるのだ。

また、回想録は伝記とも違う。伝記は、個人の人生の業績をより客観的に述べるものだ。私は、回想録とは主観性のあるものだと考える。主題は個人の思い出。そして思い出はその性格上選び並べるものであり、感情によって色づけされているものだ。本書に述べた出来事に関わった人々は、細かい点ではそれぞれに異なった受け取り方をしているかもしれないが、基本的な事実については、合意してくれることを願っている。過去の出来事は、記憶しているまま正直に書いているし、そのときの会話を構成し直すこと以外にフィクションはない。登場人物も混同していないし、時系列の順序を都合のいいようにねじ曲げてもいない。友だちや家族のなかで、自分が登場していないと思ってがっかりしたり、また重要な役割を演じていないように見えることに失望したりする人がいるとすれば、物語を的確に伝えるために、余分な感情を排除したためだと分かってもらえると信じている。

二〇年前に初めて判事になったところでこの物語を終えていることを物足りなく感じる読者もいるかもしれない。そう決めたのには理由がある。判事になった後も私の人間的な成長は続いているが、ある意味、根本的な部分はあのときに完成されたといっても過言ではないと思っているからだ。一方で、法律家としてのキャリアについては、そのような将来の確たる見通しや、これで完結したという感覚がない。最初は地方裁判所、それから控訴裁判所、そして現在の最高裁判所へと続いた段階には、それぞれ特有の意味があった。それらがこの先、判事として何を望めるかにどう関わってくるのか、はっきりとはいえない。その間、具体化しようとしている道筋に影響を及ぼすことや、一部の人々にとっては興味のあることかもしれないが、最高裁判事任命にまつわる政治ドラマについて述べることは、適当ではないと考える。

最後に、この本を書くもっとも個人的な動機について述べたいと思う。

最高裁判事という新しい場所は、私の人生を大きく変えた。衆人監視のもとで生きるのは、もとより想像もつかないことで、時として非常に気苦労も多い。このような環境下で生きることの精神的なリスクも、よく知られるところだ。このあたりでひと休みしてこれまでの来し方をよく考え、いま自分が持っているものや私を形づくってくれたものに感謝することは賢明だろう。それが本書を執筆すると決めた際の個人的な思いだった。目指すべき展望や自分の長所を見失わないように注意しながら、私はこれからも未来へ向かって歩きつづけていく。

目次

＊本文中の〔　〕内は訳者註です

プロローグ

まだうつらうつらしていたが、母の怒鳴り声で目が覚めた。父がすぐにやり返すことは分かっていた。いつものことだったが、このときの言い争いの種はそれまでとは違っていたので、その後長い間、私の記憶に焼きついていた。

「あなたがやらなきゃ、ジュリ。私がずっと続けるわけにはいかないの！」

「あの子を傷つけるのが怖いんだ。手が震えるんだよ」それは本当のことだった。前の日、父が初めて私にインスリンを注射しようとしたとき、手がとても震えていたので、私は失敗するのではないか、腕ではなく顔を傷つけられてしまうのではないかと思ったほどだった。父は腕の震えを抑えるために強く刺さなければならなかったのだ。

「手が震えるのは誰のせい？」

あぁ、また始まったわ。

「おまえは看護師だろ、セリーナ。こういうことはお手のものだ」

本当のことをいえば、退院して初めての朝、母が注射してくれたとき、緊張していたせいか針が強く刺さり、父がやってくれたときよりも痛かったのだけれど。

「そう、私は看護師よ。働いて家族を養わなきゃならないの。私が全部やらなきゃならないの。だからってずっとここにいるわけにはいかないのよ、ジュリ。あの子はこれからもずっと注射が必要なの。だからあなたも覚えたほうがいいの」

注射は痛くて嫌だったが、両親の言い争いはもっと嫌だった。二人の心の負担を思うと、私はくじけそうだった。牛乳のことや家の仕事、お金、お酒のことなどが原因の喧嘩(けんか)だけでたくさんだった。私のことで争ってほしくなどなかった。

「ジュリ、もしこれをやらなきゃ、あなたはこの子を殺してしまうわ」

母はいつものようにドアをばたんと閉めて、さらに大きな声で怒鳴りながら家を出ていった。

両親が注射をするとき、いちいちパニックに陥っていたらもっと大変だ。父方の祖母はきっとできないだろうから、私は気づまりな我が家からの唯一の逃げ場所だった彼女の家に週末に泊まることもできない。だからこそ、一生注射を打ちつづけなければならないのなら、自分でやるしかないと思ったのだ。

まず最初にやることは、注射針と注射器の消毒だった。私はまだ八歳にもならず、背丈もガス台の高さくらいまでしかなかった。熱湯で殺菌するためには、コンロに火を点(つ)けなければならなかったが、マッチとガスの使い方さえよく分からなかった。そこで、椅子をガス台の近くまで引きずっていき（台所は狭かった）、どうやるかを調べようと椅子によじ登った。コンロの上には父と言い争いをしている間にすっかり冷めてしまった母のミルクコーヒーのための二つの鍋があった。一つにはコーヒーが、もう一つには、しわくちゃな皮膜の張った牛乳が入っていた。

「ソニア！　いったい何してるの？　家を燃やす気！」

「注射しようと思って。ママ」

母は、一瞬言葉を失った。

「どうやるか知っているの？」母は真剣な顔をして私を見つめながら、静かにいった。

「たぶん分かるわ。だって、病院でオレンジを使って教えてくれたから」

母はガスコンロのつまみを回して、どうやってマッチで火を点けるのかを教えてくれた。母と一緒に鍋に注射器と針が浸かるよりも少し多めに水を入れた。蒸発するぶんを考えてのことだ。母は、鍋底から湯にあぶくが立ってきたら五分間計りなさいといった。私はその前年、一年生のときに時計の読み方を習っていた。消毒が終わったら注射器が冷えるまで待たなければならない。私は、熱くなっていく鍋とゆっくり進む時計の針の動きを、注射器と針からあぶくが連なって上がってくるまでじっと見つめていた。その間、さまざまなことを考えた。

お湯が沸騰するのを待つのは、我慢することが苦手な子どもには試練だった。私は、物理的にも精神的にも我慢のできない気質で、好奇心と反抗心からわざといろいろな悪戯をしたので、「とうがらし」という綽名をつけられていた。けれども今や、私の人生はこの毎朝の儀式に依存することが分かっていたので、すぐにこの時間をうまく使うことを覚えた。お湯が沸いて注射器が冷える間に、着替えて歯を磨いて学校に行く準備を整える。糖尿病を抱えて生きることで、あの敬虔なカリタス修道女に教えられたより、もっと厳しい自己規律を学んだのだ。

　ことの始まりは、教会で気を失ったときだった。私たちは立って讃美歌を歌っていたが、突然息苦しくなった。歌声がだんだん遠くなり、ステンドグラスから差しこむ光が黄色く変わり、やがてすべてが真っ黄色になって、そして暗くなった。

　目を開けたとき、校長のマリータ・ジョセフ尼やエリザベス・レジーナ尼の心配そうな顔が、黒いベールの中で逆さに見えた。私は聖具保管室のコンクリートの床に寝かされ、顔の上に振りかけられた水の冷たさに震えていた。そして母が呼ばれた。

　私が通っていたブレスト・サクラメント校では、日曜日ごとに教会に行くことが義務づけられていたが、私の両親は参加したことがなかった。母が着いたとき、尼僧（シスター）たちは動揺していた。こういうことは前にもあっただろうか？　そういえば滑り台から落ちたことがあった。滑り台の階段を上り切ったところで突然気分が悪くなり、地面に落下してしまったのだ。尼僧（シスター）たちは、「とにかく、掛かりつけのお医者さまに連れていかなくては」といった。

　私たち一家を診てくれていたフィッシャー医師は、家族の間では、すでに英雄だった。先生は気軽に往診してくれて、混乱状態や恐れ、また体調不良や痛みといったものを和らげてくれた。ドイツ系移民の先生は、いってみれば昔風の村の医師で、たまたまブロンクスで開業していた。フィッシャー先生は、母にいろいろな質問をした。母は、私の体重が減っていること、いつも喉が渇いていること、最近おねしょが頻繁（ひんぱん）になったことなどを話した。私はおねしょが悔しくて、できるだけ寝ないようにしていた。

フィッシャー先生は、母が働いているプロスペクト病院で検査をするようにといった。検査室のリベラさんは私もよく知っていたので信用していたが、母の上司だったギブスさんは、私が扁桃腺の手術を受けたときに、注射針を背中に隠し持っていたのであまり信用していなかった。リベラさんが私の腕をゴムバンドで縛ったとき、これはいつもの注射とは違うと思った。注射器は私の腕ほどの太さがあり、針は斜めに切られていてその断面はまるで開いた口のようだった。

彼が近づいてきたとき、私は思わず「いやっ！」と叫んでいた。椅子を倒して部屋の外に飛び出すと、通路を走って正面扉から逃げようとした。病院じゅうが「捕まえろ！」と叫んで私を追いかけてくるような気がした。私は後ろも振り返らずに、道に停まっていた車の下に潜りこんだ。

靴が見えた。誰かが身をかがめて車台の下の暗がりに首を突っこんできた。今や、あらゆるところに靴が見え、車の下にいる私を捕まえようと手を伸ばしてくる。私はカメのように身を縮めたが、ついに誰かに足を摑まれてしまった。検査室に連れていかれるときも、そして針を刺されている間も、私は声を限りに泣き叫んだ。

採血の検査結果が出た後、フィッシャー先生の診療所に戻ったが、そこで初めて母が泣いているのを見た。私は待合室にいたが、診察室のドアは半開きになっていたので、母の押し殺した声が聞こえ、肩を震わせている姿が見えた。私の視線に気づいた看護師がドアを閉めたが、何か重大なことが起きているのだと直感した。やがてフィッシャー先生はドアを開けて、私に入るようにといった。フィッシャー先生は、私の血液中には普通の人よりも糖分が多い、これは糖尿病と呼ばれる病気なので食生活を変える必要があると説明してくれた。生活がきちんとコントロールされれば、おねしょもしなくなるとはっきり約束してくれた。おねしょは血液中の余分な糖分を排出するために起きる現象だった。フィッシャー先生自身も糖尿病なのだと話してくれた。後になって知ったのだが、彼の場合は一般的な「2型」と呼ばれるもので、私の場合はめったにない若年性の「1型」であり、膵臓（すいぞう）がインスリンをつくれなくなるので、毎日インスリンを注射する必要があったのだ。

それから、フィッシャー先生は後ろの棚からソフトドリンクを取り出して蓋（ふた）を開けた。「試してごらん。これはカロリーがない。ソフトドリンクと同じ味だけど糖分がないんだよ」

私はひと口飲んで「同じとは思わないわ」といった。ごめんなさい、フィッシャー先生、あのときのフィッシャー先生のがっかりした顔。母は自分の意見をはっきりいうときは、礼儀正しくしなさいといつもいっていた。この教えは忘れたことがない。他と異なる意見を率直にいえる特権は、訴訟弁護士になって享受できる喜びの一つだった。

「いろんな味があるよ。チョコレート味まである」

こんなことは、あまり意味がないと思った。デザートを食べてはいけない、ソフトドリンクを替えなさいなどと、先生のいっていることは取るに足りないことだ。それにしても、どうして母はそんなにうろたえているのだろう。

私たちは、フィッシャー先生の診療所から、直接祖母の家に行った。まだ日は高かったが祖母は私を彼女のベッドに寝かせ、私は長い時間眠った。目を覚ました私は横になったままカーテンを閉めた薄明かりのなかで、玄関が慌ただしく開け閉めされ、部屋が話し声でいっぱいになるのを聞いていた。父の妹、カルメン叔母やグロリア叔母の声が聞こえた。私のいとこのチャーリーや祖母の再婚相手ガジェゴもいた。祖母はすっかり取り乱し、母のことを、そこに母がいないものとして話していた。母の声は聞こえなかったので、きっとすでに仕事に戻っていたのだろう。

「これは、一族に流れている呪いだよ」

「この呪いは、間違いなくセリーナからきている。私たちではないよ」

祖母は、私の母方の祖母がこの忌まわしい病気で死んだのではないかといった。そして、この病気に効く薬草があるのだと話していた。祖母の薬草治療は専門的で、風邪や胃痛になると苦くて飲みにくい煎(せん)じ薬を調合する。そのせいで、私はあらゆるお茶というお茶を毛嫌いするようになってしまった。祖母は、叔母たちと密かに相談して、プエルトリコにいる祖母の弟にその計画を託そうとしていた。祖母は弟に、どこでその草や木を見つけることができるかを教えるつもりだった。その薬草から最大限の効果を引き出すためにはまず新鮮でなければならず、サンフアンからニューヨークへの便に乗るその日の朝に採取しなければならなかった。祖母の弟はいわれたようにしたが、残念ながら効果はなかった。祖母は孫娘のために一生懸命薬草治療をしたが結果的に失敗してしまい、それは彼女を深く狼狽(ろうばい)させた。

しかしその午後の祖母の心配や、私の母方の祖母がどんな病気で死んだのかという会話から、私はことの重大さに気づいた。なぜ母があのとき、診療所で泣いていたのかも、それを聞いて初めて分かった。けれども、当時としては当たり前だったが、血糖値を安定させるために入院しなければならないのだと知ったときにはもっと驚いた。

私が若年性糖尿病だと診断されたのは一九六二年、治療法は現在よりもずっと初歩的で、その病を持った人々の寿命は今よりずっと短いものだった。それでもフィッシャー先生は、ニューヨークで、というよりアメリカで、いちばん良い治療が受けられる病院を親身になって探してくれた。そして当時、若年性糖尿病研究の最先端だったアルバート・アインシュタイン医学校がクリニックを運営していることを発見したのだ。それは公立病院ジャコビ医療センターの中にあり、幸運なことにブロンクスにあった。ジャコビ医療センターはとても広大で、それに比べるとプロスペクト病院は、まるで人形の家のようだった。

病院では朝の八時から午前中いっぱい、検査をするために何回も採血した。一時間ごとに腕にゴムバンドを巻き太い針を刺して採血し、三〇分ごとに小型のメスで指を切って、より小さなサンプルを採取した。次の日も同じことの繰り返し、それはその週と翌週の始めにかけて続いた。私はもう怒鳴ったり逃げたりはしなかったが、その苦痛を決して忘れたことはない。

痛いというわけではなかったが、奇妙なこともされた。頭に電極をつなげられたのだ。私は病院内の教室に連れていかれた。そこには私を注意深く見つめる若い医師たちと、糖尿病と私に施される検査について講義している年配の医師がいた。私には理解できない用語を使っていたが、その間、私はまるでモルモットのように脅えていた。

けれどもこのような医療上の処置よりも私が心配したのは学校を長く休むことだった。それまで、母が学校を休むことを許したのは、重い病気に罹（かか）ったときだけだった。母は、仕事も学校も同じように重要だと考えていたので、仕事を休んだことはなかった。母はほとんど毎日、絵描き帳やクロスワード、そして漫画まで、いろいろなものを持って病院にきてくれたが、それも気になった。それが私に必要かどうかではなく、ただ私を喜ばせようと一生懸命だった。

その日も、それまでと同じように、朝の八時から太い針と小型メスを使った検査が始まった。腕は痛いし指は焼けつくようだった。それでも最初の二時間は我慢していたが、医師たちが一〇時からの検査のために検査器具を用意していたとき、ついに強がりと我慢の限界がきた。辛い検査が続くことに耐えられなくなり、私は泣き出してしまったのだ。泣きはじめるともう止まらなかった。母は泣き声を聞いたのだろう、病室に走って入ってきた。私は母にしがみついた。「もうたくさん！」と母はいった。今まで見たことがないほどの剣幕だった。父と言い争いをするときよりも、もっと怒っていた。「もうやめて、もう終わり」注射器を持って立っていた検査室の技師もジャコビ医療センターの医師も、誰も反論できないような言い方だった。

「どのくらいの量注射するか知ってるの？」

「この線まで」

「そうよ、だけど気をつけて。多くても少なくてもだめなの。それから針の中に空気が入らないように注意してね、とても危ないから」

「分かってるわ。自分でやっているんだから。ただ注射をしているだけじゃなくて、私自身が注射をされてもいるのよ」

「その通りよ、ソニア」

「私は両方やってるの」

そして、私は息を殺して自分の腕に注射針を刺した。

第1章

糖尿病と診断されたのは、まだ八歳にもならない頃のことだ。私の家族にとって、この病気は命に関わる呪いのようなもので、すでに不安定だった小さい頃の私の世界に、追い打ちをかける出来事だった。当時わが家では、父のアルコール依存に対する母の反発から、常に言い争いや感情的な行き違いが生じていた。そんな家庭環境にあった私を襲ったこの病気は、ある意味で私に自立を促した。こうしたことは、まわりの大人に頼れない子どもに、往々にして起こることだ。

逆境を逆手に取ることはできるが、自分で試してみるまでは分からない。重い病気であれ経済的な貧困であれ、また親が英語を理解しないというようなことまで、困難というものは人の心に予想もしない強固な砦（とりで）を築くものだ。もちろんいつもそうなるとは限らない。人によっては立ち上がれないほどの打撃を被る（こうむ）。しかし、いまだかつて私は、生来の楽観主義や頑固なほどの辛抱強さをくじかれるような困難に出くわすようなことはなかった。

けれども、何事も一人で成し遂げたなどとは決して思わない。それどころか、私の人生のそれぞれの場面で私の愛する人たちの援助がなければ、何事も決して成功しなかっただろう。最初からそうだった。彼らが成しえることの限界や能力の問題はあったが、そのなかで、育て、愛し、できる限りのことをしてくれたことには一点の疑いもない。

私が生まれたのは、ニューヨーク市のごく小さなラテン地区だ。家族の生活範囲は、南ブロンクスのいくつかの通りに限定されていた。一族は、女家長である父方の祖母、その息子や娘たち、そして祖母の二番目の夫ガジェゴ。私の遊び相手はいとこたちだった。家ではスペイン語で話し、身内のほとんどは英語が分からなかった。私の両親は、一九四四年にプエルトリコからニューヨークにやってきた。母は女性義勇兵士として、父は仕事を探しに家族とともに。それはプエルトリコ島からきた他の多くの移住者たちと同様、経済的な貧しさからだった。

私にとってはいつも「ジュニア」だった弟、医学博士フアン・ルイス・ソトマイヨール・ジュニアは、三歳年下だ。たった一人のきょうだいだが、幼い頃はある意味では私のお荷物でもあった。どこへでもくっついてきて私の真似をし、またこっそりと会話を聞いていたりしたからだ。でもよく考えてみると、実際にはおとなしくて、あまり他人の注意を引くような子どもではなかった。母はいつも、私に比べればジュニアの面倒をみることなど休暇を取っているようなものだといっていた。一度、私が腹を立てて、まだとても小さかった弟を家から出してドアを閉めてしまったことがあった。母が弟に気がつくまでどれくらいの時間が経ったか分からないが、弟は私が追い出したその場所でしゃがんだまま指をしゃぶっていた。その日、母からひどく叱られたことをはっきり覚えている。

でもこれは、あくまでも家庭内での話だ。彼が、ブレスト・サクラメント校に通いはじめたときには、休み時間に校庭で面倒をみてやったし、誰かが彼に因縁をつけたりすれば、私はいつも飛んでいってかばった。もし弟が悪かったのであれば、後で言い聞かせた。私以外、誰も彼に手を上げる者はいなかった。

ジュニアが生まれたころ、私たちはそれまでの住居から車で一〇分ほどのサウンドヴューに新しくできた市営住宅に引っ越した。ブロンクスデールハウスと呼ばれるその市営住宅は、三筋の長い通りに広がり、全部で二八棟の建物があってそれぞれ七階建て、各階に八戸ずつの住まいがあった。母は市営住宅を、今までよりも安全で清潔、また将来性のあるものと見ていた。しかし祖母の意見は異なり、遠い地の果てのような場所で危険にさらされると思っていた。それまで住んでいた南ブロンクスの街には生活があり、家族もそばにいたのだから引っ越す必要などなかったのだといった。たしかに、新しい場所で私たちは孤立していた。

私たちの孤立が決定的になったのは、父のアルコール依存によって面目を失ったからだ。私が物心ついた頃から既にそうだった。家にはほとんど訪問客はなかった。私はいとこたちの家に行って泊まったが、彼らが私の家に泊まることはなかった。母のいちばんの親友アナですらそうだった。アナは私たちの家の斜向かいにある棟に住んでいて、放課後、私とジュニアの面倒をみてくれていたが、私たちはいつも彼女の家で過ごし、アナが私たちの家にくることはなかった。

唯一の例外は、いとこのアルフレッドだった。母の姉、アウロラ伯母の息子だ。アウロラ伯母は母よりもずっと年上で、姉というよりも母親のようだったし、アルフレッドも私より一六歳年上で、いとこというよりも叔父のようだった。ときどき、父は彼に酒屋へ行って酒を買ってきてほしいと頼んでいた。父は車の運転をしないようにしていたので、アルフレッドの世話になることが多かった。父が運転しないことが私たちの孤立の原因の一つだったので、私はつまらなかった。運転しないのならいったい何のための車なのかしら？ もっと後になるまで、私はアルコール依存がその理由だとは知らなかったのだ。

父は仕事から帰ると料理をつくった。食べたことがあるものは何でもつくれるという優秀な料理人だった。典型的なプエルトリコ料理は、もちろん祖母から習ったものだ。私は父がつくるものは何でも大好きだった。でもジュニアは玉ねぎをたっぷり入れたレバー料理が嫌いだったので、父が背を向けたすきに、いつも私に回してよこした。食事が終わると、父はまだ食器も洗わないうちに部屋に閉じこもってしまい、それから、寝る支度をするようにといいにくるまで出てこなかった。ジュニアと私は、毎夜二人だけで宿題などをした。ジュニアはあまりしゃべらずに黙々とやっていたので、実際静かなものだった。後年、わが家もテレビを買ってから、ようやく家の中が賑やかになった。

母は、父と一緒に家にいることを避け、その状況に耐えていた。プロスペクト病院の看護師だった母は夜勤をこなし、週末も働いた。休みの日には、私たちを祖母の家やアウロラ伯母のアパートに預け、自分は他のおばたちとどこかへ出かけていった。私が母と同じベッドで寝ていても（ジュニアは他の部屋で父と寝ていた）、母は私に背を向けたまま、丸太のように眠りこけていた。父が私に無関心なことはとても悲しかったが、私なりに仕方がないことだと納得していた。けれど母に無視されると、私は腹が立ってしかたがなかった。母は美しく、優美に服を着こなし、朗らかで毅然としていた。母は市営住宅を選択して家族を引っ越しさせた。母はおばたちと違って仕事を選んだ。私たちをカトリックの学校に通わせたのも母だった。でも、そのときはまだ、母がどのような苦労をしてきたか知らず、母に多くのことを期待しすぎていたのだ。

家ではさまざまなことが声高に話されたが、語られないこともたくさんあった。そんな雰囲気の中で、私はいつも大人たちの話題に小さな手がかりを探しているような感受性の強い女の子だった。子どもが聞いていることを忘れて大人がふと漏らすさまざまな事柄から情報を得ることで、私は安心していられたのだ。母とおばたちは、祖母の家の台所でコーヒーを飲んだり噂話をしたりするために集まっていた。「邪魔しないで。他の部屋で遊びなさい」とおばたちの一人がいった。でも、彼女たちの話し声は丸聞こえだった。グロリア叔母が大切にしていた酒用の戸棚の錠を、父がどうやって壊したか。またジュニアと私がいとこたちの家に泊まると、父が夜じゅう一五分おきに電話をしてきて、食事をさせたか、風呂に入れたかなど聞いてきたとか。もちろん、祖母やおばたちが大げさにいうのが好きなことはよく分かっていた。実際一五分おきではないにせよ、とにかく何回も電話をしてきたことはたしかだったようで、おばたちは機械的に、そしていらいらしながら受け答えしていたことだろう。

一方、母に対する祖母の陰口は、いつも通りだった。祖母はいった。「もしセリーナが家庭に収まっていたら、ジュリが毎晩酒を飲むようなことはなかっただろうさ。もし母親らしく子どもたちの食事の世話をしていれば、ジュリは子どもたちのことを一晩じゅう気にかける必要もなかったんだ」祖母のことは尊敬していたし、母がいないことでいちばん迷惑していたのは私だったが、いつも母に責任を被せることには我慢できなかった。祖母は血縁を無条件に大事にしていた。息子たちの妻も祖母の保護下にあったが、まったく同じに扱われたわけではなかった。往々にして母が祖母を喜ばせようとしても、高価な贈り物であれ、看護師としての手早い処置であれ、ほとんど感謝されなかった。私は祖母のお気に入りではあったが、私が理解し、許そうとしている母を祖母が非難するときには突き放されたような、どうしていいか分からない気持ちがした。そうはいっても、母と私にしても和解するためにはお互い大変な努力をしなければならなかったのだが。

私が大人の会話に興味津々だったことは、一つの語り草になっている。それは、クリスマスに届いた「小さなこだまちゃん」人形に関する話だ。テレビのコマーシャルで隠しマイクの付いた人形を見た私は、プレゼントにこれが欲しいと大人たちにいった。当時流行ったものでなかなか手に入らず、アウロラ伯母があちこち探し回って見つけてくれた。私はこの人形を使って、大人の会話を録音することを企てた。台所に持っていこうと思ったが、私ではすぐに怪しまれてしまうので、従妹のミリアムに行かせた。けれど、何も録音できないうちにミリアムが怖気づいて密告してしまったので、私はこっぴどく叱られた。

また、偶然耳にした会話をきっかけにやりはじめて、ずっと続けたことがある。今となっては本当にそれがきっかけだったのかはっきりしないが。病気だった父が気を失い、母が病院に搬送した。ビティン叔父とベニー叔父がジュニアと私を病院まで連れていった。二人はエレベーターの中で、私たちの家は豚小屋のようだ、お皿は流しに置いたままだしトイレットペーパーもないというようなことを、まるで私たちがそこにいないかのように話していた。このことがあってから、私は食事が終わるとすぐに、皿や鍋、フライパンまで洗うことにした。また週に一度は部屋の埃(ほこり)を払い、きれいに掃除をした。誰も訪ねてはこなかったが、家の中はいつも清潔だった。そして金曜日ごとに父と一緒に買い物に出かけると、トイレットペーパーを、そして牛乳を充分に買うことを忘れなかった。

両親の喧嘩でいちばんひどかったのは、牛乳の件だった。父が私のコップに牛乳を注ごうとしてくれたのだが手が震え、テーブル全体に牛乳を撒(ま)き散らしてしまった。私はきれいに拭き取ったが、父はもう一度やろうとして、同じ結果になってしまった。「パパ、もういいから！」と私は繰り返した。それが、泣き出さないための唯一の方法だった。けれども父を止めることはできなかった。「パパ、私、牛乳なんて欲しくない！」しかし父は、牛乳パックが空になるまでやめなかった。母が仕事から帰ってきて、コーヒーに入れる牛乳がないと知って大騒ぎになった。牛乳を撒き散らしたのは父だったが、私は自分の責任のように感じたものだ。

第2章

ある日、祖母はパーティーの料理をつくるため、鶏肉を買いに私を連れて養鶏場に行った。祖母と一緒に行くのはいつも私だけだった。

私は祖母メルセデスをとても愛していたし、彼女のサザンブールバードの家は、両親の嵐のような争いが始まったときの避難場所だった。私は子どもが正しく成長するためには、少なくとも一人は無条件に愛し、尊重し、信頼してくれる大人が必要だと信じている。私にとって、それは祖母だった。大きくなったら、年を経ても白髪にならず、いつもユーモアにあふれた祖母のようになろうと決めていた。じつのところ私と祖母の見かけはだいぶ違っていた。祖母は私よりもっと黒い目で、鼻すじが通り、面長の顔は長いまっすぐな髪で縁どられていた。私の団子っ鼻や、短くてカールした髪とは似ても似つかなかった。けれども私たちの心は似た者同士、説明のつかない結びつきがあり、あるときなどはテレパシーだと思えることさえあった。性格はそっくりだったので、人は私のことを「小さなメルセデス」と呼んでいたが、私はそれが誇らしかった。

いちばん歳の近いいとこのネルソンとは、一緒にいろいろな冒険をしたが、彼も祖母とは特別なつながりがあった。そのネルソンですら、土曜日に誘われても、悪臭のひどい養鶏場には行こうとしなかった。悪臭を放っていたのは鶏だけではなかった。家畜小屋にはヤギがいたし、高々と山積みにされた檻の中には、鳩やアヒルやウサギがいた。祖母は上のほうの檻を見るために、車輪のついた踏み台に上らなければならなかった。たくさんの鶏は羽根を打ちつけ、金切り声を上げていた。養鶏場の人は、濡れた床に落ちて張りついた羽根をホースの水で洗い流していた。残忍そうな目をしてあたりを見張っているような七面鳥もいた。祖母は丸々として元気のいい鶏を見つけるまで、一羽一羽、丹念に見て回った。

「ソニア、見てごらん。あそこの隅に瞼を閉じて座っているのがいるだろう?」

「眠っているみたい」

「あれはね、あまり良くないしるしだよ。でもこっちのは、近づくものには何でも喧嘩腰だろう? 太って元気がいい。こういうのが美味しいんだ」

祖母がいちばん良い鶏を選んだあとで私がすべきことは、肉を受け取るまでの工程を監視することだった。その間、祖母は卵を買う列に並んでいた。ガラスで完全に仕切られた室内で、男が次から次へと鶏を処理していく。さらに別の男は一つひとつ重さを量り紙にくるんでいった。まるで工場の流れ作業のようだった。私は、祖母が選んだ鶏をちゃんと手渡してくれるか、しっかりと見張っていなければならなかった。もし間違ったら祖母に報告しなければならなかったが、そういうことは決して起こらなかった。

ウェストチェスター通りから、高架の下を横切る暗がりのなかをサザンブールバードに抜け、まるで自分の家に帰るような気持ちで、祖母の家に向かって歩いていく。祖母の家は、ブロンクスの北のはずれにある彼女の娘の一人グロリア叔母が住んでいるような、正面玄関とバラの茂みがある類いの家ではなかった。祖母は五階建てのビルに住んでいて、各階には三世帯が入っていた。正面には曲がりくねった非常用の階段があり、これは、私たちが市営住宅に引っ越す前に住んでいたケリー通りの古いビルも同じだった。

養鶏場からの帰り、祖母は歩道に並べられた木箱の野菜の前で立ち止まった。ほとんどの食事で揚げパンをつくっていたので、私たちは一緒に食べる野菜炒めに使う青いバナナや緑のピーマン、甘いチリ、玉ねぎにトマト、コリアンダーやにんにくを買った。品質の悪さや値段の高さなどを言い立てて価格を値切るのはいつものことだったが、最後は必ず売り手と笑顔を交わしていた。あれからずいぶん時が経ったが、今でも青空市場に行くと祖母から教わったように値切ってみたくなる。

「ソニア、オレンジが欲しい？」

祖母はオレンジが大好きだったが、ほとんど一年じゅう高価だったので、分けて食べるために一つだけ買った。良いオレンジを選んでごらんと私によくいったものだ。果物の選び方、つまり、どうやって匂いを嗅いで熟し具合を見るかを教えてくれたのは父だった。風味が良く、脂が充分にのっている肉の選び方も、新鮮さを見分ける方法も教えてくれた。給料日の金曜日には、父と一緒に食料品の買い出しに行った。この買い物は、祖母との時間を別にすれば週のうちでもっとも良い時間だった。父と私は、私たちの市営住宅のそばの空き地に新しくつくられたスーパーマーケット、パスマークまで歩いていき、カートをいっぱいにして家に戻った。私がカートをひき、父はそこに入り切らなかった袋を抱えて帰った。

道の前方に劇場のひさしが見えてくれば、もうすぐ祖母の家だ。もっともそこには売春婦がたむろしていたので、その劇場で映画を見たことは一度もない。カルメン叔母の娘でネルソンの妹ミリアムが、「売春婦って、何なの？」と聞いたとき、はっきり分かっていたわけではなかったが、とにかく何か悪いもので、短いスカートにハイヒールを履き、厚化粧をしていることは知っていた。その後、六〇年代の終わりに人気のあった雑誌「ルック」を読んで、この職業が何を意味するのかを認識した。母たちはその人たちが大嫌いだった。グロリア叔母は私たちを映画に連れていってくれたが、向かうのはいつもサザンブールバードをさらに下った別の劇場で、チャップリンに似たメキシコの素晴らしい喜劇俳優カンティンフラスを楽しんだ。

私たちの買い物は、祖母の家の近くにあるボデガでパンと牛乳を買って終わる。ボデガとは小さな食料品店で、スペイン系社会の中心であり、近くにスーパーマーケットがないことからもその地域の生命線だった。いつもパンは焼き立てで、店じゅうに温かな匂いが充満していた。祖母はカリカリしたテティータ〔小さい山型のパン〕の端っこが大好きだったが、私にそれをくれた。ボデガは毎日同じ顔ぶれが集まって、お祭り騒ぎのように盛り上がっていた。隅のほうに座ってスペイン語のディアリオ紙を読み、ニュースについて議論している人もいた。ときには、誰かが英語のデイリーニューズ紙を読んで、何が書いてあるのかスペイン語で他の者たちに説明したりしていた。私は、いい加減なつくり話をしたり、大げさな言い回しをしているときにはそれと推察できた。英語のニュースを聞き慣れていたからだ。人々は普通、競馬の結果を知るためだけにデイリーニューズ紙を読んでいたが、実際には馬のことなどまったく知らなかった。その競馬場での賭け金総額の下三桁の数字が、ヤミ賭博の当たり数字になっていたのだ。

祖母が引っ越しする前に住んでいたケリー通りには、彼女の家の下の階にボデガがあった。私はしばしば、数字が書かれた紙ナプキンにくるまれた一ドル札を持たされ、一人で下のボデガに行かされた。店の男に、祖母の賭けは「単式」なのか「複式」なのか、あるいは五〇セントずつなのかをいわなければならなかった。祖母はとても運が強かった。あるときは夢に当たりくじの番号が出てきたという。数字の夢は見なかったが、私もゲーム運の強さは受け継いでいて、ぬいぐるみをもらったこともある。とりわけ運が能力に依存するような、例えばポーカーのようなゲームが得意だった。祖母はときに不運を予見することもあり、家族はみな恐ろしがっていたが、それは多くの場合、本当に当たったからだ。

三階への階段は狭くて暗かった。祖母の家の建物には私たちのところとは違ってエレベーターがなかった。市営住宅では、エレベーターは便利という以上に有難いものだった。ジュニアと私は階段を使わないようにいわれていた。というのは、母がそこで一度襲われたし、麻薬中毒者が使った注射器や道具がよく落ちていたからだ。今でも母のいったことを守っているが、母は、決して注射器やごみに触らないように、もし触ったら死んでしまうのだと念を押していた。

私たちが祖母の家に行くと、しばしば母とおばたちが台所に集まってはコーヒーを飲みながら噂話をしていた。祖母は母たちに加わり、私はネルソンや他のいとこたちと寝室の窓から顔を出して、祖母のアパートと同じ高さの高架を走る電車の乗客に、おどけ顔をして見せたりしていた。祖母の二番目の夫ガジェゴは、パーティーで踊る音楽を選んでいた。当時はまだその初期段階だったが、パーキンソン病のため、レコード盤を並べる彼の手は震えていた。

月に一度、母とおばたちは、祖母がソフリットソースをつくるのを手伝った。ソフリットというのは、野菜とスパイスを使ったプエルトリコの調理ベース（調味料）で、それがあればどんな料理も風味を増すというものだった。祖母の台所はさながら工場のようになり、女性たちが洗って剝（む）いて、薄切りにしたり刻んだりしていた。各家庭のひと月分の食事、あるいは土曜日のパーティーのために、瓶という瓶にいっぱいに詰められていく。テーブルの上にあるジューサーの中に、ピーマンや玉ねぎやトマトの小片が積み重なって出番を待っていた。私のお目当てはそれらだった。

「ソニア、手を引っこめなさい！」

「それをよこしなさい、お腹をこわすわよ。生では食べられないの！」

食べられるわ。私は、父や祖母の食べ物に対する好奇心を受け継いでいて、気の弱い人ならば試そうとしないようなものでも、まずは食べてみることにしている。

ほとんどといっていいほど、毎週土曜日には祖母の家でパーティーがあったが、母はそのたびに私にきれいな服を着せようと無駄な努力をしていた。私はせっかくきれいな服を着せてもらっても、すぐにしわくちゃにしたり、滲みをつけてしまうのだ。また、髪留めのリボンはあっという間に頭から取れてしまった。祖母は、これは医師たちが私の頭につけた電極のせいだといっていたけれど、本当のところ、私はもう縮れ毛ではなかったが髪が薄かったのでリボンが留まりにくかったのだ。それに引き換え従妹のミリアムは、どんなときでもショーウィンドウに飾られた王女さまの人形みたいだった。こういう羨ましい気持ちを自分でうまくコントロールするには時間がかかったし、今でも努力が必要だ。

パーティーの日、私はドアが開くとすぐに祖母の腕の中に飛びこんだ。祖母が家のどこにいても、私がまず彼女を見つけた。

「ソニア、危ないわよ」母はいった。「着いたばかりなのに、もう大変」それから祖母に向かっていった。「エネルギーが余っているの。よくしゃべるしよく走る。すみません、メルセデス。私はどうしていいか分からないわ」

「おやめ、セリーナ。放っておきなさい。この子は悪くないよ、ただエネルギーが余っているんだ」祖母はいつも私の味方だったし、母はいつも祖母に謝っていた。ときには私も、「ママ、ストップ」といいたくなるほどだった。

次に、私はネルソンを捜しにいった。彼は私を待っている間、いつも寝そべって漫画を読んでいた。ネルソンは天才で、いとこである以上に私の親友だった。彼と話していて退屈したことはない。彼は物事がどうやって機能するのかを理解していて、私たちは重力のような自然界の不思議さに思いを馳せたものだ。私は多少乱暴で危ない騎馬戦さえも楽しんだ。これは、幼い弟と妹を肩に乗せ、箒やモップを武器に部屋じゅうを突進するものだった。あるときミリアムは、私たちを捕まえようとして、ネルソンの肩に乗っていた弟のエディーを落としてしまい、足の骨を折る怪我をさせてしまった。その声に驚いておばが走ってきたとき、いつものように事態を確認することなく、すぐに私の責任にされてしまった。「ソニア、今度は何をやったの！」また叱られた。

ネルソン、ミリアム、エディーの父親であるベニー叔父は、ネルソンを医者にしようと決めていた。私にとって、ベニー叔父は理想の父親だった。いつも子どもたちと一緒にいて、ときには私も含めて、皆を散歩に連れていってくれたし、英語が話せたので、父兄と教師の会にも参加できた。そしていちばん良かったのはお酒を飲まないことだった。それなのにネルソンは、結果的に私の父と同じことになってしまった。ネルソンと私は父親を交換したようなものだった。残念なことに、ネルソンはベニー叔父の期待に沿えなかったが、私の父親はまったく完璧ではなかったにもかかわらず、私はとても順調だった。

祖母の家は狭かったので、どこで遊んでいても美味しい匂いが漂ってきて、それはまるで漫画に描かれたリボンのように、ひらひらと手招きした。にんにくや玉ねぎが呼んでいた。これまでで最高に幸せな匂い。

「メルセデス、レストランを開くべきよ」

「遠慮しなくていいわ。食べ物はいっぱいあるのよ」

私たちは夕食の時間になっても、ドミノ遊びを途中でやめることができなかった。それはまったくの真剣勝負、完全に一試合負けて他の人に席を譲るまで、食事のことなど考えられなかったのだ。

「あなたは目が見えないの、ベニー？　目の前にあるじゃないの」大声で怒鳴って、まるで本当に怒っているように見せかけた。

「目を開けて、何を持っているかしっかり見なさいよ」母も応じた。母はドミノが得意で、出てしまった牌の数を覚えていた。

「イカサマはなしよ。あぁ、あなたは何回咳をするの。誰か飲み物をあげて。とても辛そう」

「見ないでくれよ。俺はイカサマなんかしていない、メルセデスがやってるんだ」

「あなたがその牌を持っていることは分かっているわ。出しなさいよ」

「分かったよ、セリーナ」

ガジェゴは、不平をいいながらゲームを抜けた。グイロ〔ラテン音楽でよく使われる打楽器〕を摑み、誰かにギターを弾いてほしいというように、レコードの音楽に合わせてリズミカルに鳴らした。けれどもギターを持った人が現れる代わりに、誰かがロス・パンチョスが歌うレコードの針を止めた。「しーっ」という声で部屋が静かになると、みな片付けをして、ひと勝負を終えて、ソファで休んでいた祖母のほうに目を向けた。音楽がやんだのを合図に、台所にいた人たちも部屋の入口に群がった。ネルソンと私はテーブルの下を這って、見物するのに良い場所を探した。詩の時間がきたのだ。

祖母は立ち上がり、目を閉じて大きく息を吐く。それからおもむろに目を開けて朗唱を始める。声がいつもと違う。もっと深く心を震わせる声、それを聞くために皆は息を潜めた。

ついに　心は　ついに
期待に燃えている……

私には言葉の意味が完全には分からなかったが、それでも構わなかった。詩の感動は、祖母の音楽的な声や、聞き手の顔に現れた郷愁のまなざしから伝わってきた。彼女の長い髪は簡単にまとめられ、着ているものは地味だったが、私にとっては、ことさら印象づけようとする他の誰よりも魅力的だった。やがて、地平線に到達したかのように腕を伸ばしてスカートを翻（ひるがえ）した。手を上げると、緑の山々や果てしなく続く海と空、あたかもこの世界の誕生が見えるような気がした。手の平を裏返すと、指はまるで太陽に向かう花のように開いた。

……そして　陸地が現れた
泡のビーナスのように

私はまわりを見渡した。みな魅入られていた。カルメン叔母は涙をぬぐった。

それを知るためには夢で会うことだ
それを愛するためには離れていることだ

君の美しさよ　うらやむことなかれ
もうひとつの偉大な国の富と力を
なぜならそこには頭脳があるが
ここには心があるのだ

もし生きることが感じることなら
もし生きることが思うことなら……

祖母や聞いている人々が大好きな詩は、郷愁を誘い、貧しさや病気、過去の自然災害などの哀しみを包みこんで、私たちを希望に満ちた夕暮れのなかに浸していた。詩人はいう。「それを知るためには夢で会うことだ。それを愛するためには離れていることだ」ここで生まれた子どもたち、しっかりとアメリカ本土に定着してプエルトリコ島を訪ねるきっかけもめったにない私たちも、心の片隅に郷愁を宿している。一編の詩や「思い出のサンフアン」のような歌さえあれば、この郷愁はすぐに呼び起こされる。

パーティーが終わるのはいつも夜更けだった。グロリア叔母の息子たちチャーリーとトニーは、土曜日の仕事が終わってから遅れてやってきて、食事をとった。多くはパーティーが終わると帰宅し、ビティン叔父やジュディ叔母は、毎回、眠くて彼らの肩によりかかっている、私のいとこのエレインとリリアンを背負って帰っていった。

やがて残っている者や後からきた者たちに、その夜の最高潮の時がやってきた。「夜の集会」については、誰も話さなかった。子どもが何か尋ねると、意図的に話題を変えた。台所のテーブルを片付けて、みな居間に移動した。祖母の家の下の階に住んでいる何人かもやってきて、静かにパーティーに加わった。母とグロリア叔母は台所に行ってしまった。なぜかといえば、母は、こんな馬鹿げたことに関わりたくないと思っていたし、グロリア叔母は霊魂を怖がっていたのだ。

残っていた子どもたち、ネルソン、ミリアム、エディー、ジュニア、そして私は、寝室に追いやられた。子どもたちがみな寝てしまい、悪い影響を与える心配がなくなるまで、大人たちが静かにしていることを私たちは知っていた。けれども大人たちは、私の強い好奇心や意志が他の子どもたちにも影響するのだということを見くびっていた。私たちはみなベッドの中で起きていて、注意深くじっと動かずに待っていたのだ。

外の通りから射しこむ明かりと、カーテンを通して寝室と居間を隔てるガラス戸から幽かに射しこむ光は、気分次第で楽しいもののようでもあり恐ろしいもののようでもあった。遠く電車が走り去る音が聞こえた。ジュニアとエディーの寝息が聞こえ、二人は完全に眠ってしまったことが分かった。

そうやって眠らずにいる間に、私はチャーリーの話したことを頭の中で繰り返していた。祖母とガジェゴが霊に問いかけるために、どのようにしてそれを呼び出すのかということだ（霊は悪いことをするわけではないが力があった。霊の助けが借りたければ、自分自身の能力を開発する必要がある）。祖母の霊的なガイドはマダミータ・サンドリと呼ばれ、ジャマイカのアクセントで語る。チャーリーは、それらのことを話すだけでも目を大きく見開いた。チャーリーとトニーはアルフレッドと同年齢で、他のいとこたちよりずっと歳上だった。チャーリーはもう立派に大人として認められ、夜の集会に参加することを許されていた。ガジェゴは祖母と同じように霊と会話ができ、チャーリーにそれを教えたがっていたが、チャーリーはその責任を負うのは嫌だった。そのような才能を持っていることと、それに専念することは、まったく別のことだ。

不思議に思われるのだが、超自然的なものについてのチャーリーの報告は理に適っていた。アルフレッドが私たちを怖がらせようとして語った、死んだヒバロ人（人間の頭をミイラにしたことで知られるアマゾン流域の先住民）がサンヘルマンの近くで馬に乗っていたのを見たなどというお化け話の類いとは違っていた。祖母は愛する人々を治したり守ったりするために霊力を使った。もちろん私は、霊的な世界と交信できる能力のある人は、魔女のように邪悪な目的のために使うこともあると理解していた。祖母と同じ棟に、人に呪いをかけるという噂のある人がいた。祖母は、徹底的に打ちのめされるからその人の家のドアに近づいてはいけないといった。祖母自身は決して近づかなかったので、本気だと思った。

ついに静かに鐘が鳴った。これが合図だった。ネルソンとミリアムと私は、ベッドから飛び降りてドアのところへ行き、鼻をガラスにくっつけ、ピンと張られたカーテンのわずかな隙間からようすをうかがった。机の周囲に点(とも)った怪しい円形のろうそくの明かりで、椅子の背や後ろ向きの頭や曲がった肩などが見えるだけだった。鐘が再び鳴った。ドア越しではそれ以上の音を聞き分けることはできなかった。

注意深くドアを少しだけ開け、音を聞こうとして私たちは群がった。万が一見つかったときのためにみな一緒のほうが良かったのだ。いつものようにガジェゴが最初に語りかけたが、いつもの声ではなかった。スペイン語には聞こえなかったし英語でもなかった。まるで言葉を噛み砕いて呑みこんでいるみたいで、そのために息苦しくなっているような感じだった。やがてガジェゴの声は机が振動するまで大きな呻(うめ)き声になり、霊がやってきたことを告げた。ミリアムは怖さに震えベッドに潜りこんだ。私はそんなに早くは降参しなかった。けれどもいくら聞いても、その歪んだ言葉を理解することはできなかった。疲れてきて、ネルソンと私はベッドのミリアムにつき合った。ネルソンは頭まで毛布を被って、怒ったふりをしてつぶやいた。「こんなに霊がたくさんいる家で、どうやって眠れっていうんだろう」皆しばらく黙っていた。するとネルソンの寝たふりの軽いいびきが聞こえてきて、私とミリアムは思わず笑ってしまった。

私たちが祖母と同じ棟に住んでいた南ブロンクスのケリー通り時代を除き、父がパーティーに参加することはほとんどなかった。父は行かないほうが良かったのだ。父が参加した母の日や感謝祭のパーティーで、私は神経質になり、何か問題が起きるのではないかとはらはらしながら見守っていた。ネルソンと私が企んだ他愛のない騒ぎのなかでも、祖母のカリカリの鶏にかぶりついているときも、他の皆が、音楽を聞いたり大笑いしたりしている間も、私は父を横目で追っていた。最初は誰も気づかないが、猛獣のように爪を立てはじめる。そして少しずつゆっくりと顔に不機嫌そうな皺が刻まれ、歪んだしかめっ面になっていった。

いつも私は母より早くその兆候に気づいた。私は母がはやく気づいてくれないかと思いながら、父と母の両方を見ていた。そうするうちに父が暴言を吐きだす。そうなったら家に帰る潮時だ。父が歩けなくなる前に帰らなければならない。その頃の私は、アルコール性の神経症というものを知らず、ただ父の人格が歪んだ仮面の裏に消えていき、遠ざかっていくことを知っていただけだった。それはまるでホラー映画のようで、怪物みたいにぎこちなく歩いて出ていき、そして家に着いたら叫び声を上げるに違いない。

家に帰らなくていいときがいちばん嬉しかった。土曜日はほとんど祖母の家に泊まった。パーティーがあった日は、母がジュニアを家に連れ帰った。ベニー叔父とカルメン叔母は、ネルソン、ミリアム、エディーをなんとか連れ帰った。

朝、起きたとき、私は祖母を一人占めしている。祖母は部屋着のエプロンを着け、ポケットを煙草と紙ナプキンでいっぱいにしてコンロの前に立ち、私の大好きな分厚いふんわりとしたホットケーキを焼こうとしていた。そんな朝がいちばん幸福だった。後で、母が私を迎えにくると、私は祖母にさよならのキスをした。「祝福を、おばあちゃんに」祖母は私を抱きしめ、私たちが去っていくときには、必ずこういった。「おまえに神の祝福と御加護を。そしてすべての悪や危険から免れられますように」祖母がこういうのを聞くだけで、本当にそうなった。

第3章

特別な存在だったいとこのネルソンは別として、ギルマールが小学校でもっとも親しい友だちだった。実際、いとこを除けば彼が唯一真の友だちだったといってもいい。彼も私たちと同じブロンクスデールの市営住宅に住んでいて、ほとんど毎日、外で一緒に遊んだものだ。そのことを聞いたのは、家からは遠いが私たちの好きな隠れ家だった遊園地のそばのコンクリート管にもたれかかっていたときだった。彼の両親（ギルバートとマーガレット。彼の名前は両親からとっていた）が、カリフォルニアに引っ越すことを決めたのだという。彼は、カリフォルニアにはヤシの木があり、いつも日光が降り注いでいるといった。私はプエルトリコに帰ったときにヤシの木を見たことはあったが、それ以外にカリフォルニアがどういうところなのか想像もつかなかった。けれどもギルマールが、引っ越ししなければならないことをどう感じているかは想像できた。私たちの小さな世界やここに住んでいる人々とは、たぶん二度と会えなくなるのだ。

「ギルマール、みんなにお別れしなくちゃ。行きましょう、私が一緒に行ってあげる」

ギルマールの挨拶について回ったその日のことは、市営住宅での私たちの生活を写した一枚のスナップ写真のようだ。私たちは、まずお菓子屋のポップスに会いにいこうと考えた。コンクリート管から這い出て、ブルックナー通りへ出る道に停まっている灰色のトラックのところまで走っていった。ちなみに父は毎日仕事から帰ってくると、ジュニアと私に一セントずつくれたので、私たちはお菓子を買うためにポップスのトラックのところまで走った。金曜日は父の給料日だったので一〇セントくれた。

ポップスは、私たちがあんまり早くきたのでびっくりしていた。ギルマールは彼に、カリフォルニアに引っ越しすることになったのだと話した。ポップスは、さよならするのがとても残念だといって握手をした。それから、何でも好きなものを取りなさい、お金はいいから、といった。

次に、私たちはルイの家に行って玄関の戸を叩いた。ルイは両親を交通事故で亡くし、祖母と一緒に住んでいた。このことは人々の噂でしか聞いていなかったが、彼の祖母がいつも黒い服を着ていたことを考えると、実際そうだったのだろう。彼女はユダヤ人だった。私たちと同様、彼らも愛する人への服喪のしるしとして、黒い服を着るのだと思った。ルイはユダヤ人の学校に通っていて、市営住宅の子どもたちとはあまり遊ばなかったが、私とギルマールはよく一緒に遊んだ。なぜなら私は、彼の祖母とうまが合ったからだ。その日、彼女は家に入るようにといってくれたが、私たちはほんの少しそこにいただけで別れを告げた。なぜなら隣の棟に、もう一人挨拶をしなくてはならないおばあさんがいたからだ。

ベバリー夫人もやはり孫と一緒に住んでいたが、それは孫の母親に問題があったからだ。よく知らなかったが、たぶん、孫のジミー自身も何か問題を抱えていたのだろう。少し普通と違っていただけか、あるいは少し動作が遅かったかだ。とにかくはっきりしていたのは、ジミーは、老婦人にとって普通の子ども以上の重荷だったということだ。その意味で私はベバリー夫人に英雄的なオーラを感じていた。しかも、彼女は事務所で働いていたのだ。母と私は、時折道で彼女に出会うと立ち話をした。彼女はそれほど寒くなくても、いつも毛皮のコートをはおっていて、私にはそれがとても優雅に見えた。母は、おそらくそれが彼女のたった一つの値打ちのある持ち物で、だからこそとても大切なのだろうといった。彼女にとってはそれを着ることが喜びなのだと私は知った。

ベバリー夫人は、自分の家の前でギルマールと私に会うとは思っていなかっただろう。彼がカリフォルニアに引っ越しすることを話し、お別れの挨拶をすると、ほとんど泣きそうになった。私はいつも、子どもたちの世話しているおばあさんはみな特別に偉いのだと思っていた。

私たちの棟の斜向かいにはアナが住んでいた。彼女は母のいちばんの親友で、学校が終わった後、父が家に帰るまで、私とジュニアの面倒をみてくれた。アナには、夫のモンチョと娘のチキがいた。そしてジュニアもまた本当の息子のようだった。彼はモンチョが大好きで、どこにでも、ゴミ出しにまでくっついていった。アナにいわせると、ジュニアは、モンチョのウサギのシッポ、だった。アナの隣人、イルマとギルバートが騒ぎを聞きつけてやってきた。こうしてギルマールとの別れは、皆が集まってのパーティーと化した。

それから私たちは、ブレスト・サクラメント校に立ち寄り、尼僧（シスター）たちに別れの挨拶をすることにした。ジュニアも行きたそうだったが、モンチョから、バケツの中のタコを料理するので手伝ってほしいと頼まれてしまったのだ。ぬるぬるした足と吸盤の付いたタコを見せられたジュニアは、目を見張って口を開け「ママは、こんなの料理しない」といった。モンチョは商船の船員で、彼の子どもに遠い異国の珍しいお土産を持ち帰った。深い海の底のことを何でも知っていて、私たちが聞いたこともないようなものでも、どう料理するか分かっていたのだ。そして間違いなく、ジュニアにどう言い聞かせるかも分かっていて、私とギルマールは問題なく別れの挨拶を続けることができた。

ブレスト・サクラメント校に着いたとき、夏休みだったので校庭に人がいなくて静かだったが、事務所のドアは開いていた。マリータ・ジョセフ尼とエリザベス・レジーナ尼が顔を上げた。

「こんにちは、ソニア、ギルマール。元気なの？　土曜日なのにどうしてここに？」マリータ・ジョセフ尼は心配そうな顔をした。ギルマールが彼女たちに、カリフォルニアへ移住することや、そのために挨拶に回っていることを説明すると、彼女は私に質問した。「それでソニア、あなたは？　ギルマールに付き添ってきているの？」私はただ黙ってうなずいた。家ではしゃべらずにはいられなかったが、学校では話しかけられたときだけ話をした。「あまり、普通はしないことね」彼女はそういって、不思議そうに私を見た。付き添ってきたことはいいことだと思ったが、一〇〇パーセントの確信はなかった。なぜ友だちに付き添うことが珍しいのだろうか。引っ越しするのはギルマールだが、挨拶は私のアイデアだったのだ。

エリザベス尼は、その年の私の担任だった。三年生のときについていえることは、多かれ少なかれパニックの連続だったということだ。気づかれないようにやりすごしてしまおうとしても、いつも問題は私に降りかかってきた。たとえばこんなことがあった。クリスマスには、生徒はみな先生に贈り物を持っていく。その年は、父が私から先生への贈り物を選んだ。父は学校に一度も行ったことがなく先生のことも知らなかったが、選んだ贈り物をラッピングした細長い箱を自慢そうに私に渡した。中身は何なのかも、私にはいわなかった。

クラスの皆の前で、エリザベス尼は贈り物を開けていった。石鹸やお菓子、ファスナーのついた祈祷書、手紙用の薄紙の入った箱、そして父が選んだ私からの贈り物。なんと、父が選んだ贈り物は定規だった。しかも木やプラスティックでできた普通の定規ではなく、頑丈な合金でできていて、間違いなく、宇宙ロケットや金庫を製造するために考案されたものだった（おそらく、父の働く工場で設計された未来の定規）。

ひと目それを見て、胃に拳骨をくらったような気がした。クラスメートの鋭い視線が私に集中した。休憩時間には予想された通り、いくら私が知らなかったといっても、皆には同情してもらえなかった。家に帰る道すがら、私はずっと泣いていた。幸いなことにその定規は、測るためにも懲らしめるためにも二度と出てこなかったので、嫌な思いは薄らいでいった。エリザベス尼にも思いやりがあったのだ。

　母は、カトリックの学校は規律が厳しくていい、授業料は高いが仕方がないと思っていた。六〇年代のブロンクスの公立学校は、今日のような大きな問題を抱えていたわけではなかったが、事実上の差別や慢性的な資金不足と闘わなければならず、カトリック系の学校と比べると、相対的に不充分な環境しか提供できなかった。しかし私のおじやおばは、誰一人としてカトリックの学校に私のいとこたちをやるという犠牲的行為は選択しなかった。

　一クラス四十人から五十人の子どもたちに責任を持つ黒いベールの尼僧（シスター）たちにとって、「規律」とは八番目の秘跡〔カトリックの神の恩恵に預かる儀式で、洗礼、婚姻など七つある〕ともいうべきものだった。私は不器用な筆記体で、祈りの言葉を何度でも、一つひとつの曲線が完璧になるまで繰り返し写した。そうしなければ、規則違反だといって平手打ちや拳固をくらった。自分ばかりではなく他の者に対しても行われる違法行為に対する不釣り合いなほどの厳しい体罰に、私はたびたびとても腹を立てた。尼僧（シスター）たちが宗教の授業で教えることは素直に受け入れていた。神は、愛、慈悲、思いやり、寛容である。でもその教えは、子どもたちを殴る大人たちの振る舞いと辻褄が合わなかった。一度など、尼僧（シスター）が授業の邪魔をした子どもに対して、歯の矯正器をはめていたために顎（あご）から血を流してもなお、平手打ちをやめなかったのを見た。クラスメートの多くは、ブレスト・サクラメント校に楽しい思い出を持っているだろう。そして時が経てば、私もクラスに満足を感じるだろう。けれども、最初の数年、私はほんの少ししか愛情を受けることができなかった。理由の一つは、尼僧（シスター）たちが働く母親たちを非難していたこと、そして、「鍵っ子」である私たちもその非難を感じていたからだった。皮肉なことに、母がより良い生活を送るための鍵だと思っていた教育への支払いがなければ、母はそんなに多くの時間、働く必要はなかったのだ。

　思いつくかぎりのすべての人々に挨拶を終えて、ギルマールと私はコンクリート管に別れを告げるため、そして私たち自身もさよならをするために戻っていった。コンクリート管の中に寝そべって、きれいな円形の空を眺めた。声はコンクリートの空間にこだました。私たちは大きな声でゆっくりと話し、反響する荘厳な声を聞いていた。

「さよなら、ギルマール」

「さよなら、ソニア」

「寂しくなるわ」

「手紙を書いて」

「あなたもね」

「ヤシの木から？」

「ヤシの木から」

私は、法科大学院の二年目の夏まで、カリフォルニアに行ったことはなかった。そのとき、ヤシの木を見ながら高速道路を運転していて、もう長い間、つながりも切れて記憶も定かではない友人たち、そしてギルマールのことを考えていたことを思い出す。

第4章

「この人が私の母よ、ソニア。あなたの曾お祖母さん」祖母はいった。「キスしてあげて」

曽祖母の頬は皺だらけだけれど透き通るようで、とても脆い感じがした。私の唇で傷つけてしまわないか心配なほどだった。彼女の目は白かった。キスしようと屈んだときに、突き離されたように感じたが、それは私の重みで椅子が動いたからだった。曾祖母はぼんやりしていて好奇心はもちろん意識のかけらもなかった。祖母の面影を宿してはいたが生気はなく、私はどう接していいのか分からなかった。

曾祖母のシリアタは、そのとき九〇歳を超えていたが、私には二〇〇歳にも見えた。木彫りの小枝があしらわれた彼女の揺り椅子は、ベビーパウダーと薬草茶の香りがして、縁に立たされ空を見上げる聖人たちが、オーラを放ちながらこの世とあの世の間でバランスを取っていた。私にとって、曽祖母の傍らにいることはあまり居心地がいいとはいえなかった。

私たちは、プエルトリコのサンフアンの、サントゥルセと呼ばれる地区にいた。祖母は、私がバルコニーや狭い庭で遊んでいる間、彼女の兄弟姉妹たちと話をしていた。全部で一〇人ほどいただろうか。祖母は「ディズリータ、ピアトゥリーナ、アンヘリーナ、エロイス……」と紹介したが、とても覚えられなかった。彼らが兄弟なのか姉妹なのか、いとこ、おじ、おばなのかすら分からなかった。私たちは都会の外れにいた。格子窓やバルコニーには蛇のように蔓（つた）が絡みつき、数羽の鶏が、アマポーラの茂みやきれいな黄色いアラマンダの花の下を突つき回していた。やがて、夕立がきて激しい雨が波型の屋根や木の壁を打ち、バルコニーの周囲に雨のカーテンを引き、あっという間に、道に水溜りができた。祖母がおやつを食べなさいと私を呼んだ。おやつは、テンブレークというココナツミルクとコンデンスミルクを合わせたゼライスのようなものか、ニューヨークでは見たこともない果物、匂いが強いグアバや、種がぶどうのように大きくて果肉が羽のように薄く、しゃぶろうとすると口に皺が寄ってしまうケネパ、そしてとろけるように甘いマンゴーだった。夜は姉妹やいとこたちでぎゅう詰めの部屋で、祖母と一緒に寝た。蚊帳が私たちのベッドを快適な隠れ場所にしてくれた。往来の騒音は天井の扇風機のがたごとという音に打ち消され、島の名物である美しい声で鳴くコキガエルが、私が眠りにつくまで暗がりのむこうで歌っていた。

幼い頃のプエルトリコ旅行は、まだほとんど歩けなかった頃の初めての旅を含めて、いつも祖母と二人だった。母は、二度と再び島へは帰らないと決めていたが、後になってその考えを変えた。私が覚えている夏の休暇でとても良かったのは、母とジュニアと一緒に、母の家族を訪ねるためにマヤグエスに旅行したことだった。

母とプエルトリコを旅行するということは、まるで、目覚めた日のリップ・ヴァン・ウィンクル〔ワシントン・アービングの『スケッチブック』のなかにある浦島物語の主人公〕と一緒にいるようなものだった。母は驚いてばかりいた。すべてのものが変わってしまったといい、そうでないものは、まったく変わっていないといってまた驚いた。

空港を出るやいなや、まずは故郷の味を試さずにはいられない帰省客の波に揉まれながら、街道沿いの売店に立ち寄った。ココナッツは、ブロンクスの道端で売られているような茶色い毛むくじゃらの乾燥したものではなく、大きくて緑色だった。振ったり叩いたりして、なかで水がごぼごぼ音をたてているものを探す。売り子は山刀をひと振りして上の部分を切り落とし、ストローを差しこみ、客に渡す。私は、甘い果汁を少しずつ吸いながら、人々が行き交う街道を眺めていた。その間、いとこのパポや母の姉であるアウロラ伯母が、母が知っておくべき皆の消息についての最新情報を提供していた。誰が誰と結婚したとか、誰が誰の子を産んだとか、誰が病気になったとかだ。アウロラ伯母はニューヨークに住んでいたが、しょっちゅうプエルトリコへ行き、友人を訪ねたり、家族の問題を解決したりしていた。彼女が話し終える前に、私は空になったココナッツを売り子のところに持っていき、半分に切ってもらった。そして最初に切りとった上部の小片をスプーン代わりにして、私のいちばん好きな果肉を心ゆくまで楽しんだ。

母はある日、街道沿いの野原で牛を引いたまったく見知らぬ人を呼び止めて、牛乳を一杯くださいといった。彼はまるで「頭のおかしなアメリカ人」とでもいいたげに母を見た。当時すでにプエルトリコでも、牛乳は牛から直接ではなく殺菌して飲まれていた。昔の習慣が母をその気にさせたのだろう。彼は私にも水差し一杯の牛乳をくれようとしたが、私はそれに触らなかった。ただ、恍惚として牛乳を口に運ぶ母の顔を見つめるだけだった。

マヤグエスでは、いつもマリア伯母の家に泊まった。彼女は母のいちばん上の兄であるマヨ伯父の最初の妻だった。マリア伯母は母が小さかったときに面倒をみてくれ、その家族としての絆は、夫婦としてよりも長く続いた。母はまた、マヨ伯父の新しい家族とも仲良くしていた。どちらの肩も持たないという主義で、それは複雑に広がった家族関係の中でとても有効だった。この姿勢は、両親が離婚したようないとこたちとのつながりも失わないために、私も見習っていた。よく皆とおしゃべりしたものだ。それまで聞いたこともなかった親戚もいた。母はコーヒーを飲みながら、私とジュニアを皆に紹介した。はじめのうちは、私たちのスペイン語がぎこちなかったのでみな笑っていたが、数日後には良くなったと褒(ほ)められた。ジュニアだって、もし口を開いてもう少ししゃべっていたなら、きっとスペイン語が上手になっていたはずだ。私は何年か後に、ジュニアが不屈の意志を持ったおしゃべりな二人の女性に常につきまとわれていることの大変さを、ようやく理解した。

マリア伯母の家では、いとこのパポが、歓迎のためにいつも特別な準備をしてくれていた。流しの下には、私たちが着く前に山で採ってきた袋いっぱいのマンゴーが置かれていた。お腹をこわすと何度注意されても、私はそれを一日じゅう食べつづけた。今にして思えば、当時の若年性糖尿病の治療ではよくあることだったかもしれないが、インスリンを必要以上に摂取していたのかもしれない。インスリンが効きすぎていたので糖分を欲していたのだろう。血糖値が高くなると眠くなるのが嫌だったので、インスリンが多めだったことはかえって良かったのだ。そして何よりも、他のものを減らしてでもマンゴーを食べたいという私の欲望を満足させた。

昼どきになると、家族がみな仕事から戻り、マリア伯母は息子たち（私の年長のいとこたち）やその子どもたちのためにたくさんの昼食を用意した。ときには、別の場所に住んでいる者たちまで、その恩恵にあずかった。昼食のあとは昼寝だ。私は眠れそうもなかったので本を読んでいたが、皆が一ヶ所に集まって横になり静かにつながっている、そういう感じのする時間が大好きだった。

パポは、島にあるいくつかの大きな店のショーウィンドウをデザインする仕事に携わっていた。プエルトリコで初めてのプロの設計士としての自負があり、彼はアイディアを得るために、たびたびニューヨークを訪ねていた。チャロは高校の先生だった。ミニータはエル・

ムンド紙の上級秘書で、エビータは官庁に勤めていた。当時でも、ニューヨークで暮らしているプエルトリコ人より、この島で見知っている人々のほうがいい仕事に就いていることは明らかだった。マヤグエスの通りを歩いていると、玄関先に医師や弁護士、また他の専門的な職業の名称が記してあり、それらがプエルトリコ人であることを見て、感動と誇らしさで胸がいっぱいになった。ニューヨークではあまり見られないことだったのだ。母が働いている病院にも、プエルトリコ人の看護師は何人かいたが、医師はたったの一人だけだった。ブロンクスの大きな店や小売店でもプエルトリコ人は働いていたが、マネージャーや店主はごくわずかだった。

マヨ伯父のパン屋は私の大好きな場所だった。それは、パン屋というよりケーキ屋に近かった。マヨ伯父は外がまだ暗いうちから、小型のパンや大きな丸パンを焼きはじめ、熱い電球が点(とも)った特別なショーケースにそれらを並べていた。生クリームがたっぷり入ったカステラや小さなケーキ、自家製のチーズ、グアバのマーマレードが詰まったショーケースもあった。伯父の当時の妻エリサ伯母も、通りの向こう側の工場で縫製をしている労働者たちの昼食や軽食を準備するために早くから起きていた。鶏肉を揚げ、豚肉を焼き、煮込みや肉のパイ、米の釜や豆の鍋を用意するためだ。煮込みの匂いがパンのイーストの香りと混じり合い、何ともいえない美味しそうな匂いが通りに広がり、バルコニーへと上っていった。

昼時に工場のサイレンが鳴ると、パン屋はすぐに満員になった。店を手伝っていた私は、活気のある昼食時の忙しさが嬉しかった。私はすべての商品の値段を知っていたし、どういう風におつりを渡すかも心得ていた。父から受け継いだに違いない自分の計算能力をすでに発見していたのだ。エリサ伯母は、伯父がそばにいないのを見計らってレジを使わせてくれた。伯父が、もし私がレジを使っているのを見たら、信じられない気持ちがしただろう。まだまだ彼にとっては、女の子がお金を扱うことは好ましくないことだったのだ。

店の手伝いが忙しくないときには、いとこのティトとパン屋の裏の路地で「三ばか大将」〔当時のテレビのコメディー番組〕の真似をして遊んでいた。ティトがモーで私がカーリーだった。いつもはジュニアか他の誰かをラリー役にしていたが、何といってもティトと私が、動作やセリフをとても上手にこなした。目玉を取り出すふりをする鐘の音や、耳をよじるときの擦れるような音、そして何にでも使える「ニー、ニー、ニー」まで。

プエルトリコを出るまで母はラハスやサンヘルマンに住んでいたが、島の他の場所は見たことがなかった。行ったことのない場所を私たちにも見せたがり、みんなでルキージョの海辺に行った。そこは私が馴染みのあったブロンクスのオーチャード海岸とは似ても似つかないところだった。プエルトリコには渋滞がなかったし、暑い車の中でいわしの缶詰のようになる必要もなく、砂浜はきれいで、手洗いに行列することもなかった。島は発展して今では渋滞もあり、私の幼い頃とは変わってしまったが、それでも水は以前と同じように温かく透明で、砂は真っ白だ。水中を覗くと底まで透き通って見え、海の青は空の青に混じり合っていた。

ポンセの消防公園も私を虜（とりこ）にした。建物の壁の赤と黒の縞模様は、目を閉じてもはっきりとまぶたに焼き付いていた。消防車は鐘のついた巨大なおもちゃのようで、実際に動くなどとは想像もできなかった。どうやって本物の火事を消すのだろう。母はいった。「こういう木の家はどうせ燃えてしまうの。だけどできる限りのことをやったのよ」彼女はさまざまなことについて、いつもこういった。できる限りのことをやった、と。

いろいろな興味深い場所のなかでも、ポンセ美術館は特に印象的だった。私はそれまで一度も美術館を訪ねたことはなかったが、ポンセ美術館の建物は素晴らしく、まるでお城のように荘厳だと思った。階段は円を描くように両翼で囲まれ、あまりにも美しく、好奇心に駆られて何度も階段を上ったり下りたりした。警備員に怒鳴られて怖い思いをしてからは、ゆっくりと歩きながら、絵を一つひとつ見ていった。

まず、肖像画というものは、おかしな服を着て、立ったり座ったりしてポーズをとり、真面目な顔をしてこちらを見ているものなのだなと思った。この人はいったい誰なのだろう。どうして画家はこの人をモデルに選んだのかしら。それらの絵を描くのにどれくらいの労力がいるのだろう。モデルはどのくらいの時間、動かずにいなければならないの。他の絵は物語の場面のようだったが、どういう話かは分からなかった。なぜ彼女は彼の首を落としたのだろう。私はその絵のなかの鳩が、たまたまそこを通った普通の鳩とは違うことに気づいた。どういうものかはっきりしなかったが、何か意味があるということは分かった。そういう物語について考えるのに疲れると、別のことが分かってきた。絵筆のタッチや色の濃淡だ。肌ざわりの良さそうな、いかにもすべすべした布が描かれた絵もあった。あるものは遠くの対象がとても小さく描かれ、空間を感じることができそうだった。あるものは地図のように平坦に見え、私は考えた。今こうして感じたことは何を意味しているのだろう。自分が理解できたことよりも、ずっと深い意味がそこにあることに私は気がついたのだ。

子どもが自分の精神のメカニズムに気づくということは特別なことだろうか。しばしば私は、知らなかった物事を発見するたびに、知識のなさを痛感していた自分をはっきりと覚えている。何年もの間、祖母の部屋には、私を惹きつけてやまない複製画が額に入れて掛けてあった。どうしてそこにあったのかは分からないが、フランス革命を題材にしたものだったと思う。広い階段が広場から館まで続き、バルコニーには淡い青色のドレスを着て髪を威圧的に結い上げた一人の女性（マリー・アントワネット？）を含む一団が描かれていた。画面の下には、多くのみすぼらしい服装の人々が描かれていたが、私の目はいつも、階段の下のほうでボロをまとい、一本足で杖に寄りかかって背を向けている一人の老人に向けられていた。画家に着想を与えた歴史や政治的、社会的な背景については知らなかったが、画家はこの男をこの位置に置くことによって、あるメッセージを伝えようとしているのではないかと私は思った。長い時間、この人物について思いをめぐらせ、その容貌を想像したりした。しかし、私が到達できたのはそこまでだった。

「ソニア、あなたのお祖父さんに会いにいくわよ。私のお父さんに」これは、とても印象深い出来事だった。母はそれまで、その人の存在さえ口にしたことがなかったのだ。私が祖父について質問すると、母はまるで、薬の箱の裏の小さな文字を大声で読んでいるかのように答えた。「知らない。私が生まれたときに出ていった。それから会っていないの。マヨ伯父とアウロラ伯母は、私に一緒に行ってほしい、あなたもついてくるべきだといっているけど」不思議だったのは見知らぬ祖父ばかりではなかった。普段は、その声の輝きや微笑み、そして眉の動かし方によって、母が何を考えているか分かったものだが、このように突き放したような無関心なようすで話すなんて、私の知っている母ではなかったからだ。

マヨ伯父は、病室のいちばん隅にある、窓の際のベッドまで私たちを促した。ベッドまで歩いていく間、私と母は緊張していたので、他の患者たちの姿はほとんど目に入らなかった。いったい何が待っているのか、何をどう考えたらいいのかまったく分からなかったが、そうかといって逃げ出すこともできない。母はキスして挨拶するのかしら？　母は見も知らぬ父親にどう接すればいいの？

祖父は、母とよく似た明るい色の目をしていた。白い髪や髭、白いシーツのなかで、その海のような緑色はますます鮮やかに碧く、驚かされた。美男だけれどやつれていた。箸のように細い腕が、病院の部屋着の袖からのぞいていた。いろいろ聞いてみたいことが頭の中に浮かんできたが、そのいずれも声を出して問いかけることはしなかった。「どうして母を捨てたの？　あなたは誰？　結婚しているの？　他に子どもは？　どこに住んでいたの？」

彼をよく見ようと、私は椅子によじ登った。母はベッドに近づくと立ち止まり、氷のように冷たい声で「私はセリーナです」といった。それだけだった。彼は何もいわなかった。彼女の人生がどうだったかも、今どうかも聞かなかった。涙も告白もなかった。

アウロラ伯母は私の手を取って私を紹介した。彼はただうなずいただけだった。私はベッドから下がってまた椅子に上がり、アウロラ伯母がおしゃべりをしながら彼の枕を直すのを見ていた。マヨ伯父は行ったり来たりしながら、担当の看護師たちと話をしていた。この何でもない体験から、私は、母が大変な苦労をしてきたに違いないことを理解したのだった。

この日の記憶を、私は重大なこととして胸にしまった。母とその父親とが行き着いたと見えたところ、でもその後も、母の受けた傷は決して癒えることはないだろうし、二人の緊張関係は、お互いに認めることはないだろうから和らぐこともないだろう。受け入れて心を通わせなければ謝罪は伝わらない。後年、私の母に対する気持ちのなかに、見捨てられたことを長く引きずった影を見出すことになるのだが、私は私が目の当たりにした祖父と母の関係を繰り返すまいと思った。今、私が母と分かち合っている信頼関係は厚いものだが、それは時間をかけ努力を重ね、また祖父と母のようにならないように努力してきた結果なのだ。

第5章

四月に九歳になった。その日、父は具合が悪くて仕事を休んでいたので、まっすぐ家に帰るつもりだった。いつもは、ジュニアと一緒にまずアナの家に行き、父が仕事から帰るまで外で遊んでいた。その日、アナは父が家にいることを知っていたので、彼女にわざわざいいにいく必要はなかった。母は毎朝、仕事に行く前にアナとコーヒーを飲んでいたからだ。二人はお互いのことは何でも知っている間柄だった。

角を曲がったとき、アナの夫のモンチョが、ビルの三階の窓の外で、窓の掃除をしながら通る人たちに注意を払っているのが見えた。どこかおかしいと私は思った。彼は私を見つけると手で合図しながら叫んだ。「ソニア、ジュニア、上がっておいで！」その声には、ただならぬ響きがあった。ジュニアはただモンチョに会うのが嬉しくて、飛び跳ねながら私を追い越していった。

アナがドアを開けてくれたとき、何か良くないことが起きていることが分かった。彼女は泣き腫らした目をして、真っ青な顔をしていた。これは単純に涙を誘うような悲しさではなく、彼女を心底から動転させるようなことが持ち上がったのだと思った。彼女は私たちに何も説明せずに泣き出し、私たちをそこに待たせて母に電話をした。モンチョには「セリーナから話すべきよ」といった。モンチョは何もいおうとしなかったが、彼がこんなに黙っているのは珍しいことだった。すべてが異様で私はただ驚き、いったい何が起こったのかと呆然としていた。アナがいった。「さぁ、行きましょう」階段を下りて私たちの棟まで行った。それは短い距離だったがとても遠く感じられた。足ががくがくして、歩けなくなってしまうのではないかと思うほどだった。

家に着くと、ドアを開けてくれたのはアルフレッドだった。彼の目も真っ赤だった。ヴィティン叔父がいて、他の人の声も聞こえていた。部屋の中に入るとたくさんの顔が同じように涙ぐんだ目で私を見ていた。母は電話のわきの椅子に、大きな涙にぬれた目で呆然として座っていた。ジュニアが「パパはどこ？」と聞いた。

「神様が連れていったのよ」

ジュニアには何のことだか分からなかったようだが、私には分かった。父は死んだのだと何をどう感じて何をいい、何をすべきなのかまったく分からなかった。自分自身が遠く離れたかのように、私の声が泣いている他の人たちの声と一緒になって聞こえてきた。私は、廊下を走ってベッドに飛びこんだ。しゃくり上げて枕を拳骨で叩いていると、アナが入ってきた。「ソニア、あなたはお姉さんにならなきゃだめよ。ママだってどうしていいか分からないのよ。あなたが泣いていてはだめ。ママのためにも強くならなくちゃ」

それが私のやるべきことなの？　私は泣くのをやめた。「私は大丈夫、アナ」彼女は私を置いて出ていった。部屋はしんと静まり、その静けさは廊下の端から聞こえてくる騒音よりも強烈だった。朝、父が洗面所で髭を剃りながら、週末ではないけれど今日は仕事に行かないから子どもたちに朝食をつくってやろう、といったことを思い出した。母は「病気ならべッドに戻りなさいよ。学校に行かなくちゃならないんだから、あの子たちには時間がないの。それにどうしてそんなに髭剃りに時間がかかるの⁉」と叫んでいた。

私たちは何時間も葬儀社にいた。私にとっては永遠のような気がしたが、母と祖母やおばたちは、もっと長い時間、そう、何日もそこにいた。亡骸を一人にしないことが重要だったから、皆で付き添っていたのだ。母は、ジュニアと私を連れていきたくはなかったが、アウロラ伯母が、ブレスト・サクラメント校から尼僧たちやハート師がくるのだから行ったほうがいい、彼らが来たときに、私たちがいないのは失礼に当たるだろうから、といったのだ。

部屋は黴の臭いを消すために、花やコロン、香水の匂いで満たされていた。人々はささやくように話し、部屋を覗いては静かに頭を振った。前兆はあったかどうかや、父とここ数日に交わした挨拶やありきたりの会話について話していた。今はそれらは重要なことだった。病気なのに、なぜその朝髭を剃り、服を着替えていたのか。まるで彼には分っていたかのように。そして、父が良い人で家族を大切にし、四二歳という若さでこの世を去ってしまったことを嘆いた。さらに、セリーナは三六歳という若さで二人の小さな子どもを抱えた未亡人になってしまった！　と繰り返した。

おばたちは次々に泣いた。祖母はいつまでも泣くのをやめなかった。私は彼女の隣に座り、手を取った。祖母が泣くのを見るのはとても辛かった。私自身、本当に悲しんでいたのかもはっきりしないほど、祖母の悲しみは大きなものだった。息子の死による衝撃で心がぼろぼろになってしまい、今後決して幸せを感じることができないのではないかと心配した。もし彼女まで死んでしまったら、私はどうなるのだろう。

尼僧(シスター)たちとハート師が訪れ、そして帰っていった。フィッシャー先生や父が働いていた工場の同僚も何人かきた。その間、母はずっと大きく見開いた虚ろな目でそこに座っていた。話しかけられても答えることさえできなかった。アウロラ伯母が母に、ハート師にお礼の言葉を述べるべきだと助言しなければならないほどだった。

ついに、父との別れのときがきた。アウロラ伯母は私に、父にキスするようにいった。私は、本当は「いや!」といいたかった。けれど、祖母をこれ以上傷つけたくなかったので我慢した。「怖がらないでソニア。手に触って」私は怖いとは思わなかったけれど、といって平気でもなかった。顔に白くおしろいを塗られた父は、似てはいるけれども私が知っている父ではなかった。本当の気持ちをいえば尻ごみしていたが、目を閉じて一度だけ触れた。

ある部分では、そのとき起こったことに対して私は冷静だった。物心がつく以前から私の心を強く縛っていた結び目が解けはじめた。心の底では、だいぶ前から父はこのように終わるだろうということが分かっていた。生前の父とは違う亡骸を見ながら、彼はもう戻ってこないということをはっきりと理解した。これから先、母とジュニアと私は、彼なしで前に進みつづける。おそらく今までよりも容易いことだろう。

……マリア様、神の母よ。私ども罪人のために、今も、そして死を迎えるときもお祈りください……

祖母の家で、父のために七日間続けてロサリオの祈り〔ロサリオは数珠様の輪でこれを繰りながら唱える祈り〕を唱えた。毎晩、これには終わりがないのではないかと思った。祖母は泣いていたし、母もおばたちも泣いていた。亡骸に付き添った大変な一週間と同じように、祈りは際限がなかった。最後の夜は、終わり近くになって、近所の人たちがケーキの代わりに食べ物を持ってきてくれたので嬉しかった。そうはいっても三つのロサリオを全部唱えなければならなかったのだけれど。

……神があなたを助け、マリア様、感謝いたします。神はあなたと共に。聖母よ、あなたはすべての女性の間に、そして聖人はあなたの胎内の果実、イエス様……

皆が祈っている最中、私は居眠りをしてしまったようだ。はっとして目覚めると、母がそばに立っていて私の腕を引っ張り、痛いほど手を握り締めていた。彼女は怒りに震える声で祖母にこういった。「メルセデス、こんなことはいけないわ。絶対に許さない！」部屋は静まり返った。皆の視線が、涙が流れるにまかせてじっと立ち尽くしている母に釘付けになった。「絶対にこの子をあなたのそばには行かせない。そして私たちはもうあなたとは会わない、絶対に！」

母は私を寝室へ引きずっていき、一晩じゅう泣いていた。なぜ母があんなに祖母に反発したのかまったく分からなかったし、誰も何もいわなかった。ずっと後になって、ようやく事の真相がはっきりした。私が居眠りしている間に、祖母が私の上に霊を呼び出し、私は霊が乗り移った異様な声で話したという。覚えている人によれば、ずっと前に死んだ祖母の姉に似た声だったという。私が口にしたメッセージは、父は彼女とともにあり安心だ、心配はないということだった。「受け入れなさい」と、私はいったらしい。

このようなことを、私はうまく説明できない。こんなことはそれまでは一度もなかったし、その後も起こらなかった。そのときは皆とても疲れていたので、実際に聞いたことと聞きたかったことを区別するのは難しい。はっきりしているのは、祖母に元気になってもらいたかったということ。だから、私が夢を見て寝ぼけながらしゃべったという可能性はあるかもしれない。いずれにせよそんなことは重要ではなかった。祖母が私の特別な能力に期待して育もうとするどんな願いも、迷信や妖術を信じない母の確固とした信念によって阻まれていた。

父が死んだ日からずっと、私たちは祖母の家に泊まっていた。母は自分たちの家に戻ることができなかった。母は私たちを学校に間に合うように連れていくため、早起きしなければならなかった。学校に送り届けると、母はアナの家に行った。そして私たちの学校が終わるまで一緒にコーヒーを飲み、しゃべっては泣いていた。それから私たちを祖母の家に連れて帰った。幸運なことに、私たちの住んでいた市営住宅、ブロンクスデールハウスの管理人は、父が他界してすぐに別のアパート、ワトソン通りにある二階の家に私たちを移動させてくれた。階段で何か面倒なことに巻きこまれることを思えば、七階よりもずっと良かった。それにブレスト・サクラメント校にもかなり近かった。そしていちばん有難かったのは、母が病院での勤務時間を変えることができたことだ。もう夜勤をしなくてもよくなったので、私たちが学校から帰る頃には、母は家にいられるようになった。

ヴィティン叔父と従兄弟のアルフレッドが引っ越しを手伝ってくれた。父の部屋を片付けて、空になったあのお騒がせの酒瓶を大きな袋に入れて運んだ。シーグラムセブン〔アメリカンウィスキーの銘柄〕の一滴も残っていない平たいハーフパイントの空き瓶は、マットレスの下やクローゼットの中、戸棚の後ろ、外套やズボン、シャツのポケット、そして何枚ものジャケットから見つかった。果てはコートの裏地のあいだにも一本隠されていた。

父は毎日、仕事から帰ると、私たちに甘いものを買うために数セントをくれて、一五分間遊んでおいでといったが、夕食前の一杯をやるために私たちを外に出していたのだと気がついた。ジュニアは父と同じ部屋で、別のベッドで寝ていたのだが、よく寝たふりをして父のようすを見ていたらしく、マットレスの下に酒瓶があることは知っていたと打ち明けた。私は母と同じ部屋で寝ていたのだが、一度寝入ってしまえば何があっても起きなかった。私は他に、何か見落としたものはないかと考えた。

父が私たちを愛しているのはよく分かっていた。しかし、どんなに愛していてもお酒をやめることはできなかった。祖母やおばたちは、最後まで父のお酒は母の責任だと思っていた。たしかに母は、父に対して間違った言い方をした。どちらも、始めた喧嘩をどう終わらせるかを知らなかったのだ。けれども私は、父のお酒をやめさせることなど母にできるはずもなく、父のお酒は母が原因ではないことがよく分かっていた。命を縮めた病気は父自身が引き起こしたことで、子どもながらに、彼の責任であることを承知していた。

父の部屋の窓から外を見ながら何時間もそこに座って、私と父が一緒に過ごしたさまざまな場面を思い返していた。強いオールドスパイス〔ボディーソープやコロンの銘柄〕の香り。米とインゲン豆が家の奥のほうで煮えていた。そして父は、これからどうなっていくのか未来を予想しながら話してくれた。近くの空き地に店ができるだろうとか、いつの日かきっと、あの南ブロンクスの空に黄色い光を放ちながら上ってくる満月に、人が乗ったロケットが飛んでいくだろうとか。けれどもじつは、これらの一つひとつの場面の裏には、空き地や高速道路やれんがの壁や街並みを、そして、消えていく命を静かに見つめていた、長い悲しみの時間があったのだ。

私たちが引っ越した日、新しい家はペンキの匂いがした。ワトソン通りの部屋からの眺めは今までと違い、窓からはブレスト・サクラメント校の校庭が見えた。生徒たちはもう帰っていたが、二人の男の子がバスケットボールの練習をしていた。もっと遠くには尼僧(シスター)が一人、建物のそばを歩いていたが、黒いベールを被っているので誰かは分からなかった。窓から外を眺めながら、父が死んだ日に起きたあること、その後の激変のなかでほとんど忘れていたことを思い出していた。私は学校で休憩時間に校庭にいて、鉄格子のそばに立ってわが家のほうを見ながら父のことを考えていた。そのときどきの断片的な考えではなく、またその前に考えていたことと関連があるものでもなかった。考えというよりも感情に近かった。いや感情でもなかった。ふとした感覚とでもいうべきわずかな気配、見た目には分からない微かなぞよ風のような感じだった。そのときはまだ父の死を知らなかったが、それはきっと、私にさよならをいいにきた父だったのだろう。

第6章

葬儀の後は、終止符が打たれたことによる解放とか安堵に浸ることもなく、耐えられないほどの混乱の日々が待っていた。九歳にして私は、失うことやその悲しさまでを理解する下地ができていた。しかし心の痛みに関しては、他の人のことも、もちろん自分のことも理解できなかった。母に何が起こったのか分からなかったし、私はそれが怖かった。

ジュニアと私が学校から帰ると、いつもカーテンは閉まりアパートは暗く静かだった。母は食事の支度をするときだけ、奥の部屋から出てきた。その他の時間は部屋のドアを閉めて灯りを消し、何時間も一人きりで過ごしていた。ワトソン通りの新しいアパートでは、ジュニアと私は玄関に近い部屋を二人で使い、前のアパートの父の部屋にあった二つのベッドをそれぞれ使っていた。母はまるでゾンビのように現れて夕食を出した後、ほとんど何もしゃべらずにまた自分の部屋に戻っていった。せっかく昼の勤務になり私たちよりも先に家に戻っていたのに、遅くまで働いていた頃よりもっと彼女と顔を合せる時間は少なかった。私たちは二人で、宿題をしたりテレビを見たりしていた。

週末には買い物をするために、どうにか母を起こした。父が買っていた物を思い出してバスケットに入れたが、母がそれらをどう料理するのかは分からなかった。父の料理が、そして父が懐かしかった。父が他界したとき、ある意味で私はこれで生活が良い方向に行くと信じて疑わなかった。このように暗く憂鬱な生活になるとはまったく考えてもいなかった。

私だけが母のことを心配していたわけではない。たまたま彼女の友だちの何人かが、アナに話しているのを耳にしてしまったのだが、そのうちの一人が、ドラン神父に母に会いにきてもらうよう頼むためにブレスト・サクラメント校に立ち寄るといった。アナの家でのお茶会で、その依頼をドラン神父が拒絶したと聞いて私は憤慨した。母が日曜に教会に来ないからだという。

母はたしかに教会には行かなかったが、子どもたちには寄進のお金を持たせ教会に行かせていた。そして私たちをブレスト・サクラメント校に通わせるために、病院で長い時間働いていた。もし彼女が助けを求めているのなら、ドラン神父はもっと寛大になるべきではなかったか。彼女が敬虔なクリスチャンではないと考えるのなら、彼のほうこそもっと謙虚なクリスチャンになるべきではなかったか。私は、第二バチカン公会議の前、当時の聖職者たちがやっていたように、彼が祭壇の前で会衆に背を向けて立っているのを見たときに感じた失望を思い出した。上のほうで何をやっているのか見せなさい！　私たちに背を向けているのを見たとき、まさしく拒絶されているように感じたのだ。その数年後、ローマ法王パウロ六世が聖職者たちを会衆のほうを向いて立つようにさせたときは、とても嬉しかった。

次の週も暗く静かに過ぎていった。母のもう一人の友人クリスティーナが、彼女の教会の司祭に母を訪ねるよう頼んだ。その司祭はもちろん母を知らないし、母はバプテスト派だった彼の教会に行ったこともなかった。しかしそれは母を拒絶する理由にはならなかった。彼はやってきて数時間、静かに話していた。彼がスペイン語で話していることに私は感銘を受けた。何かを助言してくれるかどうかはそれほど重要ではなく、そうしようと気を遣ってくれたことに尊敬の念を持った。

春から夏になっても母は暗い部屋に閉じ籠りつづけていた。夏休みの間、私は授業が早く始まらないかと願っていた。しかし、外で遊びたいとは思わなかった。私が何を恐れていたか正確にはいえないが、とにかく近くにいて見ていなければならないと思っていた。

その夏の唯一の慰めと気晴らしは読書だった。書棚に並ぶ本を見ることが嬉しく、その多くをむさぼり読んだ。パークチェスター図書館は私の避難場所だった。目録のページを繰るのは無限の宝を探るようなもので、そこには読み尽くせないほど多くの本があった。私の読書は行きあたりばったりだった。家族には、どんな本が子どものためになるのか教えてくれる人はいなかったし、先生たちもそんなことには興味がなかった。ましてや図書館の司書に説明を頼むなどとは思いもよらなかった。母は、ジュニアと私のためには「ハイライツ」〔子ども向けの雑誌〕を、自分には「リーダーズ・ダイジェスト」を購読契約していた。しかしそのときすでに、私は「リーダーズ・ダイジェスト」のすべての号を最初から最後まで読んでいた。「笑いという心の薬」を私は今すぐ必要としていたのだ。ときにはある話の虜となり、もしかしたら抜粋や要約かもしれないと考えてその原本を探したこともあったが、見つかったためしがなく私は困惑した。今にして思えば、貧しい地区の小さな図書館が、新刊書を入手するのは困難だったのだろう。

いちばん気に入っていたのは、フィッシャー先生が貸してくれた本だった。彼の診療室の小さな棚の上に置かれた赤革で製本された本を見つけて、それは何かと尋ねた。彼はその重い本を取り、好きなだけずっと貸してあげるといった。ギリシャの神々や英雄たちの話で、この本はその夏の、そしてそれから先もずっと私の道連れとなった。私はこれらの昔の古典的な神々は、祖母の身近な霊をつくり変えたものだと想像していたが、それはもっと人間的であり社会的であり、現在のブロンクスと共通するものだった。英雄たちはその不完全さにもかかわらず尊敬されていて、ここから脱け出したいと願う子どもにとっては漫画のスーパーヒーローのようにとても魅力的で、彼らの戦いは、フラッシュ〔ゴードン・フラッシュという漫画の主人公〕とは比べものにならないほど見事だった。矛盾に満ちたこれら不死の人々は、教会の抜きん出て慈悲深い不変の神よりも、もっと現実的で親しみやすく思えた。このフィッシャー先生の本から、私の名前ソニアが知識を意味する「ソフィア」の変形の一つだということを知った。私はこの発見に目を輝かせた。そしてその本をとうとう返さなかった。

私はいつも、誰かに何が起こっているか理解できないときは、それが分かるまで注意深く見たり聞いたりした。しかし母の場合には、ドアを閉めて暗がりのなかに座っているだけで、何の手掛かりもなかった。私が知るかぎり、父が生きていたときは言い争いばかりだった。怒鳴っていないときは両者の間に固い石の壁をつくっていた。一緒にいて幸せそうだった光景を思い出すことができない。だからこそ、彼女の悲しみが不合理に思えたのだ。

祖母の悲嘆は不思議ではなかった。それは私が彼女の心をより理解していたせいかもしれない。パーティーはもう開かれることはなかった。音楽も踊りもなければ、一緒に鶏を買いにいくことも霊を呼び出すこともなかった。祖母はもう当たりくじの夢を見ることさえなくなったのだ。「息子と一緒に、私の運も死んでしまった」といっていた。霊は息子に何か悪いことが起きると告げなかった、そのために彼を守ることができなかったと、霊に対してとても腹を立てていた。父が死んだ次の週、悲しみのなかで彼女はいつもの賭けを忘れてしまい、後になって当たり番号が墓石の番号だったことを知ってとても驚いていた。まるでたくさんの霊が彼女をからかっているかのようだった。

長男に対する祖母の愛情に満ちた微笑みは、いつも父の顔を明るくしていたが、父が祖母に話しかけるのを何年もの間、見たことはなかった。父は祭日になると私たちを祖母の家に連れていってくれたが、家にいるときと同じように、窓から外を見ながら黙って座っていた。テレビで野球中継があると少し元気になった。彼の心からの楽しみの一つだった野球の試合を見るためだけに祖母の家にきていた。野球観戦は、彼の応援する声とあいまって、数少ない普通の家族生活の一コマを見るようだった。私は安心して微笑ながら寝入っていた。

　このようなことを論理的に見ると（私は論理的な少女だった）、父はパーティーには参加しなかったのに、祖母はどうしてパーティーをやめなければならないのだろう？　父は以前からいなかったのに、なぜ今いないことが問題なのかしら？　なぜカルメン叔母は葬儀で取り乱し、お墓に飛びこもうとして無理やり引き止められなければならなかったの？　彼女だって、生前、父と一緒に過ごしたいようには思えなかったのだ。

　こういった大人が耐え忍んでいるものは一体何なのだろう？　私はこう考えた。みな自分に責任があると思っているに違いない。もし父が、ゆっくりと毒を飲んで自殺したのであれば、長い間そう思われていたように、もちろん母の責任だろう。おそらく祖母も同様の責任を感じ、霊も役に立たなかったと思うだろう。カルメン叔母もまた、仲介の労をとらなかった責任を感じるかもしれない。ジュディ叔母がヴィティン叔父に、どうしてもっと家族を頻繁に訪ねないのかと非難しているのを何度聞いたことだろう。ヴィティン叔父は祖母の息子でジュディ叔母はただその妻なのに。つまり皆の理屈はこのようになっていたのだ。もしある男性が何か悪いことをしたら、それは妻であれ母であれ、姉妹や従姉妹であれ、女の責任になるということだ。そしてそれを止めるために何かできたはずなのにやらなかったと、自責の念に駆られることはとても辛いことだ。けれども、それらのことすらあまり意味がないことは分かっていた。本当は、彼自身しか彼を救うことはできなかったのだから。

くる日もくる日も、ドアは閉まったままだった。もうこれ以上、我慢できなかった。私は衝動的に両方のこぶしでその馬鹿げた応答のないドアを叩き、母がドアを開けると同時に、面と向かって彼女に怒鳴った。「もう、いや！　こんなこと終わりにしなくちゃ！　ママは私たちまで惨めにしている」

もう何ヶ月も家の中で怒鳴り声を聞いていなかった。彼女はそこにじっとして、ただ目を瞬かせるだけだった。私は怒鳴りつづけるしかなかった。「一体どうしたの？　パパは死んだわ。あなたも死ぬつもり？　そうしたら私やジュニアはどうなるの？　もうやめてママ、やめて！」

私はそれだけいうとくるりと背中を向けて、廊下を、端の部屋まで歩いた。そしてドアを力いっぱい閉めた。本を取ってベッドに横になったけれど、とても読むことなどできなかった。両手が震え目には涙があふれていた。本を閉じて長いことしゃくり上げていた。何も知らない赤ん坊みたいにこんなに泣くなんて、ずっとなかったことだった。

第7章

あの悲しい出来事があった年から五〇年が経ち、この本を書きはじめてようやく、あのときの母の悲しみが本当に分かるようになった。父、そして両親の関係を理解するためには、幼い私の視野はあまりにも狭く、小さな窓を通してしか彼らを観察できなかった。それも父の死で停滞してしまった。罪悪感に誘発された悲しみについては、私は、一回五セントのルーシー〔漫画「ピーナッツ」のチャーリー・ブラウンの友達の女の子〕の精神医学に基づく助言と同じ程度の考えしかなかった。アルコール依存にまつわる漠然とした恥の意識が、家族の間で父を話題にすることを躊躇させたのか、私は聞きたいことを聞くきっかけが得られなかった。後年、ジュニアと心を割って話し合ったが、彼は私の意見に対して何もいわなかった。父が他界したとき弟は六歳だったが、父のことも父が死ぬ前のことも、ほとんど何も覚えていなかった。時が経ち振り返ってみると、母は激しい心痛のあまりうつ状態になっていたのだろうが、何の精神治療もせずに、時間とともに自然に立ち直っていったのだった。

聡明で洞察力のある女性であった母が、なぜ何も手に付かないほどの悲しみに打ちのめされていたのか、長い間それを本人に訊ねたことはなかった。そして今、やっと知ることができた。父は私が思っていたよりも幸せだったと母から聞いて、驚きもしたがとても嬉しかった。両親の関係は、子どもが想像するよりもずっと豊かで複雑だった。歳老いて記憶が失われつつある母から直に話を聞き、それらを書き留めることは、私にとって貴重な体験だった。

往々にして私たちは、もっとも身近な人々のことを、もっとも知らないということがあるものだ。

「どこから話を始める？　ソニア」

「最初からよ、ママ」

母セリーナが生まれたのは一九二七年。その誕生は必ずしも祝福されたものではなかった。彼女はそれが、父親が家族を捨てる理由、あるいは少なくともきっかけとなったと考えていた。物心ついたときから母親は病気がちで、身体に障害があった。母はその責任の一端は父親にあると思っていたが、家の中では誰も父親のことを話さなかったので、なぜそうなったかは定かではなかった。ついに病気は肉体ばかりではなく精神にも影響し、徘徊が始まった。セリーナは母親と同じベッドで寝ていたが、ある夜、ふと目が覚めると彼女の姿が見えずドアが開いていた。彼女は月明かりのサトウキビ畑で母親を見つけ、手を引いてベッドに連れ帰った。

家族の住まいは、農園の真ん中に建つ木造のあばら家で、台所と便所の床は土が剥き出しだった。水道がなかったので、子どもの頃のセリーナの仕事といえば、街道の近くにある伯父の家まで手動ポンプでくみ上げた炊事用の水を取りにいくことだった。それをバケツに入れてこぼさないように注意して運んだ。洗いものはドラム缶に溜めた雨水を使っていた。

農場はセリーナの母が所有していたが、夫が酒で問題を起こしたときに、保釈金を払うために売ってしまった。例の水の手動ポンプを持っている伯父が、六人の子持ちで寝たきりのセリーナの母を、しぶしぶだったが助けてくれた。一家の生活がもっと良かった時期があり、セリーナの祖母の服装にその名残があった。彼女は、ごわごわした毛のスカートを穿き、スペイン風の高いレースカラーの服を身に着け、背を丸くしていると「頭を上げなさい！」と命じた。「何も恥ずかしいことはない」彼女は行儀を良くしなければいけないと厳しくいった。セリーナの兄弟たちも、粗野な田舎の人間だったが、礼儀正しくすることは知っていた。

セリーナはいちばん下の子どもで、母親が世話をすることができなかったので、兄や姉たちが彼女を育てた。アウロラはお針子の仕事を見つけた。セリーナがまだほとんど歩けなかった頃、一六歳年上のアウロラが最初に結婚した。彼女は結婚してサンヘルマンに引っ越したが、実際は二週間ごとに帰ってきて、女たちがハンカチを縫う仕事を取りまとめ、そして彼女たちに支払いをした。彼女は責任をきちんと果たしたけれど、いつも機嫌が悪く、彼女のまわりには黒い雲がかかっているようだった。彼女はセリーナにもハンカチの縫い方を教えた。周囲を折り返して縫い、アイロンをかけ、一週間に二四枚のハンカチを仕上げなければならなかった。もちろん彼女はただ働きで、その仕事は家族への奉仕だった。しかし、アウロラは彼女に服を仕立てて、年に一度靴を買ってくれた。

一番上の兄マリオ・バエズは、マヨと呼ばれていた。彼は家族の稼ぎ手で、早朝ラ・パルグエラへ家族が食べる魚を釣りにいき、その足で、駅で貨車にサトウキビを積みこむ仕事をした。結婚を期に、街道近くに小さな家を建てて住み、妻のマリアが家事を切り盛りした。セリーナの食べ物は、主として木から落ちる果物だった。小鳥が芝生をほじくるみたいに、マンゴーやスグリ、タマリンドを探した。魚はあまり好きではなかった。

父親がいなかったので、家族の規律はマヨに委ねられていて、それはとても厳しかった。セリーナをことあるごとに叩いた。木に登ったとか、学校帰りに小川で遊んでいて家に帰るのが遅くなったとか、男たちがたむろしているフォロ伯父の店の前でジュークボックスを聞くために時間潰しをしていたとか、他にもいろいろな理由があった。あるときは、手紙を出すために預かった三セントで甘いものを買ってしまったのだが、これだけは叱られて当然だった。それ以後は決して繰り返さなかった。彼女の母親はベッドに臥せっていたが、セリーナが叩かれて痣になった傷に薬を塗るために起き上がった。セリーナは痛みのために泣き、母親もそのベタベタした軟膏を少女の肌に塗りつけている間じゅう泣いていた。もっとも歳の近い兄のペドロは、決して革バンドで叩かれたりしなかった。ペドロは天使のようで、マヨにとっては可愛いらしい子どもだった。一方で、セリーナは問題児だったのだ。

いつも叩かれるので彼女はマヨが大嫌いで、プエルトリコを離れたら二度と戻らないと誓ったほどだった。もちろん実際には戻ったし、今では寛容の心が生まれ、彼女の考えも穏やかになってきた。彼は一生懸命にできるだけのことをやっていたのだ。反抗的な少女の相手をするのは、大変な負担だっただろう。父親はなく母親に障害があったので、子どもが子どもを育てなければならなかったから、歳下に生まれたのは不運だった、それだけのことだ。けれども幸運だったのは、少なくとも学校には行かせてもらえたことだ。彼女はそれをとても感謝していて、学校での楽しい思い出があったからこそ、自分の子どもたちの教育にも情熱を傾けたのだろう。

幼い頃には近くの小さな学校に行っていたが、その後、歩くと一時間はかかるラハスまで通うようになった。靴がすぐに小さくなってしまったので歩くのは苦痛だった。結局、靴を背負って裸足で歩くことになった。よく農家の荷車が通りかかったので、指を立てて合図を送り、乗せてくれるように頼んで荷台に座った。前には荷車を牽いている牛の背中が揺れ、後ろにはサトウキビが積まれていた。学校が終わってぶらぶら帰っていく道には、小川が流れる場所や、老女がおやつに寄っていきなさいと手招きする家があり、彼女を誘惑した。

学校は、家から出ていけるので嬉しかったけれど、そう簡単にはいかなかった。子どもたちは、セリーナに手を変え品を変え、あらゆる馬鹿げた悪戯（いたずら）をした。先生が黒板に向かって何か書いているときに、セリーナを笑わせようとして、先生に見えないようにしかめっ面をしたり踊ったりした。彼女がついつられて笑ってしまうと彼女が叱られた。バシャ！　同じように彼女は自分の生徒たちを懲らしめた。家に帰っても話し相手や遊び相手は誰もいなかったので、木に向かって一人で学校ごっこをするのだった。「子どもたち、私のいうことを繰り返しなさい！」そしてちゃんと答えられないと、棒で木を叩いた。これは授業の復習にもなったが、もともと彼女は木に囲まれているのが好きだった。自然は慰めであり自由を感じられたのだ。

学校でいちばん有難かったのは、本を貸し出してくれる図書館だった。読書が大好きで、雑誌や小冊子、目に入るどんな書物も読みあさった。縫い物の仕事が終わると、炎のまわりを蛾が飛び回る灯油ランプの灯りで、夜が更けるまで物語の本を読んだ。

そんなある日の午後、彼女の母親が死んだ。彼女は九歳、父を亡くしたときの私と同じ歳だった。その夜、通夜のために人々が家に集まり、朝方まで灯油ランプの燃える灯りで酒を酌み交わしながら話をしていた。棺の周りには氷が置かれていた。暑さによる腐敗を防ぐためには、他に手立てはなかったのだ。翌朝、フランシスカ・トロ・トーレスは埋葬された。

母親が死んだ後、わずかに残った家族もばらばらになった。ペドロはマヨのもとへ行き、セリーナはアウロラと一緒に住むためにサンヘルマンに連れていかれた。アブラハムはすでに家を離れてマヤグエスにいた。まだ若かったが女の子と駆け落ちするには充分で、リングにも上がれる歳だった。ボクシングが好きだったが戦い方を知らず、すべての試合に負けていた。

アウロラとその夫が住むボスケ地区の家は、電車の駅からほんの道一本隔てたところにあった。セリーナが寝ている台所の脇の小さな部屋では、電車が線路を走り去る音がよく聞こえた。それが、ラハスとの最後のつながりだった。そして、たくさんの人々がセリーナの人生から去っていった。ペドロは何回か会いにきたけれど、次第に接触がなくなっていった。彼は結婚して軍隊に入った。セリーナは彼女の祖母とはそれきりだった。物事はこうしたものだ。いつも選択肢はなかったし、感情が入りこむ余地もなかった。しかし、もしかしたらセリーナにとっては、もっと辛い人生が待ち受けていたのかもしれない。孤児は普通なら金持ちの家に働きに出されるからだ。アウロラが彼女をその宿命から救った。

　アウロラはハンカチの仕立て仕事で長時間忙しく働き、さらに、他の裁縫師から委託された仕事もこなしていた。セリーナは一週間に二四枚のハンカチをつくりつづけていたが、土曜日には家の掃除をして、部屋をきれいに飾るために工夫を凝らしていた。たとえば写真の額のそばに、手折ってきた花を飾るというふうに。電気はきていたが便所はまだ戸外だった。アウロラの夫エマニュエルはかなり高齢のわがままで変わった人だった。鍛冶屋だったが、仕事よりも息子のアルフレッドを溺愛することに生き甲斐を感じていた。アルフレッドはまだ赤ん坊だったが、もう彼の世界の中心にいて、人々は、エマニュエルは子どもに取り憑かれているよ、とささやいたものだ。

　セリーナは、学校ではいつも一人で過ごしていたし、おとなしいので彼女がそこにいることを誰も気にしていなかった。図書館に入りびたり、いつも長い時間本を読んでいたので、学校の勉強はおろそかになった。成績は下がってしまったが、誰も彼女が知っているとは思わないようなたくさんの言葉を本から学んでいた。

　学校から帰るときや昼食休憩には、町のなかを散策した。サンヘルマンは、山のドームの先端、狭い森の中のような空間で、想像していたよりも空がずっと大きかった。彼女は歩きながら、色の鮮やかな窓やまるでレースのように繊細な細工が施された格子のある家、柱廊が巡らされた別荘のような優雅な家々を見た。郵便局には、大学から手紙を出しにくる女子学生たちを見るためだけに出かけた。外のベンチでは彼女らの付き添いが列をなして待っていた。女子学生たちの世話係だ。お金持ちか、頭の良い女の子たちだけが大学に行った。そのどちらでもない女の子はどうなってしまうのだろう？

その頃の彼女は友だちをつくることも知らなかった。もし友だちがいたとすれば近隣の人々で、みな彼女が貧しい身なりで歩いていることを知っていた。ボスケ地区の通りのどん詰まりに一人の老女が住んでいた。彼女の孫は売春婦になり、もう彼女を訪ねてくることもなかったので、セリーナはたいていの午後はこの老女と一緒に過ごしていた。

アウロラは厳格で信心深く、あらゆる娯楽というものを毛嫌いしていた。しかし、友だちは何人かいて彼女を訪ねてきた。セリーナはアウロラと一緒にコーヒーを飲みにいき、彼女たちの話を聞いた。誰が広場を通ったとか（女の人は左で男の人は右だったとか）、オアシスホテルでのお茶の時間のダンスパーティーのことなどが話題に上った。学校からの帰り道、ホテルの入口を見て、ピンク色の見慣れたアーチのところまで行ってみたけれど、中には入らなかった。夜中にギターの音や歌う声で目を覚ますと、誰にセレナードを奏でているのかなどと想像をめぐらした。それはその日の午後、お姫さまのような服を着てマニキュアをつけ、バルコニーに座っていた女の子のためだったのだろう。

ある朝、若い兵士の一団がブキャナン要塞に向かって出発するというので、セリーナのクラスの何人かは、彼らを見送るために駅まで行くことにした。日本の真珠湾攻撃にプエルトリコは衝撃を受け、それ以来、若者たちはその年齢に達するや否や志願していった。彼女はその日サンヘルマンから出発する兵士を誰一人として知らなかったが、出発前の別れという場面に心惹かれたのだ。きっとまだペドロを懐かしがっていたのだろう。女生徒たちはプラットホームに立ち、列車が森に消えるまで手を振った。その日は学校に戻るのが遅くなったので、皆おおいに叱られた。

たぶん、その日に、彼女の心に種が植えられたのだろう。その後新聞で『来たれ、女性軍へ!』という広告を見た途端、彼女には分かったのだ。チャンスよ。すぐに名前と住所を書き送ったが、年齢は一九歳とした。本当は一七歳だった。サンフアンに出頭するようにという返事がきた。セリーナはすぐにその手紙をアウロラに見せた。

「あなた、気が狂ったの」アウロラはいった。

「違う。これは軍の命令よ。行かなければ!命令に逆らうわけにはいかない。行かなくちゃ」

サンフアンまでは列車で六、七時間かかったが、彼女のそれまでの人生のなかでもっとも素晴らしい冒険だった。車掌は優雅な制服を着て、まるで将軍のようだった。乗客たちはどこからきたのか知らないけれど、島のあらゆる地方から集まっていて、バッグや箱や小包、そして食べ物が詰まった弁当箱などを持っていた。世界は窓のむこうに飛んでいった。一台の車が、線路の脇をさよならのクラクションを鳴らしながら走っていった。列車が、駅ともいえない赤い旗の立った小さな停車場に停まると、子どもたちが窓から乗客に果物を売るために走り寄ってきた。ある踏切では、遮断機の鎖が道をさえぎり、満開のフランボヤンの木から落ちた花びらがじゅうたんのように散り敷きつめられ、真っ赤なトンネルのようだった。

アウロラの夫の妹がサンファンに住んでいたので、電話をしてセリーナのことを話しておいてくれた。彼女はセリーナを駅で出迎え、翌日、基地に連れていった。アドレナリンに後押しされたセリーナは、さまざまな体力、及び学力のテストを受け、すべてに合格した。すると今度は出生証明書を求められ、大変なことになったと慌てた。彼らはこういった。「数日後にはマイアミに向けて出発する。家に帰って出生証明書を探しなさい。出発に間に合うように帰ってくるように」

サンヘルマンへ戻る電車に乗りこんでからまる一日、どうしようかと気を揉んで過ごした。家に着くと、アウロラに何が起きたかをまくし立てた。「私が一九歳だってことを証明する出生証明書を探して。そうでなければ、あなたは刑務所行きよ！」

「何をいうの、気でも狂ったの？　刑務所に行くのはあなたよ、私じゃないわ」

「とにかくアメリカ軍が一人の婦人兵士を採用しようといるのに、彼らを騙したことが分かったら、誰かが刑務所に入らなくちゃならないわ」

アウロラはラハスに飛んでいき、マヨを捜した。マヨは弁護士を探した。どうやって問題を解決したのか定かではないが、セリーナ・バエズは一九二五年に生まれたという出生証明書をアウロラは持ち帰った。これらのことはまったくその場しのぎで、母は何が起こるかということを考えもしなかったのだ。母は霊魂の世界には我慢できず、常にそういうことには距離をおいていたが、この事件だけは特別で、幸運に恵まれたのは彼女のことを守ってくれる母親の導きの手のおかげだといまだに思っている。

母は、決して忘れることのできない不思議な興奮状態でマイアミ行きの飛行機に乗りこんだ。母は軍隊時代の話を数少ない若い頃の思い出として、かつて友人たちや家族にも語った。それは彼女の成長の過程であり、近代的な世界との突然の、ときに喜劇的な出会いでもあった。当然軍隊としての規律はあったが、それまでの人生では想像もつかない目も眩むような自由な空気がそこにはあった。さらに歴史的にも特別な時期だった。母は英語の頭文字をとってＷＡＣ〔Women's Army Corpsの略〕と呼ばれる婦人部隊の、初期のプエルトリコ人部隊に採用された。すでに二万人を超えるプエルトリコ人が米軍に参加していた。初期の部隊は英語能力の問題から正規部隊と一緒ではなかったが、それでも多くの女性にとって、男性と同様、自分が米国人であると感じられるものだった。

マイアミに着くと、他の新規採用者たちと一緒に、プルマン列車に乗るため空港から列車の駅まで移動させられた。プラットホームでは、綿の服しか着ていなかったので寒さが身にこたえた。一二月だというのに、プエルトリコからきた少女たちは誰一人としてコートもストッキングも持っていなかったのだ。親切な黒人の車掌が、基礎教育を受けることになっているジョージアに着くまでの間、彼女たちのために毛布を手に入れてくれた。

オーグルソープの基地では、軍曹がＰＸ〔基地の売店〕まで連れていき、ナイロンのストッキングや靴下止め、ブラジャーなど、新しい制服と一緒に必要なものを選ばせた。買った品々をどうやって着用するのか、次から次に試してみては、皆で大笑いした。行進の練習をしているときにストッキングがずり落ちてしまったのを母があまりに笑ったので、罰として台所仕事をやらされる破目になってしまったほどだった。

いわゆる基礎教育は、習うべきことが多くて大変だった。軍隊での生活や軍務のみならず、彼女にとっては新しい環境に適応すること自体が難しかったのだ。電話も使ったことがなかったので、誰かを呼びにいくあいだ、どうやって保留にした受話器を掛けておくかさえも知らなかった。上からの命令はすべて英語だ。けれど英語は、高校の授業で習った知識しかなかった。教科書には、「KP」〔キッチンポリス・台所仕事の手伝い〕の仕事とは何かはもちろんのこと、どうやって暖炉に火を点けるかも、じゃがいもの皮をどう剝くかも書いていなかった。

戦争は遠いところで行われているようだったが、各婦人部隊員に与えられたどの仕事も、男性兵士一人がこなす仕事と同じだった。女性一人がこなせば、男性一人が戦場で戦うことができた。基礎訓練を受けた後、母の隊はニューヨークに赴任し、そこで新しい実践生活が始まった。ブロードウエイ・セントラルホテルに滞在して四二番街の郵便局に勤め、ヨーロッパ部隊向けの手紙や小包の仕分けを担当した。英語を実習し、街や地下鉄に馴染み、他人の助けなしに生きることを学んでいった。友だちをつくるという新しい学びも、この地で経験することになった。

カルミンはセリーナにとって初めての友だちだった。二人は一緒に魅惑的な街を探索した。当時の四二番街は優雅で素晴らしかった。不道徳なポルノ興行地域に変わってしまった七〇年代や、現在のように騒々しい観光地化された街ではなかった。歩いているだけで自由を感じられた。レストランやショー（フランク・シナトラやトミー・ドーシーも観た）に出かけたが、彼女たちは軍服を着ていたので多くの場所が入場無料だった。あるとき、カルミンと映画館にいたところ、映画の上映が突然中断され、電気が点いてアナウンスが聞こえた。ドイツ軍が降伏したのだった。街路に出て、母が何度となく同じ言葉で表現した「美しい大混乱」をその目で見た。何千もの人々、兵士や若い女性たちが抱き合い、キスをして喜びの声を上げ、知らない者同士も抱き合って歓喜に酔いしれていた。それらは魔法のようで、まるで電流に打たれたような初めての経験だった。

カルミンの友だちがブロンクスに住んでいたので、ある日思い切ってブロンクスで行われるパーティーに出かけた。長時間地下鉄に揺られながら、乗り過ごさないよう駅ごとに座席から立ち上がって確認した。それまで、ホテルと郵便局の往復以外で地下鉄に乗ったことがなかったのだ。

セリーナが、ファン・ルイス・ソトマイヨールと知り合ったのはその日だった。家族は彼のことを「ジュリ」と呼んでいた。これはプエルトリコ人特有の創造力が編み出した綽名（あだな）だ。彼は初対面のセリーナを恥ずかしがり屋だと感じて礼儀正しく扱ったし、彼はとてもハンサムだった。彼女のほうも、彼が自分を気にしてくれたことが嬉しかった。他の誰からもそんなことをされたことがなかったからだ。彼は彼女に、新聞で読んだことなどを話した。二人とも同じようにディアリオ紙を毎日隅から隅まで読んでいた。それまで彼女に読書について話す人は誰もいなかった。後に、彼はその日どう過ごしたかだけをシンプルに書いた手紙を彼女に送り、いつこちらにこられるかを聞いた。いつだって行く理由はあった。いつだってパーティーはあったからだ。婦人部隊がシャンク基地に移動してからでさえも、セリーナとカルミンは理由をつけてはブロンクスのケリー通り九四〇番地に通った。

セリーナはジュリを好きになったと同時に、彼の母親も好きになった。自己紹介した最初の日から、彼女は「奥さまなんていわないで」とセリーナにいった。「メルセデスと呼んで。奥さまなんて年寄りみたいじゃない」メルセデスは人が大好きで、皆を引きつける魅力があった。いつもパーティーの中心にいた。彼女の存在自体が、まるでパーティーだった。彼女は笑いや議論のネタ、共有すべきニュースなどをいつもまわりに提供した。この家族のもとに行くことは、セリーナにとって生命やエネルギー、そして人と一緒にいることの楽しさに目覚めさせられる体験だった。そこでは自分が孤児であることを忘れることができた。

メルセデスとその息子は、カエルの子はカエル、ともに冗談好きで話を大げさにでっち上げ、そんなことはありえないと皆が気づくまで周囲を巻きこんでいくのだった。そして部屋が静かになった頃、詩の時間がやってくる。母と息子はどちらが始めるかと顔を見合わせるが、それは皆にとって待ちわびた嬉しい瞬間だった。

¿Qué cómo fue, señora? （どうだったかって？　セニョーラ）
　Como son las cosas cuando son del alma. （それは心の問題）
　　Y entre canto y canto colgaba una lagrima （そして歌と歌の間には涙がある）

――Manuel Mur Oti の詩

セリーナはラハスにいた頃から詩が大好きで、紙に書き写しては暗唱していた。けれども、詩に命を吹きこむために誰かが朗唱するのは、見たことがなかった。

軍務も終わりに近づいた頃、プエルトリコには戻らないと心に決めた。ジュリは彼女に「ニューヨークに残ってほしい。軍務が終わったら結婚しよう」といった。そして二人は結婚した。結婚といっても、役所でいくつかの署名をしたあと交わしたキスだけがその証だった。セリーナが彼のもとへ引っ越した当初、彼女とジュリ、彼の弟ヴィティンと妹のカルメン、メルセデスとガジェゴは、女性部屋と男性部屋の二部屋に分かれて詰めこまれていた。そんな状態は、新婚夫婦が下の階に部屋を見つけるまで続いた。ビルは古くて部屋は狭く暗かったが、台所が広々としていたので、ジュリはそこをきれいにした。カーテンを取り付けてタイルを貼り、足場を組んで、さまざまな顔料を混ぜ合わせた緑色のしっくいで壁を塗りなおした。台所の壁に飾られた花束は素晴らしかった。ジュリにはそんな才能があった。

彼は、訪ねてくる客をゆったりとくつろがせる術を心得ていた。彼は妻に、ボレロ、チャチャチャ、メレンゲなどのダンスを教えた。彼女は不器用で、いつも謝っていた。「できるようになるよ、セリーナ」と彼はいった。「すぐに上手になるさ」彼女は彼のようになろうと努力していた。それだけが望みだった。

彼女の誕生日には、寝室のベッドの上に、バラの花に囲まれたオープンスカートのついた新しい洋服が置かれていた。ジュリがその豊かな創造力を活かして飾ったものだった。彼は芸術家の心を持っていた。独学で彫刻を学び、新聞の写真だけで、ルーズベルトやトルーマン、そしてマッカーサーの胸像を彫った。あるとき、彼はセリーナの顔を彫った。アーチ型の眉で、ターバン風の帽子を被っていたので、彼がどういうふうに自分を観察していたのかが分かって彼女は不思議な気持ちがした。でもその顔はとても美しかった。おかしかったのは、彼が働く工場で、彼女の顔をモデルにしたマネキンたちを見たときだった。彼女の知らないたくさんの店のショーウィンドウに、眉とターバン帽子が目立つ大勢のセリーナが並んでいたのだ。

父は最低限の教育しか受けていなかったが、幼い頃から数字に関しては驚異的な才能を示していた。学校には六年生まで通い、それから他の家の子どもと同様、サントゥルセのボタン工場で、フルタイムで働くようになった。彼の父親は、当時島の風土病と考えられていた結核を患っていたが、効果的な治療法もなかった。したがって、ジュリは家族の生計を助けなければならなかった。しかしあるとき思わぬことが起こった。サンフアンの数人の大学教授が、彼の数学の才能を聞き及び、暗算の能力を確かめにやってきたのだ。彼らは、勉学のための奨学金の給付を申し出てくれたが、彼の母、つまり私の祖母は、彼が学校に行くことは反対だった。彼が二二歳のとき、祖母は仕事を探すために、一家(そのときにはガジェゴも含まれていた)をあげて、ニューヨークに移ることを決めた。父は一九四四年のクリスマスの少し前に、米国の軍艦ジョージ・S・シモンズ〔当時、カリブ海諸国からの労働者を運んでいた〕で着いた。母がニューヨークに着いた数日後のことだった。

父がマネキン工場で働いていた頃、人々は彼の能力を認めていた。彼はその仕事が好きだったが、やがて工場は閉鎖され、ラディエーターの工場で働くことになった。そこで数字に強いことが分かり、修理工場の職工から帳簿の仕事に引き抜かれた。人々は彼の聡明さを充分理解したが、学歴がなかったので昇進の機会は限定されていた。

自分は教育の機会を逸したにもかかわらず、父は勉強したいという母の望みを不快に思うことはなかった。反対に彼女を励ました。結婚当初の数年で、彼女は努力して高校を終え、秘書になるためのコースを取り、そして準看護師になるための勉強をした。いろいろな意味で、父は男性優位の考え方をするステレオタイプの「ラテン男」に抵抗した。母は子どもができるまで七年かかった。祖母の持ち前の性急さと他人との比較の目から、母はプレッシャーを感じていたが、父は決して母を困らせることはなかった。最終的に私が生まれたとき、父はとても喜んだ。むしろ父ではなく母のほうが、自分は親としてやっていけるのかと心配していた。

家族は、私が赤ん坊の頃いかに育てにくい子だったか、また、いかに皆をひやひやさせたかをよく話していた。彼らは、私は七ヶ月で歩きはじめ、同じ日に走ったといった。それからはいつも、「あぁ、何ということ!」。私の振る舞いは、私自身とまわりの者たちを脅かした。彼らは何度私を慌てて病院に運ばなければならなかったことだろう。一度など、密閉された狭い空間で自分の声がどう聞こえるか試そうとして、バケツに首を突っこんだまま抜けなくなってしまい、近くに住む消防士に、やっと救出されたこともあった。

　最近になって母が語ってくれたのだが、父は、私が腹痛を起こして眠れないときには、私を抱いて歩いてくれたり、私の気が紛れると分かってからは、車に乗せてくれたりしたという。母がいらいらしてどうしようもないときも、父は冷静で忍耐強かった。

　それなのに、どうして事態は悪化していったのだろうか？　父に飲酒の問題が起こってからなのか？　それは、ケリー通りからブロンクスデールの市営住宅へ引っ越した時期、さらにマネキン工場の閉鎖と時を同じくしていた。母は新しい市営住宅を、清潔で安全な、子どもを育てるのによりよい場所だと思っていた。しかし父にとってこの引っ越しは、皆が知り合いでお互いに注意を払い、言葉の通じ合う賑やかな街から離れた、そう、家族や友だちに囲まれた生活からほど遠いコンクリートジャングルと空き地への追放に等しかったのだ。長期的にみれば、一族はみな私たちの後を追ってブロンクスデールに移り、そこでまた昔の隣近所の温かみを取り戻していったのだが、母が引っ越しを主張した頃の私たちは、開拓者だった。

　母は父が以前から酒を飲んでいたことを知っていたが、それは他の人々もやっていたこと。あの頃は、少し飲みすぎることと重大な問題とを区別するのはとても難しかった。けれども、根本的な問題はもっと前から始まっていたのだ。彼の父親が、隔離された小部屋で結核に侵されて死んだとき、ジュリはわずか一三歳だった。でも彼は子どもであろうとなかろうと、長男であり、今や一家の主人で稼ぎ手だった。それから数年後、ガジェゴがワゴン車に乗って現れ、ジュリの母、メルセデスは彼に夢中になってしまった。ジュリはそれをあまりよく思わなかった。みんなでニューヨークに移ってからも、決して完全には彼を受け入れず、彼らの間に横たわる微妙な緊張は解けずに残っていた。ガジェゴが現れてから父は酒を飲むことを覚えた。しかしアルコールが喧嘩の仲立ちをするまでには、そして母が、事態の悪化を避けるために何をすればいいいか、また何をしてはいけないかも分からなくなってしまうまでには、かなりの時間がかかった。そしてまだ母は主張していた。夫が何をしていようと、きちんと働いていて、ジュニアと私の面倒をみてくれていると。けれどもそれでは充分ではなかったのだ。人は、自殺行為を続けながらどれだけ子どもたちを気にかけることができるだろうか？　そして、もしお金を全部お酒に注ぎこんでしまったとしたら？

あのとき、フィッシャー先生が父に二五〇〇ドルの生命保険に入るよう忠告しなかったら、母は、父の葬儀代すら払えなかっただろう。母が保険の掛け金の支払いについて躊躇っていると、フィッシャー先生は、もし払えないのであれば自分が払ってもいいとまでいってくれたので、母は恥じ入って毎月金策に走った。いったいどこに、患者の保険の掛け金まで払ってくれる医師がいるだろうか。彼はまさしく聖人と呼べる人だった。そして父が長くないことも分かっていたのだ。

医師には父の死が近いことが分かっていたが、他の者たちには驚きだった。看護師だった母でさえ、すぐそばで何が起こっているのか気づかなかったのだ。母が父を連れてバスで病院に行ったその日、父が車椅子で運ばれたときも、母はまだ用紙に記入していた。スピーカーから患者の緊急事態を知らせるアナウンスが流れ、彼女はいつもの習慣で手を休めて聞こうとした。誰かに問題が起こったようだ。けれどもここはジャコビ医療センターで、勤め先のプロスペクト病院ではないのだから、自分が行く必要はないと思い、そのままでいた。その放送が夫ジュリのことで、今まさに彼が死にかかっているなどとは考えもしなかったのだ。

閉じたドアの向こうに座っていた数ヶ月の間、彼女は単に、才能や魅力や活力にあふれた男性を失ったことで泣いていたのではなかった。長い間の拒絶と周囲に対する引け目から、自分をごまかしてきたことを認め、そうして、結婚生活が終わったことを嘆いていたのだ。そしてそれらの悲しみとともに、これからたった一人で二人の子どもを、自身の安い給料で育てなければならないという現実的な不安があった。さらにそれにもまして、昔の恐怖が蘇ってきた。それは孤独であり、見捨てられることだった。未亡人と孤児、いったい何が違うのだろう?

そのとき感じたのは、罪悪感ではなかった。悲しみと恐れでいっぱいだったのだ。「あれは医学的にいうようなうつ病ではなかったのよ、ソニア。私は看護師だから分かっていたわ。それは単なる悲しみ、そのときには当然の悲しみだったの」

第8章

母に怒りをぶつけてしまった翌朝、目を覚ますと彼女はもう仕事に出かけていた。アナがジュニアと私に朝食を用意して、いつものように学校へ行く身支度を整えてくれた。その日の午後、学校から帰ってドアを開けるとすべてが変わっていた。ここ数ヶ月閉まったままだった窓のブラインドは巻き上げられ、WADOラジオ〔スペイン語のラジオ放送〕が聞こえていた。「ママ、帰ったよ」ジュニアが叫ぶと彼女が現れた。黒地に白い水玉模様のある服を着て活力にあふれ、まだ黒い喪服を着ているのだということにも気づかないほどだった。化粧をして香水もつけていた。私は、嬉しさで笑みが浮かび、安堵の気持ちが体じゅうを駆け巡るのを感じた。

子ども時代の思い出のほとんどは、私のなかで二つの世界に分かれ、正反対のものが決して相殺されずに共存している。閉所恐怖症になりそうな暗い私たちの家と、賑やかで開放的な祖母の家。ニューヨークでの近代的な生活と、熱帯の島プエルトリコ。でも、なかでもいちばん際立っているのは、父の生前と死後の違いだ。

悲しみに満ちた静寂はついに終わった。そしてもっと大きなことは、私たちの生活そのものだった苦く絶え間ない衝突も終わったことだった。もちろん、ジュニアと私がお互いに言い争う理由はいくらでもあったが、母がだんだんトーンを上げて、ラ・ラ・ラというお決まりの警告を発し、私たちが一線を越えたと気づいておとなしくなると、それは収まった。私たちはまだテレビに出てくるような家族ではなかったが、少なくとも悲しくうんざりするような言い争いはなくなった。

　母はまだ週に六日働いていたが、もう私たちから逃げ出すようなことはなかった。今や家は居心地のいい場所になった。プロスペクト病院で働く早番の日は朝六時に家を出たが、私たちがブレスト・サクラメント校から帰る時間には家に戻っていた。アナが私たちの朝食を用意し、学校に行く準備をするためにきてくれた。私はもう自分のことはできたが、ジュニアは寝坊だったので、彼女に起こしてもらわなければ学校に遅刻していただろう。

　アパートはいつも塵（ちり）一つなかったが、掃除はもう私の仕事ではなく、今は家事をしている母に任せていた。父の葬儀の後、保険金が残ったので、部屋が少しでも広く明るく見えるようにと壁に掛ける鏡まで買った。

　この母の変化も含む新しい現実を、私は完全に信用していたわけではなかった。彼女は時折、友だちの兄弟や離婚した知り合いの息子などと会う約束をした。もし、母が再婚するようなことになれば、ジュニアと私はどうなるのかと心配した。私たちを捨てるのだろうか、新しい相手とまた喧嘩が始まるのだろうか。私はまだ、長い間放っておかれたことや母の冷たさに腹を立てていたのだ。この苛立ちから完全に解放されるまでには何年もかかった。彼女にとっても、それまでの冷淡さを完全に拭い去るのはひと苦労だった。愛情表現をしたり抱きしめたり、部屋に座って子どもと一緒に遊ぶというようなことを、その頃の母はしなかった。彼女はそういう感情を育むような教育はなされていなかったのだ。加えて、子どもたちはお洒落な母の服装をめちゃくちゃにしただろうから。

母は簡素な装いをしていても美しく、その限りある服の数を考えればまるで手品のようだった。八〇歳になる今でも完璧で、いつでも写真を撮ることができるくらい素晴らしい。どうして自分に備わった才能が娘にはないのか、彼女にはまったく理解できなかった。いつも私の外見には、彼女にはよく分かっていても私には分からない欠陥があったし、母は私がだらしなくしていることに嫌気がさしていた。アナの娘のチキは私よりいくつか歳上だったが、母のことが大好きでこういった。「セリーナは映画スターのよう、そしてナイチンゲールのように行動するわ」

チキは見映えがするように着飾り、流行を気にしていた。母は心の底では、アナと娘を交換したいと思っていたのではないか。チキのいう「ナイチンゲール」についても一理あった。母は、控えめだったかもしれないが、人々のことをとても気にかけていて、親戚や友だち、ブロンクスデールやまたもっと遠くの人たちのために働く、二四時間体制の緊急時の非公式訪問看護師だった。体温を測ったり注射をしたり包帯を取り換えたり、自分が答えられない質問があったら医師に電話さえした。でも、人々がむやみに自分を利用することだけには腹を立てた（「セリーナおばさん、痔の座薬が欲しい！」なんて）。おそらく彼女が病院の消耗品をタダで持ってきてくれるとでも思ったのだろう。たしかに、よく無断で物を持ち出す人たちもいたが、母には思いもよらなかった。「マヨは私を、たった三セントの切手のことで叩いたのよ」

と私たちに何度もいった。「私がアスピリンの小瓶や、使い捨ての注射針を盗むと思う？たとえあなたのためでも」もしそれを本当に手に入れたいのなら、彼女はお金を工面するだろう。そんな折、母は私が、古くなって曲がった針を使って自分で注射するのを見て驚いた。

誰かを癒すことは、肉体的な痛みや不調に対してだけではない。彼女が施すことのできるもっとも良い処方薬は、人々の問題をできるだけ注意深く、同情を持って、しかも何もいわずに聞くことだった。思い出すのは、母の友だちのクリスティーナが息子の麻薬使用の問題で悩んでいたときのことだ。彼女は泣いていた。これは特にベトナム帰りの兵士たちによくあることだった。実際には何の助言ができなくても、ときには聞くことだけでも何らかの助けになる。

また朝鮮戦争の退役軍人ジョンは、木々もまだほとんど育っていない新しい市営住宅の唯一の日陰、私たちのビルの向かい側で、車椅子に座っていた。年配だが屈強な二人の隣人が、毎日仕事に行く前に、車椅子の彼を階段で降ろしていく。そのおかげで、彼らが帰るまでずっとそこにいて、日がな一日、行き交う人々を眺めながら退屈せずに過ごしていた。母はいつもそこに立ち止まって、今日はどうだった、とか、家族から連絡があったかしらとか、何か必要なものはないの、などと聞いていた。私は、母と一緒でなければジョンに話しかける勇気はなかったが、彼女の優しさには感心し、そこを通るたびに微笑んだり手を振ったりすることは欠かさなかった。友だちの相談相手になることは私の生まれつきの性分だが、それはきっと母に似たのだ。もし公園のベンチに母が一人で座っていたら、きっと周囲の木々が彼女にその悩みを語り出すことだろう。

夜になると時折脳裏に浮かぶのだが、私を慰めてくれる母の思い出がある。ワトソン通りの部屋はジュニアと一緒で、狭いばかりではなく、小さな窓があっただけで夏は我慢できないくらい暑かった。椅子の上に小さな扇風機があったがほとんど役に立たなかった。夜中に枕やシーツがぐっしょり濡れて、頭から汗が滴り落ち、暑苦しさに目を覚ますこともあった。そんなとき、母はシーツを換えてくれ、暗がりのなか、ジュニアを起こさないようにひそひそ声で私に話しかけた。冷たい水の入った鍋を持ってベッドの私のそばにきて座り、私が眠るまで小さなタオルで身体を拭いてくれた。さわやかな湿めりけが気持ちよく、まさにプロの看護師の手だと思った。彼女の手は本当に優しく、私はこうして世話を焼かれている嬉しさを少しでも長く味わいたいと願い、眠るまいとしていた。

母は父を失ってから、それまでとは別の自信と強さを獲得したように見えたが、祖母は悲しみから抜け出すことができなかった。それまでも簡素な服を着ていたが、まるで他の色が彼女の人生から消え失せてしまったかのように今やすべてが黒だった。もうパーティーはなく、ドミノ遊びやダンスは遠い昔の思い出になった。私は、彼女が私たちと同じ市営住宅に移ってきてからは、隣の区画にある彼女のもとを足しげく訪ねていた。祖母は視力が衰えはじめ、どうしても必要なときだけしか外出しないようになっていた。私たちは落ち着いて二人だけで話し、心地よいひと時を過ごした。彼女が料理をしている間、私は宿題をやったり本を読んだりした。彼女の家にいるときのほうが、なぜか気持ちは落ち着いていた。

父が死んだ年は祖母にとって、とても辛い年だった。彼女の母、つまり私の曾祖母も、父の死後間もなくこの世を去った。祖母は父のことで打ちひしがれていたので、プエルトリコでの葬儀にも行かなかった。祖母は父の死後、父のことを一切話さなくなった。少なくとも私は聞いていない。おじやおばは、祖母がそうなってしまったのは仕方がないことだと思っていた。祖母にとってジュリは最初の子どもでいちばん信頼していた。ジュリが彼女のそばからいなくなってしまったら、この世で安心できるものなどなかったのだ。彼女の世界は根底から修復不可能なまでに壊れてしまった。

長い間、祖母の夫ガジェゴはパーキンソン病を患い体力を消耗していた。父の死後、ガジェゴも話すことができなくなり、数ヶ月後には床に就いてしまった。これは、祖母が外に出なくなったもう一つの理由だった。母は毎週、病院が非番のときに祖母の家に行き、ガジェゴを風呂に入れてシーツを取り替えた。祖母はたぶん、彼女の夫を思って悲しむ気力はあったのだろう。悲しみは波のように、父とガジェゴの間を行ったり来たりしていた。数年後にガジェゴは他界したが、その数日後、祖母はキャッスルヒルの養老院に移った。祖母は母と同じように、ガジェゴの死後は古いアパートには決して行かなかった。祖母は、多くの思い出のあるがらんとした空間にいることに、耐えられなかったのだろう。だからガジェゴの追悼の祈りは、新しく助成金で建てられた養老院で唱えた。

学校でも変化があった。四年生のときの担任だったマリア・ロサリエ尼は、父を亡くした四月から夏休みまで私に優しく接してくれようとし、あまり厳しいことをいわれずに済んでいた。五年生になって初めて、学校に行きたくて仕方がない気持ちになったのは偶然ではなかった。それまで、特に私が糖尿病で入退院した後、学校の勉強がよく分からなかったのだが、なぜか突然、授業がやさしく感じられるようになった。夏の間、気難しい母を避けるため本に逃げ、没頭していたこともあるが、別の理由もあったのだ。この時期、母は家でも英語を話す努力をしていた。

私が幼稚園のとき、ある先生から、家では英語を話すべきだと母に手紙がきたという。けれども、それを実行するのはなかなか大変なことだった。母の英語には独特のアクセントがあり、ときには正確ではなかったが、病院ではなんとかこなしていたし、週末の当番のときには電話での受け答えすらしていた。しかし、家で英語があまり得意ではない父の前で話すことには、抵抗があるようだった。

父が英語を話したかどうか、私は知らない。私たちの前で上手ではない英語を話すことが恥ずかしかったのかもしれない。工場で働いていたときには、そこでやっていくためにいくつかの言い回しを覚えていたと思うが、それも私は聞いたことがない。祖母が役所に用事があるときは、母がいつも通訳をしていたので、祖母が英語を話せないことは知っていた。彼女の娘たちも、いくつかの単語ぐらいは知っていただろうが、それ以上のことが分かっていたかは疑問だ。なぜなら、もし知っていれば、彼女たちが祖母の通訳をしただろうから。グロリア叔母が、スペイン語と同じように英語で会話をするなんて想像すらできない。英語に翻訳できないこともままある。いずれにせよ、私たち家族の生活は完全にスペイン語でやりとりされていた。

最初、母が家の中で英語を話し、まるで病院で医師と話すかのように私たちに接するのは変な感じだった。けれども私たちを叱る言葉を聞いているうちに、それが自然だと感じるようになった。時間とともに何語で話しているのかほとんど気にならなくなった。私たち子どもは柔軟性があり、英語への切り替えはたやすかったが、三六歳の母には大変な努力が必要だっただろう。私たちへの教育の情熱だけが母の強い意志を支えていた。「教育を受けなければだめ。それがこの世界で先に進む唯一の方法だから」これが母の口癖で、それは何千回と聞くコマーシャルのように、私の頭の中を駆け巡った。

そんなある日、玄関のベルが鳴った。母がドアを開けると、二つの大きな手提げかばんを持った男の人が立っていた。いつもの保険のセールスマンではなかった。何ヶ月も前に私たちにカーテンを売り、土曜日ごとに二ドルを集金にくる老人でもなかった。母は台所で、このセールスマンと本を見たり計算をしたりしながら長いこと話していた。私は他の部屋にいたが、漏れてくる声に耳をそばだてていた。「計りしれない知識の贈り物……数千冊の書庫のようなもの……月々の支払い……」

「エンサイクロペディア・ブリタニカ」（大英百科事典）というラベルの付いた二つの箱が届いたときは、まるでクリスマスが早くきたようだった。ジュニアと私は、エベレストのふもとにいる探検家たちのように、本の山に囲まれて座っていた。全部で二四巻、そのうちのった一巻で重いドアを支えることができた。こういうものは図書館にはあっても個人の家にはないもので、しかもなんと二四巻あり、うち一巻の内容は索引だけ！ その濃密な製本の薄い紙のページをめくりながら、世界中を旅したり、分子の連鎖をあれこれ考えたり、目の生理に驚いたりした。そして植物や動物、細胞の微小な構造、有糸分裂や減数分裂、メンデルのエンドウ豆の庭のことなどを知った。世界は私の前に幾千もの道を開き、それはまさしくセールスマンのいった通りだった。もし飽きてしまったら本を閉じさえすればよかった。それらはいつでも私の帰りを待っていた。

私たちの視野を広げるという母の努力は、この百科事典のようにいつも歓迎されたわけではなかった。バレエ教室は、私の不満を噴出させる短期間の拷問のようなものだった。私はひょろひょろして足腰がしっかりしていなかったので、話はそれまでだった。ピアノも似たようなものだ。いまだに私はリズムを刻むことができない。メトロノームが催眠術をかけてもだめだ。ギター教室はもっとひどかった。ギターとは別に深刻な問題があったのだ。教室への行き帰りにホワイトプレーンズの通りを横切るのだが、そこには悪童の一団がいて、明らかに私たちプエルトリコ人に敵意を持っていた。そのうちの一人が私に殴りかかり私は防御したのだが、結局走って逃げださなければならなかった。勝ち目はなかったのだ。

いとこのアルフレッドは、こうした脅しに対処する方法を知っていた。軍の基地で覚えた応戦の仕方を教えてくれたのだが、私たちは、狂った指導教官のように怒鳴り散らす彼のもとで、腕立て伏せをしなければならなかった。一つまた一つ、私はビンタをくらった。彼はとうとう、私たちに五〇回腕立て伏せを続けさせた。彼は勇敢さや抵抗力を強化するためだといったが、そんな基礎的な訓練では、下手なギターを弾くために通う道で待ち受ける悪ガキの一団に立ち向かうことはできない、とは彼にいえなかった。ときには退却するしかないのだ。

読書の楽しみや英語の影響力、いろいろな面での母の介入の他にも、私がついに学校で前進を始めた理由があった。ライリー先生が私の競争心を煽(あお)ってくれたのだ。生徒が本当によくやったときには黒板に金の星を飾るのだが、私はその金の星に夢中になったのだ！　できる限り集めようと決心した。成績票に初めて「A」を見たとき、これから先、成績票には前回よりも少なくとも一つ「A」を増やそうと心に誓った。

ただそう誓っただけでは不充分で、どうやって達成するかを考える必要があった。勉強の方法は、ブレスト・サクラメント校の先生たちが教えてくれるようなものではなかった。当時、明らかに抜きん出て優秀な生徒もいたし、他の人より努力している生徒もいた。しかし私は、いつも同じひと握りの子どもたちが、決まって良い成績をとっていることに気づいた。そういうグループに入りたい、でもどうすればいいのか？

そこで、私はライリー先生の金の星に心惹かれるあまり、今にして思えば子どもらしくない少し常識外れな行動に出た。クラスでもっとも成績の良い生徒の一人ドナ・レネラに、どうやって勉強しているのか聞いたのだ。彼女はびっくりしたようだったが、きっと嬉しかったのだろう。こだわりなく勉強のやり方を教えてくれた。まずは本を読みながら大事な情報に下線を引く、そしてそれを覚えやすいようにまとめた要約ノートをつくり、試験の前夜には大切な箇所をもう一度読むということだった。こういったことは知ってしまえば当たり前だと思えるが、あのとき、自分だけで考え出そうとしたら、それは手間のかかることだっただろう。現在では、貧しい地区の学校でも、私が五年生だったあの当時よりは勉強の基本を教える技術が進歩していると信じたい。けれども、もっと根本的な教訓で、しかも多くの子どもたちがまだ知らないことがある。それは、よく分かっていて教えてくれようとする人は、それがどんな人であろうとも、自分よりも優れた師として、恥ずかしがらずに話を聞かなくてはいけないということだ。振り返ってみれば、私にはそういう後ろ盾はとても大切だったと思う。師となる人は身近にいて、もちろん教師や同僚にも教えを請い、さまざまな人々が教えてくれる多くのことに真面目に耳を傾けたのだ。

その当時私が分かっていたのは、私の戦略はうまくいっているということだけだった。しばらくしてライリー先生が、私を優秀な生徒たちを集めた窓際の列に移した。けれども同じ頃ジュニアの先生が、彼を窓際から遠い、遅れている生徒たちの列に移したと知って、私の満足感は薄れてしまった。当然ジュニアは気落ちしていたし、その不公平さに私も苛立った。たしかに私も彼を愚かだといってはいたが、それは姉としての特権であって、実際はそうではないことは分かっていた。彼はおとなしかったがちゃんと話を聞いていたし、集中力もあった。何も聞き逃したり見逃したりなどしていなかったのだ。

「まだ、子どもなのよ」と母がいった。「今に、そのときがくるわ」ブレスト・サクラメント校の尼僧(シスター)たちは男の子たちには悲観的だった。ほとんどが問題児だったし、多くの場合、厳しい体罰で矯正させなければならず、きちんとした大人に成長する可能性も低かった。尼僧(シスター)たちのやり方に比べれば母のほうが思慮深かった。彼女は決して私やジュニアに良い成績をとるよう強制しなかったし、ベニー叔父がいとこのネルソンにやっていたように、宿題をするようにうるさくいうことも、高い目標を掲げるように説教することもなかった。それでも、私が確認のサインをしてもらうために家に成績票を持ち帰ると、母も私が「A」をとってくることが、とても嬉しいのだとよく分かった。数年後、彼女は同じような誇らしげな微笑みを浮かべて、私がクラスで一番になり「首席」で卒業するという通知を受け取った。私が彼女に誇らしい思いをさせたいために何を成し遂げたのか、彼女ははっきりとは分からなかったかもしれないが、それはあまり重要ではなかった。彼女は私やジュニアを信頼していたのだ。彼女は「学びなさい」といった。「成績など気にすることはないの。勉強すればいいの。重要なのは、とにかくきちんとやることなのよ」達成することは素晴らしいことだが、その過程がもっとも大切、そう、目標ではなくて。

父の死後、初めてのクリスマスに、アルフレッドが小さなツリーを家まで運ぶのを手伝ってくれた。彼が下のほうを支え私が上のほうを持って、父が前年までやっていたように運んでいった。毎年、行き交う人は父を捕まえて、どこでこんな良いツリーを見つけたのかと聞いた。それなのに、その年は誰もアルフレッドと私を呼び止めることはなかった。私たちは、ツリーをエレベーターに乗せて部屋に入れるまで、片方に傾いていることに気づかなかったのだ。それは一つの出来事にすぎなかったが、これからもこの教訓をいつも思い起こすだろう。木の幹が真っ直ぐなことを確認しなければならないのだと。

今や私が、ツリーの飾り付けの采配を振るっていた。父がいつもいっていたのは、同じ色の照明を隣にしてはいけない、また同じ飾りを並べてはいけない、そして銀メッキの飾り玉を吊るすのは、ひと枝に一つということだった。飾り玉をまとめて吊るしてはいけないといっているのに、ジュニアはきれいに飾ろうとする努力をしなかったので助手としては失格だった。けれどもどうしても分からなかったのは、父が照明の飾りを付けるのに、どうやって上手にコードが見えないようにしていたかということだった。彼はいつも長い時間をかけて一生懸命やっていたので、簡単ではないことは分かっていた。何かコツがあったに違いないが、私には決して教えてくれなかった。また、別のクリスマスのことも思い出す。私が本当に小さくて、父もまだ際限なく飲むことはなかった頃のことだ。親族が訪ねてきていたが、台所に行くとテーブルの上に、口にリンゴをくわえた皮がぱりぱりの子豚の丸焼きが乗っていた。子豚はオーブンに入りきらないほど大きく、父が一体どうやって焼いたのか想像もつかなかった。私は不思議に思った。上手に切って部分ごとに焼き、後でまたそれを一つにまとめたのだろうか。けれどもどんなに調べても、縫い目などどこにも見つからなかった。

私の手のなかで照明の飾りのコードが解きようもないほど絡まってしまったとき、母が入ってきて不安そうにそれを見て、頭を振ってただひと言こういった。「いつもジュリがツリーの飾り付けをやっていたの。だから私はどうやるのか分からないわ」

でも本当は、父のやり方を知ろうとしないほうが良かったのだ。ある年のクリスマス、私はどこに贈り物が隠してあるのか一生懸命に探そうとした。そしてついに宝物が、クローゼットの後ろに上手に隠してあるのを見つけ出した。小さな隙間から、想像もしていなかった宝物が見えた。私たちのテレビだった！　それまで、野球の試合があるときは祖母の家に行き、アニメや「三ばか大将」を見るときはネルソンの家に行った。私はこの発見に興奮して喜び、父のところに走っていって、今すぐテレビを見ていいかと聞いた。彼は驚きの目で私を見て、その後がっかりした顔は悲しみに包まれた。私は、彼の秘密の贈り物を台無しにしてしまったのだ。私は恥ずかしくなり、もう二度とこっそりプレゼントを見たいなどという気は起さないと誓った。後年母が私に贈り物を包むようにいったとき、カードがないから私宛だと分かったが、そのときですら、決して覗いてみようとはしなかった。

私はクリスマスに贈り物をするのは大切なことだと考えていた。小さい頃は、空き瓶の回収で稼いだお金を貯めて皆に贈り物を買っていた。回収した空き瓶を洗い、店まで持っていくのだが、祖母やおばたちにも、空き瓶を取っておいてくれるように頼んでいた。また、トニオ叔父とグロリア叔母の家の庭でシコモロス〔イチジクの一種〕の羽の付いた種を集めて、少しお金を稼いだ。レジ袋一杯で五セントだった。ネルソンは手伝ってくれたが、他の人たちはこの仕事がとてもつまらないものだと思っていた。それでも年末には数ドル貯まったので、それを持って廉価商品を売る店に行った。祖母には手鏡、グロリア叔母には小さなハンカチ、アウロラ伯母にはお菓子……いとこたちは誰もそんなことをしていなかった。私だけが家族にいいことをしよう、愛されよう、人気者になろうと努力していた。

最終的に、どうにかツリーの飾り付けを終えた。キリスト降誕の場面を模した飾りには、雪のような綿のスカートを使った。情景は完璧だった。やわらかな光や色とりどりの照明が、金のブローチみたいに光り輝く星とともに、真鍮箔（しんちゅうはく）で巻いたロウソクの陰からそっと覗いていた。

このとき、父がいて抱きしめてくれたらと思った。今の生活のほうが安らかなのは否定できないのに、不思議だった。彼が私たちを苦しめたのは本当のことだったが、彼が私たちを愛していたことも紛れもない事実だった。けれどもこうしたことは、長さで測ったり重さで量ったりするようにはいかない。愛の量はこれだけの苦痛の量と同じだなどと単純にはいえないし、もちろん互いに相殺されるようなものではない。それらはそれぞれに真実なのだ。

第9章

私はエルサ・ポールセン医師に興味があった。彼女は背が高くてとても垢ぬけていて、白衣を着た姿には威厳すらあった。話をするとニューヨークのアクセントではなかったが、外国人のアクセントでもなかった。ジャコビ医療センターの若年性糖尿病クリニックに入ってくる人々は、インターンであろうと研修医、看護師であろうと、皆が彼女に注目し、彼女の気を引こうとしていた。彼女はやさしく親しげであってもリーダーだった。私を診察するときは、母に向かっていうのと同時に、私にも話しかけた。

ポールセン医師は、私が初めて知った権限ある地位にいる女性だった。母が働いていたプロスペクト病院では、医師はすべて男性だった。看護室の管理者は女性だったが、女性はそこまでだった。ブレスト・サクラメント校でも、尼僧(シスター)たちは子どもに対して権限を持っているだけで、ハート師やドラン神父には従っていた。

クリニックでは、看護師が体重を量り尿の検体をとった。運がよければ採血もした。そうでなければ、初めてその仕事をするインターンに協力しなければならなかった。振り返ってみれば、時折自分はモルモットのようだと感じていたが、アルバート・アインシュタイン医学校の先進的な医療を受けるために支払わなければならない小さな代償であったといえる。その学校は、若年性糖尿病についての研究プログラムを持っていて、当時この病気はあまり一般的でなかったことを考えると、そのクリニックがブロンクスにあったのは幸運だった。そこに行くためには、長い区間地下鉄に揺られ、さらにバスに乗らなければならなかったのだけれど。

このクリニックは患者の教育にもしっかりと焦点を当て、当時としては各種実践の先駆者だった。たとえば、どうやって糖尿病とつき合っていくか、また栄養の重要性、そして糖尿病を患った結果、身体に何が起こるのかといったことを教える子どもたちのためのクラスがあった。治療を始めてからも病気は進行し、ついに私の膵臓(すいぞう)はインスリンをまったくつくれなくなってしまった。注射なしでは数日ともたずに死んでしまうだろうと思われた。当時あったのは効果が長持ちするもので、朝一回の注射だけだった。けれどもときどき日中、血糖値が予期せずに上下することがあった。だから食事の時間は厳格に守らなければならなかったし、また血糖値の降下に備えて軽食やジュースを持ち歩いていた。おばたちが警告していたように、甘いものは食べられないとかマンゴーを食べると死んでしまうとかいうのは正しくなかった。幸いなことに、母はもっと進んだ知識を持っていたので、毎回診察を受けた後、病院のカフェテリアで、チェリーチーズケーキを二人で分け合ってお祝いしたものだ。母は食事の基準については私を信用していたので、うるさいことを一切いわなかった。私よりずっと甘いものが好きだったので、チーズケーキは、私にというよりも、私のために責任を果たしてくれる母を慰めるためのものだった。

私にとって、甘いものを控えるのはごく自然なことで、それは、血糖値が上がると非常に具合が悪くなったからだ。最初の兆候はスローモーションのような感じで、身体が重くなり、椅子から立ち上がろうとすると、膝に四〇〇キログラム以上の重みがかかったように思われた。血糖値が下がるのもまた違った意味で気分が悪かった。汗をかきはじめ、めまいがし、いらいらして頭がぼおっとした。当時は糖度計がなかったので血糖値を正確に測る手段がなく、その数時間前の血糖値を示す尿の試験紙があるだけだった。だから血糖値を知るためには、いつも自分の身体がどう感じているかを自覚しなければならなかった。技術がずっと進歩した今でも、私はいつでも身体の感覚を確認するようにしている。規律を守ることとともに、この確認の習慣は、おそらくこの病気のもう一つの利点だったろう。この内的自覚は、記憶と関連させて感情を覚えているという能力と、他人の感情を敏感に感じる能力と相まって、法廷においてとても有効だった。

けれども規則正しく注射を打ち、充分に管理された食事をとっていても、その当時はまだ、私の病気の見通しは暗かった。遅かれ早かれきっと何らかの合併症で死ぬだろう。今は、私の幼少期に比べて治療法は進歩し、以前よりも平均寿命も長くなった。しかし当時はそれが現実であり、なぜ私の家族が、私が病気だと診断されたとき悲劇的で重大な惨事であると受け取ったかが分かる。母がいちばん恐れたのは、手足の切断であり失明であり、他の当時の典型的な合併症だった。母は、救急治療室では沈着冷静で、隣人を病から救うときには落ち着いていて信頼できるが、患者が私となるとすっかり動揺してしまった。もし私が足の指を打ったりすれば、壊疽（えそ）になると騒ぎ立てた。ときどき私は遊び場で、母を驚かせるためだけに無謀な悪戯をして気分を発散させていた。そして最初からそうだったように、いつもインスリンの注射を自分自身で打ちながら、自立を再確認していた。

でも、もしかしたら私はもっと悪くなっていたかもしれないと思う。いとこのエレインは、生まれつき片腕が麻痺し萎縮していて、添え木をつけられていた。私の糖尿病は、外からは見えないので、それよりましなように思えた。ジュディ叔母はエレインのことを、母が私を心配するよりもっと心配していた。遊び場でエレインが、思い切って何か小さな動きでもしようものなら、ジュディ叔母はパニックになった。母親の不安は子どもに伝染する。私には、エレインが完全にできることでも、必要以上に臆病になっているように思えた。

いとこのアルフレッドだけは、私の糖尿病のことなどまったく気にしなかった。たぶん、私を強くするために、鬼軍曹になろうと決めていたからだろう。彼こそが私にスキーを履かせ、果ては二度、三度、馬にも乗せたりした。ジュニアと私を「自由の女神」に連れていったときなど、私たちは女神の王冠のところまで階段を登らされた。台座のところに着いたとき、私は疲れ切っていたが、それでも彼は、「前進！　上まで！　頂上まで！」と命令した。最後はまるで拷問だった。足がとても痛くなって涙が出てきた。けれども絶対に、アルフレッドに涙を見られたくなかったので、いつも彼の前を行かなければならず、そうしてついに女神像の上まで到達した。

私は、私の家族が伝えてきた宿命論を、私なりに解釈していたのだろう。たぶん私は他の多くの人々のようには長く生きられない、だから時間の浪費はできない。学校では一学期でも一年でも無駄にすることは考えられなかった。「もっと後で」などといっても、もうそのような機会には恵まれないかもしれない。だからやるべきことはすぐに始めるのだ。この緊急を要するという感覚は、その脅威が薄れた後でも常に私の頭にあった。

私はクリニックの待合室に座って独り言をつぶやいた。

「どうして、アルバート・アインシュタイン医学校では、人生の時間が限られている子どもたちに、山積みになった古い『ハイライツ』の他に読む物もないまま、長い時間待たせるのかしら。もっと時間を有効に使う方法があると誰も考えなかったの？　家から『ナンシー・ドリュー』〔少女探偵ナンシー・ドリューが事件を解決するシリーズ物〕を持ってくればよかった」

そうしているうちに私の順番が回ってくると、職業をどう選ぶかについての小冊子を渡された。私はまだ一〇歳なのにと思った。そんなことを心配するのは早すぎない？　小冊子は、メアリー・タイラー・ムーア〔彼女も糖尿病患者〕のような女優になれると請け合っていた。プロのスポーツ選手にもなれるし、次のようなものにもなれると。

医師
弁護士
建築士
技術者

看護師
教師……

糖尿病の人が就ける職業はあまり多くはなかった。もっと悪いことに、なれない職業のリストもあった。飛行機のパイロットやバスの運転手にはなれない。それはそうだろう、フライトの途中で気を失うような人を、誰だって望まない。軍務にも就けないが、これはまあいい。私はアルフレッドのお蔭で、もう充分な訓練を受けていたからだ。そして警官にもなれない。ああ、これはまったく不運だ。これには一撃を食らわされた。

どうして警官になれないの？ ということは、刑事になれないということだ。それは大変。たしかにナンシー・ドリューは、警察官にならずにうまくやっていたが、彼女は例外だった。それに物語の中の人物だ。私は現実のことが分かっていたので、実際は、刑事というのは警察官であり、幸運に恵まれた人生を歩む一八歳の若い娘ではないことも知っていた。けれどもナンシー・ドリューは、私の想像力をかきたてた。毎晩、読み終わって目を閉じた後も私はナンシーであり、眠りに落ちるまでその物語は続いた。

若い探偵は、幌の低い青のオープンカーに乗っていた。彼女はどうしようもない楽観主義者で、どんな障害も彼女自身の役に立つものに変えてしまう。ナンシー・ドリューの父親は弁護士で、彼の抱える案件について彼女に話し、彼女は犯罪の解決を手助けした。父と娘はパートナーのようだった。

彼らの住む世界はまるで妖精物語のよう。人々は曲がりくねった木陰のアプローチのある家に住み、避暑に使われる湖畔の別荘を訪れ、田園の慈善ダンスパーティーに参加した。ナンシーもまた旅行をした、パリにも行った。私は、もしいつかエッフェル塔が見られるのなら、どんなものでも差し出しただろう。ナンシー・ドリューは大金持ちだったが上流気どりではなかった。それらはつくり話であっても、そういう世界が本当にあることは知っていた。シンデレラのカボチャが馬車に変わる話ではなかったのだ。それは事実で、私はそれを確かめたくて仕方がなかった。

自分は優秀な刑事になれると確信していた。私の頭はナンシー・ドリューと同じ働きをしていると自分で思っていた。小さなことでも観察し詳細に聞いた。痕跡もとらえた。物事を論理的に解決し、また謎が大好きだった。私は、つねに集中して問題を解決したいと願い、そのための明快さやピント合わせを好んだ。そうしている間は、私のまわりの他のものはすべて消え失せてしまった。私は勇敢だったし、そうでなければならなかった。

だから私は、優秀な刑事になれるはずだった。もし、糖尿病でさえなければ。

「ジュニア、チャンネルを変えて！　ペリー・メイスン〔法廷弁護士ペリー・メイスンが主人公のテレビシリーズ〕が始まるわ」素晴らしい。警官や刑事になれなくても、私は毎週木曜日の夜、白黒の小さな画面にこのジレンマを解決してくれるものが現れたことに気づいた。

ペリー・メイスンは弁護士だった。ポール・ドレークという刑事と一緒に仕事をしていたが、犯罪の裏にある、信じられないような真実を解き明かすのは、ペリー・メイスンだった。そして裁判が始まると話は面白くなってくる。もちろん、ペリー・メイスンが主人公だということは明らかだ。彼の名が番組のタイトルであり、最初の場面から登場し、その後もほとんど出ずっぱり、そして最後に人々から抱擁され嬉し涙で感謝されるのも彼である。けれども私は彼だけに共感していたのではなかった。検事であるバーガーにも親しみを覚えていた。私は彼が良き敗者であること、裁判に勝つことよりも真実を追求するところが好きだった。あるときバーガーは、もし被告が本当に無実で事案が却下されたのなら、自分の仕事は終わったということだといった。なぜなら正しい裁きが下されたのだから。

私にとってさらに魅力的だったのは、判事の姿だった。あまり画面に登場しなかったが、なくてはならないもので、一人の人間というよりもっと抽象的な印象だった。正義の擬人化だ。毎回最後に、ペリー・メイスンがいった。「裁判長、被告に対する告発を却下し、放免していただきたい」最終の判断を下すのは判事だった。「訴えを却下する」もしくは、「動議を認める」これで決着した。さっと過ぎてしまうので注意して見ていなければならなかったが、私はそのときがもっとも重要だと知っていた。そして最終判断の前でも、弁護士や検事が「異議あり」といったときに、「却下」するか「認める」かを決めるのは、判事だった。

このドラマのなかには、まったく新しい語彙があった。そのすべての詳しい意味までは分かっていなかったが、議論の本質は辿ることができた。それは私の大好きななぞなぞのようでもあり、「善」と「悪」という大きな概念が交わるなかで特有なルールを持つ複雑なゲームだった。私は興味をそそられ、それを追求してみようと心に決めた。

私は優秀な弁護士になろうと決心した。そしてすでに、ペリー・メイスンよりも判事になるほうが良いと思っていることに、はっきりと気づいた。そのときは、それぞれがどういう役割を持つのかも知らず、判事のほうがより常識的な仕事だと思ったのだ。

第10章

ある夜、宿題をやっていたとき、母と友人たちはエド・サリバンショー〔一九四八年に開始された有名なバラエティー番組〕を観るためにテレビの前でひしめき合っていた。アナ、クリスティーナ、そしてイルマがおしゃべりしていた。彼女たちは母に、テレビをつけたままジュニアと私に宿題をさせていると非難したが、母はいつものようにこう答えた。「この子たちは私よりもずっと頭がいいの。毎晩、四時間も五時間も勉強するし、成績もいいわ。私が子どもたちに勉強の仕方を教えられると思う?」これには返す言葉もなかったが、こういう心配をしていたのは彼女たちだけではなかった。ブレスト・サクラメント校の尼僧(シスター)たちは、感受性の強い子どもの精神に与えるテレビの悪影響というものについて、独自の見解を持っていた。彼女たちにとって、エド・サリバンは我慢できたが、ナポレオン・ソロ〔冷戦下のスパイもののテレビ映画〕は、邪悪なロシアのスパイが善良なふりをしているとして受けつけなかった。米ソ冷戦下の通説に対して、あまりに脅威だったのだ。でも、テレビが、実際の弁護士などといった私が熱望する多くのこととは無縁なブロンクスという狭い世界の外にまで広げるのを助けてくれていることに、誰も気がついていないようだった。

そうはいっても、私はほとんどテレビは観ていなかった。一時期、わが家を飲みこんでいた静寂の息苦しさを退けるお守りのようであったときですら、それはもはや背景の音に過ぎなかった。ずいぶん前から、私はどうやって集中するかを学んでいた。たとえブルックナー通りに爆弾が落ちたとしても、私は注意を逸らされなかっただろう。だから一九六五年のあの夜、トム・ジョーンズが腰を振りながら絶叫していたとき、母と友人たちは、私が彼女たちに注意を払っていなかったと思ったに違いない。

「なんていい男なの!」アナの口からつぶやきが漏れた。

「もし誘われたら、断れないわ」私は耳をそばだてた。母がしゃべったの? そう、何事にも気を逸らさないというのは本当じゃない。

クリスティーナが他の二人を圧倒した。「彼はいつでも私のベッドの下にスリッパを置けるわ」私はトマトのように真っ赤になっていたに違いない。

もちろん何も知らないわけではなかった。友だちのカルメロとその彼女が私たちの部屋にきたときに、キス以上のことをしていたのを知っていた。それが私たちの部屋を訪ねる目的の一つでもあった。若者たちは噂話をし、ドナはキスマークを見せびらかしていた。こういうことは好むと好まざるとにかかわらず、いつでも起こっていた。けれども私自身はそこまで行っていなかった。

　中学校でも、私は自分の居場所を見つけはじめていた。カルメロはそのことに大いに関わっていて、私を特別扱いして「コンピューター頭」略して「コンピー」という綽名をつけた。彼は私を褒めたかったのだ。私は論理的できちんとしていたので、私の頭が働きはじめると、彼には電球が点いたり磁気テープが回ったり、白衣を着て紙挟みを持った男たちが、朝食のパンチカードを私に食べさせているのが見えたに違いない。カルメロは私のような「努力家」の友だちを持つことで得をすることが分かっていて、試験のときにはいつも私のそばに座っていたが、私はそう簡単には協力しなかった。いい成績をとろうとすれば覗きこまなくてはならず、首筋を傷めざるを得なかっただろう。でも、彼は私に感謝していた。その代わりに彼は私を守ってくれ、悪童が私を追いかけるのを許さなかった。

　カルメロは、学校で人気者だった。ハンサムな男の子特有の屈託のなさがあった。背が高くて髪はカールしていて短かった。そして笑うと片頬にえくぼができた。彼とアイリーン（素敵な女の子の一人）は、私の学校生活を素晴らしいものにしてくれるとてもいい友人だった。二人とも、高速道路の反対側のローズデール・ミッチェル・ラマのコープ（居住者に所有権はなく、部屋の大きさに応じた株式を取得して居住権を得る）に住んでいたが、そこは私たちの住む市営住宅、ブロンクスデールハウスよりも一ランク上だった。もっとも、そこに住んでいたジュディ叔母やヴィティン叔父によれば数ランク上ということになるのだが。

彼らは、私の家に立ち寄ることを好んだ。なぜなら、母が子どもたちの世話をするのが好きで、彼らにまるで自分の家にいるように感じさせたからだ。母は私が連れてきた人は誰でも受け入れてくれた。彼らは山盛りのご飯とインゲン豆で歓待された。アイリーンの異母姉妹であるソルアンヘルやマイラも、大きくなり高校に入ってからも、よくきていた。彼女たちは私の友だちであると同時に、母の友だちでもあり、母に、自分たちの恋愛について際限なく話していた。

「ママ、もし明日男の子の友だちを何人か呼んだら、チュレタ(骨付き肉)をつくってくれる?」冷蔵庫を覗きこんで、私は何があるか何を買わなければならないかを調べながらいった。母はそんな私を、まるであと五分で国連総会で挨拶してと頼んだかのように眺めていた。母は私の友人たちを歓迎する気持ちはあったが、父の死後、ある年の感謝祭に、内臓をまとめた紙袋を取り出さずに七面鳥を焼いてしまって以来、自分をひどい料理人だと思いこんでいた。料理が好きではなかった母が、なぜとても美味しい骨付き肉をつくれるのかは謎だった。

私は買い物やその後の食事の準備が楽しかったし、自然にホステス役となった。家じゅうが笑いや会話、音楽や台所の匂いといったもので満たされているのが好きだった。集まっているのは中学生の男子グループではあったが、祖母のパーティーを思い出していた。祖母がどうやっていたかを思い出し、それを私たち七年生向きにアレンジした。お酒はなかったが、たくさんのコーラや大盛りライスにインゲン豆、それに母の骨付き肉があった。

ジュニアは台所のドアから頭を出して、からかうようにいった。「ソニアは、ビートルズのリンゴが好きなんだ。ヤーイ」

ジュニアは私の背中の十字架で、永遠の疫病神だった。私の友だちがきたときには、宿題をしたりテレビを見たりするふりをしながら、彼らの話をひと言も漏らさず聞いていた。私がいったことは遅かれ早かれ、ビートルズの誰が好きだということに至るまで、私への攻撃に使われた。

私たちはその頃、いつも体を張って喧嘩をしていた。少なくとも家ではそうだった。外では、学校でも街でも、私はまだジュニアの保護者で、責任を真剣に感じていて、彼を守るために、いくつも打ち身や痣(あざ)をつくっていた。そして彼とは二人きりになってから決着をつけていた。これは、彼の背丈が急に伸びたことに気づくまで続いた。歳は三つ下だったが、男性ホルモンが影響しはじめた彼はもう立派な男で、毎日何時間もバスケットをやっていた。喧嘩のやり方を変えるべきときがきていた。「ジュニア、もう私たちは大人なんだから、話し合いで解決しましょう」と私はいった。「そう、いつだってお互いにいいつけることはできるわ」それからは、これが私たちの喧嘩のやり方になった。私たちは相手に攻撃されたことを覚えておいて、自分に有利になるように母にいいつけるか、いいつけるといって脅した。私たちの告げ口は、しばしば病院に電話をするまでになり、それは母を悩ませたに違いないが、母の忍耐のおかげで彼女の上司には伝わらなかった。いつも私は、母親たちが心配なく働けるように、子どもたちが職場に電話をするのを許すべきだと考えていたが、後に私の事務所で働いた者は皆、それを証言してくれるだろう。もっと後、高校生になってジュニアと私は喧嘩をしなくなり、そしてさらに年を経て私たちは結束を強めた。そんなにしょっちゅう話すわけではないが、何か重要なことがあったときは他の誰よりも先にお互いに相談する。しかしながら、幼い頃は、体力的に負けないくらいになったら私をやっつけるのを心待ちにしていたのに、ようやくそうなったら私がルールを変えてしまったと、彼は恨み事をいうことがある。

一九六五年秋に、ローマ法王パウロ六世がニューヨークを訪れたとき、ハート師がブレスト・サクラメント校の生徒が彼を直接見ることができるよう段取りをつけた。私はどうしてもそこに入れてもらいたかった。それはただの遠足ではなかったのだ。それは歴史の一ページだった。ローマ法王が米国を訪ねたのはこれが初めてだったからだ。さらにパウロ六世は普通の法王ではなかった。父が死んだ後の夏に選ばれたが、その頃私は本を読むことに時間を費やしていた。彼について読んだものはすべて感動的だった。当時、彼は毎日のように新聞や雑誌に登場し、訪問スケジュールやその見解について報告されていた。ベトナム戦争の終結を訴え、軍備を縮小してその金を貧しい国の援助に使うことを提案し、宗教間の対話を増やし、教会がもっと一般大衆に開かれたものになるためにヴァチカーノ二世の仕事を引き継いでいく、ということだった。

本に感動したり熱狂したりするのは普通のことだったが、なぜこんなに、彼に関する新聞記事に心を揺さぶられるのだろう？　知らない単語（世界教会主義とか、土着のとか）を辞書で引かなければならなかったが、彼の励ましは、すべて心に響いた。私はこの法王を敬愛していたのだ！

だから、彼と実際に会うことが許されなかったとき、私はとても不満だったし、がっかりしてしまった。とはいっても、驚きはしなかった。いつも教会に行っている子どもたちだけが選ばれたのだ。母が苦しんでいる時期、ドラン神父が母を訪ねるのを拒否したときから、ブレスト・サクラメント教会の日曜礼拝にはそれまでのようには行かなくなっていた。多くの場合、アウロラ伯母と、サン・アタナシオ教会に行っていた。けれどもそれは、ブレスト・サクラメント校では認められなかった。だから私は、自分自身で何が起きているか確かめなければならなかったのだ。

「それで、どうだったの？　握手したの？　あなたたちと話してくれたの？」私はクラスの友だちに尋ねた。私はどんな小さなことでも知りたくて仕方がなかった。そして、大事なことは何も見損っていないと知って安心した。ブレスト・サクラメント校の生徒たちは、大勢の人波に埋もれ、私がテレビで見ていたよりも見ることができなかったようだった。カメラは人であふれかえったマンハッタンの街路を、サン・パトリシオまで法王を追った。彼は、ジョンソン大統領と会談し、ヤンキー・スタジアムでのミサに参列した。いちばん良かったのは、国連総会での演説を放映したことだった。「戦争をなくそう。平和こそが、人々そして人類の行く末を導いていくべきである」すべてはこの素晴らしい一日に起きたことだった。

私は、もし弁護士（または判事かもしれない）になろうとするなら、説得力ある確信を持った言い方を学ばなければならないということに気がついた。極度に緊張してはいけないのだ。だから、日曜のミサのときの読み手を募っていたとき、自分を試してみるいい機会だと思った。女の子が聖なる言葉を読むというのは、少し前まではなかったことだったが、ミサをラテン語から英語に変えたり、聖職者たちに会衆のほうを向くようにさせたりという変革の大波に比べれば、それはヴァチカーノ二世の小さな提案だった。けれどもまだ、私たちはミサの侍者にはなれず、それは男性に限られていた。

聖書の読み手になるということは、もちろん講演をするのとは違う。何を話すかを考えたり、また暗記の心配をする必要もない。まだまだ裁判での論争とは遠く離れていたが、目的への小さな一歩ではあった。とにかく何かから始めなければならなかった。

石の階段を説教壇に向かって上っていくと、膝ががくがくした。手すりを摑む手も震えて、まるで自分ではないようだった。もし手の震えすら止められないのだとしたら、口を開いて話すときには一体どうなってしまうのだろう？　長椅子はすべて満席で、人々の列という列が私の顔を見ていて、まるで私が失敗するのを待ち構えているように思えた。吐き気がした。もし今ここで、聖書の上にもどしてしまったらどうなるのかしら。前の晩に一生懸命練習し、一節一節繰り返し大きな声で読んだのに、みんな無駄になるの？

最初は震えていた私の声も、だんだんと落ち着いてきた。膝もそうだ。言葉が流れるように出てきた。各節の終わりに顔を上げることが大切だというのは知っていたけれど、それはとてもできなかった。人々の顔に私は脅えていた。もし人々の目を見たら、私はわけが分からなくなってしまったことだろう。そして目がくらむだろう。だから、節の終わりには天井を見あげた。四角い天井の木の梁、金色の螺旋の縁取り、黒い金属の輪から吊り下っているランプ。でも、上を見るというおかしな態度は、すぐにもっと気後れを感じさせることになって、私が天井を見ていると、会衆が「この子は神に向かって読んでいるのではないだろうか？」と誤解するのではないかと心配になってきた。幸いなことに、一節か二節読んだ後に気がついた。会衆の目のワナに落ちないように、前にいる人々に集中しよう……。

上の空のまま私は階段を降り、自分の席に戻った。でもまたやりたいと思ったし、やることになるだろうと確信していた。

八年生の最後の鐘が鳴った。私はそれまでの人生の半分以上にあたる八年間をブレスト・サクラメント校で過ごした。テッド・ショーは高校時代の友人で、後年、NAACP〔全米黒人地位向上協会〕で教育と法的弁護のための基金の法務部長になったが、彼は、カトリックの学校は救済と永罰だといった。生徒の未来を成型し心を震え上がらせると。私はこの定義に賛成だ。カリタス修道会の尼僧（シスター）たちは私の個性を形づくってくれたが、忘れてしまいたいこともたくさんあった。

　私たち八年生の年報のガリ版刷りのパンフレットに、生徒たちがブレスト・サクラメント校での生活を振り返って「最後の願いと誓い」というものを書いていた。それに対して、先生が各生徒の将来についての短かいコメントを添えていた。これらのページを読んで印象的なのは、彼らが若い教え子たちにあまり期待していないということだ。たとえば、一人の女の子についてはこう書いている。「ファッションデザイナーになりたいといっているが、六人の子どもの母になるほうが良いと思われる」残念なことに、秘書などの伝統的な職業に就きたいと思っている少女にも同じようなコメントがあり、それは決して稀なことではなかった。けれども、多くの人生が、アルコールやドラッグのために不幸に終わったり、暴力により中断させられたりするような貧しい地区にある小さな学校なのだ。もろもろの資源に乏しいブレスト・サクラメント校は、それでも多くの同級生を生産的な価値のある存在に育て、実際、ガリ版刷りのパンフレットに書かれた予測よりもずっと大きな成功を収めるように後押ししたのだ。カリタス修道会の尼僧（シスター）たちや私の頭に叩きこまれた規律はとても厳しいものだったが、やはり評価しなければならない。

　そこで私が書いた文章には、今さらながら驚かされる。私はすでに自分の知性を確信していたのだ。

私、ソニア・ソトマイヨールは、私の頭脳を次の八一一クラスに平等に提供します。彼らが知らないことによって、メアリー・レジーナ尼を苛立たせることがないように。

そして、おそらく期待をこめて、メアリー・レジーナ尼がこう書き添えている。

この子の志は奇妙に見えるかもしれないが、弁護士になっていつか結婚することだ。双方とも叶えることができるかもしれない。今後、カーディナル・スペルマン高校での新しい挑戦が始まるが、この新しい目標を成し遂げることを期待する。

最近、ブレスト・サクラメント校を訪ねる機会があった。私が通っていたときよりも生徒数はずっと少なくクラスも小さい。今は、尼僧(シスター)だけではなく一般の先生もいるが、明らかに「血を流してこそ言葉は身につく」という教育は廃れ、もっと人格を豊かにする方法を選択していた。生徒の幸福を願う気持ちは、時代によってそれぞれの形があるのだ。

第11章

カーディナル・スペルマン高校はブロンクスデールハウスから、電車やバスが時間通りに走ればだが、約一時間のところにあった。学校の建物は真ん中が仕切られていて、一方は女子が、もう一方は男子が使っていた。各階には尼僧（シスター）がいて、女子も男子も先生の許可なしにもう一方の校舎へ行かないように見張っていた。尼僧（シスター）たちは、ブレスト・サクラメント校と同様カリタス修道会だったが、私が入学した一九六八年頃までには、その多くは黒いベールや黒くて長い修道服はやめていたので、以前よりは威圧的ではないように思えた。

食堂は男子も女子も一緒だったが、宗教やいくつかの上級コースを除き、授業は男女で分かれていた。もう一つの例外は、一年目のスペイン語の授業だった。家でスペイン語を話している生徒はみな上級クラスに集められ、スペインから赴任したばかりの尼僧（シスター）が教えていた。彼女の計画では、普通三年間で学ぶことをひと月に詰めこんで「おさらい」し、その後文学を教えはじめるということだった。

その学期が始まってわずか一週間で、すでにクラスは大騒ぎになりそうだった。みんなが、活発に話すエディー・イリザリーと私を取り囲んで、クラスの代表になってほしいといった。

「私たちはスペイン人じゃないといって。私たちはアメリカ人よ」

「四五分間、先生の話したこと、私たちの誰もひと言だって分からなかったわ」

先生は、ブロンクスで育った私たちプエルトリコ人の子どもたちが、母国語の正式な教育を受けていないことを分かっていなかった。言語に関していえば、私たちの多くは、ほとんど、またはまったく英語を知らない子どもたちに対する何の支援もない学校に入り、はじめの数年、生き残るために懸命に頑張ってきたのだ。だから高校に入学した時点では、スペイン語の文法も知らず、また動詞を活用したこともなく、いくつかの一連の文章、たとえば広告や新聞の見出しや非常に短い記事などの他には何も読んだことがなかった。もちろんスペイン語の本など読んだこともない。先生の純粋な正しいアクセントや、優雅な話し方を誰も理解できなかった。私たちはただ呆然としていただけで、先生の指示に従うこともできず、宿題などは論外だった。

私のスペイン語は不完全で、自分の名前を正しく発音することすらできなかった。彼女はそれについて私に注意を喚起した。「あなたの名前はスペイン人の名字のなかでももっとも高貴なものよ」と彼女はいった。「おかしな発音をしてはいけないわ。きちんといえないことは恥ずかしいことよ。正しく発音しなさい。そして誇りを持つことね」

私は、彼女が良心的な人だと気づいた。そして思った通り、エディーと私が状況を説明すると理解してくれた。翌日はまず謝罪から始まり、ずっと現実的な計画が示された。とにかく基礎を補いながら普通のスペイン語の授業の二倍の速さで進むこととして、まずは文法を学び、その後二年目からスペイン語で文学を読みはじめることになった。この出来事は、基本的な必要性を述べ、それを聞いてもらえることを信じる良い教訓となった。最終的に、先生たちは生徒たちの敵ではないことに気がついたのだ。

少なくとも先生たちの多くは敵ではなかった。皆に慕われていたとはいえない「死後硬直」という綽名の幾何学の先生がいた。三角形が発明されるよりも前から、カーディナル・スペルマンにいるなどといわれていた。それまで何千という一年生の前で案山子のようにじっと動かずに過ごしてきた、鮮やかな赤い髪を短かく刈った、痩せて皺だらけの先生だった。

彼女の部屋に呼ばれ、カンニングをしているのではないかと疑われ非難されたとき、私は激怒した。非難の根拠は、私の幾何学のリージェント試験〔ニューヨーク州の統一試験〕の成績が完璧だったことだ。彼女の長い人生で、リージェント試験で満点をとった者はいなかった。

「そうすると、誰のものを写したとおっしゃるのですか」私は我慢がならなくなり質問した。

「誰か他に、一〇〇点をとったのですか？」

一瞬、動きが止まったように思えた。「だけどあなたは、模擬試験ではいつも八〇点か九〇点でしたね。どうして一〇〇点がとれたの？」

私は彼女に説明した。実際は、模擬試験でも私は間違った回答をしていなかった。指示された手順通りにやらなかったので減点されただけだったのだ。私は自分が納得できる自分自身のやり方で問題を解いていた。そして彼女は、それのどこが悪いのか説明してくれなかった。リージェント試験では、答えだけが要求され手順は問われなかったのだ。

けれども、その後の対処の仕方に私は感心した。彼女は、私の以前の答案用紙を探し出し、検証したのだ。そして私のいうことが正しいと認め、成績を書き換えてくれた。結局、「死後硬直」までもが、本当はそんなに堅物ではなかったのだ。

高校での最初の数ヶ月でもっとも考えられない出来事といえば、次のことだっただろう。従妹のミリアムと私は、海軍の訓練生に申しこんだのだ。毎週金曜日の夜、ハンツ・ポイントのPS七五に行って体育館のまわりを行進した。制服を着て、航海用語を覚え、ロープの結び方を習った。ボートに乗ることはなかったが、プエルトリコの一団として行進した。

私たちが訓練生になった本当の理由は、ミリアムの兄で、その楽団でトランペットを吹いていたネルソンを監視することだった。ネルソンは子ども時代には、私の共犯者で天才的な相棒だったが、今や女の子たちの憧れの的だった。彼はとてもハンサムで頭の回転がはやく、皮肉なユーモアの持ち主だったうえに、音楽の才能にも恵まれていた。父親のベニー叔父は医者になってほしいと願っていたが、彼は熱心に音楽に打ちこんだ。ネルソンが楽隊に入ることを許したベニー叔父の唯一の理由は、規律に縛られることは彼にとって良いことで、それが彼を繁華街から遠ざけると考えたからだった。

ベニー叔父が私たちにネルソンを監視させたがったのは、女の子たちや音楽の誘惑だけが理由ではなかった。ネルソンは、私がカーディナル・スペルマン高校に入学したのと同じ年に、ブロンクス・サイエンス高校に入ったが、彼は追い詰められていた。彼の科学的な能力には疑いがなく、高校生になった時点で、すでに科学の展示会でいろいろ価値のある賞を取っていたし、彼の先生たちは音楽と同様、科学にも才能があり天才だと認めていた。ネルソンの本当の問題は、知的なものではなく感情的なものだった。ベニー叔父とカルメン叔母は離婚していた。

私は、離婚に関する中傷に我慢がならなかった。誰かが、誰々の責任だというようなことをいうたびに、私は耳をふさぎたくなった。誰かが離婚を願って、門口に鶏の内臓を置いて夫婦に呪いをかけたと思いこんでいる祖母やおばたちの言い分はもちろん信じたことがなかった。理由はどうであれ、本当に辛いことであり、ネルソン、ミリアムそして小さなエディーがどのように感じていたか想像すらできない。

特に、ネルソンだった。

私たちが小さい頃、ミリアムはいろいろな理由をつけて、私が提案したどんな遊びも計画も、いつもいやだと反対した。最終的には同意したが、彼女を説得するのは大変だった。高校では仲良く過ごしたが、子どもの頃は内気だった。反対にネルソンは、私にノーといったことはなかった。何に対してもぐずぐず考えず、友だちのためには危険さえいとわなかった。しかし、私が小さい頃に尊敬していた彼のこの気質が災いして、麻薬に侵されていた地域での悪い誘惑をはねつけることができなかった。

ネルソンが楽隊の練習をしているとき、彼が船の舳先に立ち、心をこめてトランペットを吹いている姿を想像した。その船は、私を埠頭に残したまま、あてもなくはるかな海に向かって漂っていた。

高校一年から二年になる夏、『蠅の王』〔一九五四年出版のウィリアム・ゴールディングの小説。無人島に漂着した少年たちを描く〕を読んでいるうちに喉がカラカラになったが、それでも読みつづけ、読書の宿題を完了した。これを読み終えた後、次の本に取りかかる気にはなれなかった。このように多様な解釈ができるものを読んだことがなかった。私はこの本に取り憑かれ、もう少し考える時間が欲しかった。けれども夏の間、ただ本を読んだりテレビを見たりして過ごすだけでは何となく物足りなかった。ジュニアは一日じゅう、バスケットに興じていた。この市営住宅のまわりでは、彼ぐらいの年齢になっても麻薬に染まっていない者たちは、他にやることがなかったのだ。オーチャード・ビーチは、行き帰りの暑さはひどかったが、それでもまだ魅力があった。でも、やはり毎日往復する気にはなれなかった。その頃にはもう以前のように、祖母の笑い声が聞こえることもなく、浜辺で食べる家庭料理のお弁当を楽しみにするでもなく、またガジェゴが子どもたちでいっぱいの車を運転することもなかったのだ。

そこで私は、アルバイトを探すことにした。私がこの計画を話したとき、母とカルメン叔母は、祖母の家の台所でコーヒーを飲みながら座っていた。この市営住宅では、店もなければ会社もなかったが、祖母が昔住んでいた地域では、たぶん私を雇ってくれるような人が見つかるのではないだろうか。カルメン叔母は、まだサザーンブールバードに住んでいて、ユナイテッドバーゲンズで働いていた。電車の高架のそばにある家族経営の店を、私たちは「Eー」〔高架鉄道の意〕と呼んでいたが、そこは見知らぬ人を雇うよりも親類が働くことを望んでいた。けれどもサザーンブールバード沿いの大きな店ならばたぶん可能性がある。私はその道沿いの店に、片っ端から聞いて回るのはどうかといった。カルメン叔母が、「そんなことしないで」といった。「アンジーに聞いてみるわ」アンジーは、彼女の上司だった。

母は動揺したように見え、くちびるを噛んでいた。しかしカルメン叔母が帰るまで何もいわなかった。そして初めて、自分の子ども時代のことを話しだした。物心ついてから、毎日何時間もアウロラ伯母のためにハンカチを縫ってアイロンをかけたのだと。「辛いわ、ソニア。私のような思いをあなたにさせたくないの」彼女は、いろいろなものを買ってやれないと謝ったが、それより、将来私が、子ども時代に母の犠牲になったと責めることがあれば、それは最悪だと強くいった。

私は母の言葉にびっくりした。誰も無理に私を働かせようなどとはしていない。たしかに少しお金があればいろいろな出費をまかなえるが、それは本当の目的ではなかった。「ママ、私は働きたいの」といった。母は人生を働き詰めに働いてきたので、自由な時間が退屈だなどとは、とても信じられなかったのだ。けれどももし、夏じゅう家にいたら、きっと退屈してしまう。私は母に、決して責めないと約束した。そのときから私は、母の人生がどんなに辛いものだったかを理解しはじめたのだ。

カルメン叔母は、アンジーが一時間一ドルで雇う用意があるといった。これは最低賃金以下だったが、いずれにせよ私は働くことのできる年齢には達していなかったので、公にはできない支払いになる。バスでカルメン叔母の家に行き、そこからユナイテッドバーゲンズまで一緒に歩いた。これが私たちの日課になった。女性が一人で歩ける地域ではなかったのだ。

ユナイテッドバーゲンズは婦人服を売っていた。私は、商品の補充、試着室の整理、監視など必要なことは何でもやった。そして万引き犯が、洋服掛けの陰に隠れて商品を丸めてバッグに入れるようなそぶりに、注意していなければならなかった。

特に、麻薬中毒者はいつも疑わしかった。彼女らは、夏でも注射の痕を隠そうとして長袖を着ていたが、目の下の隈ですぐにそれと知れた。ときどき「入れたものをバッグから出して」といわなければならなかったが、いさかいも騒ぎも起きたことがなかった。多くの場合、それ以上何もいう必要はなかった。彼女たちはバッグから品物を出し、また洋服掛けにかけるか、私に渡した。決して目を合わせようとはしなかった。彼女たちは恥じ入って立ち去っていった。いつも黙って見送ったが、他にどうすることもできなかった。西部劇のアパッチ砦のような封鎖テープを見れば、警察が悪党一味で手一杯だということが分かっていた。さらに店の責任者も、自分が恥だと感じ他人から同情されれば、それで充分な罰を受けたと理解していて、私ももちろん同感だった。私自身は同情されるのがとても嫌で、体面を傷つけられた古傷の悲しみを、自分が糖尿病だと知らされたときの家族の反応と関連づけていた。だから他の人に同情することも嫌だった。目の前で、誰かの威厳が砕け散ったとき、思いやりのある人なら誰でも、その穴を埋めたいと思うのは自然なことだ。

土曜日の夜は、店は遅くまで開いていたので、シャッターを降ろす頃にはもう暗くなっていた。二人の警官が戸口で待っていて、私たちを家まで送ってくれた。どうやって手配していたのか、売り子の一人が警官の一人と懇意だったのか、はっきりとは分からない。とにかく、私は嬉しかった。道すがら、サザーンブールバードの通りの屋根という屋根には、防弾チョッキで膨らんだSWATチーム〔警察の特殊部隊〕のシルエットが、すぐに発砲できる攻撃用のライフルとともに浮かび上がっていた。店は一つひとつ暗くなっていき、落書きで一杯の金属製シャッターが、がらがらと音を立てて降りるのが聞こえ、トラックが出ていき、そしていつの間にか、私たちだけが歩いていた。売春婦たちも消えてしまった。カルメン叔母の家の前の公園に出ると、止血帯やセロハン紙の袋につまずくことはあっても、近隣の誰にも出くわさない。カルメン叔母の家で、ミリアムとおしゃべりしながら夜を過ごした。ネルソンがいてくれたらと思ったが、もうその頃には、彼が家にいたことはなかった。

『蠅の王』のことをもう一度考えながら、眠ったことを思い出す。それは蠅がいっぱいたかった豚の頭が棍棒に縛りつけられ、サザーンブールバードの歩道の裂け目に刺さっているかのようだった。路地をうろつく麻薬常習者たちは、敵の島に取り残され、戦いの絵を体じゅうに描いた子どもたちみたいに、野蛮な食欲にぎらついた目でゆっくりと通りすぎた。防弾チョッキの警官たちは、もっとも獰猛な部族にすぎなかった。ほら貝はどこにあったのだろうか。

朝になり、陽光のなかでは、サザーンブールバードはあまり恐ろしいところではなかった。行商人が外にいて、店の扉は開けられ、人々は出たり入ったりしていた。家へ帰る道すがら、急ごしらえの果物を売るキヨスクに立ち寄ってバナナを買い、おやつにそれを食べた。バナナを剥いて食べようとすると、パトカーが歩道に乗り上げてきた。警官が降りてきて、通じにくい言葉で欲しいものをあれこれと指し示すと、売り子は、大きな袋に果物をいっぱい詰めた。警官は財布を探す仕草をしたが、それは単なるジェスチャーだった。売り子は手を振り、代金はいらないといった。警官が果物を手に立ち去った後、私は売り子に、なぜ代金を取らなかったのかと聞いた。「ここで商売をするための代償さ。もし果物をやらなければ、私はここで果物を売ることができないよ」

私はびっくりした。その男に、そんなのひどい、といった。彼は「みんな生活があるからな」と肩をすくめた。私は、怒るよりも恥じ入った。

なぜ、私はこんなにもいやな気持ちになっているのだろう。警官がいなければ、私たちの地区は今よりもっと悪い無法地帯になってしまう。彼らは、彼らが守っている人々からあまり感謝されることもなく、懸命になって危険な仕事に従事している。私たちには彼らが必要なのだ。もしかしたら、私が怒っているのは、ドラン神父や尼僧(シスター)たちと同じように、警官の基準を高く置いているからだろうか？　それだけではない、もっと別の何かがあった。人々の信頼を悪用するとか、また市民秩序の象徴である制服組の腐敗、そういったもの以上の何かが私を苛立たせていた。

どうして物事はうまくいかないのだろう？『蝿の王』では、無人島に取り残された子どもたちのなかの、大きな子たちが覚えていることを基準にして、道徳的で機能的な社会を、善意で構築しはじめた。大きい子は小さい子の面倒をみて、避難所をつくり火を絶やさないようにした。けれども彼らの小さな社会は、自分を甘やかす者や、自分さえよければいい者、怖れを抑制できなかった者たちによって破壊され、失敗に終わったのだ。

警察はどちらの側についていたのか？

『蠅の王』の子どもたちには、その最悪の本能を抑えるために、規則や法や秩序が必要だった。会議を招集するためや、発言する権利を保持するためのほら貝は、秩序を示してはいても、それ自体には何の力もない。その力となるものは、彼らが心からそれに敬意を払うことだ。そしてそれは美しいが、とても壊れやすい。

幼い頃の夏、アウロラ伯母がお針子として働いていたところにときどきついていった。母が昼間の勤務のときか、または何かの理由で祖母の家に行けなかったときだったと思う。ミシンの音がぶんぶん唸っているその部屋は、私には地獄のような光景に見えた。息苦しいほど暑く、うす暗くて空気は濁り、窓は黒く塗られドアはぴったりと閉められていた。私は、まだとても小さくて役には立たなかったが、なんとか手助けしようとしていた。アウロラ伯母はファスナーの入った箱をくれて、それを解くようにいった。洋服掛けをグループ分けしたり、端切れを色で分けたり、またはお針子のために何かを探したりするようにともいった。私は一日じゅう、誰かがドアに向かっていかないかと気にしていた。ドアが開いたらすぐに私は走って出ていき、一陣の風を求めて頭を突き出し、伯母が私を見て、戻るようにと促すまでそうしていた。彼女にどうしてドアを開けておかないのかと聞いた。「できないのよ」と彼女はいった。

閉め切ったドアや黒塗りの窓の裏で、この女性たちは法を犯していた。しかし犯罪者ではなかった。みんな長時間、劣悪な環境で家族を養うために働いていたのだ。彼女たちは生き残るためにやらなければならないことをやっていた。私はアウロラ伯母が経験してきた辛い人生を、初めて知った。母と違い、伯母はまったく教育を受けられなかった。そして、母はそのことを知らずにすんでいたが、伯母は父親としての義務も果たさなければならなかった。彼女の結婚生活は、労多く報い少ないものだった。前に進むためには働くことだけが唯一の方法であり、一日たりとも欠かさなかった。伯母は私が知る限り、公衆電話に一ダイム〔一〇セント〕が落ちていても、交換手に電話をしてどこに送ればいいか聞くほど、とても真面目な人間だった。でも、働きに出るときには実際、つねに法を犯していたのだ。

ユナイテッドバーゲンズでのある午後のこと、女たちは電話帳を見て無作為に電話をかけるという遊びをやっていた。電話に女性が出ると、彼女の夫の愛人を装い、その哀れな女性の返答に大笑いしていた。カルメン叔母も仲間に加わり、電話をかけては他の女たちと同じように大笑いしている。私は、どうして人がこんなに無意味に残酷になれるのか理解できなかった。なぜそんなことが面白いのかと、家への帰り道、彼女に聞いた。「叔母さん、その人の家族がどんな苦しみを味わっているのか分かる？」

「冗談よ、ソニア。誰も人を傷つけようとは思っていないわ」

本当に、どうして分からないのだろう。警官だってどうして、二袋が満杯になった果物は売り手の一日の売上にも相当するのだと分からないのだろう。そんなに相手の立場に立つことは難しいの？

私は一五歳だったが、そのときなぜ物事がうまくいかないのかが分かった。人は他人の視点が想像できないのだ。

第12章

クリスマスの三日前、私たちはコープシティの新しいアパートに移った。私はカーディナル・スペルマン高校の一年生だった。母はまたもや私たちを、地の果てに思える場所へ連れていったのだ。コープシティはその一年前に、ミキサー車やダンプカーがやってくるまでは、フリーダムランドと呼ばれる遊園地以外には何もない湿地だった。私たちは、五万五〇〇〇人のための住宅として計画された三〇棟のうちの、初期に建てられた棟の一つに移った。学校から家までの間、ベイチェスター通りを一・五キロメートル歩き、高速道路をまたぐ陸橋を横断し、さらに平らにならされた土が剝き出しになっている建築中のビルの工事現場を横切っていかなければならない。ハッチンソン川からは、人が吹き飛ばされそうなほど激しい凍った風が吹いてくる。暗い空の下で、建設用のクレーン車が、突風で舞い上がる雪にぼんやり霞んで見えた。まるでシベリアのようだったが、そこはブロンクスだった。

それでも今は、少なくとも学校から歩いて通えるところに住んでいることが嬉しかった。以前はブロンクスデールのワトソン通りからバスと電車で一時間もかかり、うんざりだった。かわいそうなジュニアは、私たちが引っ越したときはまだ六年生だったので、コープシティからブレスト・サクラメント校まで、反対方向に、その後二年半も通わなければならなかった。私たちの知人の間では、誰もコープシティのことなど聞いたことがなかった。母は、市が手頃な価格の住宅建設を計画していることを新聞記事で知った。そこでは収入に応じて生活費を抑えることができた。また安い生協の株を買うことで、税金の優遇措置があったのだ。

母は、より安全なところに引っ越したがっていた。なぜならば、ブロンクスデールの市営住宅は環境が急速に悪化していたからだ。悪漢が徒党を組んで勢力範囲を広げ、お互いに反目し合い、麻薬や貧困の問題に加え、意味のない暴力が脅威を与えていた。廃墟となったビルは保険金目当てなのか、不審火による火災の異常発生が続いていた。私たち一家は、まるで戦場で暮らしているようだった。

この引っ越しができたのもフィッシャー先生のおかげだった。先生が亡くなったとき、遺言で五〇〇〇ドルを母に遺贈してくれたのだ。これは、彼がかけてくれた数知れない思いやりのなかで、最後の、そして予想もしていなかったものだった。彼のやさしさにはとても報いることができなかったが、少なくとも私たちは努力した。フィッシャー先生が夫人亡き後に入院したとき、祖母はガジェゴに、仕事に行く途中で病院に寄って汚れた衣服を引き取り、清潔なパジャマを届けるように頼んだ。

コープシティはたしかに地の果てだったが、そのアパートを見た瞬間すべてを理解した。床は寄せ木張りで、大きな窓からの眺めが素晴らしかった。寝室はすべてブロンクスデールの市営住宅の二倍の広さで、台所もとても広くそこで座って食事ができるほどだった。いちばん有難かったのは、母の友人で、ミュージシャンでありながら建築の仕事をしていたウィリーが、主寝室を二つの小さな寝室に分けてくれたことだった。かろうじてベッドと机を入れる余裕があり、こうしてジュニアと私はそれぞれ自分たちの部屋を持つことができた。それぞれにドアがあって、ウィリーは私たちに好きな壁紙を選ぶようにいってくれた。ジュニアは、普通の地味なクリーム色を選んだ。反対に私が選んだものといったら、まるでルネッサンスの地図作製者が特別な旅行のために書いたような、昔風の星座や惑星、占星術に使う記号などが散りばめられたものだった。

私はたくさんの物語を読んで、別世界へ旅することや、タイムトンネルをすり抜ける空想にふけっていた。その前年一九六九年の七月、二人の宇宙飛行士が月面を歩いた。私は、父の予言を覚えていたから、私の生きている間にこれが実現したことにとても驚いた。ニール・アームストロングとバズ・アルドリンは、世界のリーダーたちのメッセージを、シリコンのディスクに微細文字で記したものを携えていった。パウロ六世のメッセージは旧約聖書のダビデの詩篇からだった。

「あなたの指のわざである天を見、あなたが設けられた月と星を見て、人とは、何物なのでしょう。あなたがこれを心に留められるとは。人の子とは、何物なのでしょう。あなたがこれを顧みられるとは。あなたは、人を、神よりいくらか劣るものとし、これに栄光と誉れの冠を被せられました。あなたの御手の多くのわざを人に治めさせ、万物を彼の足の下に置かれました」

私は、コープシティの自宅棟の前にある小さな商店街のザーロベーカリーで働きはじめた。朝番のときには、店長や補佐の人と一緒に店を開け、ベーグルを焼く機械のスイッチを入れ、ショーウィンドウにケーキやパンを並べた。仕事を始めるまで一緒に座ってコーヒーを飲み、軽食をとる。私はチョコレートのついたフランス式のドーナツを食べたが、もちろん昼食では炭水化物を少なくしてバランスをとっていた。この何でもない日常のひと時が好きで、コーヒーや焼き立てのパンの香りに包まれながら、皆のおしゃべりによく笑ったものだった。マヤグエスにあるマヨ伯父のパン屋に行ったような気分だった。

少しするうちに、おつりを受け取ってはおしゃべりするという習慣のせいで、お客が列をなすようになってしまった。彼らがイディッシュ語〔ユダヤ人の言葉〕で話しかけてくると、私は首を横に振った。「えっ、イディッシュ語を話せないの？　あなたのようなすてきなユダヤのお嬢さんが？」とたびたび耳にしたので、決まった言い回しであることが分かった。雇い主の女主人が、私が聞き分けることのできるイディッシュ語で、相手に少し説明してくれた。「Shiksa」〔ユダヤ人でない女性〕という言葉は厳密には軽蔑的な表現だが、彼女は好意的に使っていたので私は不平をいわなかった。少なくとも他の場所でよく耳にした「spic〔スピック〕」〔スペイン系アメリカ人〕という侮蔑の言葉ではなかったのだ。

コープシティは、建築現場から徐々にコミュニティへと変貌していった。厳しい冬の日々が終わると、カップルが歩いていたり、子どもたちが遊んでいたり、老人たちがベンチに座って眺めていたりするようになった。パン屋の客層からも分かるように住民の多くはユダヤ人だったが、ニューヨーク市の五つの地区から移転してきたあらゆる人種の人々がいた。そして私たちが慣れ親しんだ市営住宅の住人たちよりも少し生活レベルは高かった。教師や警察官や消防士、そして母のような看護師もいた。当時はまだ、建築自体の質の悪さは分からず、ビルは完璧に見えた。公園には、木々が植えられ花々の種が播かれ、夜はどこも照明で明るかった。

母がコープシティに根を下ろすと、他の人たちもそれはいい考えだと思ったらしい。すでにルーシーと結婚していたアルフレッドは、私たちのそばのビルに越してきた。そこで彼らの子どもたち、マイク、マリソル、キャロラインが育ったのだが、彼らは私のことをソニアおばさんと呼んでいた。その後カルメン叔母がミリアムとエディーを連れてやってきた。チャーリーは新妻のルースと、そして最後にはグロリア叔母とトニオ叔父まで越してきた。母の姉アウロラ伯母は、私たちが落ち着くやいなや、いの一番に私たちの家にやってきた。

アウロラ伯母は大好きだったが、この知らせはあまり嬉しくなかった。やっと充分なスペースを手に入れたのに、また人口過剰になってしまったからだ。伯母は玄関ホールにあるソファベッドで寝た。彼女は早起きだったので、ジュニアと私が一〇時過ぎまで寝ないでいようものなら、早く寝るようにとうるさかった。来客のときは母の部屋に引きこもった。伯母は何でも溜めこんでいて、私がタオルを探そうとしてクローゼットを開けると、いろいろなものが雪崩のように落ちてきた。彼女は質素などという言葉では足りないくらい、自分の楽しみのためには一セントだって使ったことはなかったし、本当に必要なもの以外買うことがなかった。何年も同じ服を着ていて、繕いながらどうしようもなくなるまで着ていた。レストランで食事をするとか、トーストと卵に一ドルも出すなんて、考えただけで気が動転するようなたちだった。母は母で、伯母のこの倹約ぶりが不愉快だった。母はきれいに着飾ることを誇らしく思っていたし、小さな娯楽にお金を使うことを楽しんでいたからだ。貯金したりお金に固執したりせずに、私たちに百科事典を買ってくれたり、カトリックの学校に行かせたり、大事だと思うことにはお金に糸目を付けなかった。多くの場合借金をしなければならなかったが、それを返すために休みなく働いていたのだ。

　この二人は不思議な姉妹だった。お互い親愛の情を示すことはなかったし、とにかくアウロラ伯母は倹約家で厳しかった。でも、二人が私の理解を超えるところで結びついていたのもたしかだ。地中の奥深いところで根が絡み合っている二本の木のように、必然的にお互いを支え合っていたのだが、それがお互いを息苦しくもしていた。彼女たちは十六の年齢差があり、姉妹というより母と娘のようであり、初めからずっとそうだった。ジュニアと私は、母がアウロラ伯母を呼び寄せた狙いは、私たちを見張ること、少なくとも抑止力になると思ったからではないかと疑った。伯母は監視を続け、母はその責任を免れた。しかし二人の間には、伯母が私たちを直接しつけることはしないという合意があった。私たちがやる悪いことは何でも母に知らせなければならなかった。伯母が陰気に口ごもっているときは、敏感な母は何が起きたかを聞き出して、それから私たちをどうやって叱るかを決めた。これはいつも私たちに有利に働いた。伯母がパニック状態で病院に電話をし、ジュニアがどうしようもない悪さをしていると母に告げるとき、母としては本当のところ、彼は犯罪を犯しているわけでもないし、麻薬も使っていないし、刑務所に行きつくようなことはしていないことを知って、ほっとしていたのではないだろうか。この観点からすると、彼が恋人と一緒に部屋にいるのを知らされることなどは、良いニュースだったのだ。

ブロンクスデールの市営住宅のときと同様、私たちの家は友だちの集まる心地よい場所だった。伯母の抗議にもかかわらずパーティーは続き、母はただ、私はここにいるからねといいたげに、コーヒーを取りに定期的に姿を現した。けれども私たちがあまりにうるさいと、近所の人がコープシティの警備員を呼んだ。初めて制服の警備員がきたとき、彼はドアを激しく叩いた。私たちは慌ててちりぢりになり、六本入りビール二箱の隠し場所を探した。私が気づく前に、母が自室から目を見開いて虎のように飛び出してきた。そしてドアをいっぱいに開け、通路で怒鳴った。「近所の人に、若い者が私の家で楽しんでいるだけだといいなさいよ！　自分たちのところで楽しむことも許さないから、若者たちが問題を起こすんだ」そしてもっと強くいった。「問題があるなら、私に直接いってくればいいのよ。警備員なんか呼ばないで」怒鳴り終えると、警備員をコーヒーに誘い、自分たちの荷物をまとめて帰り支度をしている若者たちに、残っていていい、だけどもう少し静かにといった。

そんな母のおかげで、わが家はパーティーの会場となり、また、学生評議会の選挙本部ともなった。ポスターを準備したり、通りいっぱいにスローガンの横断幕を描いたりするために皆が集まった。もし勝ったら勝利の、もし負けたら慰労のパーティーを開いた。私の高校時代、ドライザー・ループ一〇〇番地五－Gの私の家は、何といってもいちばん素晴らしい場所だったのだ。

マルグリット・グドヴィッツと私は、ジョーにまいっていた。彼は私たちのどちらとも遊んでいたが、どちらにも真剣ではなかった。あまりしゃべらない女の子たちをどう思っていたのかしら？　二人して振られたときから、私たちはとてもいい友だちになった。

マルグリットの家には、祖母の家を思わせる何かがあった。そこはまるで一つの村みたいで、彼女の祖父母が一階に住んでいたし、マルグリットと弟、それに両親は二階、彼女のおじのウォルターは地下の部屋にいた。私はまるで自分の家にいるように感じた。

彼女の父親ジョン・グドヴィッツは、歯に衣を着せないものの言い方をしたが、少なくとも私には、なるべく婉曲に話しかけようとしていた。彼は、「あのプエルトリコ人たちが」

というような考えを持っていたが、その人懐っこい笑顔では憎めなかった。一九七一年にアーチー・バンカーが『オールイン・ザ・ファミリー』〔一九七〇年代のテレビドラマ〕に初めて登場したとき、アーチー・バンカーにそっくりなグドヴィッツ氏が、CBSに著作権を尊重していないと抗議できるのに、と皆が冗談をいっていたほどだ。彼は、誰かの偏見があからさまになると、私の味方についた。ある夜、彼の兄が、「誰がスピックだ?」と聞いた。

「それはうちのお客さんだ。もし嫌ならとっとと出ていけ」といった。彼は単によいホスト役だというだけではなかった。マルグリットの両親が結婚したとき、彼らのコミュニティでは、ドイツ人とポーランド人の結婚は、歓迎されなかった。さらに彼女の母マーガレットは、ほとんど自分のことを話さなかったが、戦争中ドイツで、ユダヤ人をかくまっていたのだ。グドヴィッツ一家には、偏見の卑劣さについて教示する必要はなかった。

私の家族や南ブロンクスのいくつかの通りという限られた世界の外には、あくまでニューヨーク式ではあったが、ずっと広い世界があったのだ。もしサルサやメレンゲだけで育ったとしたら、ポルカやジルバは、まるで「ナショナル・ジオグラフィック」のページから抜け出たように感じたことだろう。プエルトリコ人から見れば、ドイツやポーランド、アイルランドの料理は味がないように思えたが、野菜の調理方法には学ぶべきものが多かった。また、コープシティの通りやザーロベーカリーで見聞きされる、ユダヤの言葉でいう「ミシガス」〔冗談〕は、プエルトリコ人の家族生活でのおしゃべりと似たようなものだと思った。しかし私たちの間で、ユダヤ人たちがいつも口にする相手を侮辱するような言葉で罵(ののし)ったら、お互いのこだわりは何世代も続いただろう。それなのに、論争の数分後には彼らがみんな一緒に笑っているのを見るにつけ、私はいつも本当に驚いたものだ。

違いははっきりしていたが、共通点に比べればものの数ではなかった。夜、横になって、窓から街の微かな明かりが空に映っているのを見ながら、私は、祖母が血統に対して抱いていた激しい忠誠心について考えた。家族として人々を結びつけているのは、実のところ何なのだろう。それは昔から支え合ってきたやり方だ。きょうだいは喧嘩もするけれど、お互いに助け合うために必要なことは何でもする。順序の違う死、たとえば息子が父親よりも先に逝くというようなことが基盤を揺るがすのだ。目に見えない傷を負っている弱い者たちが守られるようにと、毎年繰り返されるお祝い事は、これから先何があっても支え合うことができるように私たちを訓練しているのだ。そしていつもその中心には、皆で楽しむ食事があった。

私の心の中の情緒的な世界がコープシティで育っていたのと同様に、知的な領域も学校で広がりを見せはじめていた。三年生のときに歴史を教えてくれたカッツ先生は、それまでに会ったどの先生とも、いや、私が知り合ったどんな人とも違っていた。尼僧(シスター)たちと比較しても若く見え、また感動的だった。彼女が忠告してくれたのは、暗記するという罠に陥らないように、概念的に抽象的に考えるということが必要で、それは、私たちが最初の作文を書くときに明らかになるだろうということだった。最初の何？　私たちは制服のネイビーブルーのスカート、白いブラウス、毛糸のチョッキを着て、茫然としながら雁首を揃えて座っていた。十一年も暗記ばかりしてきたので、私たちの精神は同じような型にはまっていた。作文？私たちは高校三年になっていたが、読書感想文以外には何も書いたことがなかった。尼僧(シスター)たちは私たちにデータをくれ、私たちはそれをオウムのように繰り返していただけだった。私はそれが得意だった。大量のデータを吸収できることが自慢だった。どの先生も「A」を与えるための条件として、それ以上何も求めなかった。

　けれどもカッツ先生は、それ以上の何かを求めた。彼女の宣言と目標に私は興味をそそられた。歴史について批判的に考えるということはどういうことか？　データをどう解析するのか？　私は、助言を求めることは大切なことだと学んでいた。授業の後で彼女に話しにいっても、きっと門前払いをされるようなことはないだろう。

　実際、門は大きく開かれていて、私たちは心惹かれる長い会話を楽しんだ。彼女は恋人のことも話してくれた。ブラジル人で自由の戦士、というように表現したが、その男性は貧しい人たちや軍事独裁に苦しむ人々のために活動していた。私は彼女に、ユダヤ人なのにどうしてカトリックの学校に来たのかと聞くと、中南米で会った尼僧(シスター)や司祭たちに、感動を呼び覚まされたからだといった。彼らは命がけで貧しい人たちを助けていた。同じようにヒガンテ神父についての話もしたのには驚かされたが、それにはわけがあった。

　ヒガンテ神父は、私たちがコープシティに移る前にアウロラ伯母とミサに行っていたサン・アタナシオ教会の司祭だ。礼拝堂の奥、祭壇の前にいる馴染み深い姿は、じつはとても偉大な存在で、借家人の権利のために奔走する活動家であり、ごろつき一味や大家たちと交渉するときには、野球のバットを握りしめて貧しい通りを闊歩することで有名だった。母が大脱出を先導するまで、祖母や親戚一同が住んでいた同じ教区で、ヒガンテ神父は、放置され破壊されたビルに放火の危険があることや、再開発して低価格の住居にすることを訴えていた。自由の戦士と呼ぶことに思いは至らなかったが、そう呼んでもよかったのかもしれない。

カッツ先生は私が初めて出会った進歩的な人だった。当時のカーディナル・スペルマン高校にはカッツ先生のような人は他にはあまりいなかったし、彼女も一年しかもたなかった。どうして彼女にこんなに興味をそそられるのだろうと考えた覚えがある。どうやれば興味深い人になれるのだろう。ヒーローと呼べるような恋人がいるからだけではないだろう。もちろん、そのことには興味を持ったけれども。私は教育というものが、いつもの母の口癖である雇用機会の門戸を開く以上のものであるという予感を感じはじめていた。

カッツ先生との会話が啓示を与えてくれたのと同じように、歴史に関する作文を書くことも私に手掛かりを与えてくれた。批判的な考え方や分析の仕方はまだ抽象的ではあったが興味深いものだった。彼女のクラスで私は優等生だったが、彼女がいいたかったことを真に理解したのは、大学に行ってからのことだった。

ソニア・ソトマイヨールは見たところ何も目を引くものはなかった。団子鼻だった。動作は鈍いしユーモアのセンスにも欠けていた。どうすれば自分を魅力的に見せることができるかを知っている他の女生徒たちと違い、カーディナル・スペルマン高校の廊下をおびえたように早足で歩いていた。実の母でさえ、あなたの洋服のセンスはひどいといっていたほどだ。

それでもときどき、デートに誘われた。ほとんどの場合、女友だちがつき合っている彼の友だちとのダブルデートのための人数合わせだった。ときには再びその男の子に誘われた。またあるときは一定期間続いたが、特定の恋人になるほど長続きはしなかった。一度は私のほうから終止符を打った。というのも、サンドイッチなどの昼食を持参しようと、何人かの友人たちが家でそれをつくることになったが、私の彼がベーコンを万引きすることにしたのだ。でも、もし母がその日、昼食を準備するためのお金を持っていたら、そのようなことは決して起こらなかっただろう。とてもがっかりしたが、彼が万引きしたことを知ったら、彼女は恐ろしいことだと思ったに違いない。こういうことには、今後いっさい関わりたくなかった。

基本的に、私は皆から軽く見られていると感じていたので、どんな褒め言葉も、特にそれがお決まりのものでない場合、それらを聞いてぎょっとした。たとえばチキによれば、私は「野球のバットのような脚」だった。「ありがとう、チキ」と答えた。

「違うわ。それはいいことなのよ。くるぶしが小さくて、ふくらはぎが曲がっているでしょう?　いい脚なのよ」

もっとひどいこともいわれた。ケビンから聞いたが、スカリーの父親が私のことを「れんが造りのトイレのような構造」をしているといったというのだ。

「それは褒め言葉なんだよ。ソニア」

「いったい、どんな褒め言葉なの？」

「それは単なる言い回しだよ」とケビンは言い張った。「あなたは強い、ということをいいたいんだよ。木でつくられた弱い建物ではないんだ」それを聞いて耳を疑った。これがあのアイルランド特有のジョークなの？

実際、怪しげなお世辞は別にしても、ケビン・ヌーナンは今までにない方法で、私が魅力的で評価されていると感じさせてくれた。私のほうでは、彼の灰色がかった青い目にうっとりと見とれて、果ては、たくさんの制服姿のなかから、彼のスマートな姿を際立たせている黄土色の巻き毛を見つけるまで、カーディナル・スペルマン高校の男女を分ける境界の向こう側にある廊下を盗み見ていたのだ。

私たちの最初のデートはマンハッタンだった。電車に乗っていき、何時間も歩き回り、彼はお気に入りの場所を案内してくれる間ずっとしゃべりつづけていた。最初に案内してくれたのは、五三番街東の小さな公園で、水のカーテンが石の壁を流れ下っていた。噴水の音が街の雑踏を遠ざけ、小さな公園は隠れ家のようだった。

初めてのデートをしてから、私たちは離れられなくなった。最初のひと月、ケビンは毎日私にバラを一本持ってきた。ある日、授業の後、ヨンカーズにある彼の家へ向かうバスの停留所まで一緒に歩いていた。グロリア叔母の家のそばを通ったので、叔母やトニオ叔父に紹介するために、彼を引っ張っていった。私は単に、別れるのを引きのばしたかっただけなのだが、着くやいなや、彼は青ざめて黙ってしまった。叔父や叔母が、ビスケットやクッキー、飲み物で一生懸命歓待してくれている間、スペイン語で話していたのが気に入らなかったのかと思った。ケビンが依然としてじっと黙っていたので、私は気分を損ねてしまった。

翌日、学校に着いたときバラはなかった。私たちの関係は終わったのかなと心配になった。けれどもついにケビンが白状した。毎日私が受け取っていたバラは、じつはトニオ叔父の庭から黙って持ってきたものだったというのだ！　彼のきらきらした目にそぐわず、恥ずかしそうに私を見てこういった。「たくさん咲いていたんだよ、ソニア」たしかにそうだ。トニオ叔父のバラは素晴らしかった。私は死ぬほど笑ってしまった。文字通り、私たちのロマンスのバラ色の季節は終わったのだ。今や二人は本物のカップルだった。

ケビンは、ほとんどの時間私と一緒にいた。けれど、夜にはもちろん母が彼を帰宅させた。私たちは近所のピザ店に行く以外は、デートをするような贅沢はできなかった。だから家で勉強をしたり、テレビを観たりしていた。彼も私と同じように、本を読むことが好きだったので、何時間も隣に座り、黙ってページを繰っていた。散歩に出たり親戚を訪ねたり、ケビンの車の修理を手伝ったりした。そして、考えられることすべてを絶え間なくしゃべった。

彼の母親がなかなか私を受け入れてくれなかったので、彼の家にはあまり行かなかった。直接そういわれたわけではないが、彼の母親が唇を噛んだときや眉を吊り上げたときの感じ、そしてドアの閉め方などで明らかだった。もし私がアイルランド人なら、いや少なくともプエルトリコ人でなければ、彼女はもっと嬉しかっただろう。私は差別を経験していた。ケビンの前につき合っていた男の子は、彼の母親が、私がプエルトリコ人だと知ったときに投げつけたコーヒーカップを辛うじてよけた。ケビンの母親はそれほど激しく嫌悪感を表したわけではなかったが、司祭に相談したようだ。その司祭は、私たちプエルトリコ人に対する彼女の意見に同調したか、または単に、差別はクリスチャンのとる態度ではないという勇気がなかったのかのどちらかだった。ケビンは、ヨンカーズの教区は一〇〇パーセント、アイルランド人だから彼らのコミュニティの価値観を肯定せざるを得なかったのだと司祭を弁護した。私の意見は違う。偏見は価値観ではない。

祖母にケビンを紹介してから、私たちの関係は公認のものとなった。以来、私たちが結婚するのは当然だと思われていた。プエルトリコ人とアイルランド人の違いにもかかわらず、私たちの家族や友だちは、皆そう思っていた。初恋の人と結婚する。その唯一の問題は、高校を卒業してすぐに結婚するか、大学を終えるのを待つかということだった。

私は、自分の部屋の窓辺に立っていたときのことを思い出す。駅ビルの裏、雑草と塵が積み上がった空き地の隅に、ケビンの車ドッジと彼の細い足が見えた。そばの歩道には、部品やら工具やらがきちんと置かれていた。エンジンが最後のため息をついて動かなくなってしまったので、彼は中古屋で買ったエンジンと交換していたのだ。手前のコートではジュニアが、まるで終わりのないダンスを踊っているように、たった一人でバスケットボールをしていた。

母が部屋に入ってきて私のそばに立った。彼女も窓の外を眺め、私が見つめていたものを見ながら、片方の手を私の肩にそっと乗せていった。「私の二人の息子たち」

第13章

シェイファービールは、二杯目からがおいしい……ケニー・モイは、テレビの前でアウロラ伯母の隣に座り、声を張り上げてビールの歌を歌っていた。彼のスペイン語はそこまでだったが、アウロラ伯母とは気が合った。プロレス中継を見ている間、二人はバイリンガルでヘンテコな会話をしていた。伯母は身体を上下に揺らしてテレビのなかのレフェリーに文句をいい、そのときのひいきのレスラーに声援を送った。私は、そんな彼女を見るのが嬉しかった、というのも、プロレスだけが彼女にとって唯一、リラックスできて楽しめるものだったからだ。私は、父が祖母の小さな白黒テレビの前でヤンキースを応援するときだけ、あの陰気な沈黙を返上していたことを思い出す。それにしても、シェイク？　クラッシャー？　殺人鬼コワルスキー？　ゴリラモンスーン？　どうして伯母はこれが真剣勝負だと信じられたのだろう。

ケニーことケン・モイは、カーディナル・スペルマン高校の弁論部で女性グループの指導をしていた。私は、経験を積めば人前で話すことが上手くなるだろうと、自分に課したプログラムの一環として弁論部に参加した。一グループは約一二人。みんな努力家で有能な女子生徒で、自分から進んでこれに参加していた。ケニーは、即興のディベート〔異なる意見に分かれて議論すること〕やスピーチについて指導した。彼のディベートは素晴らしかった。彼の頭脳は、相手の立場を、一歩一歩容赦なく分解していく分析機械のようだった。彼の論証の前には、トーチカ〔鉄筋コンクリート製の軍事防衛陣地〕もトランプでできた家のようだった。彼は感情に流されることがなかった。私はケンのように、何事にも動じない冷静さや論理性を得たいと熱望していたが、本当はグロリア叔母に似て、さまざまな決断をするとき神経質で優柔不断なのではないかと恐れていた。

「ソニア、君の手を切り落としてもいいんだけど、その手の動きは何とかならない？」最前列の席にいるケニーがいった。プエルトリコ人に手を使わずに話せだなんて、鳥に飛ぶなというようなものだ。

ケンは、ブロンクス・サイエンス高校に行くべきだったのだろうが、母親は彼に姉を見張らせるために、カーディナル・スペルマン高校に進学させた。姉のジャネットは、筋金入りの過激な個人主義者で、カトリックの学校においては時限爆弾のようなものだった。一度など、つき合っている彼と腕を組んでいるところを見とがめた校長に悪態をついたほどだ。ケンは、姉を赦してもらうために、得意の美辞麗句を並べた。けれども実のところ、もしジャネットを追い出せばケンも去っただろうし、そうすれば学校はスターのような生徒を失うことになっただろう。

彼らは東ハーレムに住んでいた。両親は中国系で洗濯屋を営んでいたが、ケンの家に行ったことも彼の両親に会ったこともなかった。ケンによれば、彼の父親にはヘロイン、賭博、それに喧嘩っ早い気性という三つの問題があった。地下鉄で約一時間のところに住んでいたので、よく私の家で時間を過ごしていた。彼は、自分の家族はその地域で唯一の中国人で、根っからの地元っ子であり、多くの猛者を相手にドミノをやっていたといっていた。まるで麺のように細い身体をしていたが、母の作るインゲン豆や骨つき肉、そしてライスを、一気に、私たち家族全員を合わせた分よりもたくさん食べた。

哲学の授業で、私たちは論理を勉強していた。哲学に何を期待すべきかよく分からなかったが、形式論理学に突然魅了されてしまった。私は嬉しかった。状況にかかわらず秩序が保たれるという考えは美しいと感じた。私をいちばん興奮させたのは、廊下の突き当たりの部屋で行われるディベートで、形式論理学をどのように使うかというものだった。数学的に純粋かつ抽象的なものが、強力な言葉を用いた人間の説得力のおかげで、人々の意見を変えることができるのは素晴らしいと私は思った。

当時はよく理解できなかったが、いろいろな意味で、弁論部は弁護士にとってとても良い訓練の場だった。テーマを与えられ、賛否のどちらを弁護するかを割り当てられる。その事例に自分がどのような個人的意見を持っているかは関係がない。重要なのはうまく論ずることだった。単に両方を見るだけではなく、相手の出方を予測できるように、両方の立場に立ってどう主張するかも考えておく必要があった。テーマを与えられてから五分で、審判者たちに自分の論点を提示しなければならなかった。それから相手のいうことを聞かなければならない。「ディベートの半分は、相手の話を聞くことだ」とケンはいった。自分の意見を述べることはやさしいが、効果的に反論するために相手の意見をきちんと聞くことはより難しいのだ。

私はいつも、聞くことがどういうことかを知っていた。友だちは私を信頼して悩みを打ち明け、私の助言に従った。母の友人が母を信頼していたのと同じように。小さい頃から、周囲の話をよく聞いてさまざまな徴候を探ることは、不安定な世界で生き残るための鍵だった。誰かが口ごもったり守りに入っているとき、何を認めるかより自分が話すことを大事にしているとき、あることの重要性を軽視しようと急いているときなど、それが分かるのだ。人は多くのことを、声の調子や微妙な言い表し方、ボディーランゲージで伝えている。

ケンは、私のような直感的なやり方ではない、正式な聞き方を教えてくれた。順番がきたら、反論できそうな論理的に弱い部分や間違った前提、仮定された事実に注目することだと。しかし、ケンの論理戦略を習得したとしても、感情は残るということは直感的に分かっていた。自分の感情をわきまえるのと同様に、聞き手の感情も考慮しなければならない。論証の路線でも説得できるだろうが、同様に感情の連鎖でもそれができる。前者は大事なことだが、後者を形づくるにはまた別の理解が必要だった。

即興的なスピーチコンテストで、私は決勝まで進んだ。ストップウォッチが動きはじめ、まずは目を閉じて紙片を選ぶ。実際にあった事件に基づく三つのテーマの中から一つを選ぶのだ。一五分間、さまざまなアイデアを考える時間を与えられ、五分から七分のスピーチにまとめる。三つのテーマのうちふたつは、夜のニュースで大きく取り上げられていた。カンボジアのマイ・ライの大量虐殺（国境に拡大している戦争）とケント州立大学での銃撃事件（大学構内における抗議活動）、これらに関する私の考えをまとめるのはきっと難しいだろう。三つ目のテーマが私の興味をひいた。キティ・ジェノヴィスの冷血な殺人と、何もせずにそれを見ていた近隣の者たち。場所はカンボジアよりももっと家に近いクイーンズであり、私の心の琴線にふれた。

時間は刻々と経過していった。ニュースで見た報道について何を覚えているだろうか。何をいいたいのか。私の立場は？　どうやって始めたらいいかしら。そう、まず全体を紹介しよう。そして、私の手を静かにしておくことを忘れずに。

「六年前の春の初め、ある寒い夜のことでした。働いていたバーから若い女性が出てきて、クイーンズ地区の自分のアパートまで車を運転して帰宅しました。近くの駐車場に車を止めたのは、午前三時頃でした。細い路地を歩いてアパートへ向かっているとき、暗がりから見知らぬ男が現れ、彼女に近づいたのです。びっくりして走り去ろうとしましたが、男は追いついて、背中を殴打しました。彼女は叫び助けを求めました。犯人ウィンストン・モーズリーが被害者キティ・ジェノヴィスを襲ったとき、彼女がそのとき上げた叫び声、そして逃れようとあがいている音を近所に住む何人かの人たちが聞いていました」

私は静かに、部屋じゅうを見まわした。私の話に魅了されているようだった。

「しかし、その夜は冷えたので、みんな窓を閉めていました。叫び声を聞いた者たちは、おそらく恋人同士の喧嘩か、酔っ払いが騒いでいるとでも思ったのでしょう。キティ・ジェノヴィスは助けを求めて叫びに叫びましたが、その間も暴漢は頭を殴打し、執拗に刺しつづけたのです。彼女は全身に傷を負い、ついには虫の息で放り出され、暴行されたのです。すべてが終わったとき、近隣の一人が警察を呼びました。数分後に彼らが到着しましたが、キティ・ジェノヴィスは救急車の中で息を引き取りました」

「その夜、ウィンストン・モーズリーは逃亡しましたが、後日、盗みで捕まり、殺人も自白しました。終身刑に服しています。私は今日そのことを問題にしているのではありません。私が問題にしているのは、三八人もの近隣の人々が語っている内容なのです。三〇分以上続いたその襲撃の何らかをみんなが耳にし、目撃していたということです。三八人もの人が何もせずにただ見ていたのです。そしてこの若い女性が、凄惨な死を迎えるままに放っておいたのです」

私は、前にいる人の顔を見るために小休止をして、そしてそこにチャンスを見た。このホールに座っている彼らがその近隣の人たちであると想像する。彼らを動けなくしているものをどう乗り越えるか。どうやって一歩前進し責任を認めさせ、キティを助けようとさせられるか。

「三八人は何もしませんでした。どうしてこのようなことが起こるのでしょうか。それは、社会のなかで私たちが自分の役割に無関心になったときに起こるのです。私たちがお互いにつながっている、そして人間としてお互いに義務がある共同体の一員であることを忘れたときに、それは起こるのです」よくできた。さぁ、もう少し発展させて論拠を補完し、論点をまとめるのだ。「キティ・ジェノヴィスは、錯乱した人間の仕業と思われる犯罪の犠牲者でした。他の犯罪にも社会の欠陥を示すさまざまな原因があるでしょう。しかし、犯罪者がそれを利用して被害者が苦しんでいる、そのときの我々の責任は明らかです。犯罪者が被害者と暗い路地で遭遇したとき、それを見ていた人にとっても責任を果たすチャンスなのです。あなたたちは被害者を、関係のない人とか単なる統計上の人と見るのではなく、あなた方と同じ一人の人間として見られるでしょうか。そういうときに、あなた方は完全に人間として行動し、関与する義務を感じるでしょうか。その言葉のすべての意味で市民であり、それに伴う責任を認めることができるでしょうか」

皆の注目は続いていた。私は最後のまとめにかかり、着陸に近づいてきた……。「人生を始めたばかりの若い女性がいました。彼女は花開くときを待っていました」そこで私は両手をあげた。まるで私のものではないように、指を丸くして、まるで花のようにそれを開いた。それから突然それを閉じた。「私たちはその花を壊してしまったのです」

階段を降りるときに拍手が起こった。ケンは自慢げに大きな笑みを浮かべた。私は一位になった！　少しいい気になって、私はケンに、ときには手を使うのも良いものよといった。そう、これが私なのだ。

私が台所のテーブルで宿題をし、ジュニアがいつものようにテレビの前で宿題をやっていたとき、ドアが開いた。母が両腕に抱えてきた本を床に放りだして、劇的に入ってきた。「もう私はやらないわ！」と、震えた声で宣言した。「私には無理。悪いけれど私にはできない」「ジュニア、こっちにきて」と私は叫んだ。彼はすぐに現れた。「もし、ママができないのなら、私たちだってできないわ。ジュニア、休んで、もう学校に行くのはよしましょう」読んでいた本を、気持がすっきりするような音をたてて両手でバタンと閉じた。もちろんページ番号を覚えてから。

この騒動は、母が正看護師の資格をとるために勉強するので、少し辛抱してくれるかと聞いてきたその数ヶ月後のことだった。何年も前から彼女は勉強を続けたいと願っていたが、その思いは父の死とともに立ち消えになっていた。時とともに、準看護師の給料はますます正看護師のそれと差が開いていく。彼女は、ジュニアと私が学校を終えると遺族年金がもらえなくなり、自分だけではやっていけなくなることを心配していた。もちろん私たちの世話にはなりたくなかった。彼女が勉強するために病院を休んでいる期間、私たちは出費を切り詰めなければならないだろう。でも、お金の問題は克服できないことではなかった。母は、収入を少しでも補うために、麻薬中毒治療クリニックの土曜勤務を引き受けていた。私は前年の夏にプロスペクト病院の事務所で働いていたが、学校が始まってからも週末はそこで働かせてもらっていた。ジュニアは同じプロスペクト病院の受付で働いていて、さらに二つ目の仕事として、サン・パトリシオ教会の聖具保管係もやっていた。皆それぞれの役割を果たしていた。

お金は克服できない問題ではない。本当の問題は、母が死ぬほどの不安にさいなまれていたことだ。彼女がいくら頭が良くて志を持っていても、それは関係がなかった。彼女が学生登録していたホストス・コミュニティ・カレッジで、彼女のような学生のために、南ブロンクスのコミュニティに対してバイリンガルのプログラムを特別につくっていたが、それも関係がなかった。彼女は非公式であってもプロスペクト病院で、皆から信頼されて（小さな病院だったからではあるが）、もう何年も正看護師の仕事をやってきたのだが、それもまた関係がなかった。今まで住んでいたハンツポイントや、ブロンクスデール、コープシティでも、住人の半分を彼女が診ていたが、それも同じく関係がなかった。大げさかしら？　いいえ、そうでもない。

母は、彼女自身の知的な能力を信頼することができずに苦しんでいた。特に、数学の問題のようなものにぶつかると、薬の服用量のようなものでも尻ごみした。「クイズ」というような言葉は、彼女にとってはスタンガンのようなものだった。多くの時間、彼女は大変な努力をして、これらの不安と戦っていた。ドアを開けて帰宅するなり本を広げ、驚くべきことに、真夜中になってもまだ勉強していた。けれども、ときとして心配が大きくなる。そのときは逆心理を使う。ある人は、それを感情に訴えた脅しだというだろう。ジュニアと私が勉強をやめるなどということも、ありえないことだが、彼女にとっては、それもまたどんな試験よりも恐ろしいことだったのだ。

母が勉強に戻るのを見て、ときには、感情がどんな論理よりも人をうまく説得するのだということを理解した。しかしもっとも重要だったのは、彼女のようすから、懸命に努力をすれば不安を打ち負かすことができると分かったことだ。私は後年、自分の知的能力では成功しないのではないかという恐れに直面するたびに、このことを幾度も思い出すことになった。

第14章

私がどんなにケニーのように論理的で冷静沈着な考え方をしたいと思っても、アメリカの女子高校生が皆そうであったように、『ラブストーリー』〔邦題『ある愛の詩』。一九七〇年公開のアメリカ映画〕には魅了された。しかし、アリ・マグローの病気の感動的な話やライアン・オニールの青い目よりも、もっと私を夢見心地にしたものがあった。映画の舞台とされていたハーバード大学のキャンパスは、まるでおとぎの国のようだった。真っ白な雪に覆われた野原に知識の殿堂がそびえ立ち、人々はいにしえのファンタジーの世界に生き、ゴシックのアーチや壁を覆う書物のもとで議論し、革のソファで休んでいた。私は、ニュージャージーのカムデンや、もう一つの現実であるプエルトリコを除いて、ブロンクスの外には出たことがなかったし、もちろんこのようなものは見たことがなかった。もしあのとき、『ラブストーリー』の多くの場面が、じつは私の住んでいた地区のフォーダム大学で撮影されていたと知っていたら、私の将来は違っていたかもしれない。

それまで大学の生活がどんなものか、高校とどう違うのかを考えたことがなかった。最終学年の秋、ケニーから電話がかかってきた。低い落ち着いた声だった。プリンストン大学から長距離電話をかけてきたのだ。彼はその一年生だった。数分ごとに硬貨を追加しながら、彼はいま過ごしている新しい世界について語った。私に、そろそろ大学への入学志願を考える時期だと忠告してくれたが、彼のいったことで明瞭に記憶に残っているのは「アイビーリーグ〔アメリカ東部の有名私立大学八校の連盟〕の学校を目指せ」ということだった。ケンはスペルマン高校からその世界に足を踏み入れた初めての生徒だ。それまでアイビーリーグという単語は、彼との会話に出てきたことがなかったが、彼によれば、そこには今ある最良の教育があり、あらゆる可能性を開くものだという。母がいつもいっている、より上級の教育を、という口癖をより明確にいっているように聞こえた。彼が次々に挙げる大学の名前を書きとめ、念のためにスタンフォード大学を付け加えた。

次の日、進路指導官は、棚から取り出した分厚い大学一覧のページを繰りながら、一つだけ質問した。「フォーダムについて考えましたか？」その本は、各大学について数ページを費やしていた。だいたいにおいてその使命や前提条件の要約だったが、実際にはつまらないインスピレーションを与える記号や、いくつかの統計、学生たちがいかにも忙しそうなふりをしている白黒写真などだった。フォーダムは考えていないというと、いくつかのカトリック系の大学を提案してきた。

私は彼女に、教区の大学には興味がない、ハーバード、イェール、プリンストン、コロンビア、スタンフォードに申請したいといった。

彼女は私を見て、「いいでしょう」とだけいった。彼女のオリエンテーションはそこまでだった。アイルランドやイタリアからの移民があふれるカトリック系の高校では、教区大学に焦点を当てるのは理に適っていた。大学に入るということだけで、大部分の生徒の親たちの学歴を越えてしまうのだから。私はちょうど変革の時期に卒業したのだが、その頃からスペルマンの卒業生たちも競争力のある大学に進学しはじめていた。その年の秋、プリンストン大学のケニー・モイは、月面のような未踏の地を歩いた最初のスペルマンの生徒だったのだ。

願書を入手し、どんなテーマがいいのか、それをどう形にするのかもまったく分からずに、乱雑な小論文を書いた。SAT〔大学進学適性試験〕も同様にこなした。願書に付いてきたパンフレットだけが、試験がどういうものなのかを知る唯一の手がかりだった。準備のためのコースも設けられていたが、もし前から知っていたとしても、それに参加する金銭的な余裕はなかっただろう。

あの頃はインターネットもなく、私の世間知らずが普通だったことは、今の学生には想像すらつかないだろう。エリートのための予備校に通っていたら、間違いなく情報は空中に漂っていて、自然とそれを吸いこむことになる。両親が同じ大学の出身なら、特別な情報にアクセスすることもできただろう。親族が大学同窓会の特別会員ならばなおさらだ。もし両親が大学に行っていたなら、どこの大学であろうと、少なくとも基本的な情報は手に入るに違いない。そうではない私たちは、戸惑いながらも苦労してやるしかなかったのだ。

経済的な支援を得るための資格審査は簡単だった。母はホストス・コミュニティ・カレッジの学生だった。私たちは基本的には、社会保険の遺族年金で暮らしていた。それを、母の麻薬中毒患者クリニックでの大変な苦労や、プロスペクト病院での夏の仕事、そしてジュニアと私が夏のアルバイトで得るわずかな報酬で補っていた。私たちには申告すべき資産はなく、それどころか誰も銀行口座すら持ってなかった。給料日には、給与小切手を現金化するためにプロスペクト病院から五ブロック先にある駅のそばの小切手交換所まで歩いた。

願書を出した大学がどれほど難関なのかを知らなかったのは、かえって良かった。もし知っていたら、私は迷ってしまっただろう。しかしこの挑戦をどう補うかはちゃんと理解していた。ニューヨーク市立大学を滑り止めに決めていた。なぜならば公立の大学だったからだ。

その他でもっとも可能性が高いのは、ケビンが行きたいといっていたストーニーブルックの州立大学だった。西海岸のスタンフォードは遠すぎるので除外した。ちょっと見にいくだけでも飛行機で国を横断するのでは、お金がかかりすぎるし、クリスマスに帰省する費用を考えるととても無理だった。

一一月にプリンストン大学からはがきを受け取った。三つの欄に「可能性大」「可能性有」「可能性小」と書いてあり、私のはがきには「可能性大」に「X」と記されていた。まるで大学からではなくマジックボール8〔占いの玩具〕のメッセージのようだった。この秘密の鍵をどう理解すればいいのか分からなかったので、進路指導官の事務室に向かった。

指導官は驚き以上の複雑な表情を浮かべ、まるでお告げのようにこういった。「可能性大、というのは文字通り、あなたを受け入れてくれる可能性が大きいということです」えっ、本当なの？　と思った。

数日後、学校の保健室に立ち寄ったとき、私は大声でこういわれた。「あなたは、プリンストンから『可能性大』を受け取ったらしいわね」

私は立ち止まった。「ええ、そうです」

「あなたよりも成績のいい二人の女の子たちが『可能性有』なのに、どうしてあなたが『可能性大』をとれたのか説明してくれる？」

私は彼女を見た。一体、何がいいたいのかしら？　この非難の調子は何だろう？　彼女にとって、私が示した不愉快そうな戸惑いだけでは充分ではなかったようだ。明らかに彼女は、私の恥じ入るようすを期待していた。

このような状況において正しい答えは、多くの場合、数時間後に思いつくものだ。「まず弁論部や生徒会での成果、授業があるときの数時間また夏季休暇のフルタイムでの労働に対する評価がある。そして平均の成績は彼女たちより低いかもしれないけれど、それでも一〇番以内に入っているし、あの人たちよりもずっと努力している」けれども、遅まきながらのこの返答でも充分ではなかった。この問いはその日だけでなく、数年ものあいだ続くことになったが、その間私は、いわゆる「差別是正措置」〔弱者集団の現状是正のための進学や就職、昇進での優遇措置〕の日々の現実のなかで生きていた。大学に志願したとき、私は、一般的に入学のプロセスがどうなっているのかほとんど理解していなかった。ましてや「差別是正措置」がそのプロセスにどう影響しているかまったく分からなかった。政府機関の公務員採用における、「差別是正措置」の導入から、一〇年も経過していなかったのだ。アイビーリーグの大学入学に関しては、まだ試験的な段階にあり、その政策の恩恵を受けた少数派の学生たちは、まだほとんど卒業していなかった。

しばらくすると、受け入れパッケージとして知られている分厚い封筒が、私の郵便受けをいっぱいにしはじめた。今や決断のときが差し迫っていて、私は本気で考えなければならなかった。コロンビア大学は地下鉄で通えたが、そこでは近すぎた。大学の寮に入る追加費用を正当化できないから家で暮らさなければならない。だから、ハーバード大学の姉妹校であるラドクリフと、イェール、そしてプリンストンが選択肢に残った。それぞれを訪ねる価値がありそうだ。

ラブストーリーの記憶がまだ新しかったので、まずラドクリフ校〔『ラブストーリー』のヒロインが通う大学だが、一九九九年にハーバード大学に併合〕を訪ねることにした。入学事務所では面接の後、学生のグループが付近を案内してくれるといった。しかしまずは、マンハッタン、そしてマサチューセッツまで行かなければならなかった。マンハッタンは近かったが、それまで特別なときにしか行ったことはなかった。ケビンとの最初のデートやラジオシティーのミュージックホールでのクリスマスの見世物、アルフレッドとの自由の女神のてっぺんまでの死の行進くらいだ。訪問の日は雨模様の惨めな天気で、グランドセントラル駅のうす汚れた丸天井と暗い通路は、まるで寒さからの避難所のようだった。その頃、鉄道事情は長い低迷の後、アムトラック〔全米を結ぶ鉄道〕と、ニューヨークではマディソンスクエアガーデンになるペン駅の長期改修工事のおかげで救われ、復活の途上にあった。私は九ドル九〇セントで、老朽化しタバコの吸い殻でいっぱいの列車の席を買うことができた。

ニューヨークからボストンへ向かう間、ずっと煤けた雨が降りつづいていた。ボストンの地下鉄を降り、歩いて入学事務所に辿り着いたときには、私はドブネズミのようにびしょ濡れになっていた。そしてまた、少し失望を感じた。ネオゴシックの建築はいくつもあったが、キャンパスは世間から隔絶された牧歌的な天国ではなかった。ハーバードとラドクリフはケンブリッジに隣接し、非常に都会的で、クラクションを鳴らしながら行き来する車の騒音に包まれていた。

待合室で待っていると、やっと内扉が開いて今まで見たことがないような人が私の前に立った。彫刻のような銀髪（いや、それは被り物だった）そして誂えた黒い服を着て、真珠のネックレスとイアリングを付け、高級な靴を履いていた。これはたしかに違うと思った。その人の後について彼女の事務所まで行った。そしてまた眼の前の光景に唖然としてしまった。床を覆う、東洋風のジグソーパズルのように手の込んだこんな見事な絨毯は見たことがなかった。そしてこんな真っ白なソファも。正直にいうと、ビニールで覆われていないソファを見るのは初めてだった。玉座のような肘掛のついた素敵な椅子に座るように勧めてくれたが、私はまるでリリー・トムリンのイーディス・アン〔テレビドラマ。椅子が大きすぎて少女のように見える女性が主人公のコメディー〕のようにとても小さく感じた。私は気がついた。これが趣味の良さというもので、お金もかかるのだと。

数匹の犬の鳴き声が私を恍惚状態から現実に引き戻した。おそらく私が部屋に入ってきてからずっと吠えていたのだろうが、今や私に跳びかかり、その歯と爪を剝き出しにしていた。本当は、一匹は白く、もう一匹は黒い愛玩用の小犬だったが、私はびっくりしてしまった。彼女は犬を呼びよせ、白いソファの上に座らせた。そうやって、三対の目が私を見つめる白黒の光景、シュールレアリズムの一幅の絵が完成した。

これは私の生涯でもっとも短い面接であったに違いない。たぶんほんの一五分ほどだっただろう。相手が知らない人でも、いつもは流暢に出てくる言葉が、まったく出てこなかった。待合室に戻ったが、私を案内してくれる学生たちと落ち合うにはあまりに時間が早すぎ、夢から覚めた私は息苦しいほどのパニックになった。私はここには合わない！　私は生涯ただ一度の信じられない行動に出た。逃げ出したのだ。受付の人に向かって、私を探しにくる学生たちに、申し訳ないが帰らなければならないと伝えてくれるよう頼んだ。

私が帰路についたのは、夜のまだ早い時間だった。母は、台所のテーブルの上に広げられた宿題から顔を上げた。「どうしたの？　何日か家を空けると思っていたけれど？」

「ママ、あそこは私には向いていないわ」

一瞬、彼女の目が私の決断に異議を唱えているように思えたが、ちょっと考えてから彼女はいった。「あなたは、自分にとって何がいちばん良いか分かっているわ。ソニア」これから先、この言葉を何度も聞くことになるが、それは私がすでに自立した大人だと認め、彼女が同じ大人として自分の限界を告白する言葉でもあった。そして、これがラドクリフについて話した最後の会話だった。私は入学受け入れが取り下げられることを確信していた。大学側はそうしなかったが、私のリストからは名前が一つ減った。

イェール大学への訪問はまったく違っていた。今やアムトラックの古株となったニューヘイブン駅に着いたとき、私を迎えにきていたラテン系の二人の学生は、キャンパスでの抗議行動から抜けてきたのだといった。その抗議行動に戻りたいようすで、私に謝りながら、しばらくその場で待っていてほしい、もう少し後でこのあたりを案内するといった。私がその抗議行動に参加するのなら別だが、ともいった。

反戦の抗議活動は、テレビでしか見たことがなかった。私の友人は兵役の抽選のくじ運を心配していたが、弁論部でベトナム戦争がテーマになったときでも、食堂での議論が自然に白熱するようなことはなかった。スペルマン枢機卿は、私たちの学校がその名を冠したニューヨークの大司教だったが、同時に軍の司祭でもあり、戦争の熱烈な支持者でクリスマスはベトナムの部隊とともに過ごしていた。空爆が激しくなり、カンボジアやラオスにまで広がったとき、サン・パトリシオ大聖堂の階段に集まったデモ隊は、それを「スペリーの戦争」と呼んだ。けれども、カーディナル・スペルマン高校でのもっとも身近な抗議活動といえば、喫煙室をつくることや、金曜日の何日かを制服なしにするというような些細なことだった。

私はその主張の背後にある動機を理解していなかったわけではないが、戦争に介入するイエール大学に反対して抗議の声やこぶしを上げるのは、面接を受ける準備としては賢くないと思えた。私はそのあたりを歩くことに決めた。当時のニューヘイブンの街並みは、貧しくて気が滅入るようで恐ろしかった。南ブロンクスと似たようなものだったが人影は少なかった。本当に、コープシティが天国に思えたほどだ。

私の案内役の学生たちと再会したとき、彼らは抗議について私を煽り議論したがった。私たちは、多くのスペイン系の学生たちのグループに合流した。ある者はニューヨークから、他の者は南西部からだったが、みんな私が知っている誰よりも過激だった。学生寮に二日泊まり、彼らとともにキャンパスを巡った。その間、革命について、キューバ、チェ・ゲバラについて聞き、基本的に自分が何も知らされていなかったことを感じた。少なくとも、フィデル・カストロの名前は身近になり、キューバのミサイル危機のニュースは、共産主義は神を冒瀆する脅威だという政治的というより宇宙的なカトリック校で育った私の無菌室にも入りこんできた。イェール大学で当時議論になっていた社会主義と共産主義の違いよりも、私は地獄の辺土と煉獄の違いのほうをよく理解していたのだ。私は自分の単純さを恥じ、家に帰るとすぐにチェ・ゲバラについての資料を読むために図書館へ行った。

私はまた「白人をやっつけろ」というような会話を恥ずべきものだと思った。私はその意見に与しないし受け入れようとも思わない。私の友だちや大部分の同級生、そして先生たちの多くは白人だった。私のはっきりしない肌の色からか確固とした性格からか、特別無理をしなくてもいろいろな社会を簡単に移動できた。もちろん街で失礼ないいがかりをつけられたことやケビンの母親の冷たい態度、そしてつい最近の学校の看護師の偏見に満ちた刺のある言葉まで、私自身もいろいろな差別を経験してきた。偏狭による痛みを伴う心の傷は、あの当時は普通だったが根強いもので、私もよくいわれた「スピック」といった表面的な辛辣な言葉よりもずっと深いものだった。しかし私はその狭量さが、歴史の体系的な力の作用だとは思わないし、またイェール大学の学生たちがいうような、永遠の階級闘争の基本的なシナリオにあてはまるとも思わなかった。もし誰かが私をスピックと呼べば、それはその人について多くを語っているのであり、決して私についてではない。私がそれに対し、侮辱的な言動で反応したとしても、それが何の助けになるだろうか。

私には、こういう環境のなかで四年間を過ごすことは想像できなかった。特に週末にはケビンがくるだろうから、などといろいろ考えながらイェール大学を去った。「ここはだめだ」

ラドクリフのときのように即決したわけではなかったがそう思った。彼らの行動を支持はしなかったが、なぜそう考えるようになったのかは理解できたし、彼らの家族や家庭について聞いたときには、共感も覚えたのだが。

プリンストンを訪問する頃には、アムトラックを使う予算が尽きてきたので、それよりも安上がりなバスで行った。ケニーがバス停で待っていてくれたが、髪が伸びているのに驚いた。それは新しい自由の表現だった。荷物を彼の寮に置いてキャンパス巡りに出かけた。

ナッソー通りの正門から入った。心地よい春の日差しが、大学の砂岩でできたようなネオゴシックの建物や、エメラルド色の芝生や周囲の森に踊っていた。何世代もの間、プリンストンの学生たちを楽しませてきた風景だが、私にはまったくの驚きだった。ニューヨークの図書館を守っている石のライオンを思い出したが、蔦に絡まれたナッソーホールの入口の両側のブロンズの虎は、もっと思慮深く優雅に見えた。

ケニーは、数人の友だちを集めていた。彼と同様、街の貧しい地区の若者たちで、とても優秀だが少しエキセントリック、政治的には過激だが平和的で、プリンストンのいわゆる「お坊ちゃま」たちの多くとは一線を画していた。私たちは寮の部屋で夜遅くまで楽しく話しこんだ。「社会的には、ここはおばけの村なんだ」とケニーがいった。そこに集まった一年生の友人たちはみんな黙って彼の意見に賛成しているようだった。「彼らは特権階級で、我々とは違う。君にはよく分からないだろうね。でも、知的な面では彼らに対抗できる。皆それほど優秀ではないよ」パイプが回ってきたとき、私は参加しなかったが、誰も気にしていないし気づきさえしなかった。糖尿病について説明することも話すことも必要だとは感じなかった。このグループは、まったく穏やかだった。

翌朝は面接だったが、小さな角部屋での入学事務官との会話はとても感じがよかった。大学教授らしく、革の肘当てをし、べっ甲の眼鏡をかけていたが、気さくで話しやすかった。週末が終わる前に私の心はもう決まっていて、奨学金も全額給付されることになった。

私がプリンストンに行くということを知った人々の反応を見て、かつてケニーが最初に教えてくれたアイビーの名前がもたらす力が分かりはじめた。プロスペクト病院はその知らせに沸きたった。一日じゅう誰もが、看護師や担架係だけでなく、医師までもが事務室にやってきた。「おめでとう！　ソニア、なんて素晴らしいの！　あなたは私たちの誇りだわ！」夏の間、カフェテリアでの昼食の時間、テレビドラマの主題歌が流れるなか、一緒にカードをやっておいしい焼き鶏肉の匂いを楽しんだ女性たちや、私と家族ドラマの最新の話題に興じた女性たちは、みな私を抱擁するためにきてくれた。経理のリューベン氏は、事務所で女の子が働くのを決して好まなかったが、いつもの皺（しわ）だらけのしかめっ面をゆるめていた。病院のオーナーのフリードマン医師は、私がもっと難しい仕事をしたいと頼んだとき、リューベン氏の反対をくつがえしてくれたのだが、彼もまた立ち寄って、祝福の輪に加わってくれた。こういったことに私は少し当惑していた。他の若い人たちだって大学に入っている。私だって入れると思っていた。本当にプリンストンはそんなに特別なの？

夏の終わりの別れのときに、病院の女性たちは私のために募金をしてくれた。「ソニア、大学用の靴を買いなさいね。お願いだから！」

「だけど、この靴はとっても履きやすいの」私はいつもいっているように答えた。靴を買い替えるように諭されるのは初めてではなかった。私は新しい靴でしょっちゅうマメをつくっていたので、一度履き慣らしたら簡単には取り替えられないのだ。事務所の人は皆、私が、祖母との電話で傷んだ靴を弁護しているのを聞いていた。「もう新しい靴を買いなさいよ。おばあちゃんを喜ばせなさい！」いつも同じ話が繰り返され、行きついたところは大学の入学のために新しい靴を買うことだった。

ケニーの助言で、プリンストンに行ったらすぐに自転車を買うことにした。彼が勧めてくれたもう一つのものはレインコートだった。母が買ってくれることになり、一緒に出かけた。フォーダム通りを上から下まで探したが、気に入ったものは見つからなかった。レーマンまで行き、その店に初めて入った。安売り店でコープシティでも有名だったが、私たちはその値段にびっくりした。買い物をするなら、あとはどこへ？　私たちは三番街にある南ブロンクスのラテン商店街、テルセーラに行った。

アレクサンダースにもなかった。私が気難しかったわけではなく、その店にあるようなレインコートが、あのアーチや完璧な芝生のある魔法の国にしっくりするとは思えなかったのだ。電車がうなりをあげて走る高架を挟んで反対側の通りには、もう少し衣類専門の店があり、結婚式など特別な機会に着る服を並べていたが、そこが私たちの最後の望みだった。

そうしてやっと見つけた。細長いボタンのついた輝くような白、そして前面とフードのまわりには、合成の革が微妙なタッチで飾られていた。白いソファのようにありえないほど白く、まるで大学の芝生の上に降る雪のマントのようだった。

「気にいったの、ソニア？」

「ええ、とても、ママ」これもまた初めてのことだった。母やチキ、従妹のミリアム、そして多くの女友だちと違って、私は着るものには興味がなかった。それなのに私はこれを着て違和感がなかった。でも残念なことに、サイズが私にはとても小さかった。他のコートも試してみたが、私はそれにすっかり心を奪われてしまい、母はそんな私の気持ちを察した。

他のところを探そうと店から出ようとしたが、母は私にいった。「待って、ソニア。頼めるかもしれないわ」カウンターに行き、店員が他の客に応対している間、静かに待っていた。次々に客がやってきた。母はとても辛抱強く長い時間待っていたが、ついにこういった。「すみませんが、ちょっとお願いします」

「何ですか」店員は振り返りもせず、ぶっきらぼうに応えた。

「これのサイズ一二はありませんか？」

「そこのハンガーになければありませんよ」

「他の店にはありませんか。聞いていただけないかしら？」

店員はやっと振り返って母を見た。

「それはちょっと大変なんです。そう思いませんか？」

母もこれでもう諦めるだろうと思って私は帰りかけていたが、母は断固としていった。

「ご迷惑は分かります。でも娘が今度大学に入るんです。娘がこのコートがとても気に入ったので、彼女にプレゼントしたいと思って。ですから娘のサイズのコートを探していただけるととても有難いの」

その冷淡な沈黙の態度は、大声でこういっているようだった。もううんざりだわ。けれども遠ざかりながら、どうでもよさそうにこう聞いた。「どこの大学ですか？」

「プリンストンです」

店員の頭が、漫画のなかの動きのようにゆっくりと回るのを見た。その変化は驚くべきものだった。突然丁重になり敬意が払われ、プリンストンへの賛辞でいっぱいになった。喜んでコートを探すために電話をかけてくれて、結果的に一週間のうちに届くことになった。母は感極まってお礼をいい前金を払った。コートはとても高額だったが、大学の四年間はもつだろう。大切に使わなければ。きっと大切にしよう。

駅へ戻る道すがら、私は店員の態度が豹変したことを話題にした。母は高架の影に立ち止まって、こういった。「ソニア、本当のことをいうと、病院で私はまるで女王さまよ。今までひと言も優しい言葉を口にしなかったどころか、声さえかけてくれなかった医師たちだって、私にお祝いをいいにくるの」

高架の上では、電車がもの凄い音をたてていたので、プリンストンが人々に与える効果を想像するのには長い時間がかかった。母は私をしっかりと見た。

「ソニア、あなたがどんなことに巻きこまれようとしているのか分からないけど、やってみましょう」

第15章

母が、アルフレッドの車に乗り、顎をひいた固い表情で暗いまなざしを向け、車窓からさよならをいって去った週から、大学のお伽話はどちらかというとSFの世界になっていった。一つには、この一九七二年の夏の前例のない暑さが、プリンストンの緑の風景を銀色に染めてしまい、すべてに超自然的なオーラを与えていた。同じクラスの多くの仲間が他の惑星からきたように思えたし、それは向こうも同じように感じていたことだろう。

私たち新入生はディジョンジムでアドバイザーたちと会うことになっていたので、外で待っている間に、隣に座っていた一年生の女の子と話しはじめた。アラバマからきたといったが、彼女のようなアクセントは聞いたことがなかった。彼女の話を夢見心地で聞いた。彼女の父も祖父も、そして兄もプリンストンで学んでいた。彼女は、自分もここに入ることができて、とても嬉しそうだった。「どこよりも友好的で、素晴らしいところよ」と情熱をこめて私にいった。「ほら見て、あそこからくるおかしな人たち！」それは、頭を寄せて大笑いしながら近づいてくる二人の若い学生だった。私には二人とも普通に見えた。私たちはいつも英語で話していたのだが、そのときはあまり深く考えずに早口のスペイン語で挨拶した。アラバマからきた女の子に対して悪気があってやったわけではないが、脈ははっきりと速くなっていた。それ以上、何もいう必要はない。

同室のドローレスと友人のテレサは、すでに顔見知りだった。ドローレスはどことなくメキシコ人に見える外見で、小麦色の肌に真っ直ぐな黒髪が目を引いた。テレサは私よりも地味だったが、顔立ちはラテン系だ。

ドローレス・チャベスは、ニューメキシコからきていた。たぶんスペイン系同士、多くの共通点があると思って私たちを同室にしたのだろう。けれどもドローレスが、プエルトリコ人について唯一知っていることは、「ウエストサイド物語」（一九六一年のアメリカ映画で、ポーランド系とプエルトリコ系の若者グループの対立を描く）からの知識で、最初彼女は、寝ている間に私が殴りかかるのではないかと恐れていたようだ。彼女はニューヨークについてあまり知らなかったが、私はニューメキシコについてもっと知らなかった。ドローレスは、私からみれば、田舎の子で甘えんぼうで恥ずかしがり屋、本当に遠いところからきたように見えた。ある夜、彼女はギターを取り出し、寝る前のひと時、穏やかな声で歌った。彼女の声には深い郷愁があった。

私は気を遣い、最初の数日は静かにしてまわりの会話を理解しようとしていた。ある午後、寮のアドバイザーの部屋で、ある女の子のグループと一緒になった。その一人が、結婚式に招待されたので、カタログで贈り物を選んだと話していた。えっ、カタログって？　私たちのアドバイザーだった四年生は、父親が名前も知らない人からの招待を受けることがあるといった。見知らぬ人が、父親の記憶の悪さを利用して、贈り物をせしめようとしているだと彼女は推測していた。いったい誰が知らない人を結婚式に招待しようなどと考えるだろう。ましてや、誰が知らない人に贈り物を送るというのだろう。私たちのしきたりでは、受付で新夫婦のために封筒に入った現金を渡す。この人たちは、現金をもらわなくても結婚式ができるほどお金持ちなのかしら。

疎外感や望郷の念を感じたときは、いつもファイアストーン図書館に逃げこんだ。本は私が辛いときにいつも寄り添ってくれたし、自分のまわりに本があることは、慰めと同時に私がここに来た理由でもあった。キャンパス生活の当初から、私はファイアストーンの三、四年生のための小部屋が羨ましくて仕方がなかった。「いつかこの一つを私のものにする！」そう思いつつ、引き出しいっぱいのカードを繰りながら目録のあるメインルームの広さを満喫していた。一階はキャビネットの列また列、そしてその上に、大聖堂の尖塔のように本棚が重なり、棚板の上にまた棚板があった。一つのカードに一冊の本が記されていたが、本のテーマは荘厳なものからおかしなほど謎めいたものまであった。世界でももっとも大きな図書館のうちの一つで、私は、真の意味での人智の広大さや、押しつぶされそうなほどの知識や思想に触れた。大英百科事典を手荒く扱っていた日々は、そのほんの試食に過ぎなかったのだ。

しかし最初の週のファイアストーン図書館でのつまみ食いは、行き当たりばったりではなかった。プリンストンの講座案内は、まさに驚くべきブッフェだった。食欲をそそられるような思いがけないテーマがたくさんあった。完全な夕食をとる前に、試しに私は味見してみたいものを図書館のカタログで精査した。学生たちの多くは、独自の図書館や洗練された科目のある、小規模な大学ともいえる高校からきていた。私の下地は、他の多くの人々よりもずっと乏しかった。私は、本棚の本をざっと読むだけで、それを補う教育を得ることができるなどという幻想は抱いていなかった。

法律の仕事に興味を持つ者に対する正式な専門科目がなかったことは、かえって良かった。私は自分自身で、私の学問的準備の大きな穴を埋める方策を決めなければならなかった。ほとんどすべての科目において、私の事前の知識はわずかなものだったので、できるかぎり全部受けるように計画した。一般教養はそれに最適だった。私は、社会学や心理学にひかれ、個人の行動パターンや、共同体の構造に興味を持った。歴史、特に米国の歴史は基本であり、どうやってこの社会が発展してきたかを明らかにしてくれるものだった。倫理学は、私が想像していた通りで、法的な理論づけを含んでいた。私はスペルマン高校に入ったときから新聞だけは読んでいたが、いつか経済学に取り組まなければならないのは明らかだった。美術史の一般講座は、子どものときに行ったプエルトリコのポンセ美術館でのあらゆる疑問に答えてくれるはずだった。けれどもまずは実務的なものを優先し、芸術的なものは二年目以降の楽しみにとっておこうと思った。

私の助言者は、議論することなく受講計画を承認し、私は正しい道を進んでいると感じた。しかし寮に戻ると、その気持ちは萎えてしまった。一年生のフロアは、私の同級生たちが受講する外国や先進的な講座の話題でもちきりだった。彼らは高校での進んだ教育のおかげで、飛び級が許されたのだ。それに引き換え、私の選んだ講座は退屈で怠けているようにすら思えた。私は真剣に挑戦する機会を逃しているのだろうか？　私は他の人のようには頭が良くないのかしら？

この不安の潮流は、数年の間上がったり下がったりして、あるときは、一定期間私を立ち止まらせ、あるときは、思った以上に私を奮い立たせてくれた。いずれにせよ、私の不安は確信という尖った石に当たって砕け散った。つまり、私は自分をよく分かっていたのだ。人生のそれぞれの段階で自分に何が必要か、そしてそのために何を準備すればいいかということについて私には明確な考えがあった。プリンストンの四年間で、中国の政治やローマの法律について学んだり、社会の崩壊や犯罪、非行について掘り下げようとしていた。その間の一般教養科目はとても幅広く、専門科目と同様の労力を伴うことになり、あのカッツ先生が私に叩きこもうとした批判的なものの見方を、初めて育くむことができるだろうと思った。それは個別の出来事をそのまま吸収するのではなく、大きな疑問符を持って、その相互関係において世界を理解することだった。何を勉強するときにも基本となるもので、これを知っていてとても役に立った。弁護士として、さらに判事としてはなおさら、ある分野の一時的な専門家になる必要がたびたび生じる。科学や技術、そして芸術まで、裁判に現れる産業や職業は千差万別で、多くの場合、その問題となっている分野の実務知識がないと、どのように法律を適用すべきか判断できないのだ。

基本的な要件を満足させるために、私は実験の講座を選択する必要があった、周知のとおり自然科学の講座はとても疲れるもので、何時間もの深夜作業が必要となり、弁護士の志望者よりも医学部の学生や科学者の卵がすべきことだった。その点、心理学入門は実験を含み、この要件を満足させるものだと気がついた。フロイトや他の思想学派の入門編は、脳の働きの一般論として有用なものに思えた。けれどももう一つ、有機化学や分子生物学の実験の辛さよりも、もっと恐ろしいものに対処しなければならなかった。それはネズミだ。

私は、手をすり抜けたり地を這ったりするものが死ぬほど怖かった。ご存知のように、たとえば昆虫だとか、ネズミやリスのようなげっ歯類だ。椅子から飛び上がる女性のようなステレオタイプな質ではなかったが（そうはいっても、実は私もそうしていたのだが）、この嫌悪感は、私の子どもの頃にさかのぼる。とても大きなゴキブリが公共住宅にはびこったことがあった。みなは下水管のゴキブリと呼んでいた。母がゴキブリの巣を探して、上から下までひっくり返すのを何度見たことだろう。そばにいるかもしれないと考えただけで、一晩じゅう眠れなかった。だから心理学の実験室で、反応を見るためにげっ歯類を扱わなければならないと知ったとき、逆説的にこれを利用しようと思った。心理学者たちが暴露セラピーと呼んでいるやり方を試みようと考えたのだ。ネズミを我慢するだけではなく、彼らの脳に電極を植えつけることも計画した。

最初のうちは驚くほどうまくいった。ネズミのしっぽを摑んで鎮静剤を打つ間、毛むくじゃらの体を支えるために勇気を奮った。ひとたび薬が回れば、電極を植えるのはそんなに困難ではない。ネズミの行動を追跡するのはまったく楽しくはなかったが、それでもやった。学期の最後の数週間に、それが、がらがらと音を立てて崩れ去るまでは。ある日実験室に入ると、私のネズミたちは不思議なほど檻の一ヶ所に集まっていた。何に引きつけられているのか分からなかったが、その抑制の効かない一塊を見て、昔の嫌悪感が再びかきたてられた。その塊に手を伸ばすことはとてもできなかった。棒を見つけ、一匹を集団から引き離した。私を振り返って見ていたが、隙間から、皆にかじられている一匹のネズミが見えた。その腹部は半分ほど食べられていた。

私がその部屋を叫びながら出ていくと、実験を指導してくれていた大学院生が私を止めた。私のヒステリーを抑えようとして、共食いはネズミでは普通のこと、病気をコントロールする方策として進化したもので、それは疫病の兆しとして知られているものだと説明した。そんな説明はまったく助けにならなかった。大学院生は私に、落ち着いて、そして明日またくるようにといった。

次の日も、私はやる気が起きなかった。これまで数ヶ月やってきたようにネズミを扱うこと、そして、この学期中の作業が無駄になると考えるとぞっとした。私がこのプロジェクトをどうしても最後までやることはできないと説明したとき、幸運なことに、担当の教授は理性的に受け止めてくれた。心理学者として、この実験を通して病的恐怖を治療したいと考えた私の意図を信用し、また教師として、私が最初から勤勉に取り組んでいたと認めてくれた。私の成績は、この失敗の影響をあまり受けずに済んだ。「あなたの計画は、この講座で教えようとしていることと完全に適合している」と認めてくれた。「実験がいつもうまくいくわけではない。それは科学の本質です」私はいろいろなことをやるうえでの本質というものを考えた。成功はある種の報酬だが、失敗もまた偉大な教師だ。だから決してそれを恐れるべきではない。

私への金銭的支援の一環として、勉学と労働のプログラムにより、さまざまな場所で働く必要があった。一年目の初めには、コモンズ〔大学の食堂〕で配膳サービスを割り当てられたが、長引く伝染性の単球増加症の例があったので、私はカフェテリアから外された。感染を起こさないような事務所での仕事が必要だった。何か新しいことがやりたかった。食堂での労働は、学生たちが誰でもする仕事の一つだったが、私は、コンピューターセンターでのキーパンチャーの仕事に興味を持った。

私がそのセンターで働きはじめた一九七二年には、コンピューターは新しい挑戦的な世界だった。洞窟のような大学のセンターは限られた人にしか開放されていなかった。センターの社会科学部長だったジュディス・ローは、社会科学分野での定量解析の草分けで、それにはコンピューターが鍵であると感じていた。彼女の構想を進めるために、大学院生たちが、研究のデータ解析にコンピューターを使うことを奨励したし、また、私のような勉学と労働のプログラムに当たっている学生を、データ入力させるために雇ったりした。私が働いたプロジェクトの一つは、歴史学者ヴァーノン・バートンとのものだった。彼は、生まれ故郷であるサウスカロライナの近くで国勢調査の古い記録簿という隠れた宝物を見つけ出した（歴史的な調査研究に関しては多くの偶然があるものだ。ヴァーノンは、清涼飲料を買うために通常とは違う道を通ったときに、ある店の棚を支えている記録簿の山を見つけ、店の責任者にその記録簿と引き換えに新しい棚を組み立てることを申し出たのだ）。私の仕事は、国勢調査の全データをパンチカードに入力して、彼の解析を手助けすることだった。

将来、働き口を得るのに役立つのではないかと思い、私は高校時代にタイプライターの授業をとっていた。コンピューターの仕事を始めたときにはこれで充分で、プログラマーを除けば、誰もプログラミングの技術がなかった。ジュディスの指導のもと、キーパンチでデータをデジタル化しながら、プログラミングも少し勉強してその技術を習得した。この仕事は専門的だったので、カフェテリアの倍の賃金を稼いだ。そして他の利点もあった。働く時間も自由だったし、着るものもいつものTシャツとジーンズで良かった。学生にとっては理想的な仕事で、私はこれをプリンストンで四年間続け、単発的にやっていた他の仕事を別にして、週に一〇から一五時間働いた。

コンピューターは、とても大きな熱を発するので、部屋を氷のように冷たくする必要があり、パンチカードをコンピューターに投入するために地下に降りるときは、いつも上着と手袋が必要だった。もしプログラムが失敗すれば、間違いを見つけるために個々のカードを個別に調べる必要があった。しばしば、たった一つの打ち間違いを探すために、数百、数千というカードを念入りに調べなければならず、それはいらいらする仕事だった。コンピューターでの実行のためのジョブ〔作業単位、一つのまとまりとして処理される業務〕の順番を示すモニターの側に、目的の分からない金属の支柱があった。しばらくして、誰かが説明してくれた。それは何度も壁を修理した後に、事務部門が、自分のプログラムが失敗したときに学生が思う存分鬱憤を晴らすことができるように、壁の代わりにその支柱を設置することにしたのだと。

後年、最終学年に、キーパンチの仕事を数時間行うために、卒論の執筆を休んでいたとき、あるアイデアが浮かんだ。データ解析に使っているのと同様のパンチカードを卒論の文章入力に使えないだろうか？　そうすれば、以降のページをタイプし直さずに、個々のカードで必要な変更ができる。ジュディスはこれに興味を持った。やってみる価値はあると思い、私のデータ入力のために他のオペレーターを割り当ててくれた。断言はできないが、おそらく私がプリンストンで初めて四年生の論文をワードプロセス処理で提出したのではないかと思う。私はタイプすらする必要がなかった。

けれども、一年のときには、本当に卒論が書けるようになるのか心もとなかった。米国史講座の最初の中間試験で、私は小学校の四年生以来とった覚えのなかった「C」評価をとってしまったのだ。とてもがっかりしたが、もっと悪いことに、何が悪かったのかまったく分からなかった。私はそのテーマ「大恐慌とルーズベルトのニューディール政策」が大好きだったし、それに没頭していた。先生が私を励ましてくれたので、彼女に私を印象づけたかったのだ。ナンシー・ワイスは部門長で、米国で初めてその役職に就いた女性の一人だった。後年彼女は、ナンシー・マルキールのように、大学の学部長を長く務めた。

ワイス教授は聞き覚えのある説明をしてくれた。私の答案は、多くの情報や、興味深いアイデアさえ含んでいるが、論理的な構造がなく、どんな論文でも私の組織立っていないデータの羅列に依存することはできなかっただろうと。教授は「だから問題は分析で、因果関係なのです」といった。彼女の理論づけは、カッツ先生がいったことの変形だったが、今やもっと明白だった。明らかに私はまだ情報収集を繰り返していた。どの授業でも、大きな論点で整理することなしにデータを読み、それを吸収することで精一杯だったことに気づいた。ここに至るまで、いろいろな人がどこへ向かうべきか指し示してくれたが、誰も具体的な道は示してくれなかった。自分がとった科目で成功を収める希望を見失いかけたとき、私はどうすべきかをすでに知っていることに気がついたのだ。

ある日、ファイアストーン図書館の外で、ケニー・モイにばったり会って、弁論部時代のことを思い出した。突然、あのとき勝利を得るためにやったことが、今、まさに試験に適用すべきことだと分かったのだ。私は、反対意見を予測し、それに対応しながら聞き手を説得する最良の方策を考え、私の立ち位置の構想を練るまで、議論を始めなかった。仕事を、すでに経験した別のことと関連させてみることは、その問題をとても分かりやすくした。次の試験では、弁論部で習得したやり方で文章を始めてみよう。しかしそれをうまく成し遂げる前に、私にはもう一つの障害があった。それは英語の文章作成での全般的な能力不足だった。

上手な間の取り方であれ、手を使って話すことであれ、ディベートするときには、表現上のわざを使うことができて、言語に関する多くの過ちを隠すことができる。反対に、書くときには、言葉は紙の上にさらされてしまう。ワイス教授は、遠慮会釈なく私の英語はひどいといった。私の文章はぶつ切れで、動詞の時制は常軌を逸していて、また文法はしばしば間違っていた。それが分かっていれば直すこともできたが、間違っていることも私には正しいと思えていたのだ。翌年、ピーター・ウィンの現代中南米史をとるまで、私は問題の根幹が分かっていなかった。私の英語は、スペイン語の構文と用法によって破壊されていたのだった。たとえば、dictatorial authorityというべきところを、authority of dictatorshipといったり、tell himを、tell it to himといっていたのだ。ピーターの赤インクでの添削は思いがけないものだった。私の英語が、母のそれのようにひどく聞こえるとは思ってもみなかった。しかし、私の英語を矯正することは、論文での論点の不足を正すようには簡単にいかなかった。私は文法の本や単語カードの束を買った。夏休みにはプロスペクト病院、後にはスパニッシュハーレムの消費者庁で働きながら、毎日、昼食の時間を文法の勉強や、新しい単語一〇個を習うことにあてた。そして、それを自分のものにするために、ジュニアを相手に使ってみた。ジュニアは私の挑戦に動じなかった。カーディナル・スペルマン高校での最後の数年間、私の影響を受けない生活を楽しんでいたのだ。

最初の年、私の知識や理解の上での多くの問題は、単に文化や階級からくる制約であり、私が恐れていたような能力や努力の不足からではないと知った。でも、そう思っても、より広い経験を持った同級生たちの前で、劣等感や無教養感が減ったわけではなかった。プリンストンにくるまで、制約された私の人生（大都市の陰で、基本的には村社会に閉じこめられていること）に思いを致すことがなかったのだ。私は現実主義者だったので、夏にキャンプに行くとか、外国に旅行するとか、また豊かな言語に慣れ親しむというような機会がなくても、気にはしていなかった。率直にいって、羨ましさとかひがみはなく、ただ、何と多くの世界があり、それらをみなが何とよく知っていることかという驚きだけだった。彼らの両親や先生が、彼らの教育のためにつくってくれた計画表のようなものを、私は自分でつくらなければならなかった。その間いつも、本来なら自分がすでに知っているべきことをまるで知らないことが分かって、がっかりしたものだ。一度、後に同室になった友人のメアリー・カデットに、プリンストンにいるとときどき場違いな感じがする、とこぼした。

「それは『不思議の国のアリス』のようね」と彼女は分かりやすくコメントした。

「どのアリスのこと？」

すぐにその場を救ってくれたのは優しさだった。「とてもいい本よ。ソニア、読まなくちゃ！」

実際、彼女は、私が「リーダーズダイジェスト」を読んでいる間に、彼女が読んだ名作の長いリストを親切に紹介してくれた。私の母は、『ハックルベリー・フィン』や『自負と偏見』について何を知っていただろうか。

後に私は、コンピューターセンターで、ジュディス・ローの、個人は大学に支払う充分なお金を持っているかに関する調査と題したプロジェクトのために、データを入力していた。タイプしているものを読んだとき、私の指は止まってしまった。それはプリンストンでもっとも裕福な人たちの財政的な数字だった。私が最初に見た信託基金だ。損失として計上された数字や税金の抜け穴、それに夏の雇用だけで一年間の授業登録料に相当する金額を支払った会社、信託基金は数百万ドルの収入、支出は、五〇万ドルをこちらに、数十万ドルはあちらの貧しい人に、といった具合だ。母の収入は、プロスペクト病院の給料や、もうすぐ終わってしまう遺族年金を合わせても、年に五〇〇〇ドルは決して超えなかった。これほど、私の立場を生々しく明らかにするものはなかった。

私は自分が成長してきた過程で得られなかったものすべてを埋め合わせることができるなどと、自分をごまかすことは決してしなかった。同時に、私には貴重な経験があること、また、他の同僚たちが気づいていない人生の側面を知っていることが分かっていた。プリンストンは、人間に関する膨大な書物を発見したあの夏の日からずっと後になっても、私に終生、学徒でありつづけることの重要性を理解させてくれたというだけで充分だろう。そうしなくてもよくなったずっと後でも、実際、学徒であることは喜びだったのだ。

第16章

毎週、見慣れた字で走り書きされた小さな封筒が届いた。中には、食卓用の紙ナプキンに包まれた一ドル札が入っていた。祖母は手紙のやりとりをする人ではなかった。ときには署名があり、ときにはなかった。けれども愛情からでた行為であることは絶対に確かだった。それは、彼女が私のことを真に思ってくれている証で、一ドルは、祖母にとっても私にとっても、決して少ない額ではなかった。ときどき五ドル札を送ってくれたが、そういうときは一一〇キロメートル先の彼女の笑みが見えた。

ケビンは、しょっちゅう私を訪ねてきて、彼もまた私のことを思ってくれていることは確かだった。毎週末、車でストーニー・ブルックのニューヨーク州立大学から、途中、コープシティに寄って母が用意してくれた果物やジュースの箱を受け取り、プリンストンまできてくれた。彼は、夜半近くに疲れ切って到着した。最初はまだ高速道路を運転するのに慣れていなかったが、週を追うごとに運転に自信がついてきたようだった。

同室のドローレスに、ケビンを泊めて構わないかと聞くと、週末は他の友人の部屋に移るといってくれた。私は何て親切なんだろうと思ったが、彼女のほうは私のことを、まったくどうしようもないと思ったに違いない。彼女は口が堅かったが、ずっと後になって彼女をよく知り親友になってから、私たちはお互いの第一印象について話し、笑い合ったものだった。

実際には私は分別がなかったわけではない。ケビンと私は、邪魔の入らない週末でも、隣に座って勉強をしていた。ストーニー・ブルックは、いつもお祭り騒ぎだったので、彼の勉強を取り戻すためにはいい機会だったのだ。何度も彼の費用を節約するために、私が彼を訪ねようとしたが、彼はお祭り騒ぎのなかにはきてほしくなかったようだ。一度だけ、私はキャンパスに誰もいない祝日の週末を見計らって行ってみた。私は、ケビンがストーニー・ブルックの役所みたいに殺風景なコンクリートの校舎よりも、プリンストンを好む理由がよく分かった。後に、彼は大学院で勉強するために、ここへくることになる。

母は年に一、二回、キャンパスを訪れた。最初は、チャーリーが連れてきた。ジュニアとチャーリーの彼女、そしてもちろんケビンも一緒だった。同僚の親たちがよく泊まっていたのはナッソーインだったが、とても高かったので、私たちは「パジャマパーティー」をやることにした。私のベッドは母に譲り、他の人たちが心地よく過ごせるように、寝袋やマットレス、毛布、クッションを借りた。チャーリーは一時女性の部屋ということを忘れて、浴室に入って慌てていた。隣の男性寮に行かせたが、そこでは男子学生が恋人たちとシャワーを共用するという公にできない場面を見て、動揺はさらに増した。彼はそのことを後までずっといっていた。

週末にプリンストンを訪れても、コモンズのカフェテリアで食事ができるかどうかは分からなかった。多くの職員は休みで、学生たちが調理をしていた。もしフットボールの試合があればステーキがあったが、私の家族が訪れたときは試合がなかった。母は皿の上にあるものを見て、私が卒業を待たずに飢えて死ぬのではないか、しかも味気ない死、そう思うとぞっとして、ひと口食べた後にひと言いった。「ソニア、夕食は外に行かなくちゃね」私はどこがいいか知らなかった。私が支払える唯一の場所は、ナッソー通りのホーギータイプのサンドイッチ〔中身がたくさん入ったロールパンのサンドイッチ〕を売っているカフェテリアだけだった。何人かの友人が、一五キロメートルほど行ったところにある「A-キッチン」を勧めてくれたので、それからそこへ行きはじめた。メニューを見て、厨房から立ち上る匂いを嗅いだだけで、身体の底から感動した。生姜やニンニク、チリでよだれが出そうだった。値段は手ごろで、また客の多さから判断しても料理は本物だった。このような質と味の中華料理は初めてで、ブロンクスの中華料理の骨付き肉と卵料理とは大違いだった。

一年生の学期休みにプリンストンから家に帰ると、母は興奮状態だった。看護師の試験勉強の最終局面に入っていたのだ。彼女の通うホストス・コミュニティ・カレッジのバイリンガルプログラムでは、英作文が必須科目だった。数学ほど恐れてはいなかったが、彼女には大変だった。そして、私に書かせるという馬鹿げた考えを思いついた。

「絶対にだめ！　それは不正よ！」彼女が勉強を放棄するのではないかということより、もっと重大な恐れから、私たちはある合意に達した。彼女が書いたものを私が見て、アドバイスすることにしたのだ。私の短い休暇中、台所のテーブルで母の文章を精査することに長時間費やした。「ここには骨組みがないわ、ママ。脱線している」

「私には分からないわ、ソニア、文章を飾るなんてこと、私には向いていないわ」

「飾ることなんていいの。一体何がいいたいの？　何が論点？」

「あぁ、ソニア。お願いだから書いて！」

声高にはいわなかったが、こう考えた。「ママ、お願い、私はママの不安につき合っている時間はないの。自分のことで精一杯なの」

試験が近づくにつれ、緊張が耐えがたいほど増してきて、鞭と鎖が現れ、事実上の自己鞭打ちが始まった。「絶対に受からない」と呻いた彼女を、私は落ち着かせた。彼女はすべての教材を完璧に知っていた。プロスペクト病院で何年もその手順をやっていたからだ。

「いいえ、ソニア。子どものときに頭を打ったに違いないわ。何にも覚えられない」

「馬鹿なこといわないで！　受かるわよ。賭ける？」

「いいわ。受からないほうに賭けるわ」

プエルトリコへの旅行を賭け、固く手を握った。聞いたこともない馬鹿げた賭け。勝者のほうが失うものが多いのだ。もし母が受かれば私に飛行機の切符を買う。もし失敗したら私が彼女の旅行代を払う。

この賭けが心理的に逆に作用したのか、またはおかしなお守りになったのか、いずれにせよ彼女の決心を立て直すには役立った。最終的には、もちろん私が勝った。母は五つの試験に一回で合格した。これはめったにないことだった。

二年目の秋の学期末に、二週間続けて祖母から封筒がこなかったので、何だか悪い予感がした。心配になって母に電話をした。「おばあちゃんはどこにいるの？　どうしておばあちゃんから連絡がないのかしら？」

長い沈黙があった。彼女の声は動揺のために躊躇いがちで、私だけが何も知らされていなかったことを知った。誰も私に告げる勇気がなかったのだ。祖母は、フラワー五番街病院にいた。子宮癌だった。多くの年配の女性がそうであるように、長い間、婦人科に行っていなかった。彼女はもう子どもを産まないのだから定期検診は必要ない（これは完全に間違いであることを強調したいのだが）と思ったのだ。だから、見つかったときは癌がひどく進行していた。私はすぐに次のバスに乗ろうとしたのだが、母はいった。「いいえ、クリスマスまで待ちなさい。うまくいけば、その頃には家に帰っているはずだから」

数週間先のことだった。私は癌について何も経験がなく、基準となるものも、どのくらい重いのかを推し量るすべもなかった。冬が近づき、日増しに空が低くなってきた。

私が着いたとき、祖母はうわごとをいい幻覚をみていた。数日間、彼女の側で一緒に過ごし、彼女が眠っている間に勉強した。病室は、おじたちやおばたち、いとこたちであふれていた。そしてクリスマスイブのある時間、そこにいた人たちの波がひいた。人々は石油の通商停止を心配して、ガソリンスタンドに長い列をつくった。休暇前に満タンにする必要があったのだ。グロリア叔母は私たちにこういった。「行きましょう。この先ずっとここにいなければならなくなるわ」従兄のチャーリーと私はお互いに顔を見合わせた。私たちは彼女の側から絶対に離れない。

　私たちは祖母のためにクリスマスツリーを手に入れようと決めた。チャーリーはいつもクリスマスには祖母の家を飾っていた。私が父の死後、私たちのツリーを飾っていたように。レキシントン通りを歩いているときに雪が降りはじめ、明かりは青白くなっていった。九六番街まで行ってようやく花屋を見つけた。卓上用に飾られた小さな木を選んで、凍えた手でかわりばんこに運んだ。とても寒くて雪までべたべたしていた。

「覚えてるかい？　あのとき……」行きも帰りもチャーリーはしゃべりつづけていた。彼の声は音楽的で優しかったので、その音色自体に慰められた。彼には祖母の思い出がたくさんあり、その多くは私が生まれる前のものだった。彼はガジェゴとも親しく、プエルトリコでみんな一緒に住んでいた頃の話をした。そのなかには他の人から聞いたこともあった。祖母がまだ一二歳の頃、マナティの司教が、彼女が精神を病んだ人々を治療することができると認め、悪魔祓いのため、彼女をよく施設に連れていった。彼女は肉体的な病気を救済することはできなかったが、不信心な霊魂が誰かの精神を支配していたら、それを追い出すことができた。彼女が治せない患者たちでさえ、彼女の存在そのもので心の安らぎを得た。

　チャーリーは、いつも祖母の霊力を盲目的に信じていた。私はその点については論理的だった。祖母が愛する者たちをどのようにして守るかは、迷信など信じる必要はない。チャーリーは目を大きく見開いて、ある具体的な経験を告白した。あるとき、恋人をブルックリンの彼女の家まで送っていき、ブロンクスへの帰りの電車の中で眠ってしまった。突然、彼を呼ぶ祖母の声に目が覚め、次の駅で飛び降りたのだが、そのとき、間一髪で彼に襲いかかろうとした三人の男の目前でドアが閉まった。次の日、彼が祖母と会ったとき、祖母は彼に、何も聞かずすぐに、ブルックリンの彼女はやめておきなさい、といったのだった！

その強い庇護はまた、霊とは関係がないようなやり方でも行われた。ガジェゴに対しては激しく嫉妬した。あるときパーティーで、彼が一人の女性とゆっくりとメレンゲを踊っていた。祖母は、プレーヤーからレコードを掴み取って床に叩きつけ、靴を放り出して、怒鳴りながら女性を下の階段まで追いかけた。これは私が生まれる前の話だが、容易に想像できる。メルセデスはその直情径行で有名だった。真夜中にドライブしたり、高速道路の真ん中でピクニックをしたり……。

ベッドの脇ではチャーリーが祖母にスプーンでゼリーを食べさせようとしていたが、彼女は欲しがらなかった。祖母は家にいるかのように、洋服をお願いと言い張っていた。私はドアのそばの椅子に座っていたが、祖母は私の後ろの、実際にはいない誰かと話していた。「アンヘリーナ」といったので、私はぞっとした。その名前には覚えがあり、それはずいぶん前に死んだ彼女の姉だった。チャーリーが何かの理由で部屋を出ていったとき、祖母は私に「ソニア、煙草を頂戴」といった。

私がプリンストンから戻ってきてから、祖母が私の名を口にしたのはそれが初めてだった。「おばあちゃん、ここは病院なのよ」といわなければならないのを残念に思いながら、穏やかにいった。「ここでは煙草は吸えないの」

祖母は威張って繰り返した。「ソニア、煙草を頂戴！」女家長の声だった。私はバッグの中を探し、煙草を一本取りだし、火をつけて彼女の唇にあてた。彼女は酔ったようになって、少し咳をした。それから私は、彼女の顔から生命が失せていくのを見た。

私は彼女を抱きしめた。「あぁ、祝福を、おばあちゃんに」そして大声で看護師を呼んだ。看護師は走ってきて、私は部屋の外に出された。そのほうが良かったのだ。二度と部屋には入らなかった。私は一人でいたかった。

葬儀のとき、チャーリーは意味のない責任を感じていたので、なお可哀想だった。祖母はその前年、彼に、もう来年のクリスマスは見られないといっていたのを思い出したのだ。「あのクリスマスツリーを買うべきじゃなかったね、ソニア」と頭を振りながらいった。「クリスマスは病室の外だけにしておけば良かった」ネルソンが会葬者の隅にちらりと姿を見せたとき、私の悲しみは怒りに変わった。彼には三年も会っていなかったが、今そこで、麻薬のせいでぼうっとしたようすで会釈をしていた。このような状態で姿を見せるなど敬意を欠いていると、私の血は静かに煮えたぎった。抑えることができないほど、本当に悲しかった。ネルソンは高校時代に、またヘロイン中毒になってしまった。それから五、六もの大学で落第したが、彼の父親はその現実を受け入れられなかった。彼の成績は傑出していたので、大学に入るのは簡単だったがその後授業に出ず、また働くこともしなかった。私たちと言葉を交わす前に葬儀を抜け出し、その後もまた、何年も会うことはなかった。

葬儀の後の数週間で初めて、父が他界したときの祖母の心の荒廃や心に受けた傷を理解した。彼女の死によって、私は同じ状況に陥った。心臓に近い大切な一部を切り取られてしまったような驚くべき喪失感は、肉体的にも混乱をもたらした。フラワー五番街病院は、私が生まれたところでもあることを思い出し、「輪が完結した」という言葉が頭に浮かんだ。まるで私たちは一人の人間であるかのように。私は小さなメルセデス。もう何年も経ってしまったが、今でも彼女の声が聞こえる。「心配はいらないよ、私の可愛い娘」私はそんなとき、自分は守られていると感じるのだ。

第17章

プリンストンに着いて数週間後、マルガリータ・ロサと知り合い、すぐに親しくなった。ブルックリンの貧しい地区の、保守的なプエルトリコ人一家出身のマルガリータは、私がプリンストンにくるまでに走破してきた道のりを直感的に理解した。そして私たちは、私たちがそこにいることが場違いだなどと語る必要もなく、より緊急な主題へと話を進めた。

「女の子一人に対して三人の男子がいるのに、一度もデートできないなんて！　いったい何が問題なのかしら？」

「個人的なことではないわね」と、私は彼女にいった。「女性を入学させたくなかったのに、今、私たちがここにいるんだもの、どう扱っていいか分からないのよ」プリンストンが共学になってからまだ三年しか経っていなかった。キャンパスにいる女性は、多くの保守的な時代遅れの人たちにとっては棘（とげ）のようなものだった。

「そうじゃないわ、ソニア。もしあなたが金髪で青い目をしていれば、彼らは扱い方を知っているわ。もし黒人なら、少なくとも仲間たちがあなたの周りに集まって、彼女たちと同じように綺麗だよっていうわ。だけど、私たちみたいなアフロヘアでミルクコーヒー色のラテン系は？　きっとどう扱っていいか分からないのよ」

マルガリータの男運のなさは、わけが分からなかった。私から見て彼女はとても魅力的だった。小柄で陽気で、世界をもっと良くすることについて雄弁で情熱的だった。私が一年のときに彼女は三年で、私は彼女のようになりたいと思ったものだ。

「少なくとも、あなたは団子鼻ではないわ」と私。

「少なくとも、あなたにはケビンがいるわ」と彼女。

私と彼女は、ファイアストーン図書館が閉まるまで勉強して、よく一緒に寮まで歩いて帰った。大体、週に一度は、家に帰る前にバーに立ち寄り、一杯のサングリアと一片のピザを楽しみながらおしゃべりをした。マルガリータは、彼女が参加しているラテン系の学生による「プエルトリコ活動」〔プエルトリコ人への差別是正のための活動〕に、私も参加するよう熱心に勧めたが私は躊躇していた。そのグループを批判しているわけでも、気取り屋でもなかったが、大学で勉強することがどれだけ大変なのか納得できるまで、参加したくなかっただけだ。

そのときから、私は自分自身のやり方を認識するようになった。高校では、学生評議会や弁論部には二年になるまで参加しなかったし、同じことがプリンストンでも法科大学院でもあった。どのような状況でも、常にはじめの第一歩を踏み出すことがとても不安で、始まる前から倒れてしまうのではないかという反射的な恐れがあった。そうして自制している間、私は自信が持てるようになるまで、わき目もふらずに努力した。脅迫的なパニックに陥るというのは、疑いなく生まれつきのものだ。往々にして自分のなかに、母が看護学校に行く能力がないと思いこむような非合理な恐れを見るのだ。判事になってからも、まず地方裁判所、それから控訴裁判所、そして最終的に最高裁と、同じような推移を辿った。

プリンストンでも、私は当然のごとく二年目からは「プエルトリコ活動」に参加した。キャンパスの反対側の端まで自転車で行った。建築様式は、ネオゴシックから、より人間的なコロニアルへ、さらに非人間的な近代建築の大学院生たちの住まいへと変化していった。キャンパスがニュージャージーの市街地に溶けこむすぐ手前に、第三世界センターの赤れんがの質素な建物があった。そこは「プエルトリコ活動」ばかりではなく、キャンパスのあらゆる少数派学生グループの本部であり、またパーティー会場でもあった。私はこのあたりをよく知っていた。コンピューターセンターがある通りを横切っていくと、排他的なクラブの代わりとなる比較的新しい食堂スティーブンホールがあった。一度、スティーブンホールのコッシャーというカンティーンで、食事のときにミルクを注文するという失敗をして恥ずかしい思いをしたことがあったが、その後、そこは私にとってわが家にいるように心地よいところになり、キャンパスのこのあたりは私の身近になった。

自然にそこに所属していると感じられる場所や、遠く離れた土地で疎外感を共有し、説明を要しない友だちの輪。表面的には天国のようであっても、その下では、まるで潮が反対に流れるような敵意のある立場をとる者もいたので、第三世界センターはささやかだが必要な心のよりどころだった。デイリー・プリンストニアン紙〔一八七六年創刊の学生新聞〕は、定期的に投稿を掲載していたが、そこには「差別是正措置による学生たち」がキャンパスにいることを嘆き、彼らの一人ひとりが、もっとその大学にふさわしい裕福な白人男性たちを押しのけてそこにいるのだ、彼らは彼ら自身の非現実的な願望でつくられた側溝に落ちるだけだ、などとあった。上空にはハゲタカが旋回し、我々がつまずけばいつでも襲いかかろうとしていた。成功しなければならないというプレッシャーは、たとえ私たちが恐れや不安を糧にして頑張っても、容赦のないものだった。私たちはみな、私たちがもし失敗すれば、批判する者たちに攻撃の理由を与え、私たちが入れる隙間がようやく開いたと思ったドアが、また手荒く閉じられてしまうだろうと感じていたのだ。

私たちは、私たち以前にナッソー門をくぐった「プリンストニアンズ」と呼ばれる世代とも、私たちが置き去りにした友人や同僚たちとも違っていた。自分は何かの事務的な手違いで受け入れられたのだという思いから逃れることができなかった。マルガリータもそう感じていたし、ケンもそういっていた。そしてこの感情は、数知れないほどの機会に、あらゆる地域の少数派の学生たちによって言い継がれたのだ。私たちは、運命の悪戯で、多くの優秀な学生たちのなかで、宝くじに当たった数少ない者だった。勝者として、私たちは同じような幸運が得られなかった学生たちの代表だった。ある者はネルソンのように、本当に優秀だったが間違いを犯した。また他の者たちはそういう道があると教えてくれる人もなく、それどころか、道があることすら聞いたことがなかったのだ。私たちの多くは、選ばれたことに生き残った者の責任を感じていた。私は、もっと楽観的にこれを位置づけようとしていた。祖母が賭けに勝ったとき、この幸運を他の人たちと共有することが大事だといっていた。でも、不安定な、理解できずに錯乱する感じはずっと続いて、うまくいっているときでも、やはり安心はできなかった。

この居心地の悪い環境のため、「プエルトリコ活動」や他の同様のグループの活動の大部分は、新入生の受け入れに力を注いでいた。「差別是正措置」の最初の数年は（実際には、「アイビー」への入学は始まったばかりだったので、私が入ったときには、最初のラテン系の学生はまだ卒業していなかった）一世代後のように、費用対効果の分析を複雑化する多くの要素はまだ存在していなかった。

私たちの子どもの代まで、私たちの仲間は、どの学生もプリンストンの卒業生を親に持つことはないだろうし、貧困社会の出身でない者は稀だろう。典型的な学生は、親戚や高校の指導教官、そしてこのシステムを熟知している先生たちに勧められてプリンストンにやってきた。しかし少数派の学生たちは、すぐ上の先輩以外にはそういう人は誰もいなかった。蔓のからまった壁を風や人の流れに逆らって最初によじ登った者たちは、一歩も先を行ってはいなかった。でも、私たちは、後からくる単に機会に恵まれた人よりも、才能のある若者たちのために、しっかりはしごを支えていたのだ。プリンストンの黒人や、ラテン系、アジア系の学生たちは、それぞれの出身高校に行って、指導教官たちと打ち合わせをし、個人的に知っている前途有望な生徒を募集した。それから、少数派の学生の入学志願書が、入学候補者のなかで山積みになったときには、志願者に歓迎されていることを伝え、少なくとも恐れを和らげるようにした。

この活動は非常に重要だった。というのは、少数派の学生にとっては、プリンストンのような名前は聞いていても、そこに入学できるなどということは考えもしないからだ。高校では、「差別是正措置」と呼ばれるものの存在は知っていたが、実際どのように機能するのか、またその活動範囲についてはまったく知られていなかった。ニューヘイブンの駅で、二人のラテン系学生が私をイェール大学へ連れていくために待っていてくれたときに、彼らが同胞だったことは特別な配慮というより、幸運な偶然だと思っていた。それは単純に、彼らの人種に関することは、政治的な課題ではなく、ケンが私にプリンストンや他のアイビーリーグの大学を考えるようにいってくれたのと同様、好意からなのだろうと想像していたくらいだ。私は、プリンストンのようなところにいかにラテン系が少ないかを、そしてそれにもまして私がラテン系女子であることが、私の入学にとって特別な意味のあることだということを、まったく知らなかったのだ。

新入生の勧誘に加え、「プエルトリコ活動」や他の同じようなグループでは、国民的な問題に関して抗議の声を上げていた。それは高潔な大学の伝統ともいうべきもので、その当時は、ベトナム戦争や、軍へのプリンストンの関与への抵抗が含まれていた。しかし今や戦争は終わり、扇動者になることはあまり気が進まなかった。それは、グループの主張に賛同する情熱がなかったからではなく、腕を組んで繰り返し歌い、人形をぶら下げて通行人に向かって怒鳴るというやり方がはたして有効なのか疑問を持っていたからだ。一石を投じて波紋を広げることは、早急に注意をひかなければならない問題が起こったときには必要だろう。けれどもこういう政治的表現のスタイルは、ときにそれ自体が目的化することになり、もし日常的に使われるとなると、効果がなくなるものだ。常に大声で叫んでいると、人々は耳を塞いでしまう。もし行きすぎれば、ライフルや馬の足音のために、何も聞こえなくなってしまう危険性があるのだ。

静かな実務主義は、華々しい政治参加のようにロマンチックではない。しかし私は、自分を十字軍兵士よりも調整者として見ていた。私の強みは論理性であり、合意を得る能力、あるいは、ある問題について、両者の善、および善意を見つけて、その間に橋を渡す能力だった。私がまず問いかけることは、何が目的かということだった。そして次に、目標を達成するために誰を説得しなければならないのかということだった。対立者との敬意ある対話は、窓の外から怒鳴ることよりもずっと効果があった。ある人の意見を変えたければ、その意見の要件を理解する必要がある。優位に立つためには、まず聞くこと、それは、弁論部で得た永遠の教訓だった！

私たちの急務の一つは、適任のヒスパニックの雇用を増やすという約束の履行のために、管理部門を説得することだった。私たちのような登録された学生は六〇人にも及んでいたが、これは主に、私たちの活動の努力の賜物であり、数年前と比べると大きく増加していた。しかし学部や管理部門には、一人のヒスパニックもいなかった。適任の学術的な人を探すのは難しいという反論があるかもしれないが、本当に一人の管理官すら見つけられないのだろうか。プエルトリコ人が、ニュージャージーの人口の一二パーセントを占めていることは想像もしなかったのだろう。その当時、最高裁は割り当て制を違法だとはいっていなかったが、私たちは割り当て制を擁護していたわけではなかった。私たちが要求していたのは、歴史的な不均衡を是正するための善意の努力だけだったのだ。

悪人はいなかった、ただ怠惰なだけだった。デイリー・プリンストニアン紙に気難しい卒業生たちが手紙を書いたにもかかわらず、管理部門はイメージだけでなく真剣に、公平を期するために多様性を求めていた。「南の紳士のためのいちばん北の大学」という長年の世評は、人種的な統合への反発を生じさせたが、最終的に、健全な自己分析に道を譲った。だからこそ、黒人の学生を採用するために真剣かつ力強い努力を行なったのだ。黒人の教員や管理部門への雇用は遅れていたが、プエルトリコ人やメキシコ系ヒスパニックの雇用よりは進んでいた。雇用契約委員会は、どこを探せばいいのか、どうやって適切な候補者を引きつけるのかがまったく分かっていなかった。だから、紙の上では上級職の採用計画があったのに、遅々として進まず言い訳ばかりだった。管理部門は、私たちの手紙に返事すらよこさなかった。

保健教育福祉省に正式な抗議文を送って、初めてボーエン学長が私たちに関心を持ち、対話が始まった。一ヶ月ほどで、教育省の市民権利局が人を派遣し、私たちと学長室で会議をした。私たちも知らないうちに、プリンストンはヒスパニックの最初の管理官を採用した。しかも単なる管理官ではなく、私たちのような学生のために主張することを役割とする学生部の副学部長として。

私が「プエルトリコ活動」に参加したとき、メキシコ系はプリンストンチカーナ組織という別グループをつくっていた。明らかに、私たちのような小さなグループは別々に活動するべきではなく、共通の関心事には多くの場合行動をともにしたし、パーティーはほとんどいつも一緒にやった（会員数では彼らのほうが多かったので、豆料理にライスよりもトルティージャと揚げものが普通だった。けれども私たちのサルサは、彼らの民謡と同格だった）。また、グループをつくっていないひと握りの少数派学生たちがいた。フィリピン人、ネイティブアメリカン、そして他のラテン系などだったが、私たちの名前の最後に「そして友人たち」と付けて、「プエルトリコ活動」に参加するように促した。私はその響きの差別のない優しさ、そして、それにもまして協調し合う姿が気に入っていた。グループのアイデンティティからどんなに安堵や心強さを得ようとも、門戸を開けておくことはとても重要だった。統合がまだまだなことが私たちの存在理由だった。

プリンストンの少数派学生のさまざまなグループが、第三世界センターを共同で使用し、彼らの間で、施設の運営のために運営協議会の委員を選出していた。公平を期すために、議席はアフリカ系、ヒスパニック系、アジア系と同数が割り当てられていた。さらに、キャンパスでその数が多かったので、通常アフリカ系が占めていた「オープン」セクションの議席が一つあった。私はあえてヒスパニック系としてではなく立候補し、黒人以外で初めて「オープン」議席を獲得した。この勝利を私はとても誇らしく思い、それは、私がよく人の話を聞き、党派間の調整に努めたおかげだと思った。

やることはやった、第三世界センターで受け入れられたと感じてはいたが、少数派のサブカルチャーや心配事に限定したくはなかった。ラテン社会は私の原点だが、一般社会への関与を含め、プリンストンが提供してくれるものすべてから孤立したくはなかった。現在の少数派の学生には、自己隔離の誘惑に陥らないように忠告したい。グループに助けや安堵を求めるのは良いが、そのなかに身を隠してはいけないと。

私は、学生教授規律委員会に参加することによって、グループの外に挑戦する機会を得た。この組織は一般的には、予想される学生の悪行と闘うものだった。たとえば、図書館の本の窃盗、寮の規則違反、飲酒による喧嘩などだ。私たちの「友人」のネイティブアメリカンが飲みすぎて、第三世界センターの窓から家具を放りはじめたときなどは、消え入ってしまいたくなった。絶望のために頭を振った。酔っぱらったインディアン！　まさに、気難し屋の老人たちが手紙を書く格好の材料だった。またもっとも重大な事件は、優秀な学生が巻きこまれて、大学のコンピューターシステムに「ハッカー行為をした」として、不当に告発されたことだ。この事件の真相に迫るためには、私たちが以前直面したどの事件よりも科学的な知識が必要だったが、私はコンピューターセンターでの経験を活かした。この件は、私の最初の司法的な役割だったといえよう。

この国には、プリンストンのように、その歴史が明らかに国家の物語と共存している場所は少ない。広場の真ん中にある大砲は独立戦争の闘いを見てきた。一七七一年のクラスには、偉大な卒業生の一人、憲法を起草したジェームス・マディソンがいた。一七八三年の大陸会議は、パリ条約のニュースを聞くためにナッソーホールで行われた。こういった私を取り巻いている自信に満ちた人々は、いつの日か、世界に貢献する役割を果たすことを信じて世界を飛び回り、またこの歴史の正当な相続人であることも確信していた。けれども、私自身はそこを足がかりとすることはできなかった。私自身のアイデンティティをしっかり確保するために別の歴史が必要だった。プエルトリコの歴史を調べはじめたときに、私はそれを実感した。

それまで、米国、ヨーロッパ、ソヴィエト、そして中国の歴史と政治を学んだが、自分の民族の歴史については何も知らなかった。すべての民族には過去があるが、歴史の尊厳というものは、その過去を学術界が記述し研究することに専念したときに、表面に現れるものだ。ラテンアメリカの歴史と政治の授業では、プエルトリコはほとんど触れられていなかった。

幸運なことに、プリンストンでは学生は講座を企画することができた。すでに数年前にある学生が、プエルトリコの歴史に関する講座を用意しており、私はウィン教授の指導のもと、その計画を見直して必要な数の学生を募集し、これを復活させた。興味を持った人々にとっても、決してたやすくはなく、私が用意した読み物のリストは少なくとも野心的だった。

読み物から浮かび上がってきた歴史は、幸せなものではなかった。スペイン支配下のプエルトリコは、植民地として軽視され、島民が大きな犠牲を払って遠くにいる第三者を豊かにするという政治的設計の負担に苦しんできた。メキシコや南米に向かう征服者への補給とその準備のために必要なもの以外、天然資源や農業の開発にはほとんど力が入れられなかった。その劣悪な統治は、ハリケーンや疫病といった自然災害や、英仏蘭の国策としての海賊船などによりさらに深刻になった。スペインの植民者のために奴隷にされた原住民や、カリブの他の島々からの避難民たちは、一九世紀になってようやく改善されるまで不安定な存在であった。密輸の他には最低限の市民生活や経済活動があっただけだった。スペインの王制により与えられたどんな自由も、しばしばすぐに無効になった。

米西戦争終結後、一八九八年にプエルトリコ、キューバ、フィリピンが米国に割譲されたとき、プエルトリコの人々は、米国の掲げる自由、民主主義、正義の理想を信頼し楽観していた。けれどもそうした人々の多くは、やがて裏切られたことに気がついた。プエルトリコ人の代表者なしに統治され、経済的に搾取されて、多くの島民は単に植民地の主が代わっただけなのだと思い知らされた。

豊か（リコ）な港（プエルト）というのは、幻想にすぎないことは明らかだった。島はいつも貧乏だった。と同時に、古い文化やいくつかの大陸に縛られていた。歴史の布に織りこまれた糸を正しく理解するのに、過去を美化することも、神話に屈服することも必要ではない。

私たちの読書リストの一つだった、オスカー・ルイスの『人生』に、私は深く感銘を受けた。これは議論を呼ぶ本だったが、サンフアン近郊の地区からニューヨークにまで広がった家族の文化人類学的研究だった。汚れた雑巾を白日の下にさらすようなものだったので、多くのプエルトリコ人は嫌悪感を示した。売春の見苦しい光景や、性ばかりを気にするような文化だ。けれども、ルイスが描いたさまざまな人生には、別の多くのことが含まれていた。なかでも、貧困の文化は、その順応性により、困難な状況に対峙するための一連の戦略として存在するという主張だ。この本が、しばしば痛みを伴う自己認識へ私を導いたことは否定できないが、それでもなお、その頁に私自身の家族が投影されているのを見ることは興味深かった。文化の枠組みのなかで、私の家族の伝承歴史を理解しはじめ、また、単なる陰気な気質と思っていたものの、社会学的な原型が分かりはじめていった。

思えば、『人生』に欠けていたものは、長い間、貧しさの陰に隠れていた私たちの文化の豊かさのような肯定的評価だった。私たちの文化にはその回復力を説明できる集団心理があり、それはまた、適切に養い、育てさえすれば、自らの変革が可能であることを意味しているのだ。私はそれを、母の教育に対する崇拝や、共同体に対する信頼、過酷な労働への限りない力、そして根気強さに見ていた。また、祖母の陽気な寛大さ、人生と詩に対する情熱、治療師としての能力にも。こういう強靭な女性たちは、私たちのなかでは珍しくない。この柔軟な強さは、心霊術とカトリシズムがお互いを受け入れてやってきたからだと思えた。

教室での議論は白熱して、往々にして怒鳴り合いになった。何人かは、私たちは植民地の統治者に対してしっかりと立ち向かってこなかったと主張した。他の者は反論した。「ラーレスの叫び」〔一八六八年に山間部で起きた蜂起〕はスペインに対する反乱だったと。一九五〇年代には、プエルトリコ民族運動の兵士が、アメリカに対する武装革命を目指して過激化し、時の大統領トルーマンの命を狙ったり、米国の国会議事堂への銃撃を試みたりした。それは繰り返し行われた。けれどもこのような抵抗の時期は短く、キューバやフィリピンで独立を勝ち得たような定常的な抗争に至ることはなかった。もしアイデンティティというものが抗争から生じ、トラウマが成長と変化を促すとしたら、私たちの抵抗の弱さが、私たちを歴史的に曖昧にしたのだろうか？　キューバ革命やフィリピンの独立戦争は、暴力のるつぼの中で、民族的なアンデンティティを鍛えていった。クラスの仲間の多くが、植民地の権力者との平和的共存をもたらした私たちの性格には何があるのだろうかと、疑問を呈した。

議論は繰り返し島の政治的地位の問題に戻っていった。私たちはある程度の自治と本土との優遇された通商関係を持つ、自由準州としてとどまるべきなのか？　クラスの半数は、それは二流の市民として生きる米国の植民地と変わらないとの意見だった。もし安定性を望むのであれば、市民としての権利は、幾人かが当時私たちの経済に影響を及ぼしていたと主張する税負担を含む、義務という代償を伴うものである。また何人かの仲間は、情熱的な確信を持って、独立だけが私たちの文化や自己決断の正当な尊厳を守ることができると主張した。各々の政治的姿勢の経済に対する影響は、議論の基本であるが、とても複雑なものだった。そして、プエルトリコの立場に関する私の意見を聞きたがる人々には、若い学生の頭の中で競合しているアイデアを、あまり重要視しないようにと忠告するだけだった。

母が私との賭けに負け、飛行機の切符を買ってくれたので、私は二週間のプエルトリコ旅行に出かけ、そこで初めて大人の目で、また構築途上にあった私のアイデンティティに関する新しい意識で島を見る機会を得た。子ども時代に訪問したときから変わっていないものもあった。空港を出てあのときのようにココナッツ水を飲むために立ち止まったが、今回は売り子が、隠し持った瓶から試飲のために少しばかりのロンを加えた。そして昔のように、歳上の親族から順番に訪ね、木から落ちたばかりのマンゴーを味わうことができた。いとこたちと私は、「三ばか大将」を真似るかわりに、ドミノで遊び、踊り、ロンを楽しんだ。見知らぬ人の親切は、まだ驚くほどで、タイヤのパンクを修理してくれたばかりか、それを待つ間コーヒーさえ出してくれた。

多くは知っているものだったが、今やその意味がよく分かった。『人生』に記述されているような貧しさが、サンファンの貧民街にあった。でも、ニューヨークの私たち家族と比べて、プエルトリコの親戚は多少裕福だった。子どもの頃は、今、目の当たりにしている貧困という現実から私は守られていたといえるが、島にも社会的階層があることを、私は最近まで知らなかった。サンフアンでも、優雅な家や裕福な家族、そして高い文化はあったのだ。

子どもの頃にはほとんど気づかなかった島の美しい自然もまた、旅行者の立場ではあったが深い印象を残した。ユンケの熱帯林では、滝がレースのベールとなって静止し、風景を欺いていた。濡れた岩肌がきらめいて霧が谷にまとわりつき、靄が森林を神秘的な青白いケープで包んでいた。ルキージョの浜辺では、寄り集まった雲の下に太陽が現れ、低い角度からココナツの木々に反射し、葉でつくられた光環のように、銀色の光の花火となって輝いていた。夜には、星塵が海に螺旋状に映り入江の暗い水面に光っていた。ほとんど毎日、夕方になると空と海が交わるところに、白金色の夕日を見ることができた。

人々が群がるロホ岬では、長く待たされた末に小さなボートが騒がしく接岸し、一団の人々を乗せ、浅い海を横切ってラトネス島に運んでいた。そこにはキヨスクも売り子も、何の遊興施設もなく、ただ真っ白で混じり気のない砂の裾に広がるサンゴ礁があり、海底が大洋に達するまで、何キロメートルも胸の高さのままガラスのように透明な海を歩くことができた。上から見るとあまりにも透明なので海水は見えず、ただ、岩や砂、海底にゆらめく海藻が見えるだけで、まるで映画のなかの夢のシーンの始まりのようだった。

ニューヨーク育ちで、典型的な都会っ子だった私は、今までそれほど自然に慣れ親んでいたわけではなかった。キャンパスでの最初の週に、コオロギがどこで鳴いているのか探すために部屋の中を滅茶苦茶にしてしまい、ケビンが窓の外の木にいるというまでやめなかった。

私はまた、馬と牛の区別がつかないことでも有名だった。けれども海はたった一つの例外だった。オーチャード・ビーチの喧騒、家族ピクニックの賑やかさ、人波や車の渋滞の中でも、波のリズムに無限の静けさを見つけることができた。ブロンクスの浜辺に平穏を見ることができる人なら誰でも、プエルトリコに天国を見出すだろう。

成人した私の島への旅で明らかになったことは、授業で取り上げられた政治的問題、特に島の立場に関連することが、どのくらい日々の生活に浸透しているかということだった。至るところにシンボルがあった。州昇格派はココヤシ、自治拡大派は七面鳥、独立派は緑に白の十字といった具合だ。皆が新聞をむさぼり読んで、各候補者の経済開発、教育、保健、汚職といった点についての態度を詳細に分析していた。選挙運動の期間中、マヤグエス広場では、それは他の多くの村でも同様だったと思うが、ある党の宣伝カーが他党のそれを通さないといったことで交通渋滞が急増した。すべては、メガホンの騒音や波打つ旗の中にあった。それは大変な混乱だったが、少なくとも人々は興味を持っていた。最近の選挙でもじつに島民の八五パーセントが投票に行ったとのことだ。

今も選挙の年には同じだが、この熱狂的な興奮は島じゅうに取り憑き、かつて本土のプエルトリコ人が経験した政治的無関心とは大きく違っていた。私は、母との賭けに勝ったその夏も、プエルトリコに行く前、いつものようにプロスペクト病院の事務室で働いていた。そこでフリードマン医師が、彼の共同体活動の一環として、私にニューヨーク市長選で結果的に敗れたエルマン・バディージョの選挙キャンペーンの助手の仕事を数週間やらないかといってくれた。バディージョは、州下院の初めてのプエルトリコ人議員だった。そのとき私は初めて、民主主義の大きな流れのなかで影響力の少ない、声のない共同体を元気づけるのがいかに困難であるかを知った。

ニューヨークのプエルトリコ人は、その当時、自分たちの票など勘定に入っていないと感じていたのだ。選挙登録することに、労力をかける必要があるのだろうか。彼らは差別を肌で感じていたので、自分たちは二流の市民であり、本土の社会では決して成功しない、適合しない人々だと見られていることを知っていた。下層階級から、そして貧困の悪循環から脱出するチャンスは、同様に疎外されている黒人たちとあまり変わらず、そして、おそらく英語を話さない者たちにとっては、もっと状況が悪かった。

反対に島のプエルトリコ人たちは、少数派として生活したことがないので、そのような意識はなかった。彼らの世界のなかでの不平等はあったが、プエルトリコ人であるということでは、誰もその尊厳を傷つけられることはなかった。準州に満足する者であれ、州昇格を望む者であれ、独立派は別として、みんな米国人であると決めてかかっていた。自分たちは米国領内で米国人の両親から生まれた米国市民であると。だから、外国人（合法、または非合法の移民）と間違われることは、ショックだった。

ニューヨークのプエルトリコ人社会が貧困から抜け出し、尊厳を取り戻すためには、島での教訓から学ぶ必要があることに私は気づいた。二つの社会、島民と本土の人はお互いの利益のために協調すべきなのだ。

プエルトリコの歴史の授業の最後に、ピーター・ウィンは、家族の歴史の聞き取り、という素晴らしい企画を提案してきた。これは真面目に歴史を知ろうとする学生の誰にとっても適切な課題だった。対象となる人から一対一でじっくりと話を聞き、それをキッチンのテーブルに置いたテープレコーダーで録音するのだ。皆が皆、このアイデアに賛同したわけではなかった。「時間の無駄だ！　何も面白いことなどなかった」そして、ある人は不承不承、ゆっくりと口ごもりながらインタビューを受けた。またある者は手慣れた語り聞かせを、驚くほど熱をこめて冗舌に繰り広げた。

かつて聞いたことのない話が多いことにも驚かされた。皆ニューヨークに来てから、過去を置き去りにしたのだ。本土で新しい生活を始めるにあたって、苦難や極端な貧困の記憶は無用だった。今、やらなければならないことが山ほどあるのに、誰が、過去を思って生きる余裕があるだろうか。母は小さいときのことをほとんど話してくれなかった。今、最初は躊躇（ためら）いがちではあったが、彼女の母親の死や、孤児としての孤独について明らかにし、しだいによりはっきりと、軍での日々やニューヨークへの到着、祖母の家での新しい家族との出会いを語った。父についてはあまり語らなかった。そういう話は、前述したように、最近になってようやく明らかになった。

プリンストンでの読書の体験は、私の家族の思い出と重なって歴史をより鮮明にし、同時にその人々のありのままの人生に、研究の価値があるという尊厳を与える効果をもたらした。たとえば、「ある女性は、一二一枚のハンカチを仕上げるのに一〇時間かかったが、それで二五セントを得ていた」ということを読んだとき、私は、アウロラ伯母が針を持ち、母がアイロンをかけている姿が目に浮かんだ。これらの人生は、大きな歴史の因果関係の外で生きていたわけではない。私たちが真の米国民になったのも、米国の戦争が発端だった。私の母が志願することを決心しただけではなく、そのずっと前、二〇年も手間取った後、一九一七年に米国がプエルトリコ人に市民権を与えたちょうどそのとき、私の祖母の最初の夫である祖父が、他のプエルトリコの青年の一団とともに第一次世界大戦に徴集されたのだ。戦争の後、祖父はマナティの工場で煙草を巻いていたが、語り手が、巻き子たちを楽しませようと小説や新聞を音読するのを一日じゅう聞いていた。私の調査から、煙草工場の工員の一日の給料は四〇セントから一ドルであったことが分かった。そしてその祖父の生命をも奪った結核が、島でもっとも多い死因だったが、特に煙草の粉に汚染された空気のなか、長時間働いていた者たちには致命的だったのだ。

祖母の母親から話を聞く機会を失ったことを皆、とても残念がった。祖母が育ったマナティでの曾祖母の思い出は、島がまだスペインの統治下にあり、「豊かな港」(プエルト・リコ)だったことを生き生きとよみがえらせる。遠い昔の歴史は、今生きている者が直接体験したものではないが、継承者たちの思い出の中に生き延びている。聞いたところでは、ソトマイヨール一族は、プエルトリコの開拓者の子孫ともいわれ、母方もまた資産家だった。スペインの貴族階級とつながっているという噂も聞いた。何らかの形で運命は逆転したのだ。もしかすると、賭け事の借金で土地を取られたのかもしれないし、相続権を奪われたのかもしれない。古い歴史の断片は絡み合いすり減って、家族の騒がしい論争のもとに長い沈黙を余儀なくされていたが、ときにそれらは疑いなく、魅力的な色を帯びていた。

私の家族の運命の変化は、島の経済状況にも影響を受けていた。コーヒーのプランテーションは分割して売られ、昨日までの大地主は、他家のとうもろこし畑で働く労働者になった。島では子どもに労働をさせることも子どもが読み書きができないことも普通だった。女子は一三歳か一四歳で結婚した。私の家族は山腹の広い家から、サンヘルマンやラハス、マナティ、アレシーボ、バルセロネタといった村に引っ越した。それからしばらくして、当時のサンフアンのサントゥルセの貧民街に移った。さらに本土の人員募集に応じ、古い米国艦船のジョージ・S・シモンズに乗って多くのプエルトリコ人とともにニューヨークへと渡った。船での往来は、パンアメリカン航空が始めた安い航空券で、乗り合い飛行機のように本土と島を往還するようになるまで続いた。私たちは移民ではなかった。島と自由に行き来し、島との結びつきを切らずにニューヨーカーになっていた。

すべての結びつきのなかで、スペイン語の果たした役割は大きく、それはスペインやラテンアメリカの音楽や詩文、そして歴史や文学の扉を開く魂の暗号だった。しかしそれはまた足かせでもあった。アルフレッドは小学三年生でプエルトリコから南ブロンクスへ引っ越したときのことを語った。彼の経験は皆に共通したものだった。転校した生徒に対する何の支援もなく、授業についていけないままその不足を補う手段もなかった。その後も教師たちはただ肩をすくめて、次の学年に送るだけだった。その年にたった一つの単語さえ理解したかどうかにも無関心だった。優秀な男の子たちは、最終的には自力で言語を習得し、数年遅れただけで学業を終えた。けれども「白人の子どもたちがいつも先を行っていた」とアルフレッドはいった。「彼らの後に黒人の子どもたち、そして最後がプエルトリコ人だった」

従妹のミリアムは、うなずきながら録音を聞いていた。その当時、彼女はハンターカレッジのバイリンガル教育を専攻していた。それから数十年間、彼女は教師としての使命に情熱を持ちつづけている。「私たちが望んでいたようなレベルの教師になりたいの」と私にいった。彼女は公立の学校ではうまくいかなかった。そこの教師たちはラテン文化についてほとんど理解せず、注意されているときには敬意を払って視線を落とす、という教育がなされていることも知らなかった。そのような態度をすれば、さらに叱責されることになった。「私が話しているときは、顔を見なさい！」

私自身も同じような恐れを感じていた。ブレスト・サクラメント校での最初の数年、成績が「C」の生徒として、規則を振りかざす黒いベールの尼僧（シスター）たちにおびえながら苦労したことを思い出す。この拷問は、父の死後、母が家で英語を話す努力をするまで軽くはならなかった。今となれば明らかだが、授業を理解できなかったのは愚鈍だからではない、ということを知る術がなかったのだ。もし父の死がなかったら、もしあの悲しみの夏、本を読んで過ごさなかったら、もし母の英語がおばたちと同じようだったら、いったいどうなっていたのだろう。プリンストンに行けただろうか。

最近、あのときの録音がまた姿を現した。今それを聞くと、そこには私の本音が表れている。私は意見を述べ、家族の側に人種偏見のわずかな兆候でもあれば、強く反発していた。そのような反応は、私がプリンストンで身につけたものだった。私の家族のように、この本土でこんなにも偏見の対象になってきた人々が、肌の色を社会的地位の指標とするような偏見に囚われていることは、理解に苦しんだ。どうして、先祖のどれくらいがスペインからきて、どれくらいがアフリカからきたと、肌の色で判断するのか。そしてまた、私がアナやチキに、女性の役割は文化がつくったものだから、変えることができるのだと説教しているのを聞くと恥ずかしくなる。「マーガレット・ミード〔米国の文化人類学者〕を読みなさいよ！」と私は怒鳴っていた。「パプア・ニューギニアのある部族では役割が反対なの。あなた方が、男性の役割と考えているものを女性がやっているし、ここで女性がやっていることを、あちらでは男性がやっているの」

「それはあちらの話。ここは違うわ」とチキが結論づけた。彼女は物知りの学生の戯言を信じなかった。私の意見は哀れで恥ずべきもの、同時にまた滑稽なものだった。私自身の偏見も、私の情報提供者と同様、ふいに現れた。録音に夢中になっているときにはプリンストンで辿ってきた道のりを感じたが、誰かに逆上させられるとそれは簡単に消え去った。どちらの世界にも引っ張られたが、多くのとき、私は両者の間に宙ぶらりんになっていたのだ。

私は四年生の学士論文のテーマに、ルイス・ムニョス・マリンを選んだ。彼は米国の大統領によって指名されたのではなく、プエルトリコで初めて選挙で選ばれた知事で、プエルトリコの近代化をはかるために産業に力を注いだ。私は彼の出身地である地方のプエルトリコ人の組織が、選挙で勝つような政治的な力を持ったことに着想を得た。私は私たちの共同体がリーダーを生み出すことができると信じなければならず、それにはモデルが必要だった。もちろんそういった感情が、論文の言葉や論理に入りこまないようにしなければならないことは分かっていた。それは歴史家の仕事ではないのだ。しかしそのことは、長時間の作業を前に進めていく力を与えてくれたし、ムニョス・マリンが、彼の初期の成功がのちに経済的問題を生じさせたがために晩年はあまり幸せではなかったこととのバランスをとるものとして役立った。私にとって、これほど生産的な研究は他に想像できなかった。

ある朝、地元の新聞の小さな見出しが私の目を引いた。英語を話せないヒスパニックの男性が、ニューアークの空港に迂回していた飛行機に乗っていた。誰も、彼に対して、どこにいるのか、何が起こったのかを説明できるほど、スペイン語がうまく話せなかった。そして彼はフラストレーションと混乱のため、騒動を起こしてしまった。彼はトレントンの精神科病院に連れていかれ、そこでスペイン語の分かる職員の助けを借りて彼の家族と連絡をつけるまで、何日も監禁された。この記事の内容に私はとても憤りを感じ、受け入れることはできなかった。

病院に電話をしていくつか質問をすると、英語を話せず、スペイン語を話す人ともときどきしか会話ができないために療養を長引かせている患者が何人かいることが分かった。精神科の患者が自身の混乱と、その人の健康を見守る人々との会話が成り立たないことで、病状を悪化させているというのは残酷以外の何ものでもない。

トレントンの精神科病院は、「プエルトリコ活動」の影響下にはなかったので、プリンストンのように、管理部門に、ヒスパニック系をもっと雇うように圧力をかけることはできなかった。そこで観点を変え、「プエルトリコ活動」でボランティアを企画し、私たちのメンバーが定期的に病院を訪問して、患者の必要に応じて通訳をしたり職員との仲介ができるようにして、常に誰かがいて目が届くようにした。またビンゴをやったり、グループで歌を歌う夜もあった。精神は痛めつけられていても、彼らの両親が歌ってくれた歌の思い出に慰めを見出すことができるのだと分かった。私たちが、感謝祭とクリスマス休暇で家に帰る前には、寮のキッチンではとてもできない手のこんだ伝統的料理を、母たちや伯母たちの協力を得て準備し、患者たちと一緒にお祝いをした。

このトレントンでのプログラムは、私にとって、共同体で初めて経験した直接的な奉仕活動だったが、私は自分でも驚くほどこの種の仕事で満足感を得た。努力は控えめなものだったが、大きなスケールで機能し、多くの人に対応していることを実際に目の当たりにすることができた。しかしながら、慈善活動の複雑な運用は私の想像を超えており、やはり政府がサービスを提供すべきものだと思った。このようにして、私は公共サービスにこそ最大の職業的な満足を見出すであろうと考えはじめていた。

「Feliz Navidad（クリスマスおめでとう）」と書かれたポスターの下に、患者たちのために折りたたみ椅子を並べた。テーブルの上には、パーティー用のケーキや、ライスと豆料理を置いた。この人たちが静かに注意深く耳を傾けるとは思えなかったが、ドローレスがギターを爪弾くと、蛍光灯の硬い光が和らいだような気がした。私たちはスペインのビジャンシコス〔子どものためのクリスマスの歌〕や、クリスマスキャロルを歌った。けれども、彼女の声が本当に輝いたのは、古いメキシコの流行り歌を歌ったときだった。ニュージャージーの静かな冬の夜、傷ついた魂を静めながら。

Dicen que por las noches
no más se le iba en puro llorar
（毎夜、泣いてばかりいたという）

〔「ククルククパロマ」の一節〕

ドローレスは、過酷な境遇にあった男性が死後も鳩の姿を借りて愛する人の家を訪ねつづけるというメキシコのバラードを歌った。そういう感情を知らない私まで虜になってしまい、彼女が孤独な鳩の歌を歌っている間、身動きができなかった。ククルクク……。

聴衆のなかに、ずっと遠くを見ている老婆がいた。いつものように表情がなかった。彼女はいつも無感動で、私たちがトレントンに通いはじめてからもひと言もしゃべらなかった。

そんな彼女ですら、その夜ドローレスが歌っている間、足で小さくリズムを取りつづけていた。

第18章

フェリース・シーは、夕食にコモンズまで歩こうと私の机のところで待っていた。アイルランド人特有の抜けるような白い肌をしていて、少しでも不快なことがあると顔色が変わるので、私は彼女の反応を読むことができるようになっていた。彼女の耳が赤くなっているようすを見て、どうしたのかと訊ねた。

「本当に、私が嗅ぎまわっていたとは思わないでほしいの。でもね、ソニア、屑かごの手紙を読まずにはいられなかったの……」

「あれはただのクラブの宣伝よ。私から会費を取りたくて、ちょっとした安物に私の名前を彫って、もっとお金を要求しているの。詐欺よ！」

フェリースは、「ファイ・ベータ・カッパ」〔一七七六年創設の全米優等学生友愛会〕が、完全に合法であることを私に説明している間、いまだかつてないほど恥ずかしそうにしていた。そして合法どころか、実際大変な名誉であり、たとえ自分が会費を肩代わりしてでも、あなたは会員になることを受諾しなければいけないと言い張った。フェリースは優しく親切だっただけではない。両親が大学教授だったので学術界に詳しく、また、私には分からない多くのことで、私の指南役だった。私は、プリンストンに四年いて、この分野をよく知っていると思っていたが、最終学年になってもまだ時折、まるで新入生のように感じることがあった。フェリースからお金は受け取らなかったけれど、彼女の助言は受け入れた。

その少し前に同じようなことがあった。電話が鳴ったとき、私は寝ていた。相手は、学生部の学部長アデル・シモンズだと名乗り、私が「パイン賞」〔プリンストンの最優秀卒業生に授与されるもの。一九二二年に創設〕を受賞したことに対する祝辞を述べた。私はデイリー・プリンストニアン紙は気にしていなかったので、パイン賞のことは知らなかったが、例のパブリシャーズ・クリアリングハウス〔くじに当たったといって電話をしてくるセールス会社〕ではないかと思うほどの熱がこもった学部長の声から、きっと重要なものなのだと判断して、驚きと感謝の気持ちを述べた。電話を切ってフェリースに電話をするまで、「モーゼス・テイラー・パイン賞」の完全な定義は分からなかったが、どうも、賞が授与される卒業生たちの昼食会で、スピーチをしなければならないようだった。フェリースと私は、その場にふさわしい服装について話し合い、買い物に行こうとしたが、そのとき、彼女がとても重要なことを教えてくれた。「パイン賞は卒業生が得ることのできる最高の栄誉なのよ」

そろそろお役御免になりそうな「プリンストン専用」のレインコートを買ってもらって以来、まともな買い物をしたことがなかった。私の洋服一式は、洗濯用の袋に入るほどしかなく、バスで家に持ち帰るのも簡単だった。ジーンズが三着とタータンチェックのパンタロン、そして何にでも合う数枚のブラウスだ。夏のアルバイトで正式な服装をしなければならないときには、アルバイト先の病院の制服を使った。フェリースと彼女の母は、私をメイシーズに連れていき、五〇ドルで素敵な服を選ぶのを手伝ってくれた。今まででいちばん高価なスーツだったが、それを着たときの気分を考えると、いい投資だったと思う。

その日の体育館は、いつもと違っていた。机には白いリンネルがかけられ、食器や花が置かれていた。卒業生、教授、学部長など大勢の人々がいて、みな挨拶や祝辞を交わし合い、大声をあげたり手を広げたり、満面の笑みを浮かべたりしながら、杯を高く上げていた。私はこの晴れがましさに少々戸惑い、不謹慎かもしれないが、なるようになれと思ったりもした。でも、とにかく何といっても素晴らしいと感じた。懸命に働き、努力してきた甲斐があったのだ。私は期待を裏切らなかった。

ここ数年の卒業生のなかには、それまでのプリンストン卒業生のイメージを変えた女性や少数派の人たちがいた。私の一年か二年前に卒業した人たちもいて、マルガリータ・ロサはこの日のためにハーバードの法科大学院からきていた。他の人たちは、それまで名前しか聞いたことがなかった。ヒスパニック系の卒業生は、ほとんどみな参列していたが、誇らしさと連帯感でいっぱいになり、それがその場の雰囲気を盛り上げていた。もちろん、私の家族は一団となって参加していた。母は呆然としながら笑顔で座り、彼女を祝福する友だちや知人に気づくと、幸せそうに喜びを表していた。私はといえば、にこにこしすぎて顔が痛くなってしまった。

体育館の丸天井とスコアボードがはるか遠くにあり、数百もの見知らぬ顔が上を見上げていた。それはまさしく子どもの頃、スピーチをするために壇上に登ったときの光景で、私は緊張感に胸が押しつぶされそうだった。第三世界センターの関係者やその家族たちの小さなグループを除けば、ほかは皆、白人だった。それもまた壇上を思い出させた。パイン賞は、二人の学生に与えられることが多かったが、学問的に優れているだけではなく、「プリンストン大学が重要だと思っていることへの効果的な」リーダーシップを認めるものだった。規律委員会で私が努力したことはこの賞を得るうえでの重要な要素だったが、プリンストンは、「プエルトリコ活動」や第三世界センターでの私の仕事が、その組織の数十名の学生たちのためだけではなく、より広い共同体のためだということも認めたのだ。多様な共同体の活力は、多様性自体だけではなく、以前には部外者とされていた者たちの帰属意識を促すことにも依存する。これらのグループのもっとも大きな目的は、自己亡命でも、特別な嘆願でもなかった。それは古いプリンストンと新しいプリンストンのつながりを育てること、そしてお互いに認め合うことで、それなしでは、組織が全体として成長することも発展することもできない。

これは個人ではなく、共同体及びその友人たちの業績なのだ。私はスピーチのなかで、この協力に感謝したい、また最近の卒業生のなかで、私と同じような経験をしたマルガリータ・ロサのように、障害を取り除き、道を切り開いてくれた人々に感謝したいと思った。そのおかげで今日の私があるのだ。

「私が代表している共同体の人々は、さまざまな異なった意見、文化、そして経験を有しています。けれども、共通の絆が私たちを結びつけています。私たちはこのプリンストンの素晴らしい伝統のなかで、私たちのアイデンティティに対する絶え間ない挑戦に対する緊張や、孤立することの欲求不満もなく、明確に存在しようとしています。いろいろなやり方やスタイルで、ある者は声高に、また他の者は寡黙に、私を含めたプリンストンの少数派は、さまざまな努力が受け入れられる環境をつくり上げてきたのです。今日のこの賞は、プリンストンにはいろいろなグループがあり、それぞれ固有の伝統に誇りを持っているということを気づかせるために、一緒に働いてきた人々のものです」

「しかしながら、プリンストンが、私たちの存在や思考を受け入れることは最初の一歩に過ぎません。私にとって、またプリンストンにとっての目標は、単に認知されるということ以上のものです。今日が、私たちすべてにとって新しい時代の始まりであることを信じたい。この新しい時代に、やり方が異なるすべての人々を受け入れて調和させるために地平をひろげることで、プリンストンの伝統は、ますます豊かになるでしょう」

集まっている人々を見ながら、私は、まだここに来ていない少数派の学生たちが、近い将来、演壇から見る顔を、より多様なものにするだろうと想像した。もし、彼らが私の声を聞くことができたなら私はこう話しただろう。あなた方の共同体の強みを発見するためには、内側だけではなく外側も見なければならない。壁をつくるかわりに橋をつくりなさい。

春が過ぎ、夏になって、試験や最後の仕事も済んで、私の卒論の見直しも終了した。卒業に際し、ピーター・ウィンの部屋に呼ばれ、私が「スーマ・クム・ラウデ」〔もっとも秀でた者の意、首席〕で卒業するといわれたとき、何だかわけが分からなかった。いま一度、本当に喜ばしいようすで話してくれたので、それがどういうことなのか聞くのもはばかられた。そのときは、とても満足し名誉だと振る舞っていればよかった。最終的に、このラテン語の「スーマ・クム・ラウデ」の翻訳を探しあてたが、調べなくては分からないなどとは、なんて皮肉なことだろうと思った。たぶんそのときには、ある程度、自分の不安とうまく折り合いをつけていたのだ。プリンストンでいつも感じていた不安は、完全にはなくならなかった。多くのA評価や、受賞した栄誉をもってしても、折に触れ、ここでの私の存在は一般的なものではなく、例外的なのだということを思い知らされる孤独な瞬間があった。

現実世界へ戻っていく最後のしきたりとして、学友たちとナッソー門から出たのだが、イェールで法律を勉強するために秋にはまた「アイビーリーグ」に戻ることになっていた。その間、マンハッタンの保険会社の社会的責任部門の調査の仕事をすることで、米国の企業世界を垣間見ることができるはずだった。けれども、それには失望した。私は、生産的であるべき人々がどんなに時間を無駄にしているかを見てあきれ返った。それはその前年の夏、ニューヨーク市の消費者庁で働いていたときにも感じたことだったが、保険会社の場合は営利目的のビジネスだということを考えるとさらに不思議だった。

そのときまでに、ジュニアは、カーディナル・スペルマン高校を卒業し、ニューヨーク市立大学で、医学部進学のための準備プログラムの一年目を修了していた。彼は、子どもの頃から医師を目指していたわけではない。彼の希望は、何かしら私がやることと違うことをやること、私の影響を受けることの少ない、なるべく遠くに彼自身の道を見つけることだった。その頃は、私たちの喧嘩は穏やかなものになっていたが、二人とも自分のことに忙しく、相手を気にする余裕はなかった。けれども、何か困ったことがあると、お互い真っ先に相談したものだ。私たちだけが共有してきた体験から、何も説明などする必要がなかった。家族はいつまでも家族だ。

その夏の私たちの重大な出来事は結婚式だった。ケビンを祖母に紹介したときから、皆、私と彼は結婚するものと思っていた。振り返ってみれば、それはなんと自然で当たり前だったことだろう。ずっと前から、私は二八歳で結婚すると仮定していたが、それはケビンとの関係というよりも、他の人たちのような過ちを犯さないためだった。私のおばたちは、一四か一五歳で結婚していたし、いとこたちも一八歳だった。私は順序を追って物事を行いたいと思い、まずは、教育を修了しようと考えた。けれども私がイェールで法律を勉強しはじめること、そしてケビンが卒業後、勉強を続ける計画がまだはっきりしていないことから、彼も、私と一緒にイェール大学のあるニューヘイブンに移ることが合理的だと思われた。私たちの世界では、そのためには結婚する必要があった。

結婚式についての考えは、私と母では極端に違っていた。私の見方は、質素で控えめ、実務的だった。母の考えは常軌を逸していた。彼女自身の結婚式は、役所に行って、祖母の家で食事をしただけで、教会で祭壇まで歩いていなかったので、代わりに私がやらなければならなかった。細かい点までいちいち議論したが、彼女は私に罠をかけたりもした。もし、私が招待客の人数を調整するために人を減らそうものなら、彼女はその人と出くわすように仕掛け、私が不快さをごまかすその前で、「招待状がもうすぐ届くから」というのだった。

この式に関する騒動は、私のためというよりは、彼女の希望なのだと分かってから、私は我慢して、もっとも厄介ではない方法で、希望通りやらせることにした。私はいちばん安上がりなやり方を求めて町中を探しまわった。妖精物語に出てくるような結婚式のためのこまごまとした美しい品々は、昔よりもっと高価になり、今や法外な値段だった。

「一回しか着ないのに何百ドルも払うなんてできないわ。私はやらない！」

「じゃ、何を着るの、ソニア」

何度、こんなやりとりを繰り返したことだろう。エリサは私の救いだった。彼女は母の昔からの友だちで、ブロンクスデールハウスで近所に住み、しかも洋服の仕立てをやっていた。私たちがコープシティに移ってから、もうずいぶんそこには行っていなかったが、エリサを訪ねたとき、何て部屋が小さくて狭かったのだろうかと驚いた。私はAラインの簡単な服の図を描いた。「これが、私の欲しいものよ」母の目に、沈んでいく船のなかの水のように恐れが上がってくるのが見えた。

「その服は単純すぎるわ。もっと工夫がなければ」

「私の結婚式よ。他のことはみんなママが決めたじゃない！」

エリサの目の前でこんな喧嘩をするなんて信じられなかったが、エリサは自身の経験から、母と娘の関係を理解し、うまく扱ってくれた。「ソニア、単純さを保ちながら、ここやここに刺繍を入れれば、ずっとエレガントになるわ……」

このように、親族や友だちの助けで、計画は少しずつ形になっていった。ジュニアは当時まだサンパトリシオの司祭助手をしていたが、そこで働く者の特権の一つは、大聖堂で家族の結婚式のミサが行えるよう、手配できることだった。また、保険の営業の仕事をしていたアルフレッドのつてで、リムジンのレンタルサービスを営んでいる顧客が、三台の古いロールスロイスを破格の値段で貸してくれた。

高校時代からの大親友マルグリットが、私の介添え役を引き受けてくれた。彼女は私の独身お別れ会を企画してくれたが、それは簡単なことではなかった。みなニューヨークっ子だが、それぞれの信条や伝統が根を張っていて、もともと家族がどこからきたかによって考え方が違っていたからだ。日曜日の午後、アフターヌーンティーとパンチだけがいいかしら？それとも、土曜日の夜にロンと本格的な食事にダンス、もちろん男性も招待するでしょ？ポーランド、ドイツ、アイルランド、そしてプエルトリコが交わる心情的に等しい距離のところで、彼女たちはようやく折り合いをつけた。

「ソニア、贈り物はどうするの？」母は本当に心配そうだった。彼女が心配していたのは、何も知らずに結婚式の夜を迎える花嫁に贈られる、内輪の、ときに大胆な品々だった。こういう面白いものの他に、実用的な贈り物もあった。トースター、電気掃除機など、家庭生活に必要なものだ。習慣として、女性は贈り物を渡すために早めにきた。男性はこれらのことに関わる必要はなかった。私はこの習慣をやめるよう、おばたちや従姉妹たちに頼むことは考えられなかった。敬意が不足していると思われただろうし、いずれにせよやめなかっただろう。私たちにできることは、繊細なアイルランド人が、ニューヨークのプエルトリコ人たちのユーモアにあきれ返るという事態を回避することだった。贈り物が披露され皆に回覧されるときのために、席順をうまく配置し、また、他に注意をそらす作戦を練った。

プエルトリコ式の結婚のしきたりでは、おばたちが、新婦の母親に何か足りないものはないかと聞く。たとえば、グロリア叔母は私の服に合う銀色の靴を買いに連れていってくれた。ケビンの家族のように、質素なアイルランド系アメリカ人の家族の場合も似たようなものだった。結婚式の招待客たちは、相当な額の現金を祝儀として渡した。これが、若いカップルにとって彼らのなすべき義務であるパーティーにかかる費用、そして新生活を始めるための資金になるのだ。

その大事な日、新婦を美しく仕立てようと意欲を燃やす女性の一団が私を起こし、ベッドから引きずりだした。私よりひと手順先行している母の準備も指示しながら、しゃべりつづけていた。

「セリーナ、早くシャワーから出て！」

「髪が先、それともお化粧が先？」

「誰がこてを持っているの？」

私は人の手から手に渡され、まるでマネキンのようだと感じた。階下に車が到着してエンジンがかけられ、ようやく私は話すことが許されたが、とても大事なことを忘れていた。インスリンを打つために、何か食べなければならなかったのだ。母は混乱して動けなくなってしまった。台所にあったものは行ったり来たりしているうちになくなってしまったので、いとこのトニーが向かいのカフェテリアまで、七面鳥のサンドイッチを買いに走ってくれた。私は注射を打ち、タオルをよだれかけのように巻いてサンドイッチを貪り食べた。部屋は女性陣であふれていたが、誰かが、洋服をからして汚さないでと怒鳴っていた。それから私たちは出発した。

教会ではケビンが、貸衣裳ではあるが、モダンなタキシードに身をつつみ、誇らしげに輝いていた。マルグリットは、花束に隠した角砂糖をそっと私に見せた。万が一、花嫁の血糖値が下がった場合に備えてのものだった。いとこのミリーが、夫のジムや母親のエレナと一緒にきてくれたのはとても嬉しかった。彼らは、母の兄マヨの再婚した妻との家族で、私が生まれる前、最初にプエルトリコからきたときに、父や母と一緒に暮らしていたのだ。今は州の北部に住んでいたので、あまり会うことはなかったが、私は彼らのことがとても好きだった。ミリーはドミノが得意で、私に遊び方を教えてくれた。彼らがそばにいると、結婚式が幼い頃のパーティーのように思えて、不思議な感じがした。

私たちは教会での儀式を終え、クイーンズの結婚式用のサロンで、一〇組以上の他の結婚式のパーティーと一緒に、明け方まで踊った。こうして散財した贅沢な夜は、セントラルパークを望むサンモリッツホテルの部屋で終わりを迎えた。宿泊カードにソニア・ソトマイヨール・デ・ヌーナンと署名して、とても幸せだった。ホテルに着いたときにはもうルームサービスは終わっていて、私は空腹で死にそうだった（祝宴ではあんなにたくさん御馳走が残っていたのに）。ケビンは紳士らしく、雨のなかを、ポテトチップスつきの脂ぎったハンバーガーを求めて、何筋もの通りを歩いた。

部屋のなかで、ケビンは結婚の贈り物の最後の封筒を開けた。それはひと握りのクエールードというドラッグで、彼のストーニー・ブルックの同僚からだった。私は怖くなって洗面所に捨てるように言った。

「彼らに返すべきじゃないかな」と彼は抗議した。「とても高いんだから」

私は信用できなかった。私は、「彼らがこれを見たら、俺たち殺されるよ」と、ぶつぶついいながら彼がその錠剤を洗面所に流すのを見ていた。

結果的に、結婚式は私が恐れていたほど悪くはなかったが、やはりこういう大袈裟なことは好きになれなかった。今でも私は、いとこたちや、そして未来の花嫁たちに忠告したい。ショーのことは忘れてお金を残しなさいと。そうはいっても、誰も私のいうことなど聞かないのだろうけれど。

第19章

私たちの結婚が決まったのは自然のなりゆきだったが（私たちのようなカップルにとっては当然のことだった）、結婚後の夫婦というものについて、深く考えていたわけでもなかった。単に友だちとして一緒にいたことの延長で、家庭生活を始めようと思っていただけだった。私と同じように、ケビンもまた父親を早く亡くしていた。二人とも結婚生活がどういうものか想像させてくれるモデルがなかったのだ。テレビのコメディーが私たちの参考だった。そういう意味では、その頃の番組のもっとも進歩的な例を頭に描いていたのかもしれない。そこでは、夫婦がお互いに大学院での勉強を助けるために、交代で家事や金銭面を分担していた。

ケビンの今後の計画はまだはっきりしていなかった。医学部に入学申請していたが、科学の研究の道も考えていた。法律にも興味があった。一緒にＬＳＡＴ（法科大学院入学試験）を受けたが、彼のほうが成績は良かった。頭が良く、どんな道でも選べただろうが、それを前に進めるためのギアが入っていなかった。彼は暫定的に生物学部のアシスタントの仕事を見つけ、私は法科大学院の謄写版刷りの仕事を選んだ。私の学費は奨学金ですべてカバーされていたので、生活のためのお金だけが必要だった。

私たちはニューヘイブンで、治安が良く手頃な物件をくまなく探し、ようやく、大学から一・五キロメートルのホイットニー通りに、以前下宿屋だった小さなアパートを見つけた。大家は弁護士にいい印象を持っていなかったので、交渉はケビンにまかせた。その家には作り付けの家具があり、それは収納用のトランクにも、ソファにもなった。居間とは別に寝室があり、小さな台所もついていた。私たちはこの家が大好きで、イェールに通っている三年間、そこで暮らした。すべて中古の家具ばかりだったが、それでも二人のはじめての家、愛の巣と自立が甘く混じり合って、幸せに輝いていた。

ケビンは私たち家族の一員として犬を買うことを決め、愛すべきスターが加わった。グレイハウンドの雑種で、明るい栗色の小犬だったが、足は鋼のバネのようで、何にでも噛みつこうとした。その最初の犠牲となったのは、私の結婚式の靴だった。とてもきれいな銀色のサンダルで、グロリア叔母が大枚をはたいて買ってくれたものだった。一晩だけそれを履いたわけだが、実をいうと、履き心地はまったく良くなかった。

前にもいったが、家事は二人で協力し合った。私はケビンに自分の給料を渡し、彼が勘定を払った。私が掃除をしてベッドをなおし、ケビンは床にモップをかけた。彼が洗濯し、私がアイロンがけをした。私が買い物をして料理をつくり、彼がお皿を洗った。卵のゆで方やもろもろのことを料理本『ジョイ・オブ・クッキング』で習った。分からないことがあると、マルグリットの母親のグドヴィッツ夫人に電話をした。ある日、七面鳥の脚の肉の安売りで五〇〇グラムを数セントで買ったときも、彼女は電話でどう料理すべきか教えてくれた。数ヶ月ごとの週末には、私たちではとても買えない高級な肉を携えて、マルグリットとトムがわが家へやってきた。マルグリットの母親は、私にとっては第二の母であり、ヒレ肉のニューヨークカットが、「私たちはあなたを信じている」ということの一番の証だった。

イェール大学の法科大学院は、今も昔も、この国の法科大学院のなかで唯一少人数制だ。私たちのクラスは、学生が一八〇人しかいなかった。人数が少ないということは、入学試験が難しいだけではなく、人間的な質を高めるための支援環境の強化も保証していた。今まで知り合った人々のなかで、もっとも優秀で、目もくらむほど雄弁で、また進取の気性に富んだ人々に囲まれていたのも不思議ではない。その多くは、すでに他の職業で花形として認められていた。哲学や経済学、数学に物理の博士たちもいた。私たちのクラスには、作家や医師、映画評論家にオペラ歌手もいて、数人のローズ奨学生〔オックスフォード大学の大学院生に与えられる世界最古の奨学金制度で、超エリートの代名詞〕についてはいわずもがなだった。もしこの一九七九年のクラスが、この学校においてさえ、特別、例外的だったということを知っていれば、もっと驚いたことだろう。メンバーの多くは、今や、主だった法科大学院の学部長や教授、州や連邦の判事、あるいは政府や民間企業の最高幹部だ。このあまりにも秀でた集団は、私を含め、皆を不安に陥れたといわれていたが、それを確かめることは難しい。

法科大学院では、これらの知的スターたちの間の衝突を少しでも和らげるために、学生たちを格づけせず「合否」だけを判定することになっていた。友だちの一人は、他のやり方では、きっと殺人事件の確率が上がっただろうと冗談をいった。皆、一生懸命頑張っているなどと思われたくなかったので、いつも冷静なふりをしていた。けれども閉められたドアの内側では、気が狂ったように勉強に熱中していて、私だって例外ではなかった。判例を綿密に読みこみ、予習をせずに授業を受けることは決してなかった。しかしそれだけでは、どんなときも、嘲笑されるという恐れを払拭することはできなかった。指導は尋問形式で進んでいった。『ペーパーチェイス』〔一九七五年のアメリカ映画、ハーバード大学が舞台〕という映画で再現されたハーバードのソクラテス方式と同じようなものだったが、それよりは多少ましだった。その映画のジョン・ハウスマン〔冷徹な教授役を演じた俳優〕のようなサディスティックな人物にはお目にかからなかったとしても、教授たちはときどき、わざと間違った答えを出して楽しんでいるように思えた。だがそうやって、間違った答えを引き出してしまった誤った解釈をより深く究明し、完全に理解する機会を与えるのだ。そして正しい答えにもさらに新たな疑問を呈し、私たちを消え入りたいような気持ちにさせるのだった。

それには目的があることは分かっていた。私たちに、臨機応変に考えることや、係争がからむ職業には付き物の感情的な口論に対する免疫をつけようとしていたのだ。イェールの教授たちは私たちを見下したりはしなかった。私たちを知的であると認め、対等に接してくれた。けれども多くの場合、沈まないようにもがいているという感が否めなかった。それは、厳しい環境のせいだけではなかった。クラスでの議論を聞いていて、その論理を追うことはできたが、それがどこに向かうかを予測することはできなかったのだ。プリンストンが学術的論証について教えてくれたことすべてを以てしても、法科大学院は別のレベルで動いているようだった。歴史は名前と日付を覚える以上のものだということは理解していたが、法律も、私が無邪気にも想像していたような、規則や法令の総体を習得するようなものではまったくなかった。むしろ、弁護士になるためには新しい考え方が必要で、それは規律から導かれるものではなかった。さらに、しばしば別個の、必ずしも一致しない法令の枠組みや、私たちの教授たちがそのキャリアを通して研究し、発展させてきた法理論に頼る必要があった。振り返ってみれば、ときとしてそれは焦点が定まらず、実務家としての弁護士を養成するという基本的な目的には、あまりに理論的すぎたかもしれない。しかしもちろん、そのとき経験した法体系は、私が判事になったときにとても役に立ったことは確かだ。

実際にはどういうシステムなのか？　多くの読者はこの章で、私自身の法理論についての手がかりを探そうとするだろうが、それは本書の目的ではない。ただいえることは、私が在籍した一九七六年から一九七九年にかけて、イェール大学は、法律の教え方や解釈についての変革の緒に就いていたのだ。

当時、私はそれほどとは思わなかったが、今思えば過激で、理論的というよりも方法論的であったこれらの革新を、誇張しようとは思わない（たとえば、グイド・カラブレシの「不法行為」

の授業では、経済学の定量的な方法を取り入れていて、私はプリンストンでやっていたコンピューターの仕事から、その視点に興味を持った。それはイェールにおいて、法律と科学を結びつける最初の試みだった）。とはいっても私は、必要に迫られ、伝統的な指導によって法律を学んだ。憲法や他の分野で示された理論は、基本的に、最高裁の個別の事案において、判事たちの意見、また競合意見、そして不一致として記されたものだった。授業の多くはその専門分野で著名な人々が担当していた。契約のグラント・ギルモア、入港税のチャールズ・ブラック、信託と財産のエリアス・クラーク、控訴手続きのジェフリー・ハザード、独占禁止法のラルフ・ウィンターなどだ。彼らは慣習法の研究に伝統的なやり方を踏襲していた。原則を導き出すために事案を分析し、その原則が以後の事案に適用できるか、または例外を形づくるのかを考慮するのだ。

実際には、法律、特に憲法の学習に関する理論上の騒動の多くは、まだその兆しが見えていただけだった。ロバート・ボークの「表現、出版、そして最初の修正条項」を受講したが、司法上の制約や、当初の意図、限定的解釈といった争点は、私たち学生の会話にはまだ現れず、もちろん、私たちの学習の焦点になってはいなかった。原意主義を掲げたフェデラリスト協会の設立は、私がイェールを卒業してから三年後のことであり、そのリベラルな対抗者の出現はさらに先のことだった。これらの議論に関する私自身の認識は、その後、幸運な偶然によって、第二巡回控訴裁判所で、イェールにおける私の三人の指導者、グイド・カラブレシ、ラルフ・ウィンター、ホセ・カブラネスと同僚として一緒になるまで定まらなかった。そのとき、学生時代にはまったく準備できていなかった会話をすることになる。

不思議に思うかもしれないが、クラスの優秀な仲間たちの間で、社会的な生活や授業以外にはともに費やす時間があまりなかったのにもかかわらず、イェールでは孤独を感じなかった。それは一つには、一年生のとき、いくつかの種類の小グループに分かれていたからだ。他のグループに対しての競争心によって、グループ内に感情的なつながりが生まれていた。そのグループのなかで、終生の友だちも何人かできた。

私のクラスでは、女性同士の結束もあった。法科大学院では一九一八年から女子を受け入れていたが、少数派であることに変わりはなかった。一八〇人のなかで女子は四一名だったが、それでもその数年前と比較すればかなり増えていた。当然、私たちは結束して、お互いに助け合った。そこには、ハーバードで学部長を務めたマーサ・ミノウや、後に教授になるスーザン・スターンやエレン・ライト・クレイトン、ジャーナリストで弁護士のキャロル・グリーンや、今やカリフォルニアの弁護士学校のリーダー、スーザン・ホフマンもいた。これらの女性たちは、とても優秀で私を委縮させたが、だからといって、人間的でも友好的でもないなどということはなかった。そして友だちになってから、そのなかの幾人かは、イェールで、私と同じように感じていたのだと知った。

けれども、私のいちばんの親友たちは違ったタイプだった。

フェリックス・ロペスは、ハーレムの東の共同住宅や公営住宅群にいたプエルトリコ人の孤児で、高校では落ちこぼれだった。でもよく知恵が働き、ボヤを起こしてわざとつかまり、まんまと若者のための避難施設にもぐりこんだ。そこから、ベトナムへ行き、その後退役軍人福祉法の助けを借りて、ミシガン大学をクラスの成績上位者の一人として卒業した。若い頃の苦闘は、ぬいぐるみの熊のようなフェリックスが、他者の苦しみを和らげるために熱意を燃やすことを妨げたりはしなかった。まだ世界を救うことはできなくても、きっとそれをやりつづけることだろう。

ドリュー・ライスは、モホーク族〔北アメリカの先住民族の一部族〕の出だったが、特に三つ編みを切った後は、その通俗的なスペイン語の話しぶりから、ラテン系で通った。地獄のようなシカゴの路地で幼少期をどうやって生き延びたか、またどうやってイェールが彼をハーバードから引き抜いたかを、彼は度を越すほど熱心に話した。彼の知性はＩＢＭのコンピューターのようだったが、ただ予測が難しかった。彼とケビンはよい友だちになり、時間の経つのも忘れて、音楽や昔の映画の話をした。

ルディー・アラゴンは、ニューメキシコの小さな村からきたメキシコ系アメリカ人だったが、空軍の情報将校として六年間を過ごし、その後、法律のキャリアにおいて明確な目標を抱いた。彼の目標は、重要な弁護士事務所のトップに上りつめることだった。ルディーを空軍の学校時代から知っていたジョージ・キーズも、彼と同様、ビジネスでの成功に固執し、南部の隔離された町に住む黒人男性の父親ができなかったことをやろうと心に決めていた。

これらの、知性と関心をいつもあてにできる、いわば「父親代わり」たちは、実際にはいなかった私の四人の兄のようなものだった。彼らはそれぞれ、いわばもう一つの米国からニューヘイブンに移ってきていて、その同時進行の世界を敏感に感じつづけていた。私よりもずっと世間のことを知っていた。皆、私のことを「キッド（子ども）」と呼んだ。私は、まるで自分は彼らの妹であるかのように身近に感じていた。ケビンと私が彼らを食事に招待するときのメニューは、その頃うまくつくれるようになったスープ、煮込み、スパゲッティといった基本料理で、他の食材を簡単に追加できるようなものだった。フェリックスの順番が回ってくると、ベトナム時代に覚えた異国料理を惜しみしなく並べた。ピーナッツソースのベトナム風春巻、レモングラスとカラメルソースの鶏肉、そして最後には、リンゴのフランス風ビスケットまで。彼らは、ワインの良し悪しにも詳しく、私が彼らにつき合って酔っぱらったときなど、このうえもなく優しくなった。

彼らは、授業以外の私の生活の中心となった。ルディーとは、イェールのLANA（ラテン・アジア・ネイティブアメリカン学生協会）の共同代表を務めた。主な業務は、募集と、私がプリンストンでリーダーとしてやったようなその他もろもろだった。ときとして私は、少数派の仲間たちのサポートに驚かされたが、プリンストンではそれが自分の生き残りに不可欠だったのだ。より小さな規模で、この法科大学院でもまた結成したのだが、イェールの少数派の学生のなかには、それをあまり重要視しない者もいた。ここではできるだけ早く、また完全に周囲と同化しようとするラテン系や他のグループのメンバーも少なくなく、それに伴う挑戦や精神的な負担に個人的に耐えていた。でも私は、気持ちはよく分かるのだが、自分がそうしたいとは思わなかった。

ドリューは、ＧＰＳＣまたは「ジプシー」と呼ばれた「大学院生とプロフェッショナルのための支援センター」の活動にさらに私を巻きこんでいった。それは基本的には、大学院生のためのバーで、そこでは、ニューヘイブンでもっとも安く酒を売っていた。彼はその活動の副代表として私を雇い、バーの入口で、入場券を受け取り、身元を確認するという仕事に就かせた。バーカウンターのほうが給料がいいのでそちらで働きたかったが、私は警備の仕事にも向いていた。誰も私をごまかせず、入場料を払わずに窓から忍びこもうとする多くの地元の輩を追い出した。でも、私の直感が一度だけ奏効しなかったことがある。女の子のグループが、入場料を払う価値があるかちょっと中を見たいといってきた。私は騙されまいとして「いい考えだったけれどね」といった。彼女たちを追い払おうとした矢先にドリューが現れた。状況に気づくと顔色を変え、彼女らに謝り、私に通すよう言い張った。彼がいうには、バーには踊る相手がいなくていらいらしている男の子たちがあふれていて、このままでは、お酒の売れ行きが悪くなるのだと。

「それは良くないわ、ドリュー、男の子たちはちゃんと払っているのに、なぜ女の子はただなの？　それは性による差別じゃないの？」

「全部が公民権の事例じゃないんだ、ソニア」と彼は怒鳴った。「バンドに支払いをしなくちゃいけないのに誰も飲んでいない」ちょっと言い合いになったが、結局、彼は私をカウンターに昇格させ、別の人を入口につけることで決着した。

このような変化に富んだ人々との協力関係は流動的で、ときとして緊張が増すこともあったが、自分で選んだ「家族」の引力は常に保たれていた。この父親代わりたちを母に紹介するため、そして後には祝日のディナーのために、コープシティに招待した。彼らは打ち解け、果ては、母の芸術的センスを批評するほどだった。ベルベットの上に浅いレリーフの「三美神」が架かっていたが、彼らはそれを「一つのオッパイと三つの尻」と呼んだ。彼らは、母の毅然とした態度やまわりの人々への含みのない関心に、少し驚いていた。そういうものを、彼らはその人生のなかで失い、ときには、それを求めて闘ってきたのだ。

私は、イェールで初めて真の指導者ともいうべき人と出会った。これまで、カッツ先生から、プリンストンのナンシー・ワイスやピーター・ウィンまで、師とすべき人々の教えを請うてきた。また、それ以前から、友だちや同級生がどれだけ多くのことを私に教えてくれたか。けれども、まだ私が熱望している、あるいはそれ以上のことを達成した私の模範というべき人との継続的な会話の恩恵には浴していなかった。それは手を取り導かれるようなものではなく、むしろ、生きた事例から学び取るものだった。私たちのうち、ある者は生まれながらの独学者であり、ある者は、視覚的な表現によって学び、聴覚的な手掛かりから学ぶ者もいた。私にもっとも合っていて効果があったのは、実際の行動のニュアンスや複雑さ、知識の集合、経験や判断といったもの、つまり他の人間の総体を観察することから得られるものだ。誰かと親しくなるたびに、私はごく自然に自問した。この人から何を学べるの？　何も学べないような人など滅多にいないが、ごく稀に、その人を詳細に観察すると、世界の本質を理解させてくれるような精神の持ち主に出会うことがある。

私はプリンストンで「プエルトリコ活動」を共にしたチャーリー・ヘイを通して、ホセ・カブラネスを知った。私はチャーリーよりも一歳年長だった。私がイェールに入った年に、チャーリーは、プエルトリコ人のアメリカ市民権について取り組んでいて、四年生の卒論を書いていた。そのテーマの専門家であるホセ・カブラネスに相談するために、イェールにきたのだ。私たちはソファに座って遅くまで話しこんでいた。「それで、カブラネスというのは誰なの？」と私は聞いた。チャーリーは、説明してくれた。ホセ・カブラネスは、かつてプエルトリコの長官の特別顧問で、ワシントンにおける自由準州事務所の所長だった。今は、イェールの法律顧問で、初めてこの役職に任命された。「プエルトリコ人の法的弁護と教育のための基金」の創立者の一人で、その前には、ラトガース〔ニュージャージーの州立大学〕で教授も務めていた。スペイン系の人々のため、市民権の推進に力を尽くした先駆者であり英雄だった。

チャーリーは私にも、彼との昼食ミーティングに参加するよう熱心に誘った。ホセ・カブラネスは、礼儀正しく熱心で、とても優秀だった。最初の三〇分は、チャーリーの質問に答え、その後、徐々に私を会話に巻きこんでいった。私たちは、アメリカ本土と島の関係や、それがプエルトリコ人の世界観や、私たち自身のイメージ、未来の展望にどう影響してきたかを話し合った。私は、彼が「植民地」という言葉を中立的に使うことに驚いた。それは、倫理的な非難というよりも、あたかも事実の表明であり、歴史的な評価というより、経済的及び政治的な状況を表現したものだった。私たちは法的に制限された市民権、本土の市民が享受しているものよりも制限された権利や、また世紀の大半、いやおそらく半永久的に、その制限のもとで生きることがどのような結果をもたらすかを熱心に話し合った。

三時間が過ぎ、ホセが時計を見て、仕事に戻らなければといった。チャーリーとお礼を述べ、部屋を出ようとしたとき、ホセが私にいった。「この夏はどうするつもり？　私のところで働かないか」イェールにきたばかりで、先のことはあまり考えていなかったが、私は即座に承知し、実際には夏を待たずに彼のところで働きはじめた。

私の仕事は、彼が書いているプエルトリコ人へのアメリカ市民権の拡張についての歴史に関連した法的な調査をすることと、大学の日常的な法律の仕事を多少手伝うことだった。けれどももっと良かったのは、会議の進め方を観察したり、彼の事務所を往来する人や事案、アイデアを見て、彼の身近で学習することができたことだった。優秀な人々の集まりであるイェールのなかでも、彼はもっとも優秀な一人で、法律の詳しい知識や歴史への情熱を持ち、また接する人には誰でも温かくかつ丁寧に対応する能力を持っていた。

ホセ・カブラネスに会うまでは、彼のような人は想像もできなかった。私はヘルマン・バディージョの市長選の運動期間中に、本人や、同じく議員であるボビー・ガルシアには会ったが、彼らは選挙区の住民たち、つまり私が知っているような人々とつき合っていた。ホセは、市民の弁護士の手本ともいえるような無料福祉の仕事を通して、彼らと同じように社会と関わっていたが、同時に、もっとも権力のある場所で、同じような敏捷さや自信、そしてある種の機知をもってうまく立ち回ることができた。彼の知識や時間、影響についていえば、限りなく寛大でありつづけ、特に若者たちにはそうだった。彼はフェリックスを自らの指導のもとに置き、またアメリカ帝国の別の思想の表明である、北アメリカの先住民に適用される法律の曖昧さにおいて、ドリューを助けた。私たちは彼に自分を印象づけようとして最大限努力した。もし、私たちが提起した案のいくつかに疑問があると、猫が多くの死んだねずみを犠牲として差し出しているというようなユーモアで、彼はその懐疑的な態度を和らげてくれたものだ。

いくら優秀な若者であっても、そうなりたいと思えるような実例が近くにないときには、弁護士であれ、科学者であれ、芸術家、あるいはどんな分野のリーダーであれ、その目標は抽象的なままだ。本やニュースに現れるモデルは、どんなに鼓舞され、また崇拝されるものであっても、結局現実には遠く、また影響を与えるものではない。けれども、実在し行動するモデルは、インスピレーション以上のものを与えてくれる。実在する者は、いろいろな理由から生じる疑問に対して、それが可能であることを確認させてくれる。「そうよ。私にだってできるわ」と。私は、イェールにくるまでに、成功した何人かの法律家に会っていた。通常、彼らは教授職にあった。ホセは、私が初めて近くで観察する機会を得た人であり、学術面の役割を超越していただけではなく、プエルトリコ人としてのアイデンティティも保ちつづけ、両方の世界で精力的に任務を遂行していた。

私は、単にホセの真似をするほど無邪気ではなく、自分自身のことを充分に分かっていたので、彼の成功から、私の適性に関係のある教訓だけを取り出すほうがいいと思っていた。

いまだに彼の助言には耳を傾けているし、それどころか、私のキャリアの各段階でそれを求めたのだが、今でも、それらを直接受け入れるのではなく、ごく自然に自分の言葉に翻訳している。ホセはたびたび、私のことを何と変わった弟子だったことかという。多くの場合、彼に相談はするが、結局、自分がやりたいようにやるのだと、彼は半ば冗談でいっている。

クラスのなかでは、成績や評価といったものがなかったので、イェールの法科大学院で抜きんでるための唯一の方法は、法律雑誌「イェール法律ジャーナル」に参加することだった。もっと直接的にいえば、記事を投稿し、それが雑誌に掲載されることだ。それは「ノート」と呼ばれていたが、実際にはとても詳細な論文だった。

「提案を持ってきなさい」と、ビル・エスクリッジはいった。彼は、その雑誌のノートとトピックスの編集者だった。ビルは後に、制定法の解釈を専門とする権威ある教授としてイェールに戻ったが、私の思い出のなかでは、彼のひょろひょろとした、いつも変わらない格子柄のシャツとジーンズの姿は、スターリングビルの上層階にある雑誌の埃にまみれた息の詰まるような事務所の一部なのだ。彼は私に、記事の投稿に関する基準を説明してくれた。そのノートは、オリジナルで、重要で論理的に説得力のあるものでなければならない。焦点がしっかりしていて、かつ結果が現実的な、未解決の法律的な問題を探し、それを解決する必要があると。一見簡単なようだが、実際には、いかに多くの学生たちがテーマを提案するためにこの高殿に登ってきて、そして拒否されたことだろう。

プリンストンでは、プエルトリコ人のアメリカ市民権について、歴史的、政治的、経済的観点からじっくりと考察した。そしてホセ・カブラネスの著書に関する調査のために、異なった、そしてある意味ではもっと強力な虫眼鏡を通して、それを法律的な観点から検討しはじめた。しかし、島で暮らすプエルトリコ人に与えられたものと、出生または帰化によって米国の市民となった人々が享受しているものとをより詳しく比較すると、誰も取り組みたくない問題が生じてくる。たとえば、本土に住んでいたプエルトリコ人が、独立後の島に帰ったら、アメリカの市民権は無効にできるのだろうか？　これらの未解決の疑問点は、数十年にわたる政治的な停滞のもとで、いまだに、少数ではあるが、決定的な割合の自由準州の選挙民に影響を与えている。もし、私が解くことのできる法的な結び目を発見できれば、私のノートにとってよいテーマであるばかりではなく、プエルトリコにとっても有用だろう。

島は、州とか独立といったような贅沢をいう余裕はなかったと、その当時、多くの人々は考えていた。しかし、「海事法」の授業で、海底に関する法律や条約、海洋の領土主権を勉強して、島の海底の深部に可能性を見出した。島の開発のための資金を得るために、鉱物資源や未発見の石油を探索することは可能だろうか。ともかく、島の貧困の元は、いつも天然資源の不足にあるとされていた。これらの手つかずの権利は、島の将来が、準州、州、独立のいずれの道をとろうとも、繁栄のために非常に重要だ。その当時からそれに反論し、海底に関する権利など、経済にとってあまり影響がないという者もいた。実際、三〇年経っても約束したことはほんの少ししか達成されていないと。

それは私の得意分野だった。今や私は、テーマを解答可能な一つの法的な問いに集約しさえすればよかった。私はノートの焦点を州としての地位に絞ったが、そこには前例がより明確にあったからだ。私は、「イコールフッティング（対等の立場）」と称される主義に関する過去の判例を詳しく調査した。それは、連邦に新しく加わる州に、既存の州と同様の権利を与えると同時に、憲法に列挙されている権力を連邦政府に与えるものだった。先例のなかには、いろいろな障害や、ある州だけに認める、もしくは拒否するといったおかしな例もあった。結局私は、いかなる場合でも海底に関するプエルトリコの権利を要求できるという結論を出すことはできなかったが、少なくとも、それらの権利を保持することは、州としての地位を与えられても、「イコールフッティング」の原則に反することはない、ということは示すことができたのだ。それは小さな一歩であり、プエルトリコの地位の問題のまわりに繋ったジャングルの中のささやかな空き地ではあった。しかしそれは、揺るぎないものだと思った。

ビル・エスクリッジは、このアイデアが気に入った。幸いなことに、雑誌の他のメンバーも、ノートは実際の判例を扱うことのほうが望ましいとは思っていたにもかかわらず、それを気に入ってくれた。草稿と修正が果てしなく繰り返された後、「州の地位と対等の原則・プエルトリコの海底権利の事例」として掲載され、出版された。

ある日、いつもと変わらない会話のなかで、ルディーが突然私をさえぎって、「ソニア、僕が君の何を気に入っているか分かるかい？　男みたいに議論するところなんだ」ソファに寝転がっていたケビンは、笑いで飲み物を噴き出してしまった。

「どういう意味、ルディー？」

私はにわかに怒り心頭に発した。フェリックスは静かになだめた。「それはいいことなんだよ、ソニア。褒め言葉なんだ」たしかにこのような褒め言葉を前にも聞いたことがあった。ルディーは続けた。私は、意見を述べるときに、責任回避のための言い訳や、自信のなさゆえのもって回った言い方などをしないのだという。そして女の子たちが授業で手を挙げ、発言するときの真似をした。「『すみません、教授、これは重要ではないかもしれませんが、こういうこともあるかもしれないのでは……』だけど、君は違う」といった。「何かいいたいときは、はっきりと自分の意見をいって、反論する者には誰にでも挑戦するんだ」

ルディーはそういう意味では正しかった。その頃は、女性は女性であるがゆえに、躊躇いがちに話すのが普通だったのだが、私はいつも男性のように議論した。このスタイルをどこで学んだか定かではないが、それは、特に私が議論する相手がほとんど男性だった時代には、とても役に立った。

でも、ルディーの誤算は、私に、たまにはクラスで意見を述べるようにと勧めたことだった。私は何度も自問自答して悩んだ挙句、三年生になってようやく手を挙げることを決心した。そのとき、ルディーはどうなるか見ようとしてその場にいた。それは、クラーク先生の「信託と相続財産」の授業で、彼は、永続性に対するコモンローの規定を教えていた。それは、遺言が相続の線をどこまで制御することができるかを規定するものだった。クラーク教授は、黒板に、出生と死亡の順序で、架空の家系図を描いていたが、そのとき、私は、この相続の行く末は、基本的には数学の問題であることに気づいた。加えて、彼の計算に間違いがあることが分かった。私は手を挙げると、間違いを示した。彼は向きを変え、長い間、静かに黒板を見つめていた。最終的に、振り返っていった。「彼女は正しい。私が間違っていた」彼は、私が見つけたことをクラスに説明し、別の例を示した。けれども、またもや間違いがあったのだ。私が手を挙げると、今度は、短い休止の後、振り返っていった。「ここに上がってきて、この部分を教えてはどうだね？」

ルディーは授業の後、私の背中を軽く叩いた。そして、その後すぐに、弁護士協会のコンテストのための模擬裁判に参加すると、私の自信はより確かなものになっていった。おそらく法廷での振る舞いが、私のなかのペリー・メイスンを解き放ったのだ。また、弁論部での経験がものをいったのか、または聴衆を魅了するような、祖母のオカルト的な雰囲気を思い出したなどということもあっただろう。ある意味では、この場面において、私は初めて本当に弁護士になれると感じたのだった。

このような裁判の一つで、ドリューは私の依頼人で、当事者の意見が食い違っている強姦の事案の被告役だった。私たちは細部にわたり議論をリハーサルした。しかしながら、いったん陪審員（地方新聞で募集された地域の人々）の前に立つと、分析的な準備などどこかに行ってしまい、私の本能が頭をもたげた。自然に、私の目は表情を読むため彼らの顔を追った。私に賛成かしら？　もっと押すべきなの？　それとも引くべきかしら？　少なくとも彼らの大多数と折り合うことのできる最適なポイントがあった。

陪審員席に中年の男がいて、かすかに頭を動かしたり、何度か唇を噛んだりしていた。しかし、そのような感情は、私がいっていることとは別の刺激に反応しているようだった。その模擬裁判の終わりに、私たちの演技への批評を受けるため、陪審員の一団に近づくように促がされた。人々がひしめいているなか、私はその人に近づいて話しかけた。「私に悪い印象を持たれたようですね。なぜなのか教えていただけますか？」

彼はびっくりしたように頭を振った。「あなたの言動のせいではないんだ」

私たちは学んでいるのだ、と彼にいった。それが、この模擬裁判の目的なのだと。しなくてもいいことをしてしまったり、しなければならないことをしなかったのなら、私の将来のためにもぜひ指摘してほしいと。

彼は頑なだった。「これは私自身の問題です」といった。「あなたの助けにはならないよ」しかし、私は気を遣いながらも、なおも答えを求めた。とうとう彼は白状した。「個人的なことではないんだ。ただ、私は積極的なユダヤ女性が嫌いなんだ」これには驚いた。私は何をいえばいいか考えを巡らし、少し黙ってしまったが、ついに完璧な回答が浮かんだ。

私は彼を見ていった。「たしかにそうですね。私はその点ではどうすることもできません」

そして、私は立ち去った。

イェールでの二度目の夏、マンハッタンの著名な弁護士事務所の一つ、ポール・ワイス・

リフキンド・ハールトン&ギャリソンで、夏季の助手の仕事を得た。訴訟の巨人として知られる人たちと一緒に働き、さまざまな仕事を与えられたが、なかでも、独占禁止法に関わる巨大案件での準備書面の作成はもっとも大変だった。疑いなく良い機会だったのだが、いざ書きはじめてみると、私の論拠は目的から遠ざかるばかりに思えた。実をいえば、私は独占禁止法を勉強していなかった。さらに私にはビジネスの経験がなかった。しかし、相手がシャーマン法〔一八九〇年に制定された米国の独占禁止法〕違反を立証する困難さを考えると、暑いなか、毎日ニューヘイブンとマンハッタンを往き来したにもかかわらず、どうして顧客の望むような論拠の文章化に失敗したのか理解できなかった。最終的に、私は努力の結果を事務所の先輩の若い助手の一人に提出したが、後で彼が書いたものを見たとき、私の仕事がいかに不充分であったかを思い知らされた。明らかに、私はまだ弁護士としての考えには至っていなかった。もしこれが一流の弁護士事務所で働くということであれば、私はまだ準備不足だった。

失敗したという感触は、夏季の助手としての期間を終えたときに、雇用のオファーがなかったことで確認された。イェールの法科大学院では、そのような話を聞いたことがなかった。しかし後になって、それは誰もそんなことは公にしないからであって、それほど珍しいことではないと知った。いつもそうしてきたし今もそうだが、私は懸命に働いたけれど、ある意味それでは充分ではなかったのだ。そして、すでにこのような弁護士事務所からオファーをもらっている同級生たちと私は、同じグループではないと認めざるを得なかった。誰かが、私が拒絶されたのは偏見や個人的な敵意の表れだといったが、その証拠はなかったし、私自身うまくできなかったという意識があり、それこそが充分な裏づけに思えた。この、法科大学院に入って初めての辛い経験は、すべて私自身の責任であり、それを悟ることはまた私を深く狼狽させた。

前途は明らかに多難だった。何が悪かったのか究明して、正す必要があった。少なくとも、法律のこの分野を勉強しなければならない。そこで、私はラルフ・ウィンター教授の独占禁止法に関する授業、及び商取引と呼ばれるものに受講を申しこんだ。もっとも難しかったのは、明らかに私に欠けている弁護士としての核となる器用さを身につけることだった。陳述をどのように書くのか。判例を客観的に分析することを目指す授業の課題とは違い、顧客の利益を守るために説得力を付与して書く必要があった。欠点を補うための努力を、二つのクラスで、いつもやってきたようにやろう。大きな目的をいくつかの小さなものに分ければ、私のスタイルで作業ができる。もちろん、大きなビジネスを手掛ける会社に入ることを考える前に、他の法律関連の仕事でこれを試してみなければならない。それをしている間、その夏の完全な失敗からくる、今まで感じたことのないやりきれなさが残った。絶対に繰り返さないと誓ったこのトラウマの記憶は、私の希望を挫くことはなかったが、それでも私が判事になるまでのすべての判断に影響を及ぼした。

ポール・ワイスでの経験で、良いこともあった。これまで見たことがないようなお金を稼いだのだ。ケビンと私はそのお金で新婚旅行に行った。傷を癒してこれからのことを考えるために、環境を変えるのは良いことに思われた。すぐに大陸を横切って西に向かう旅を計画し、私たちの部屋いっぱいにアメリカ横断という夢が広がった。

キャロル・グリーンは私の勉強仲間でとてもいい友だちだった。彼女はデンバーの新聞記者で、法律とジャーナリズムの勉強のために一年間イェールで学んでいた。彼女が私たちを、ニューメキシコやフォーコーナーズ、グランドキャニオンなどを巡るキャンピングの旅に誘ってくれた。彼女とその夫はその道のベテランで、必要な装備を持っていたし、不便さにも慣れていた。けれども私は、テントだけが頼りで都会の安全とはほど遠い星の下で眠ることにはあまり興味がわかなかったし、今でもそうだ。けれどもケビンは、都会育ちではあったが、やってみたいと強く望んだので、私たちはそうすることにした。旅に出てみれば、ずっと見たいと思っていたものや、旅人を虜(とりこ)にするような景色もたくさんあったので、都会の便利さがないなどと不平をいうこともなかった。

もう何年もアメリカの歴史や法律、社会を勉強してきたが、その雄大な地理の実態を垣間見ることすらなかった。この国のことで知っているのは、判例や条約、現在の変わりやすい政治、人や技術の移転といったものだった。自然の素晴らしさは、わずかに子どもの頃の本の写真や、大英百科事典の挿絵で知っていただけだった。街道に沿った森や平原の果てしない広がりを何時間も眺めたり、どこまでも遠い空の下で自分たちがちっぽけに思われてくるのは、今までとはまったく違う経験だった。デンバーから南に向かうと、夕陽に輝くロッキー山脈がこの大陸の背骨のように西に広がっていた。街道はまっすぐで平坦だったが、私の心はそれとは裏腹に、曲がりくねったガタゴト道を彷徨っていた。法科大学院の課程を三分の二ほど修了し、私の周りは皆、就職を熟慮していた。私はこの問題を解決しなければならない。

クラスメートの多くは、市の中心部の大手弁護士事務所のポストを狙っていたが、ルディーも同じで、彼の目的は至極単純、お金のためだった。もしその目標への近道が、記念碑的な損害や独占禁止法訴訟から大企業を守ることであるとすれば、それはそれでいい。いつでも、無料奉仕の仕事で愛の所業を為すことはできる。私の志は、同じような誘惑に触発されるものではなかったが、ルディーの考えに公共の利益を認めることはできる。少数派の者たちが法的システムのこれらのレベルで世を渡ることを覚えるまで、彼らの共同体はこの国の他の人々よりも遅れたままだろう。もし私たちのグループが不利益や不満をそのままにしてやってきたのなら、金と権力が動いているところへ、私たちも素早く動かなければならない。

フロントガラスを叩く雨音で私は我に返った。モーテルを探さなければならなかった。こんな夜に旅行用テントで眠るなんてとんでもない。キャロルは「雨が止むかようすをみましょう」といった。冗談に違いないと私は思った。空には稲妻が光り山々をゆるがしていた。

街道を行く数日間、このことを考えつづけていて、路面の白線が自分の未来を指し示す矢印に見えるほどだった。ホセ・カブラネスは、大手弁護士事務所の仕事は長期的な視野に入れるべきであり、結果的に政府の仕事や他の分野に行くにしても、とても良い基盤になると保証してくれたが、まずは司法助手として働かなければならないといった。私は級友たちが「クラーキング」について話しているのを聞いたことがあるが、それは非常に名誉な地位だと知っていた。ホセが、それは基本的には判事のために調査員として働くことだと説明してくれた。彼が私のためによかれと思っていることは知っていたが、「司法助手」というのはうんざりするほど学問的に聞こえた。あと何年図書館で暮らすのだろう。たしかに、大手弁護士事務所に行くことに割り切れなさはあったが、同時に、外の現実世界に出て、お金を稼ぐことも必要だと感じていた。

ずっと後になって、当時の私がいかに無知だったかを知った。特に、私自身が司法助手たちと働くことになったとき、若い弁護士にとって、判事はもっとも重要な指導者であることに気づかされた。私が法科大学院を出てから、司法助手の仕事はさらに重要視され、今では法律の実務において最上級のレベルに達するためのもっとも早い道だ。少数派のなかの多くの学生や、経済的に困っている学生たちは、短期的な良い給料のために、司法助手という長期的な利点を犠牲にしている。彼らに忠告したいのは、その誘惑に負けずに、必要な資格や専門誌での経験、そして指導教官として司法助手の仕事への扉を開いてくれる教授たちとの関係に注目すべきだということだ。私もある部分では、ホセの忠告に厳密には従わなかったことを今でも後悔している。

砂利の敷かれた駐車場に着いて車のエンジンを切ると、砂漠はまったく静かだった。廃墟の村が岩山の途中に見え、くぼみや溝が私たちの前に現れてきた。山に刻まれた地形に、日常生活の痕跡や、敵から逃れるための助けとなる足場や、貴重な雨水を貯めるタンクなどが見られた。砂漠の先を見つめながら、頭のなかでその村に住んでいた人が、切り立った山の中腹に建つ家の窓から覗いているのだと想像してみた。みはるかす景色のなかで動いているのは、日の光と、遠くに盛り上がる雲のゆっくりとした影だけだった。風はいつも吹いていて、じっと耳を傾けると、それはまるで大地の息吹のように感じられた。

長い間考えていた可能性の一つは、政府機関だった。マイケル・リーシュマンの講座「国際社会の公的指令」を学んでいるときや、ホセの著作『プエルトリコ人の地位と米国市民権の問題について』を手伝ったとき、また法律雑誌の投稿のために具体的な海洋権を研究していたときの、国際法の短期経験に魅了されていた。プエルトリコは小さいけれど、その海洋法上の問題を研究することで、国際法上の難解至極な問題に取り組み、その解決策が何百万という実際の人々に影響を及ぼすというモデルを見出したのだ。そしてまた、大きな舞台での公共サービスは私を惹きつけた。

私はイェールを修了したが、ケビンは医学部の卒業生プログラムを申請していて、今度は彼が、どこに住むかを決める番だった。少なくともワシントンDCは彼の候補の一つだった。

裁判官になるという子どもの頃からの夢を忘れたわけではなかったが、法科大学院が教えてくれたことは、その夢が幻想で終わるだろうということだった。イェールでも、法律関係の職業の頂点に就く準備のための「判事への道」といったような特別な講座はなかった。私にとって、それは挑戦的かつ尊敬される地位であり、幅広い経験を蓄積し、また長期的には政府の任命権のある人々に、自分の存在を認識させることが必要だと思われた。さらに、運やチャンスというものが計りしれない役割を演じるだろう。裁判官に女性が比較的少なかったことや、特にほとんどラテン系の女性がいなかったことが、私の考えを他の無意味な望みとともに棚上げさせた。これらのことを口にしていたら、私は錯乱しているといわれただろう。

ケビンと私は、プリンストン以来会っていなかったドローレスを訪ねるために、アルバカーキに寄り道した。彼女は地元で暮らし、とても心地よさそうだった。彼女の質素な家は、私にプエルトリコを思い出させた。彼女は両親と三人の姉妹とで、狭い部屋の中で笑い、おしゃべりをしていた。そこで、彼女の父親がドローレスだけに歌やギターを教えたのではなかったと知った。チャベス氏の娘たちは皆、一緒に演奏した。台所から焼きピーマンやクミン、カラメル状の玉ねぎ、インゲン豆の土くさい蒸気、そして何か分からないけれどいい匂いが流れてくる間、ギターが行ったり来たりしていた。その夜、私にとってもっとも素晴らしかったひと時は、ドローレスと父親が「ククルククパロマ」をデュエットで歌ったときだった。メロディーを交互に歌うという穏やかなやりとりを聞きながら、彼女は本当に家から遠く離れてプリンストンで暮らしていたのだと改めて思った。

旅の最後に、私たちはケン・モイに会うためサンフランシスコまで飛んだ。彼はプリンストン以来のパートナー、パトリシア・クリストフとバークレーに住んでいた。夕暮れの太平洋の浜辺での瞑想は、旅の終わりを感じさせ、この旅を友人との旧交を温めることで締めくくることができて良かったと思った。さぁ、お祝いをしなければ。私はケンと市場に行ったが、彼は見たこともないようなものを選んだ。パッションフルーツ、ズッキーニ、そして甘煮にするためのそうめんカボチャなどだ。ご馳走が用意され、あのイーストハーレムからこんなに遠く離れて、彼らが自分たちの力でこの幸せな家庭を築きあげたのを見て、私は深く感じ入った。

一九七八年のオールスター戦に向け、ヤンキースは、ボストンレッドソックスに一二ゲームも離されていたが、私はヤンキースがアメリカンリーグの東地区で優勝することに何の疑いもなく賭けていた。私の町ニューヨークへの忠誠心はとても強く、他の多くの分野では下位のものに賭けたが、こと野球に関してはヤンキースが、人々に一日の個人的なドラマを忘れ球場に出かけさせ、そして勝って見せることに感心していた。フェリックスは、ニューヨーク育ちだったので私と同じだったが、ドリューはちゃんと可能性を分析していた。ルディーとジョージは、人に逆らうためだけの理由でレッドソックスを応援していた。そしてもしヤンキースが優勝したら、彼らがニューヘイブン一のレストランで奢ってくれることになっていた。

それは優勝を決めるプレーオフの七回表だった。ヤンキースは塁上に二走者があり、バッターは、遊撃手で成績がまったく振るわないバッキー・デントだった。バットは、まるで啓示のように折れてしまった。ところがバットを替えると、次の打球はまるで腕が天から降りてきて、打球を球場から持っていったようだった。バッキー・デントがホームを踏んだとき、ぞっとするような静寂がボストンを包んだ。そして大騒ぎになった。フェリックスは、まるで夜が明けたように騒いでいた。私は座ったまま頭を揺らして、繰り返していた。「やったわ！奇跡を起こしたわ！」

けれども、勝った賭けの夕食は、次の機会に譲らなければならなかった。それはたとえ私たちが、フェリックスの用意してくれた米と黒インゲンつきのひき肉料理のご馳走（それは父を亡くしてから食べたもののなかでいちばん美味しかった）でお腹がいっぱいでなかったとしてもだ。私は、勝利と友だちの素晴らしさを満喫していたかったのだが、就職活動のための夕食会に出なければならなかったのだ。ホストはショー・ピットマン・ポッツ&トゥロウブリッジで、それはワシントンで小さいけれども評判のいい、またいろいろな企業と国際的な仕事ができるといわれていた事務所だった。スコット・ラファティは、私と同じくイェールに入る前に、プリンストンを首席で卒業していたが、夏に助手として働いてみてとても気に入り、私にこの夕食会を勧めてきたのだ。

大きなテーブルについた。全部で八人から一〇人もいただろう。私はこのイベントを仕切っているパートナーの正面に座っていた。スコットが、参加者を一人ずつ簡単に紹介していった。「ソニアはプエルトリコ人で、ニューヨークの南ブロンクスの出身です。イェールに来る前はプリンストンにいました」非常に短い説明だったが、学生なのでそんなに経歴があるわけではなかった。

紹介が終わるやいなや、次の言葉を待たずに、私の前にいたパートナーが私に、「差別是正措置」を信用しているかと聞いてきた。少し慎重に「はい」と答えたが、そのときは私の答えがもたらすものを想像もできなかった。

「プリンストンやイェールには差別是正措置プログラムがあるの？」「はい、もちろん」と彼にいうと、挑発は激しくなった。「弁護士事務所でも差別是正措置をやる必要があると思う？必要な適性もなく、数年後には解雇しなければならなくなることを知りながら採用して。そんなこと少数派に対して効果が薄いと思わないかい？」

私はその質問の厚かましいほどの非礼さと、その意味するところに驚いてしまった。こんな厚かましさは、カーデナル・スペルマン高校で私を不意打ちしてきた看護師の言い草以来だった。私は、「たとえ差別是正措置によってある組織に入った者でも、その組織で成功すれば、その条件を満たしていることを証明できると思います」といった。

彼は、私を疑い深そうに見た。「しかし、それが差別是正措置の問題なんだ。その人にその資格があるかどうか分かるまでに時間がかかる。もしあなたがプエルトリコ人でなければ、イェールの法科大学院に入れたと思うかい？」

「それも役に立ったとは思います」私は答えた。「でも、プリンストンを首席や優等で出たことも考慮されたのでしょう」

「そうだね。あなたは文化的なことで不利になったと思う？」

まるで、クルプケ巡査〔ウエストサイド物語に出てくる高慢な巡査〕だわ、どうやって説明すればいいの？　と思った。私の先祖やスペイン人としての血統について話すべきなのかしら？　二つの言語を持っていることや、世界を二つの視点から見ていること？　もしかしたら、彼は一つの文化のことしか眼中にないの？　私はその質問に、どこから答えはじめればいいのかすら分からなかった。居心地の悪い静寂が訪れ、それがテーブルのもう一方の端に座っているスコットのところまで滲みのように広がろうとしていた。空気を察して、彼はうまく別のテーマに切り替えた。私のアドレナリンはゆっくりと下がっていき、他の参加者が不快な思いをせずに、無事に会食が終わるようにできるだけの努力をした。会食後、スコットが私に近づいてきて、とても憤慨しているといい、そして謝罪を述べた。

「ひどかったわ」と私は認めた。「ひどい侮辱よ」

「まったく場違いだった」と彼はいった。そして翌日、抗議するつもりだと付け加えた。私は彼にちょっと待って、といった。どうするかきちんと決める必要があった。

翌朝カフェテリアで、スコットはもうルディー、フェリックス、ジョージと会っていた。勢力は結集し、皆はコーヒーを飲んでいた。

「あいつを殴っていたかもしれない」と、滅多に自分を表に出さないルディーがいった。

「私よりもずっと体格がいいのよ。そんなことできなかったわ」と私。

しかし、適切な対応を真面目に考えたとき、予定された採用面接を続けていれば、あのパートナーと個人的に話をするチャンスがあるのではないかと思った。

彼との面接で、彼は私の「履歴書」を前に、なごやかな雰囲気でいると思っているようだった。知らないうちに、雇用契約の次のステップとしてワシントンに行くように話を進めてきた。そのとき、彼にあの夕食のときの会話について思い出させた。

「あれは侮辱でした。あなたは、私の履歴書に目を通したり、私について知ることもなく、私が条件を満たしていないと推定されたのです」

センシティブなテーマではあったが、会話の戦術として用いたように思ったのだろう、私が確固としていることに彼は驚きを表した。

「そんなに不愉快には見えなかったよ。大騒ぎしなかったし、まったく文明人の対応だった」

プエルトリコ人のヒステリーを期待したというの？「私たちはそういうラテン系なのです」と彼にいった。「教養豊かに振る舞うことを教えられます」ステレオタイプを受け入れるとしても、それは少なくとも正しいものであるべきだ。私は、彼の態度によって感情的になることで、テーブルの他の人たちを不愉快にさせたくなかったと説明を続けた。しかしそれは、不当に扱われたことを承諾したわけではない。ずいぶん前から、私は自分の苛立ちを制御する術を知っているが、だからといって苛立ちを感じないわけではないのだ。

この面接の後、どうすべきか仲間と相談した。そして、大学の就職部を通して正式にこの弁護士事務所に抗議し、このパートナーがイェール大学の反差別政策を軽視しているとして、彼らに与えられた大学での採用活動の権利に、異議を申し立てることにした。

「ソニア、君には弁護士が必要だよ」とルディーがいった。「それも厳しい弁護士がね」

「あなたに決めたわ」と私は答えた。「無料奉仕よね」

「刑務所の弁護士といったほうが、正確だな」とフェリックスはつけ加えた。一方では虚勢をはるが、ルディーは、学部長との会議や、学生と教授による裁判所の正式な結審に出席していたのだ。

このニュースは瞬く間にキャンパスを巡り、大学は真っ二つに割れた。一方は、私の偶然のコメントが必要以上の騒ぎを起こしていて、イェール大学の卒業生たちの重要なパトロンとの関係を危険にさらしているという人々で、もう一方は、私の行動を支持してくれる人々だった。後者は、少数派の学生たちが他のグループに伝えることで、ニューヘイブンを通り越して、世界中を駆け巡った。他の場所での同様の侮辱を記述した手紙や新聞記事の切り抜きが届きはじめた。私は、意図した以上に大きなパンドラの箱を開けてしまったのだ。このような無礼な行為が明るみに出たことは嬉しかったが、一方で、まるでシンボルのように悪名高くなることは望んでいなかった。私が望みつづけていたのは法律分野でのキャリアであり、決して全弁護士事務所のブラックリストに載ることではなかったのだ。

大学としては明らかにこの騒動に迷惑しており、何らかの合意に達することを望んでいた。この苦情を調査するための学生と教授による法廷は、ショー・ピットマンからの完全な謝罪を引き出した。彼らは、採用活動を禁止されはしなかったが、事務所ならびに、その違反したパートナーは、ある期間、イェールのなかでの活動を自粛した。

この間、スコット・ラファティが常に私の側に立って示したくれた勇気にはとても驚いた。それは、彼が期待していた仕事を辞めることを意味したからだ。彼はショー・ピットマンで働くことには満足していたが、あのような態度をとるパートナーのいる事務所に入ることに情熱を傾けることはできなかったのだ。この幻滅は、彼のキャリアを始めるにあたり後押しにはならなかったが、彼の公共サービスにおける卓越した職業人生を通して明らかでありつづける、彼の一貫性を示していた。

苛立ちや不愉快、不安といったものが過ぎ去ったとき、私は何も謝る必要などないのだと確信した。プリンストンとイェールで行われていた幅広い視点での、またより深く追求された差別是正措置は、私に門戸を開いてくれた。その目的は、差別された家族出身のものが、あることすら知らなかったようなレースのスタートラインに立てる条件をつくり上げることだった。私は特別な門からアイビーリーグに入ったが、平等の条件下で、同級生たちと競争ができるようになるまで、他の多くの人々よりも失地回復が必要だった。しかし、その地点に達するまで休みなく努力して得たパイン賞やファイ・ベータ・カッパ、首席、そしてイェール法律ジャーナルへの寄稿などの名誉は、普通の学生を鼓舞するための背中叩きのように、与えられたものではなかった。これらは私の周りの皆のそれと同様、純粋な業績だったのだ。

弟の場合も似たようなものだった。ジュニアは医学部に、実質的に経済的負担なしで入ることができる少数派のためのプログラムを偶然見つけた。彼は子どもの頃、医者になることを夢見ていたわけではなかったし、その可能性を考えたこともなかった。けれども一度始めると、やっていることや、習得のプロセス自体が自分に合っていると気づいた。また四五パーセントは脱落してしまう多くの若者たちと比較して、彼は勉強の習慣を身につけていた。差別是正措置は医学部に進学させてくれたかもしれないが、彼自身の持つ規律や知性、勤勉さが彼を最後まで支えた。似たような境遇でも挫折してしまう者もいたのだ。

差別是正措置についての考え方は、私とジュニアに道を開いてくれたような初期のものからだいぶ変わったが、一つだけ変わらないことがある。それは、少数派の学生たちが成功したときに、その成果を疑うのは、試みる機会すらも否定するという偏見の別の顔なのだ。それは成功する者たちは皆、以前に成功した者たちと同じ型から出るべきだという偏見であり、そういう見方は経験的に間違っていることが実証されている。

私の「イェール法律ジャーナル」への寄稿が、最終的にデザイン、校正、印刷を終えて製本され（簡単にいえば、物理的に世のなかに出る準備が整い）、編集者たちは、稀なことだったが、プレスリリースを新聞社に送る段階に進んだ。これは、私の書いたものが学術界の外にも実務的な意義を持つことの明白な証拠であり、私の論点は、州の地位に関する議論の結果に影響を持ち得ることを意味していた。

その間、論文の出版には、その雑誌の他の仕事、たとえば引用の精査をやることが義務づけられていた。チームで仕事をすることは極めて満足感が得られるもので、私たちのような小さなチームでは、その連帯感は生涯にわたる友情をもたらした。私はその仕事を満喫したので、別の学生雑誌「イェール・スタディーズ・イン・ワールド・パブリック・オーダー」

の編集長の仕事を志願した。その雑誌は厳密な定量的な観点を専門として、国際法の政策向けに、ライスマン教授により創られ指導されたものだった。この分野を研究していた卒業生たちが執筆した長い記事をいくつか編集した後、イェールにきた当初には想像もしていなかった種類の、知的観点からの心地よさを感じていることに気づいた。それは、プエルトリコの立場について研究している人々から私の論文が熱狂的に評価されたことと相まって、いかなる学生の栄誉よりも、現実世界のほうがより感動的で価値があることに気づいたのだ。私は思った。たぶん、私はもう、外の世界に出ていく準備ができていると。

第20章

イェール大学はこの国で女子学生の受け入れを早くから始めた法科大学院の一つだった。けれども女性用トイレはすぐに整備されたわけではなく、どの建物からでも数キロメートルは離れているように思えた。とある午後、休憩時間に、いつものように歩いていると、ある会議場のドアが開いていた。部屋の後方に立食用の食べ物が見えた。テーブルの上にビスケットやチーズ、そして安いワインが載っていた。大学の予算で認められている接待の一種で、大学院生の厳しい財政状況に鑑みた無料の食事だった。ドアのところの急ごしらえのポスターに「公共サービスのキャリア」とあった。公共関係の弁護士たちが、少数の三年生たちを前に、私企業での実務に代わるものとしてこれを提案していた。そのとき、司会者が、最後の講演者であるニューヨーク地区の検事を紹介していたが、知らない名前だった。演壇には慣れていないようで、短く済ませると約束していた。私はチェダーチーズにありつくために、最後まで残ることにした。

彼が、二〇〇名近くの助手がみな法廷に案件を持ちこんでいるというのを聞いて思わず耳を傾けた。「採用された年に」と彼はいった。「自ら法廷に立ち、自身の案件をつくり上げ、提示する全責任を負うのです。法科大学院を出てからする他のどんな仕事よりも責任を持つことになります。君たちぐらいの歳で、多くの弁護士が一生の間にこなす案件よりも多くこなすことになるのです」私は非常に興味を持った。ポール・ワイスでは、事務所の弁護士助手が戦略と詳細にどっぷりと浸かり、上級パートナーに教え、そうして彼が判事の前でスターのように脚光を浴びるのだ。助手は非常に社交的であると同時に、モラルを下げるようなどんなフラストレーションをも受け入れることができなければならなかった。そして、明らかに、大手の弁護士事務所で働くということは、何年も誰かの陰に甘んじることを意味していた。

講演が終わり、皆が食べ物に群がったとき、その有名なニューヨーク地区検事のロバート・

M・モーゲンソーの隣になった。躊躇いがちでつっけんどんな声は、一対一になっても変わらなかった。とても、おしゃべり好きな男性とは思えなかった。でも私は、誰にでも普通に話しかけることができたので、あなたの経験について聞きたい、そしてその経験からいってどの仕事がいちばん好きかと尋ねた。おそらく何も知らない学生たちと話すことに慣れていたのだろう、迷惑そうな顔はまったくしなかった。私の今後の計画も聞かれた。まだ検討中ですが、たぶん小さな弁護士事務所に、というと、彼がいった。「私に会いにこないか。明日、少し時間に余裕があるから」

私はもちろん承知した。翌日就職部に行くと、まだ面接の空き時間があった。イェールの学生たちには、地区検事局はあまり魅力的ではなかったのだ。しかし、そこに私の名前がすでに鉛筆で記入されているのを見て驚いた。つまり、モーゲンソーはそこに立ち寄り、私の履歴書を手に入れ、ホセ・カブラネスに電話をしていたのだ。彼はホセとは、「プエルトリコ人の法的弁護と教育のための基金」でともに働いていたので面識があった。面接は楽しく、予定を三〇分以上も超過した。最後に彼は、私をニューヨークの彼の事務所に招待してくれた。

「いったいどこと面接しているんだ？」とルディーが驚きながら聞いてきた。私を褒め言葉で推薦してくれたホセまでもが、私が司法助手よりも地区検事局に興味があることにがっかりしたようだ。「給料はいくらか知っているのかい？」とルディー。知ってはいたが、金銭のことは成功の絶対的、また決定的な基準とは思っていなかった。たしかに大手事務所の助手のようには稼げないだろう。そうはいっても私の最初の給料は、看護師として母がもらっていたよりも多かったし、お針子として働いているアウロラ伯母は母よりさらに少なかった。

最後はいつもやるように直感を信じたが、どこに行こうとしているのか自分でも少し驚いていた。大手の事務所に対してはまだ準備不足だと思ったが、州政府に求職する以外には、公共サービスの他のオプションをあまり考えていなかった。またあまり乗り気でもなかった。今日と違って、当時イェールには無料の法律相談所はほとんどなかった。知っているものの一つは、懲戒聴聞会での受刑者の代理が専門で、そこは学生たちが法律を実践する数少ない機会とされていた。またもう一つは、貸主と借主の係争だった。しかし、そのいずれも大いなる野望を抱く私の同僚たちの気を引かなかった。おそらく、モーゲンソーの仕事は、私が最初に弁護士の仕事に興味を持ったことを思い出させたのだろう。一つの部屋の中で正義を追求する機会だ。訴訟訓練所での成功や、弁護士組合の模擬裁判で準決勝まで残ったにもかかわらず、「ペリー・メイスン」は、イェールによって、また判例や法理論、さらに自信のなさに埋没したことにより、影が薄くなっていた。しかし今や、この軌道を外れてしまった夢が、無料のチェダーチーズの陰謀で、私の行く末を決めるためにまた舞い戻ってきたのだ。

第21章

ニューヨークの地区検事局では、新入りの検事助手は、仲間言葉で「ダックリング（アヒルの子）」と呼ばれていたが、首席検事は温かみよりもブラックジョークでそう表現していた。私たちは四十人ほどで、皆、未熟でぼんやりしていて、とてつもなく大きく複雑で動きの速い機械の牙で粉々にされてしまいそうだった。経験を積んだ先輩たちのオリエンテーションは、時間とともに私たちが成熟するのを助けてくれるだろうが、当面は、最初の数週間の訓練から得たわずかばかりのものに頼らざるを得なかった。刑法に関して、イェールでの必須基本講座や模擬裁判という、必要最低限の準備しかしていなかったのは私だけではなかった。けれども、たとえこの分野に適切な事柄を学習していたとしても、教室や本からは得られず、裁判所で火の洗礼を受けることでしか得られない基本的な教訓というものがあるのだ。私はまさにその洗礼を受けようとしていた。

一九七九年、ニューヨーク市は犯罪の大波に襲われていた。市長だったエド・コッチは、一〇日間の停電により引き起こされた略奪や破壊、火災の夏から治安を取り戻すことを公約に、二年前に選挙で選ばれていた。電灯や空調が復旧したことで、公共の安全に対する直近の脅威はなくなったとしても、ニューヨーク市民が漠然とした慢性的な不安のなかで生活していたのは無理からぬことだった。国の経済の停滞や急激な予算削減による市の財政問題で、雪崩のように押し寄せる刑事案件に抗するために必要な人員を確保することができなかった。問題をより複雑にしていたのは、緊張が増すことによって警察の蛮行に対する苦情も増えたことだった。

私たち新人の検事助手の多くは、直ちに、六つある審理部の一つに配属された。各部にはそれぞれ経験の違いはあるが五十人までの検事とそのスタッフが在籍していた。私たちの部は、非重大犯罪の担当で、私はそこで最初の経験を積んでいた。盗みや軽い侵害、売春、万引、住居侵入、公共の騒乱、落書きなどだ。今後、重大犯罪の部、すなわち詐欺や組織犯罪、汚職、性犯罪やその他の特殊犯罪の捜査を行う部への異動もあるだろうが、私たちには選択肢はないといわれた。兵士は命ぜられる場所に行かなければならない。「アヒルの子」たちもそうだった。

まず、私たちは訴訟手続きの迷路に慣れなければならなかった。もし、被告人が宣誓のない訴えで出頭したとき、その誤りを正すために何日猶予されるのか？　その誤りがその期間内に訂正されない場合、考えられる訴訟の予備審理をどのように取り扱うのか？　私たちは、警察の仕事がどのようなものか、その手順や気をつけなければならない事柄について知るためにパトロールに出た。また私たちには、六日に一回、九時間の申し立て室での勤務があり、それぞれの案件について告発の準備をするために、逮捕時の担当官や証人と面談した。市中での逮捕案件は、この部屋で濾過されるともいえ、それはまるで暴動が起きた夜の病院の緊急医療室のようだった。軽率な判断は、その後の結果に大きな影響を及ぼす。混沌としているようだが、その表層の下には秩序と規律があり、その組み合わせに私は興味をひかれた。同じように、私は即戦の緊張感、明確な規則を持つことの安心感、そして、より高い善のために働けるという期待感が気に入った。

モーゲンソー（皆に「ボス」として知られていた）が特別な目的を遂行するために検事局を組織化した方法は、全国の司法機関の効率化と一貫性のモデルとなった。というのはたとえば、案件に関する私たちの仕事は水平に組織されていて、案件の最初から最後まで一人の検事が担当し、今までのように、組織の上方に渡していくことはなかったのだ。「ボス」はまた、他の地区との協働を仕掛けた先駆者でもあった。たとえば、全市にわたる麻薬取引専門の検事局を立ち上げ、日常的に地域を越えていた麻薬取引のネットワークの処理で地域の境界が妨げにならないようにした。また、性犯罪や中国マフィア、消費者詐欺といったユニットをつくり、それぞれが専門センターと、専門の捜査手法を持った。

しかし、いくら思想が高邁でも現実は厳しかった。市には資金がなかった。施設は老朽化してひび割れていた。私たちの本部の部屋は、小部屋が入り組んでいて、比較的大きな部屋には、三つか四つの机がぎゅうぎゅう詰めだったし、私の最初の部屋などは、やっと机を押しこむことができる玄関ホールだった。後に、もう少しましな共有の部屋をもらったが、私の机は入口を塞いでおり、その後ろにはひび割れた革から馬の毛がはみ出ている古いソファがあった。至るところに紙が積み上げられ、手続き書類の山や証拠の入った箱、誰かの食べ物などもあった。夏には空調がよく故障して汗が服に浸み、冬には吹きっさらしの洞窟にいるようで、一日中コートを着て手袋をつけざるを得なかった。うす暗く、電気の配線がはがれていて、ときには法廷の中でさえ、配管から漏水していた。

とにかく何もかもが不足していたが、特に私には、他の誰よりも時間が足りなかった。ケビンが、プリンストンの大学院生のための生化学プログラムに参加できたので、私たちはニューヘイブンからプリンストンに引っ越した。ニューヘイブンのホイットニー通りの居心地いい家を離れ、プリンストンのキャンパスそばにある大学院生のための住宅に移り住んだが、そこは第二次世界大戦中、そして戦後に、帰還兵士の家族のために建てられたものだった。私は、ときには片道二時間かけて、プリンストンとマンハッタンを電車で行き来した。夜明けとともに家を出て、九時前に帰ることは稀だった。ケビンが料理をつくってくれて、遅い夕食をともにした。私は週末の束の間の休息までいつも眠くて仕方がなかったのだが、低カロリーのタブ〔清涼飲料水〕と私自身のアドレナリンで何とか生き延びていた。

たとえ、私たち夫婦の間に長時間労働による支障が出ていたとしても、私は忙しすぎてそれに気づかなかった。私の頭の中は、案件や手続き、刑法の細目などでいっぱいで、その隙間から認識できたのは、ついにケビンが熱中でき、評価されることに従事しているということだった。彼はプリンストンに自分の責任で戻ったことを喜び、新しい友人もできていた。自分のことをうまくやっていたし、私もそうだった。

訓練の一環として行われる法廷演習では、私は弁護士の役をしていた。それはまったくの勘だったが、ある証人が何かを見たことをほのめかしたのだが、それを明言することを避けているような気がした。反対尋問で、ほとんど無関係な質問をして、彼女が直接見ることができなかったということを明らかにした。後でこの演習を担当しているシニア検事助手が私に近づいてきた。「私はこの演習をもう何年もやっているが、証人の陳述の不備を見つけたのは、君が初めてだ」私は幸運なことに、考え方が柔軟だったためか、「アヒルの子」のなかで最初に実際の裁判を担当することになった。それは思っていたよりも早くて、八月に訓練が始まってからわずか数週間しか経っていなかった。誰も、年が改まる前に本物の法廷に立つとは思っていなかったのだ。

その事案は、街頭でのけんかに関わった黒人の青年が、公共の騒乱の疑いで告発されたものだった。彼は大学生で、とてもいい青年だったし、しっかりとした家の出だった。罪状認否では無罪を主張していた。彼の弁護士はキャロル・アブラモヴィッツ、彼女は法律扶助協会〔低所得者への法的支援を無償で行う非営利団体〕の経験豊富な弁護士で、これまで何年も重大犯罪を弁護してきた。その彼女がなぜその日、さほど重大でない犯罪を担当していたか定かではない。たとえ軽い刑でも、有罪と認めることは黒人青年の将来を破滅させるものとして、彼女はこの訴えを却下しようと心に決めていた。これが、私がこの事件について知っていたすべてで、この事案の最初の審理の場で、弁護士が、判事であるジョアン・ケリーの前に立っていたそのとき、私はようやくこの件についての知識を得た。通常、私自身が告訴状を書き、逮捕を担当した警察官に尋問する。前任者が事務所を去ったとき、関係書類は私の机の上の取り散らかされた書類の山の中にあり、まだ開いてもいなかったのだ。

「審理に入る準備ができています」とキャロル・アブラモヴィッツがいった。

「それでは月曜から始めましょう」と、判事ケリー。

「でも、でも、でも……」私は口ごもった。それは金曜日のことだった。私には準備する時間が必要だった。証人を探さなければならなかった。それは本物の裁判だった！

ケリー判事は無慈悲に私を見た。私たちが案件を手早く処理していないと文句をいった。

「月曜に、『ヴワー・ディア』〔voir dire、フランス語で陪審員を選ぶ際の口頭審査〕を始めます。さもなければ本件を却下します」

少なくともそれが、私が聞いたことだった。階段を駆け上がって、審理部での私たち「アヒルの子」の助言者であるケイティー・ローのところに行った。ケイティーはハーバードを出て、三人の子を育て、離婚した後にまた法科大学院に戻った。彼女は、南部の美人コンテストの優勝者で家族は裕福であり、検事局の塹壕にいる必要はなかったのに、公共への奉仕の情熱に燃えていた。そして、初心者に対しても、とても辛抱強かった。

「ケイティー、『ヴワー・ディア』ってどういう意味？」

彼女はがっかりしたように頭を振った。「赤ん坊を狼の洞穴に送りこんでいるわ」でも、私の責任ではないと彼女は保証した。二週間の養成講座ですべてをカバーすることなどできない。本来なら、その後に新人の検事助手たちは申し立て室で働き、事案が法廷に送られる前に、前もって動議に対処しながら、事例を見たり自然に学んでいったりするものなのだ。

こんなに早くそういう状況に至るのは私の不運だった。ケイティーはその午後の残りの時間を『ヴワー・ディア』の手続きや、陪審員の選定など、またその機会を利用して、不利な陪審員を避けるだけでなく、選ばれた人々との良好な関係を築くための戦略についても説明してくれた。今や『ヴワー・ディア』に関する一般の認識は、法廷に関するテレビドラマや、陪審員の選定に関する科学がコンサルティングという産業を産み出したことはいうまでもなく、メディアが著名な裁判を取り上げることで、ずっと身近なものになった。しかし、私が検事局で働きはじめた頃は、すべて謎めいていて、特にニューヨーク州は、弁護士が選定プロセスに関与する稀な州の一つだったのだ（連邦政府や他の多くの州ではそれは判事の仕事だった）。

この最初の本物の裁判では、経験に対して気持ちで勝ったと私はいいたいが、実際にはキャロル・アブラヴィッツが私とともに床を掃除し、その後、不運が私を滑らせたのだ。部屋は、がたがたの木の折りたたみ椅子を数列入れて、事務所を改造し、陪審員席や傍聴席としたもので、ひな壇はベニヤ板に塗装しただけのものだった。私が結論を述べている途中で、急に注意が他のほうに行ってしまった。被告の祖父が汗だくになり、胸を押さえ、その娘はパニックに陥っていた。判事は休廷を告げた。看護師たちが押し合って入ってきた。そして、この可哀想な老人が問題ないと判断されるまで一時間が経過し、ようやく私の陳述が再開できた。陪審員団はそれよりも短い時間で、この若者を無罪と評決した。

この祖父の心臓の問題は、そのときは偶然だと思われたが、法廷での逸話や伝説にあるように、法廷弁護士の間ではおなじみの、よく起こる災難の一つだとすぐに分かった。ある人は、これらの事件を、若い弁護士にとっての通過儀式のようなものだと考えるが、裁判のストレスに関連するもので、再びそれが起こることは偶然ではあっても予測可能なものだといえるのだ。とにかく私は、すべてに対して備えておくべきだということの上ない教訓を得た。救いがあったとすれば、それは、「私はソニア・ソトマイヨール・デ・ヌーナンで、州の市民を代表しています」といいながら、陪審員に自己紹介するときに感じる誇りだった。それは今後も繰り返されるだろう嬉しい瞬間で、裁判で事案を開始するにあたり、私を毅然とさせてくれるものだった。

私の最初の裁判が漫画的な混乱だったとすれば、二番目は異なるタイプの惨事だった。ある男が、地下鉄の中で妻とけんかを始めた。彼女を罵りながら電車の外まで追いかけ、駅のホームから落とそうと顔を蹴った。一人の「善きサマリア人」〔新約聖書にあるたとえ話で困っている人を助ける善良な第三者〕が仲裁に入り、男を傘で打った。次に、被告が「善きサマリア人」の顔にパンチを加え、片方の目が痣になった。よくある家庭内暴力の場合と同じように、妻は夫に不利な証言を拒んでいた。しかし、実直かつ決然とした若い検事の私は、彼女に行く手を遮らせなかった。私は、被告の妻を召喚した。

けれども、裁判の日に妻は姿を見せなかった。もっともな理由があった。病院にいたのだ。しかし後に、法廷への出頭を避けるためにその日を選んで予定を立てていたことが分かった。そして彼女が妊娠中絶をしたと知ったとき、堰を切ったように悲しみと責任を感じた。彼女を召喚することで何を引き起こしてしまったのだろうか。私の行動がその決心を引き起こしたとは思えないが、夫婦間に暴力が関わってくると、往々にして道理は引っこんでしまう。

妻の証言がなくても、私たちは有罪の評決を得ようとしていた。弁護側の弁護士は、ドーン・カルディだったが、法曹界では新米で初めての裁判だった。私の初めてのときと同じへまをしでかし、今回は、私がベテランに見えるほどだった（可哀想に、判事や陪審員は、私たち二人が事案を提示するのを聞かざるを得なかった！）。反対尋問の間、ドーンが反対の立場のためにやっているのでは、と思えるときがあった。たとえば、「善きサマリア人」に彼の話を繰り返させたときだ。幸いなことに、今回は心臓発作はなかったが、ドーンは弁護士会への加入が気になっていた。陪審員が討議している間、宣誓の儀式に走らなければならなかった。彼女が戻ったとき、陪審員は有罪の評決をした。私の最初の有罪判決から得られたはずのどんな喜びも、判決文のために再召集されて戻ったとき消し飛んでしまった。

「カルディさん、私は被告に一年の実刑を宣告しようと思います」と判事がいった。ドーンは青ざめて、震えはじめた。そのとき、何かとんでもないことをしたのではないか、と私も青ざめてしまった。

「と、と、とんでもありません！」ドーンは口ごもった。「彼は働いています。家族は彼の支えに頼っています。今まで一度も逮捕されていません。家庭を破壊します。この人を刑務所に送ることはできません！」ドーンの神経質そうな話し声を聞きながら、私は中絶のことや、この男の妻はその場にいなくて済むようにどうしたのか考えていた。私自身、心の片隅ではそこにいたくなかった。いつも人は最終的には自分の行動に責任があると思っていたし、夫婦間の虐待も容認することはできない。けれどもまた、この刑罰によって苦難にあえぐのは彼だけではないことも理解していた。刑務所に服役することは正当な刑罰であり、彼の妻を暴力から守る唯一の方法だが、同時に、家族みなが高い代償を払うことになる。

ドーンは静かになり、判事は私を見た。「カルディさんには一理あると思います」私は自分の言葉を聞いていた。それは用意された回答ではなく、本当はそうではなかったが、確信を装った。私は、彼を刑務所に送ることは家族にとってマイナスであることを認めた。私はもし、ドーンが、家庭内暴力に対する必要な措置プログラムを講じて、被告が定期的にそれに参加し、妻がそれで問題ないことが保証されるのであれば、執行猶予に満足するといった。三〇歳を過ぎ、前科のない男に対しては、定期的な措置や刑務所行きの恐れは、彼の妻への充分な保護になると考えたのだ。

「それならば、そういう措置を探すように」と判事はドーンに命じた。そして二人ともほっとした。

後で、ドーンは私に礼をいった。私の譲歩に驚いたようすだった。厳格さや重い量刑を勝ち取るといった評判がその経歴に重要な検事にとって、しかもその初心者においては特に珍しいことだったのだ。私自身、上司であるジョン・フリードに報告するとき、疑問を感じていた。ジョンは最後まで聞いてから、いつものように思慮深く落ち着いて答えた。彼は、自分なら違ったやり方をとっただろう、なぜなら「善きサマリア人」への攻撃は、社会に対する脅威であるからだと。しかし、私の考えも認めてくれた。「君は、自分が正しいと思うことをやったのだ」彼が、他の部下を同じように信頼していたかどうかは分からないが、自分の裁判を自由に遂行できるということは、私が仕事上で早く成長する助けになるという自信を強めた。

ドーンと私はしばしば出会った。というのは、法律扶助協会での彼女の部門は、私の審理部に割り当てられていたからだ。弁護士と検事は親しくしないという不文律はあったが、テイクアウトの昼食を食べる間、よく公園のベンチに座って話した。私たちは仕事の話もした。私たちの裁判の詳細や、私たちが一緒に仕事をする判事たちの気質や機嫌、職業的なリスクである型どおりの性的差別などだ。やがて私たちは親友になり、会話の内容はしばしば日常の手続きの行間にある、より大きなテーマへと移っていった。あまり重大ではない犯罪の急激な増加は、犯罪の本質の証拠というよりも、社会悪の徴候と思われた。複雑な社会問題への対応策が厳しすぎるということもあった。しばしば私たちは、お互い、反対の立場に立って議論を始めた。というのも私たちの見方は、性格の違いに左右されることを知っていたからだ。ドーンは、生まれつき公共の弁護士で、彼女の下層の人々への支援は、権力に対する不信に根ざしていた。私はというと根っからの検事で、規則の生き物だった。システムが機能していないとすれば、私はそれと闘うのではなく、それを修正すべきだと考えた。私は司法のプロセスを信頼し、公正に行われるならば、その結果がどうであれ受け入れることができた。そして、たしかに貧しい人々や少数派が犯罪の犠牲になることが多すぎることは知っていたが、この対抗関係のプロセスを階級間の衝突の別名とみることには反対だった。

同じように、私は、検事と弁護士はそもそも生来の敵同士だとは思わない。そういう意見は法曹界の中にも外にも共通してあるのだが。両者はより大事な目的を求めて、異なる役割を果たしているに過ぎない。それは、法の支配の実現なのだ。役割は相反していても、その存在は法の判断が両者に受け入れられることを前提としている。それは両者それぞれの望むような結果を得たいという思いのはるか彼方にあるのだ。だからといって、意欲とか願望が両者の努力を推し進めることを否定しているわけではない。また、検事と弁護士にはある単純な同等性があるということでもない。むしろ、両者が自分に都合がいいような目的の上にある、調和のとれたシステムがなければ、最終的に被告も社会も満足しないのだということを確認し、強調しているだけだ。これは単純な理想主義に聞こえるかもしれない。しかし、法律の実務には理想主義の居場所があるのだ。それは私たちの多くがこの職業に就く動機ともなる。そしてそれは疑いなく、私たち法律家の何人かを判事にさせるのだ。

私たちがともに扱った別の件で、ドーンは困ったようすでやってきた。「助けてほしいの」と哀願した。それは同情すべき話だった。彼女の依頼人は、ずっと収容施設で過ごしていたが、けんかである男を殺して、二〇年刑務所暮らしをした。釈放にあたり、彼が受け取った唯一の支援はバスの回数券だった。不器用で仕事を見つけることもできず、それが泥棒であることも知らずに、廃屋となったビルから銅管を抜き取って売り、糊口をしのいでいた。彼の仮釈放の条件は、たとえ軽いものであってもたった一度の違反で、また刑務所に送られるというものだった。この男にはドーンを信用させる何かがあった。結局のところ、品行はそれほど悪くはなかったし、麻薬取引をしていたわけでもなく、誰かを襲撃したわけでもなかった。誰かが職探しを手伝ってくれていれば、銅管を盗むこともなかっただろう。女の子と知り合い恋に落ちてもいた。ドーンは、試験的に手続きを止めるACD〔訴状却下の意志保留・一定期間起訴猶予となりその期間が満了すれば訴状は却下される〕を私に認めさせた。そして、彼を職業プログラムに就けた。もし六ヶ月間、問題がなければ告発を却下することになる。

二年後のある日、事務所の外で私を待っている人がいた。自己紹介して手を差し出した。「あなたは覚えていらっしゃらないでしょうね」といった。「私はあの銅管を盗んだ者です」仕事を見つけ、管理職にまで昇格していた。さらに恋人と結婚し、息子が一人いて、二人目が生まれるところだった。

慈悲の美徳だ。「与える者にも受ける者にも、神の祝福を」

ときには慈悲の感情はあったが、私は有罪判決を重ねていった。今もそうだが不安はあったが、私はとても強靭だった。法廷での弁論のやりとりのスリルや、たった一つの質問で私をやりこめることができる判事のもと、うまくいくか分からない証拠戦略をその場で考える陶酔感の中毒になっていた。屈辱を恐れながら、法科大学院でやっていたように義務的に準備をしていた。その報いは、その日法廷を出て、また次の日に同じような危険を冒すことだった。一度も安心したことはなかったが、法廷での仕事を愛していればこそ続けてこられた。

重要な告発、あまり交渉の余地のない重大な問責の告発が増えるにつれ、それはまるで五年生のときの金の星集めのようになってきた。私は、特に被害者が、あまり感じが良くない場合や、証人があまり信用できない場合、たとえば、中毒者が他の中毒者の麻薬を盗んだとか、あるいは、二人で五〇もの罪を犯した老夫婦が、そのお気に入りの詐欺師見習いに殺されたケースとか、また宝石商が五〇万ドルもするような高価な宝石の入った袋を店に侵入したジプシーに盗られたとか（そうはいっても本当に高価な宝石だったかどうかは、それを取り返すまで分からない）、まったく希望のない困難な案件を好んだ。そして、このような争いのいくつかに勝利した。

たしかに、誰も私を弱腰だと非難はできないだろうが、ドーンと話していると、いつも私の成功の代償、一人の人間とその家族の人生への影響に気づかされる。彼女の視点は時折、私にささやき、私のなかの声を信じさせてくれる。「もう少し、自分の判断で行動してはどうか、人間の本性を信用してはどうか」と。それは、いつも八〇から一〇〇の案件を抱え、できるだけ早くそれらを片付けなければならない状況では、それほど簡単なことではない。同じ告発内容の案件は混同しやすい。なぜなら、特に検事局はある種の犯罪については標準の司法取引を提示したからだ。武器を持っていたか？　今日認めればより軽いクラスAの罪だ。明日まで待てば重大な罪になる。情状酌量など忘れろ、などだ。私はそんなことは聞きたくない。

しかしながら私自身、納得できない手続きは始められない。私の検事としての熱意は、結局、両者の立場を常に考えるという欲求により限定される。この欲求はまず戦略として弁論部で養成されたが、そこでは、ときに勝ったとしても、公正でなかったという意識から逃れられなかった。けれどもまた、指導者としてジョン・フリードがいたことは幸運だった。彼はまさにそういう穏やかな態度を体現していた。ほとんど処理不可能な数の案件を前にして、公平性に関する彼の一貫性はもっとも重要なものだった。もし私が、被疑者の無実を信じるか、または証人の話に疑問を持ったときには、ジョンのドアを叩いた。私たちは、納得のいくまで証拠を分析した。最終的には、好条件の合意を提案できるように助言してくれたが、いつも出口は残しておいてくれた。「もし、良心がその案件を進めることを許さないのであれば、やってはいけない」

ジョンの本質的な公平性というものは、モーゲンソーが検事局において確立した理想主義的な規範と調和がとれている。でもたびたび、私は、泥水の流れに逆らって泳いでいるような感覚に陥った。それぞれの検事は、同時に一〇〇件もの案件を処理しており、手際良い厳格な裁きが日々の使命だった。雑多な仕事をこなし、使えるツールで問題を解決し、塹壕で歯を食いしばってこらえつつ、一貫性を持って事に当たるべく努力していたのだ。前にもいったように、容易いことではない。

私が比較的軽い犯罪についても、重大な犯罪と同様の厳しさで対処することを、たぶん人は熱心で、断固たる態度だというかもしれない。でもじつは、胃がきりきりと痛み、何かを置き去りにしているという絶え間ない恐れが、密度の濃い準備をさせ、そして議論を組み立てさせるのだ。どういうわけか、私は「アヒルの子」たちの中で最初に重大犯罪の部門に昇格したうちの一人だった。ちょうど同じような時期にジョン・フリードも昇格し、部門のチーフは、ウォーレン・マレーに代わった。ウォーレンのスタイルは違っていた。極端に慎重で、検事としてはとても厳しかった。私は彼とうまくやっていけるか心配だった。

彼は私に、低レベルの重大犯罪や、再審に持ちこまれた案件などをひと握り渡してきた。そのうちの一件は、スリだった。弁護士は根拠がはっきりしていないと私に指摘し、私は、犯行事実が少ないどころかほとんど存在しないことに落胆していた。若い容疑者には前科がなかった。彼の教師たちは、彼を評して、おとなしくて洗練されていて良い行いをするが、やることが遅いのだと表現した。授業を休んだことはなかった。私は、被害者の老婆と面談したが、彼女は、スリが彼女に背を向け、地下鉄の入口のほうに走っていったので、顔は見ていなかった。警察は、学校帰りで電車を待ってホームのベンチに座りまごついていた若者を捕まえた。老婆は、彼が着ていた泥棒と同じ黒っぽい上着で彼を認定したが、何色かはいうことができなかった。財布は結局見つからなかった。

私は証拠について記述し、ウォーレンに持っていった。「もっともだ」と彼はいった。「たしかに弱い。しかし、ここに告発があり、我々はそれを処理しなければならない。陪審員の判断に委ねよう。無罪にするだろう」自分の机に戻り、陪審員の前でどう論じるか熟考した。その夜、プリンストンの家に戻ってからも考えつづけた。けれども、真面目な顔で有罪となる充分な証拠があるといって、法廷に立っている自分が想像できなかった。

翌朝、ウォーレンの事務所に入っていったとき、正直いって腹を立てていたし、興奮もしていた。でも私は自制していた。「私はこの件は扱えません。陪審員に嘘はいえません。もしあなたが法廷に入り、有罪にする根拠があると論じることができるのであれば、あなたがやってください」私は書類を彼の机に放り投げ、部屋を出た。

彼は追いかけてきた。「私はただ、君が確信していることを確認する必要があったのだ」

「どうして、単純にそう聞かなかったのですか?」

「たぶん、場合によっては悪魔の代弁者を演じなければならないこともあるのだよ」

彼はこんな大ごとにしなくてもよかったと思う。結局、検事局はこの案件を取り下げた。

初めてハロルド・ロスワックス判事に会ったのは、私が担当となった案件が遅れに遅れていて、彼がまさに癇癪を起こしている最中だった。「きっと、あなたは」と彼は叫んだ。「新任だから準備にひと月ください、というのだろうね!」私は、証人が準備できているか確認するのに一五分もらえれば、来週にも裁判を始められると彼に約束した。これで、私は彼の好意を永遠に得ることになった。たくさんの非重大犯罪の経験から、私はプレッシャーのもとでの仕事にも、自信(無知のなせる業か)を持った。もし私が何か知っているとしたら、それは、私自身の準備の基準だった。彼が、他の多くの弁護士たちに発した「準備をしすぎるリスクは避けるべきだ」という警告を私は一度も受けることがなかった。反対に彼が私の書いたものを読んでいるときに、ある種の間接的な褒め言葉も聞いた。「綴りの間違いというのは天才の証だ。あなたは沢山あるに違いない」といったのだ。

ロスワックス判事は私の部門が担当する重大犯罪に関する裁判に先立つ、すべての申し立てを判断する立場にいた。彼は、時間を無駄にする弁護士たちに要求が厳しく、妥協を許さないことで有名だった。一度など、ある弁護側の弁護士が訴訟の開始を妨げたとして、一〇日間刑務所に送ったほどだった。彼は、特に、立場の弱い案件での和解の提案を拒否した者には、被告の間に恐怖を巻き起こすという意味で、「闇の王子」とか「ドクター大惨事」、「エホバ」などと呼ばれていた。弁護士に対する彼の悪名高いフレーズは、こうだった。「あなたの顧客は可能なかぎり最長期間、刑務所に行くという憲法上の権利を有しているのです」

しかし、すべてが地獄のようではなかった。その凄まじいユーモアの陰で、並はずれて明晰な頭脳と、鋭敏な法的洞察力をもって、驚くべき効率で案件の動きを捉えていた。良い判事には、現在の法律の知識と同時に、マネージメント能力が必要だ。一つの案件に関するすべての行為を、頭の中に保持する能力はとても重要なのだ。彼は、協議に型どおりの案件では二分くらい、少し複雑であればもう少しかけるだろうが、そのすべての詳細を二ヶ月後でも覚えていた。

ロスワックス判事は、手厳しくはあったが皮肉屋ではなかった。検事になる前、法律扶助や市民の権利擁護の弁護士としてキャリアを始め、その他の皮肉屋と同じように幻滅を味わってはいたのだが。その初期の経験から、被告に法的権利があるにせよ、最終的に訴訟に持ちこまれる案件はほぼ有罪であるという結論に至っていた。ある議論を呼んだ彼の本の中では、警察や検察の妨げとなる権利の読み上げや他の規則を廃止すべきだと提案していた。また、陪審員の評決が一〇対二〔通常、陪審員は一二名で全員一致が原則〕なら全員一致と変わらず、有罪を望むものだと主張した。私は、彼の有罪推定に与するところまではいかないが、統計的にもそういう数字が出ている。警察は気まぐれで逮捕するわけではない。被告の多くは有罪になる。しかし有罪の可能性が高いといって、それが適正な手続きの規定を見直す充分な理由とは思えない。これらは、国の権力を遂行することを任されている人々の人間としての弱さからすべての人々を守るように設計されているのだ。多くの法の代理人たちが注意深くこれらの権力を実行したとしても、誰かが不公正に訴追された違法行為の代償を払うことは、あまりに酷だ。有名なブラックストーンの「一人の罪なき人を苦しめるより、十人の罪人を逃すほうがましだ」という言葉は、今でも深く根づいた公正という意味を訴えているのだった。

手続きに関してロスワックス判事とは意見を異にすることもあり、また「闇の王子」を装う性格に関心があったわけでもないが、彼の考え方の一貫性や厳格さ、そして法に対する情熱、法廷での効率性には感心していた。彼のほうでも、私に心からの敬意を表してくれ、ケビンと私を自宅に招待してくれたほどだった。ホセ・カブラネスと同様、心から尊敬してはいたが、彼の助言にすべて従うような良い弟子にはなれなかった。けれども、検事局で働いた年月のあいだに、法服をまとったハロルド・ロスワックスという生きたモデルを見出し、理想を具現化した人をそばで観察する機会を得られたのだ。

重大犯罪を扱う部署に配属されて間もなく、私は同じ被告の裁判を、異なる罪でだが、二度続けて担当することになった。その被告は、以前起こした窃盗の罪で保釈中に逃亡し、次の窃盗で捕まったときに、係争中であることが判明した。私の事案はしっかりとしていたが、法律扶助協会の経験豊かな弁護士との闘いに、両方とも敗れてしまった。ショックだったが、なお悪いことに、私には敗けた理由が分からなかったのだ。

「そうか。何をやったかいってごらん」ウォーレンはいつもの調子で、しかもいつもよりもっと穏やかにいったので、私は真面目に聞かざるを得なかった。彼は問題をたちどころに見極めた。私は論理に訴え、道徳に訴えていなかったので、陪審員が逃げてしまったのだ。だから陪審員の多くにとって、有罪とすること、一人の人間を刑務所に送ることが苦痛となった。単に、彼らがそうすべきだと理由づけするのではなく、彼らにそれが必要なのだと感じさせることが重要なのだ。「有罪とする道徳的な責任があると、彼らに納得させることが必要だ」とウォーレンは説明した。完璧に論理的な主張でも情熱を欠けば、むしろ決定が厳格な義務というよりも、個人的な裁量にすら見えてしまうといった。

自分の道徳的な確信を伝えることは、必ずしも大げさに演ずることを意味しない。けれども、私が弁論大会でキティ・ジェノヴィスの殺人事件を論述したときと同じように、勝利と敗北の違いは、事実だけではなく感情にも訴えるかどうかに尽きるのだ。祖母は法科大学院に行かなかったけれど、彼女もそういっていた。私自身も高校の頃から直感的に知っていたことで、その後、プリンストンやイェールで客観的に理論づけることを学んだのち、それを何年も忘れていたのだ。

　自分の生来の能力を使い、感情が、説得の方法としては完璧に有効であると受け入れることで、大きな進歩をもたらした。ウォーレンやジョン・フリード、ケイティー・ローや他の検事局の人々は、裁判におけるいろいろな技法を教えてくれた。けれども本当は、それがもっとも重要なことだったのだ。予備尋問から最終弁論の組み立てまで、陪審員に対する焦点の当て方がそれまでとはまったく変わり、結果は明らかだった。その後、一件も敗けていない。いくつかの事案では判事が判決に至らず、また他の多くの事案で、求刑よりも軽い量刑となったが、無罪となったことは一度もなかった。

　この感情的な知ともいうべきものを法廷で適用するにあたっては、人生においても同じだが、熱心に耳を傾けることが大切だ。つまり、鍵となるのは、よく観察して聞くということだ。法廷では、速記者が一字一句記録しているのだとすれば、メモをとる必要もない。ノートに目を落としたために、証人の顔によぎった疑念の影を見逃してしまう。聞くかわりに走り書きをしていると、確信があるときには自然に流れ出る証人の言葉に、言葉を探してさまよい動揺する瞬間があることに気づくことができないだろう。

　こういった注意深さは、また、訴訟当事者のもっとも重要な責任の一つを維持するために用いられる。陪審員をうんざりさせてはいけない。繰り返すが、鍵となるのは、論理的な技術ではない。陪審員の注意を持続させるのは、基本的に自分自身がどれだけきちんと注意を払っているかによるのだ。そのときそこにいて、いつも注意深く聞き手に敏感であれば、彼らはついてくるだろう。もし反対に、台本を読んでいたり、彼らがそこにいないかのごとく単調に話したとしたら、どんなに主張が強固なものであっても、すぐに彼らは離れてしまう。

しばしばそれは、相手の弁護士にとってではなく、一人の人間にとって意味をなすかどうかという問題なのだ。たとえば、検事は、通常法の下で動機があることを立証する必要はない。しかし人は、自然に因果関係を組み立て、その関連づけが理論的に妥当か、またそれが他の人々の頭の中でどう働くかを考えているのだ。「誰々がやった」と結論づける前に、「なぜそれをやったのだろうか?」ということを、本能的に自問する。刑事事件の場合は物語、いわゆる犯罪のストーリーだ。弁護側は単に、その話の一貫性に疑問を投げかければいい。陪審員が感情移入し、被告、あるいは、被害者の立場に身を置く前に、その事案に応じて「なぜ?」という要素が、納得できるものでなければならない。この人が、別の人を傷つける動機となったのは何か。ナイフの刃の冷たい感触だとか、ある者が、かつての雇い主の物を盗んだとき、その犯罪者が感じていた自身の献身が報われない辛さといったものを陪審員に感じさせるのだ。個々のものが、話を現実的にする。私は証人尋問にあたり、強力な知覚的関連性を持つ詳細事実を引き出す一般的な質問を組み立てることを学んだ。色や音、匂いといったものが脳裏にイメージを与え、聞き手を燃え盛る家の真っ只なかに置くのだ。

もちろん、語りは捉えどころがないこともあるし、ストーリーは、もう一度聞くと、変わってしまうこともある。緻密に準備するだけでは充分でなく、不測の事態や、考えられる反論も予知しなければならない。ケイティーが教えてくれたのは、突然、自分の意思と離れたところで、ストーリーが急に変わり、その事案がまったく予想できない混沌へと変わってしまうときどうすればいいのか、ということだった。その場合、即興での対応力や、まるで最初から予期していたかのように戦術を変える巧みさが必要だ。もし、証人があらかじめ告げることなくその証言を変えるようなら、賢い検事は、その証言の重要性を減じ、状況証拠の重みを増すのだ。事案の準備は常に二段階からなる。道理とか論理に基づいて戦略を組み立て、次に身も心もそれに捧げる。しかし計画を見直す必要が生じたら、また情熱を持って売りこむことができる何かを思いつくまで、感情を抑制して論理に戻るのだ。

自分自身で学んだ他の教訓は、しばしば、一般に信じられていることと相反するものだ。たとえば、何人かの検事は、少数派の人たちは、被疑者に有利な偏見を持っているとして、陪審員選定の面接の過程で、合法的にヒスパニック系や黒人を排除しようとする。けれども、私にいわせれば、それはすべての有色人種は潜在的な犯罪者で、またもっともありえないことだが、彼ら自身の間でも、そう見ていると思うことなのだ。どんな黒人でもラテン系でも、働いている者、勉強している者、また家で老いた父親の面倒をみている人たちは皆、もちろん私自身の家族も同じだが、法を尊重していて、犯罪者となるよりも、その被害者となる可能性のほうが高い。人種あるいは民族の結束から、社会に危害を加える恐れのある者を自由にしてしまうという考えは、私が見てきたところでは、まったく馬鹿げている。だから、私は陪審員を私が育った環境と同じクラスの人々で構成する。そしてその結果は自ずから明らかだ。

検事局で仕事をして分かったことは、私の成功にとって、幼い頃ブロンクスのラテン地区で学んだことが、アイビーリーグでの教育と同じように重要であるということだった。大きな努力が必要だった抽象的な法律の習得は、それらが個人の生活にどう影響するかを理解しなければ不完全だということも分かった。結局、この国の法律は空から落ちてきたのではなく、社会の善のために、社会のなかでつくられてきたものなのだ。つまり、法律の着想を与えた現実が身近にあればあるほど、それらを維持するための正義が、より説得力を持ってくるということだ。私は、陪審員の人々と彼らのきょうだいや娘のように一体感を持ち、また彼らの心配事や人生での限界を真に理解しようとした。そしてより特権を持つ相手と対峙するときに、それは多くの場合私に有利に働いた。何年もその反対のことを感じていたが、新鮮な変化だった。しかし、もっと重要なのは、そのつながりが、私の目的意識を育てたことだ。私は日ごと陪審員の前に立ち止まり、自分が奉仕している社会の一部であることを実感していた。

前にもいったように、この仕事は、法科大学院の卒業生の多くが夢見るものではないが、イェールが与えてくれなかった、法的な気質を養成する基礎として役立った。さらに、自分の個人的な環境が、克服すべき不利なものではなく、より良い何かであると認識できたことで、私に自信を与えてくれたのだ。

第22章

一九八〇年春、検事局に入って七ヶ月経った頃、モーゲンソーが、彼自身が創設に関わり、一〇年近く奉仕してきた、ある組織の協議会に入らないかといってきた。「彼らは若くて優秀な人を探しているので、あなたの名前を挙げておいた」という。その頃、ボランティアで奉仕する検事助手はほとんどいなかったし、そういう時間もなかった。私は、すでに毎日の通勤と仕事で手一杯だったので、早くから多くのことに関わることを避けるべきだった。けれども世の常として上司に逆らうことは難しい。特に、彼は私の今後のキャリアでの後援者になるかもしれないのだ。さらに私はその組織にとって、よそ者ではなかった。その組織とは、「プエルトリコ人の法的弁護と教育のための基金」、現在の「ラテンの司法」だ。イェールの学生時代に、この組織の夏のインターンシップに申しこんだことがあり、面接で私自身の目標を聞かれた。短期的な計画はまだなかったが、二〇年後には連邦地裁の判事になりたいと思っていた。面接官は眉を吊り上げ、そういう夢は秘密にしておいたほうがいいといった。私は雇ってもらえなかったが、この組織の使命には興味を持ちつづけていた。

この「プエルトリコ人の法的弁護と教育のための基金」は、英語でPRLDEFと略称で呼ばれていたが、一九七二年に、NAACP（全米黒人地位向上協会）の法的弁護のための基金に影響を受けたプエルトリコ人の若い弁護士たちによって設立された。彼らは、ヒスパニック社会に対するシステム的な差別に挑戦するために力を合わせようとしていた。私がそこに加わる頃には、PRLDEFは組織的にもしっかりとして、重要な改革を勝ち取っていた。歴史的な事案として先例をつくった「ASPIRA〔プエルトリコの若者に対する教育の強化をめざす組織〕対ニューヨーク教育委員会」は、黒人の場合の「ブラウン対教育委員会」のケースのように、ヒスパニックにとってきわめて重要なものだった。ASPIRAの事案までは、プエルトリコ出身の子どもたちは、島の公立学校ではスペイン語で教育を受け、また本土では、私のように家族があまり英語を話せない場合でも、語学に関する何の支援もなく、ニューヨーク市の公立の教育システムに入らざるを得なかった。こういった子どもたちは、何とかやっていくために日々戦っていたが、充分な能力があっても、しばしば知的限界のある生徒のクラスに入れられてしまう。当然落ちこぼれて、予想された不利な条件が現実のものになり、また一時的に状態を改善する支援がなかったために、一生を通しての最低限の雇用と貧困に苦しむことになってしまうのだ。一九七四年、PRLDEFにより勝ち取られたASPIRAの裁判外の合意の命令は、英語に限界のある生徒たちが、ニューヨークの公立学校でバイリンガルの教育を受ける権利を確立した。ちょうどその翌年、従妹のミリアムが大学に入り、後にバイリンガルでの教育で学位を得た最初の若い教師たちの一人になるのだ。

PRLDEFは、「プエルトリコ活動」の自然な継続と見えるかもしれないが、これは、学生たちの寄せ集めの活動ではなく、私よりもずっと経験と知識があり、優秀で責任あるプロフェッショナルのグループで、アイビーリーグの大学がヒスパニックの管理官を採用することなどよりも、ずっと長期的な視野に立つものだった。PRLDEFが勝ち取ったいくつかのもの、投票の権利の獲得や差別的雇用契約への反対は、数百、いや数千の人々に門戸を開くだろう。これらの努力は、ニューヨークのプエルトリコ人のみならず、国じゅうの人々にとっての機会や、市の関与の境界を動かすことだろう。同時に、このグループは疑いなく私の共同体で、それが私を深く感動させた。それはホセ・カブラネスが人々に責任を持ち、またそれを苦もなくより広い世界に広げるのを見るときに感じるものと同じ誇らしい気持ちなのだ。私たちの協議会には、ニューヨーク社会の最高位の人々もいたが（プエルトリコ出身者も本土出身者も）、主要メディアの幹部や、私たちの社会で想像できるよりさらに裕福な実業家もいた。ラテン系社会は、私が育ったブロンクスで理解していたよりもずっと広いものだと気づかされた。

協議会でもっとも若いメンバーとして（最近採用された「若い血」も私よりも年長で、またプロフェッショナルとして認められていた）単に入れてもらえただけで、多くの成功を得、さらなる成功に向かっている人々から学ぶ機会が得られるという名誉を感じていた。もしそのとき、未来を垣間見ることができたなら、そこでの友人たちが、連邦裁の判事や大使、国の検事局、大学の学長、法学部の教授、弁護士事務所のパートナーなどになっているのを見ただろう。その一人ひとりが、公共サービスに生涯をかけて献身しつづけた。女性たちは特に元気を与えてくれ、仲間意識を持ち、互いに精神的に助け合っていたが、それは他の組織には見られないことだった。検事局では、本当に力のある地位にはほとんど女性がいなくて、局長クラスはみな男性だった。しかしここでは、プロフェッショナルで能力があり、自立しているヒスパニックの女性たちが、それぞれの分野のリーダーとして、他の人々の利益のために懸命に努力していた。

私は、訴訟委員会で働き、弁護士を雇い、どのような案件を受け入れるかという戦略を立てていた。また、教育委員会の一員としても、より多くのラテン系の人々が法律を勉強できるようにLSATのための教材を準備したりするのに加え、インターンシップのための調整や、少数派のための助言者を見つけたりした。これらの活動は、私の周りのモデルとなり得るすべての人々から学ぶことに加えて、組織の本性についての基礎やどのようにその組織のなかで競合する利益のバランスをとらなければならないか、ということも教えてくれた。ひと言でいうと政治だ。特に、人の採用の仕事では、限られた資源をどのように割り当てるかという問題が、直接降りかかってきた。より大きな事案をやりたい、より広い弁護をやりたいという人もいた。私はいつものように、小さくて分別のあるステップを望んだ。ときには衝突もあった。もっと大きな企業環境での訴訟で勝利した経験のある弁護士たちも多く、今は、小さな組織の限られたスペースで、皆が利益なしで、感情の渦に巻きこまれながら動いていたからだ。うまく運営しなければ、これらの衝突が組織自体を引き裂きかねず、それは実際に勃発寸前だった。

PRLDEFはこれらの問題により、組織を分断し協議会の全メンバーや個人の心の傷となった労働争議の間に、危機的な状況に陥った。問題となったのは、いつものように労働者と管理側の論争だった。給料というよりも（そこでは誰も高給は期待していなかった）福祉や労働時間の計算の仕方、または時間外の報酬に関してだった。私自身、検事局と同じように雇われの身で、経営幹部の経験もなかったので、事務所の弁護士たちをごく自然に支持していた。けれども協議会のメンバーとしては、その機関の受託者としての義務があり、言葉は重いが、社会全体へのＰＲＬＤＥＦの重要性を評価していたので、真剣に現実の責任として捉えていた。

個人の必要性と、機関としての現実の必要性のバランスを、どのようにしてとるかはとても重要だった。個人の立場に立つことはいいのだが、もし、属する組織の健全性や揉めごとに注意を払わなければ、長い目で見て苦しむことになる。この点は一年後に母が、解雇されたと泣きながら電話をしてきたときに明らかになる。彼女は勤務するプロスペクト病院が予告なしに閉鎖されたとき、他の同僚とともに街に放り出された。その突然の破産は、数十の雇用を消滅させ、数十年にわたって週日を共にしてきた家族のような仲間をばらばらにし、家庭を危機に陥れ、また近隣を活性化してきた機関を破壊したのだ。もう一度いうが、私の心は生計を失った側にある。けれども私は考えた。機関を維持し、当事者全員の辛い喪失を避けるために、どんな譲歩が必要で、どんな決定が正しかったのだろうか？　プロスペクト病院がなくなってしまったのを見て、微妙なバランスや厳密な計算、そして個人的な犠牲というものが、最終的には、あの困難な時期にＰＲＬＤＥＦを無傷に保ったのだと思った。

ＰＲＬＤＥＦは、私にとって初めての真剣なボランティアでの仕事で、「市民の弁護士」の名にふさわしい役割だった。その仕事を、検事局を離れてからもずっと長く、判事になるまで合計一二年間続けた。私が受けた教育を、他の人々のために役立てることには、大きな満足感があり、私的な時間はなかったが、他のグループにも協力した。たとえば、ＳＯＮＹＭＡ〔ニューヨーク州住宅ローン公社〕とも仕事をしたが、そこでは労働者階級も利用できる住宅ローンのためのプログラムをつくっていた。厳格な資格審査が自慢で、その結果、大多数は自分で借入金を返していた。しかしながら、私が中断したきっかけは、私自身の母親がずっと懸命に働き、金銭面の履歴も完璧だったのに、もっとも収入の低い人々のために用意されたカテゴリーのもとでですら、資格が与えられなかったことだった。取り残されてはいるが支援に相応しい人々、私の母の場合のように、きちんと義務を果たし、これからも果たすような人々を助けるために、申請の基準や機関を守るための絶対的必要性を調整する方法がないことは不公平だと感じた。

私は、自分が育った共同体のために必要な経済開発や、教育に関するどんな仕事でも受け入れていた。私の仲間に関心があっただけでなく、自分自身の経験から、彼らに必要なものがよく分かっていたからだ。けれども、私が世界に道を切り開いていくにつれ、どのグループも孤島ではないとますます分かってきた。もっとも取り残されたグループですら、各個人の素性が多くの要素からなっているように、重なり合った所属の輪から成り立っているのだ。善い行いというのは、最終的にはより広い意味での共同体の、より大きな市民的な文脈において、個別の関心に目を留めることだ。私と同じ環境で育った人々に特有の必要性は私の心に響いたが、しかし、今や共同体を越えて奉仕することがますます求められてきたのだ。

私はそういう気持ちから、ニューヨーク市の「キャンペーン財政委員会」（CFB）に参加した。PRLDEFやSONYMAと違って、この財政委員会は比較的新しく、一九八〇年代半ばにニューヨーク州を揺るがしたスキャンダル、すなわち疑いなく賄賂だが一部は完全に合法の、選挙運動への巨額の献金が明るみに出た後につくられた。選挙に関わる財政を監視する必要性は劇的なもので、買収を防ぐだけではなく、お金だけが争いを決定する唯一の要素ならば排除されただろう候補者たちに、アクセスすることを保証するものでもあった。しかしこの委員会の設立前は、規制はなく、また公共の資金の支出のモデルすらもなかった。ニューヨークは、これらの改革を始めた最初の主要な州であり、その他の例はアリゾナ州のツーソン市だけだった。

私を引きつけたのは、単純に適切なルールをつくることで、長年の懸案を構造的に解決できる可能性だった。そして、それは利害の反する者たちの合意を形成するある意味芸術的な実践で、政治的分裂に対するいつもの私の答えだった。実際、私が政治的にどの党派にも組みしないとされていたことは、中立な仲介人としての私の信用を増した。しかし評議会での手続きの公平性と透明性を訴求するもっとも重要な人材は、その委員長ジョセフ・A・オヘア神父だった。イエズス会の司祭であり、フォーダム大学の学長でもあったオヘア神父は、疑いなく一貫性のある人物で、それによって公平性が保証された。彼の無礼なユーモアのセンスは、どんな偽善の徴候をも煙に巻いてしまった。委員会は、彼のリーダーシップのもと、共通の善のために、いかに政府機関が党派を超えられるかという好例だった。

私にとってCFBは、市や州の政治的な舞台への入口だった。そこで働いて知った多くの弁護士たちはその後、政界との仲介役となった。彼らが私を知っていること、そして後に私を支援してくれたことは、そのときには想像もできなかったのだが、その後の私のキャリアにとってとても重要だった。私は常に、自分のキャリアは政治を超越した基本原則に奉じていると考えていたが、実際には、連邦の司法職に就くには、そういう政治的チャネル以外に道はなかったのだ。たとえ、私が党派的な活動に携わっていないと知っていたとしても、少なくとも私のことを真面目な調整役であると見ることができるような、影響力のある人々を知っていなければならなかった。でも時がくれば、誠心誠意、個人的な誇りのために培ってきた一貫性が、私の名刺代わりとなるだろう。少なくとも、後に私はそういわれたのだ。

時折、理想主義的な人々から、ネットワーキングとか、人的なつながりのネットワークが、虚栄心や利己的に利益を求めることによって汚染されるとして、全面的に否定されることがある。しかしながら、暗闇のなかでの徳は天国でのみ報われる。この世界で勝利を得ようとすれば、個人を知る必要がある。けれども、政治に関わるようになると、協力関係とか認知というものは両刃の剣となる。PLRDEFを退いてから何年も後、私が連邦最高裁の判事の候補になったとき、この組織との関わりが私の逆風となった。批判者たちは、この「ラテンの司法」(PRLDEFのこと)は急進的な団体で、候補者はこの組織と関わりを持つことなど決してあってはならないと主張した。このようにPRLDEFの活動が、ラテン系社会や一般的な人権の問題に取り組んできたことを忘れ、ひどく歪められているのを聞くのは、私やこの協議会のために真摯に活動してきたすべての人々にとって、堪えがたいことだった。けれどもPRLDEFは、こうした攻撃にひるまなかった。創立メンバーであり、今はニューヨーク州の官房長官、セサル・ペラレスを長とするこの協議会と、そこで仕事をするすべての人々は、この非難に反論するため、また私に対する社会の支援をまとめるために、休みなく働いてくれた。私はいつまでもこの努力に感謝する。

第23章

「それは辛いわ」と、母がいった。「彼は私の息子みたいなものよ、ソニア。成長するのを見てきた。それは私には簡単なことではないわ」

「ママ。私には簡単だと思っているの?」

私も悪かったことは否定できない。その頃、検事局の仕事に忙殺され、各案件に全力を尽くそうと駆り立てられていた。毎晩、書類を家に持ち帰り、彼の存在をあまり気にせずに、没頭して資料を読みこんでいたことが何度あっただろうか。そしてケビンもまた、プリンストンでの新しい彼自身の人生を見つけ、そこに私の居場所はなかった。なぜか私たちは、最初の純粋な愛や、真面目な束縛を置き去りにしてしまい、双方にとっての新しい目標を見失っていたのだ。

一九八一年の夏、私たちは初めてケープ・コッドで夏休みを過ごしていた。季節はずれの寒さだったが、どんなことにもいらいらして熱くなっていた。これは、私たちが経験してきた変化や、どのようにして彼がもう私とのつながりを感じなくなったかを、ケビンが慎重に言及する前触れだった。それまで、私たちの関係や気持ちについてあまり話したことはなかった。つき合いはじめた高校時代に、何時間も話しつづけていたときからいつも、共通の興味や何でもない話ばかりで、決して私たち自身のことを話題にしたことはなかった。子どもみたいに屈託なく話していた頃から、どれほどの時が流れてしまったのだろうか。そういった日々の思い出すら、ますます遠くなっているようだ。

四時間におよぶ気づまりな沈黙のドライブのあと、夜遅く、私たちはプリンストンのアパートに帰った。私は休み中に溜まっていた郵便物につまずいた。明日は仕事だ、私はベッドに倒れこんだ。

翌朝、ＤＭＶ〔運転免許証を発行する車両管理局〕からの手紙を開いた。結婚して丸五年経ってようやく、ＤＭＶが結婚後の姓で新しい免許証を送ってきたのだ。

「ケビン、どう思う。もし私たちが別れたら、旧姓に戻すためにまた五年かかるわね」

それは、ある時点までは冗談だった。

「あぁ、そういうことだね」

心では分かっていながら、突然、自覚して認めるまで、長い時間がかかることがある。この躊躇いのない冷たい答えには、もう私が否定することができない真実が含まれていた。私たちの結婚生活は終わったのだ。ケビンが仕事に出かけた後、私は受話器をとった。私は、母に彼のことを悪くいったこともなければ、私たちの間の問題を話したこともなかった。私にとって、私たちの関係は個人的なものだった。私の経験では、誰かに、恋人や配偶者について相談するとき、聞き手は話し手の怒りを吸収して、話し手が相手の無礼を許した後でも、ずっと覚えているものだ。だから何かよほど重大なことでない限り、母は知る必要がないのだ。そのとき母は、私たちの間に問題があることを初めて聞いたのに、私には何もいわなかったことに感謝している。

「家に行ってもいい?」

「いつでもどうぞ、ソニア」

ケビンと私は、何の怨恨もなく話し合った。私はクレジットカードが気になっていたので、その借金は私が引き受けることにした。その代わり、ホンダシビックを私が受け取ったが、問題は、私がマニュアル車の運転を知らなかったことだった。

別れようとしている人から、運転の仕方など教えてもらうものではない。クラッチを傷めつけるたびに、ケビンは卒倒しそうになった。お互いに余計なストレスは必要なかったのだ。けれども時間がなくなってきたので仕方がなかった。マルグリットとトムが間もなくプリンストンに引っ越しの手伝いにくることになっていた。私は、このいまいましい車を運転できずに、うんざりして苛立っていたが、なんとしても週末にアパートを出ることに決めていた。たとえ、レッカー車で車をコープシティまで運ばなくてはならないとしても。その夜は、最終的に睡魔に襲われて倒れこむまで荷造りをしていた。驚くほど現実的な夢を見た。私は車の中に座り、エンジンをかけ、スタートさせた。クラッチを踏みこみ、つながるまでゆっくりと足を上げ、それから少しアクセルを踏みこむと、タイヤは回っていた。なんて素晴らしい……。

翌朝、マルグリットとトムがやってきた。彼女のため息や、緊張した会話からも明らかなように、この状況は彼らにとっても辛いものだった。彼らの車に荷物を積み、私のシビックに本やその他のものを積んだ。車の荷物から判断すると、私はこの五年間でそれほど物を増やさなかったといえるだろう。五年の結婚生活でわずか車二台分だ。マルグリットがマニュアル車を運転できたので、運転しようかといってくれたが、私は自分でやるから一緒に乗ってほしいといった。エンジンをかけると、夢で見たことが現実に思えた。起きているときには、ケビンと一緒にいる緊張で覚えられなかったが、眠っている間に習得したに違いない。細心の注意で高速に辿りつき、四速に入れた。そこからは、長い道のりを滑るように進み、ブロンクスの交通量に立ち向かう前に、気を落ち着かせることができた。

母が暗い顔で、それでも嬉しそうに私たちを出迎えてくれ、私たちは荷物をエレベーターから降ろした。なじんでいた家だが、どこか違和感があった。ジュニアがいないのだ。彼は医学部を卒業し、医学実習のために、シラクスへ引っ越した。母は、夕食にチュレタ（骨付き肉）を用意してくれたが、台所の匂いが何よりの慰めだった。きっとすぐに、私と母はお互いに我慢できなくなるだろうが、その夜は母のいる家に帰ったことが安らぎだった。

私が家を出てから、ケビンと私は本格的に話し合いを始めた。一年間にわたって断続的に、一緒に出かけたり、ときには、週末を一緒に過ごしたりした。一つには、昔の輝きを取り戻すための暗黙の努力だったが、やはりうまくいかなかった。結局、何が悪かったのかを理解するのに時間をかけたに過ぎなかった。

ある夜、ケビンはこう打ち明けた。「いつも君のことが誇りだったよ」といい、「だけど、同じレベルを維持できないのは辛かった。君がプリンストンで優秀な成績を収めているとき、僕はストーニーブルックでパーティーをやっていたんだ。でも自分は充分優秀なのだから、この違いは埋めることができると思っていた。いつも何かしら言い訳して、いつかは物事を改善することができるってね。でも今は、頑張って仕事をしている。今の自分に満足しているし、やっていることが好きなんだ。いくつかのクラスでは苦労しているが、まぁ、うまくやっている。でも、僕はもう認めたんだ。どんなに頑張っても、君には追いつけないってね」

辛い容認だったが、その言葉の潔さに心を動かされた。多くの男性はそのように感じても、自分のエゴのために妻を攻撃する。もちろん、結婚において妻が夫の影を薄くさせるなど、二人とも予想もできなかったのだ。理由はまだあった。「僕は自分が必要とされていると感じたかったんだ」といった。「君は僕を愛してくれてはいるが、必要とはしていないと感じていたんだ」

たしかにそうだったかもしれないが、私にはそれが問題だとは気がつかなかった。愛の必須の要素として、必要性を考えたことはなかった。むしろその目的は、理解とか愛情、相互の尊敬、また、人生を共有することではないのか。つまり、必要性は感情を従属させるもので、まるで誰かを愛することには隠された動機があるかのように、その純粋さを傷つけるものだとさえ思えた。振り返ってみれば、私は理論的すぎたのかもしれない。実際、私は幼い頃から自立しようとしてきた。まわりの大人たちを当てにできなかったから、そういう自立性がないと生きていけないと感じていた。心から家族を愛してはいたが、最終的には自分自身だけが頼りだった。そういう生き方は、私が目標とした人格の一部であり、一度は私を救ってくれたが、今や、そのために人生を共にすると誓った人と別れようとしている。

もし、結婚前にもっといろいろな恋愛関係を持っていたら、それを長続きさせるために何が必要か理解することもできただろう。誰かと一緒に暮らすことは、とても若いときのように簡単ではないように思える。一緒にいることで落ち着き、お互いにかけがえのないことを知っていることが、接着剤のように私たちをくっつけていた。けれども私たちの性格の違いや、成功の度合いの不均衡が大きくなるにつれ、知らず知らずのうちにこの接着剤が溶けてしまった。ときとして、私の卓越さをというよりむしろ、自己信頼の強さを、どんな男性も受けとめることが難しくなるのではないかという危惧を持っていた。家族や友だちも、ときにはうるさいほどに、一人でも満足しているように見えることを心配していた。けれども私は一人でいることがいかに安心で快適であっても、幸せな恋愛関係はやはり魅力的な選択肢であり、実際それを得る可能性については楽観的だった。

春に、ケビンから電話があり、彼の修士論文の助言者がシカゴに移ることになったといった。プリンストンには、その人以外に彼を惹きつける人はいなかったので、ついていくしかなかった。彼は、私は残るに違いないと分かっていた。検事局での仕事は、私にとって彼の研究と同じように重要だった。さらに、その時点で私のキャリアのことを考えれば、もしそうする気持ちがあったとしても、すべてを投げ出すことはできなかった。こうして私たちの関係修復の努力は、非公式の結末を迎えることになった。

ケビンの母親のジーンは、私たちの破局を嘆いていた。彼女とは最初はうまくいかなかったが、彼女の偏見は嫁を持つことで弱まり、また、年月を経て本当の友情に育っていった。後になって私が出ていって初めて、ケビンの、たとえば祝日のプレゼントとか、時宜を得た電話などの多くが、私の発案だったと気がついたのだと彼女は告白した。

結局、離婚手続きを頼んだ弁護士への支払いのために、結婚指輪を売ってしまった。ケビンと別れるのは悲しかったが、結婚の日に感じたような感情はなかった。ロスワックス判事に離婚のことを告げ、また旧姓を使いたいというと、彼はすぐにそのようにしてくれ、まだミズ・ソトマイヨール・デ・ヌーナンと私を呼ぶ人たちには修正を指示してくれた。運転免許に関しては、もっと時間がかかるだろうが。

第24章

友人たちは、物事を区画化する私の能力が信じられないと、恐れすら感じていたようだ。けれども私自身はうまくいっていた。あるプロジェクトに没頭していると、まわりのことは見えなくなってしまうほどに。ある夜、または週末に、ふと立ち止まって下を見ると、自分が崖を踏み外していることに初めて気づくというような感じだ。幸いにもその友人たちが下で私を助けようと待っていてくれるのだが。

ほぼ一年の間、毎週末、事務所で同室のジェイソン・ドランと、他の部署のテッド・ポレッツが、私たち三人のための計画を立ててくれた。日曜のブランチ、映画、そしてパーティー。私の離婚や、なぜ私たち三人が一緒に出かけるようになったかについては一切話さなかった。それは、私を支え私の孤独をいやすための、優しい思いやりだった。

女友だちには、もちろん別のやり方があった。

ナンシー・ゴールド、現在のナンシー・グレイは、検事局に入った初日のオリエンテーションで、隣に座って以来の友人だった。昼食時には、彼女が見つけた特別キャンペーンを活用しようと、チェンバース通りのシティバンクまで二人で走った。後に、私がプリンストンから通っているのを知ると、陪審員を夜通し拘束するたびに、泊まっていけるようにソファベッドを提供してくれた。さらに、ケビンとの間で別れ話が進むと、ソファばかりではなく優しい思いやりで精神的に支えてくれた。「それは皆にとっては当然のこと、あなた以外にはね、ソニア……」とナンシーは、生来の心理療法専門家として助言をした。私の秘密を聞きだし、完全なフロイト流の精神分析を行い、果てはそこにいないケビンまでも分析した。

また、買い物療法もあった。「ソニア、いったい机の下に何足靴を置いているの？ みんなだめになっているじゃない。いいのを買いなさいよ」彼女は、私が身体的な自分のイメージをとても否定的に思っていることに対して、断固としていった。「あなたのお母さんが二〇年も前にいったことを、いったい誰が気にするっていうの？ 大事なのは、土曜日にあなたがどう見えるかよ。自己批判はやめなさい。あなたはとても素敵よ」そうじゃないわ。あのときよりは悪くはないかもしれないけど、素敵ではないわ。試着室の鏡の前で、ナンシーと並び、自分自身にいった。彼女はスタイルがいいわ。これは彼女にはぴったり。私自身のスタイルに似合うセンスを持ちたいものだわ。

夏がきても、私はまだ次にどうするか決めていなかったが、とにかく母と一緒の生活には小休止が必要だった。少なくとも週末何日か離れていなければ、ずっとけんかを続けていただろう。ナンシーはファイア島に夏のための共用の家を持っていて、仲間に入らないかというので見にいった。そこは大変なところで、部屋よりも人の数が多いほど、そして夜明けまでどんちゃん騒ぎだった。

「私の趣味じゃないわ、ナンシー」

でも彼女は、私の生活を活気づけるとても良い方法だと言い張った。「人の多さなんて心配ないわ」といった。「彼らの多くは、私も知らない人なの」私は、なぜそれがその案を魅力的にするか分からなかった。

「とにかく、やってみなさいよ」

結局、もっと静かな何かが必要だといって、彼女の提案を断った。すると彼女は、大学のときの女友だちを紹介してくれたが、その人は同じ島の別の共用の家にいた。そこは彼女がいうには、まるで違う環境だということだった。皆で食事をした後、夜は静かにテーブルでゲームをしたり読書をするという。私は、覚悟を決めてその冒険に乗り出した。

初めて行ったときには、夜遅く停電して電話も通じないような嵐の真っ只なかで、フェリーの埠頭に置き去りにされた。埠頭から砂丘を通って数百メートルほど行ったところで、私はやはり道に迷ってしまった。道を聞くためにある家のドアを叩いたのだが、誰かの道ならぬ愛の巣だと知って、恥ずかしくなってしまった。やっと目指す家を見つけて入りこんだ。

共用の家の仲間マーク・サーレンは、そのときうとうとしていたが、海の怪物が入ってきたと思ったらしい。けれどもその後は、とても静かな素晴らしい夏だった。隔週末には、ヴァレリーと婚約者、ジャック、マークに数人の友人たちと、雑学遊びやスクラブルをやったり、サンデータイムズや面白いミステリーを読んだり、また古ぼけた小船に乗ったり、海岸でとれたあさりを使って料理をつくったり、ずっと煙草を吹かしたりしていた。実をいうと、一人で過ごした最初の晩は、暗闇の中から物音が聞こえ、キッチンナイフとほうきの柄で武装していたのだ。けれども最終的には、ここより安全な場所はないと感じるまでになった。

何年か夏のあいだ、そうやって共用の家を借りているうちに、各自がそれぞれ他の計画を持つようになったが、島で始まった友人関係はその後も続いた。子どもたちは大きくなり、それぞれまた子どもを持った。夏の儀式は、別の形の慣習となっていった。たとえば、マークと一緒に出かける毎年恒例の、バレエのシーズンチケットのように。そして今でも、少なくとも夏に一回は、ファイア島の家族と一緒に過ごすために島を訪れる。

「あなたには警察官がお似合いよ」とナンシーがいった。「警察官はセクシーよ」

私はまた、誰かとデートしてみようと思いはじめていた。実をいうと、最初は試験的にだったが、誰かを個人的に知るというプロセスを楽しむようになって、デートが楽しくなった。誰にもぞっこんにはならなかったけれど、自分が魅力的だという自信を取り戻せるような男性とも知り合ったし、高校時代以来感じたことのない、あの張り詰めた予感を感じさせてくれる人さえいた。もしそれを楽しみ、積み重ねるつもりならば、結果がどうであれ小さなロマンスも素晴らしいものだ。

母の家で暮らしていれば、私のデートには制約があった。彼女の部屋から、「ソニア、もう夜中よ。明日も仕事でしょう!」という大声を聞くと、必ずしも自分がメアリー・タイラー・ムーア〔三〇歳代の独身女性を演じたコメディエンヌ〕のようには感じられなかった。もし遅くまで外出していれば、母はパニックに陥った。電話がつながらないと、私の友人たち皆に電話をした。私たちはお互いに、人生をみじめなものにしていた。

ドーン・カルディは、ブルックリンのキャロル・ガーデンに住んでいたが、隣人が賃貸アパートを持っているといった。センター通り一〇〇番地の私の事務所から電車で二〇分、歩いても四〇分の場所だった。近所の人々はとても良い人々で、すべてイタリア系だった。その通りのほとんどの家族は、何代にもわたってそこで暮らし、お互いに世話をし合い、まるで私が子どもの頃知っていた祖母の家の近隣の人々のように思えた。その夜、早速見にいった。建物はとても個性的で、天井には伝統的な錫(すず)の細工があり部屋も感じがよかった。当然、家主は手付金を要求してきた。私はどこからその金を捻出するか当てもなかったが、とにかく翌日、小切手を持ってくるといった。でも約束する前に、やはり母がそこを見なければならない。それは彼女が決めるわけではなく、安全な場所であると知って彼女が精神的な安心を得るためだと私はいった。家主はこれが気に入ったようで、私が去るとすぐに、貸家リストから外すように不動産屋に電話をしたそうだ。

マルグリットが手付金を貸してくれ、また、この機会に基本的な処世術を教えてくれた。たとえばお金の管理など、私がまだ知らないことを。実をいうと、それまで私には必要なかったのだ。母の給料と、私やジュニアのパートタイムの稼ぎでは、いつもぎりぎりの生活だったからだ。ケビンがささやかな贅沢のためにクレジットカードを使うたびに、借金が雪だるまのように大きくなることを恐れて心配した。また、たびたび、おばたちにはお金を貸したが、借りたことはなかった。貯めることに関しては、子どもの頃、クリスマスの贈り物を買うために瓶集めをしたこと以外には、何も知らなかった。そこでマルグリットが、彼女に定期的に支払うように計(はか)らってくれた。そして借金を払い終わった後も、同じ額を毎週貯蓄口座に預金してくれた。マルグリットはこうしたことをすべて知っていて、すべてを順序正しくやっていた。大学、仕事、預金、そして夫婦関係など。実際的な助言をしてくれることは、彼女の心からの支援を表現する控えめなやり方なのだ。

キャロル・ガーデンに引っ越すにあたり、自分自身のスタイルをつくることができるという多少の自信を得て、その場所を飾ることを始めた。驚いたことに、私には、空間がどう機能するか、大きさや規模といったものがどう感情に影響するかについて勘が働いた。建築様式はいつも私に感情的な影響を与えていた。しかしキャロル・ガーデンでもっとも影響力があったのは、そこに住む人々だった。ドーンと私が隣人になり、ある快適な習慣をつくり上げた。とても長い一日（往々にして一〇時を過ぎていた）を終え、電車から降りると、いつも自分の家に帰る前に彼女の家に寄った。彼女の夫ケンは、仕事で朝が早かったのですでに寝ていたが、いつも私のために、一皿用意してくれていた。彼は今もそうだが料理が上手だった。ドーンが飲み物を持ってきてくれて、ニューヨークの刑事司法システムにおけるその日のことを話し合った。

実際のところ、私たちの経歴には共通点が多く、仕事以外でも話すべきテーマがあることに気づいた。彼女は、家族を分断しかねない一か八かの賭けをしなければならなかった移民一世の娘であり、そのため、早いうちから自分自身を信じてきた。そして私と同じように性格の強烈な母親がいて、私は彼女の母を、マルグリットの母親と同じように、もう一人の母とも思うほどになった。何年も経ち、多くの祝祭日を経て、私はドーンの家族を全部知るまでになった。彼女の両親、子どもたち（ヴァネッサ、ザチャリにカイルは、私の非公式な名付け子になった）、姉妹、義兄弟、甥姪、いとこそして姻戚も。

私の友人の親戚はみな私の家族になった。この習慣は、私が幼い頃から、プエルトリコの一般的な文化の中で、私の世界の中心にいた祖母、そしてブロンクスに散らばっている私のおじおばたち、いとこ、義理の親戚や名付け親たちの村で、培われたものだ。一族がどうやってその境を越えていくのか、それは結婚するたびに、一人ずつ追加されるのではなく、新しい一族が加わるのだ。しかしながら、祖母の家族の場合には、最終的には血のつながりがもっとも大事で、祖母は絶対的に血縁のある家族をひいきした。私の母はほとんど孤児で、親戚も少なく、この点についてはそれほど押しつけがましくはなかったが、母は、私の父の家族をまるで自分の家族のように扱い、彼が死ぬと彼女の姉アウロラ伯母に、家のなかの空いているスペースを提供したことはいうに及ばず、ほとんど理解しがたい熱心さで執着した。しかし母は市営住宅でもコープシティでも、近隣の友人たちにも家族の輪を広げつづけた。アナとモンチョ、イルマとギルバート、クリスティーナ、ディノーラとトニー、フリア……皆、私たちの家族だった。

家族に関しては、私は、母の考えを踏襲して、生まれや血筋、結婚といった偶然に限定されることはなかった。他のどんな家族でもそうだが、私の家族も、どんなに遠くにいようとそれぞれとの絆を守るしきたりや慣習があった。たとえば、私の友だちのエレイン・リトゥワーは、そのとき以外はほとんど会わないが、ユダヤのクリスマスである過ぎ越しの祭りに誘ってくれ、その祝宴に参加することで彼女の家族とも、私たちは絆を強めた。感謝祭は、いつも母やドーンの家で祝った。クリスマスは、ジュニアや彼の子どもたち（カイリー、コーリーとコナー）がくれば、彼らとともに過ごした。旅はまた、伝統を守る別のきっかけともなった。遠くにいるために失われがちな友情も、旅行にかこつけて、彼らを訪問することで保たれていた。こんなふうに、私はケン・モイとその家族のような昔からの友人を大切にして交流を続けていたし、また、旅で知り合い私を支えてくれたベティー・バカやアレックス・ロドリゲス、ポールとデビー・バーガーたちとの新しい関係もできた。途中、何年も話をしていなくても、再会したときにはまるで昨日会ったばかりのように感じたものだ。

子どもたちは、その仮の家族のつながりを次のレベルに引き上げる。私は子どもたちが大好きだったし、おかげで、多くの大人が失ってしまった子どもの目で世界を見ることができた。そしていつも、子どもたちのように強情だった。誰も甘やかさなかった。彼らとゲームをすれば、必ず勝とうとした。子どもたちを一人前の人間として扱った。時折、私は、友人たちよりもその子どもたちが好きだとさえ思った。年を経て、知る限り、私はもっとも多くの代母〔洗礼の立会い人〕となり、またその役割を真剣に考えていた。従姉のアドリーンが彼女の娘エリカの代母になってほしいといったとき、私はわずか一三歳だった。エリカが最初だったが、責任の重さや、その名誉にとても驚いた。次が、アルフレッドの息子のマイケル、その後マルグリットの息子トミーが続いた。私の友人、歯科医のマーサ・コルテスの息子のデヴィッドが最後だと思っていたら、こんどはエリカが息子ディランの代母になってほしいといってきた。マイケルとその妻リサンドラにはもうすぐ子どもが生まれるが、その子の代母にもなってと頼まれている。

けれども、カイリーの場合はちょっと違っていた。

初めて見たとき、彼女は箸のようなか細い手足をして、新生児集中治療室の中で管につながれていた。八〇〇グラム弱しかなかった。信じられないほどひ弱で、生存の確率は低かったが、彼女が静かに呼吸するのを見て、生命と科学の奇跡に驚き立ちすくんだ。デトロイトのジュニアから電話があり、トレイシーが病院に運ばれたといったので、私は次の飛行機に飛び乗ったのだった。

ジュニアは、研修でシラクスにいたときに看護師だったトレイシーと知り合った。彼女は奨学生として彼を追ってフィラデルフィアに行き、そこで結婚し、それからミシガンに移った。今、ジュニアは、集中治療室のガラスの仕切りの前で私の横に立って、医師として医学的な詳細を語っていた。そうやって意気消沈しないようにしていたが、私には彼がとても動揺していることが分かった。今までのどんなときよりも彼に寄り添う気持ちだった。可愛い弟が、人生の最悪の場面に立ち合っているのを見ているからだけではなかった。父親として彼が学んできた精神的な強さや献身といったものを見たからだ。ジュニアは、私たちの父親のことを覚えてすらいないが、大人になることの意味を自分で見つけていたのだ。

カイリーの見通しは良くなかったが、危険なひきつけは起こしていなかった。トレイシーは、いつも保育器のそばに座り見守っていたが、カイリーは奇跡的に回復し、ついに彼女は娘を腕に抱くことができた。ほとんど毎日、医師たちは新たに生じた問題に対応しなければならなかったようだ。けれどもゆっくり、とてもゆっくりではあるが、希望が芽生えてきた。そんなある日、私は彼女のそばに座り、なぜか、きっとカイリーは大丈夫だと確信した。

一年経ち、ようやく初めて笑ったが、階段を苦労しながら一段一段ゆっくり登っていくようだった。とても小さくて、私の母はその食の細さに恐れを抱くほどだった。すりつぶしたバナナに黒砂糖を混ぜたものを食べさせたのも、ホワイトキャッスル〔ハンバーガーチェーン店〕のハンバーガーを全部最後まで食べたのを見ていたのも私が最初だった。五歳になるまで、私が彼女と二人で外に出かけることをジュニアには説得できなかった。カイリーには説得する必要などなかった。私たちだけで初めて外出したとき、子ども博物館を探索し、セレンデイピティ〔デザートカフェ〕でアイスクリームを食べ、ラジオシティのクリスマスショーや、パトリシオ教会のキリスト降誕の飾りつけを見たりした。それらをたった一度の外出でこなした。ジュニアの一家がミシガンからシラクスに移ると、カイリーはソニア伯母さんと過ごす機会を決して逃さなかった。

正気の沙汰ではない伯母の姿（ソニア伯母さんが子どもとの約束を守り、妖精に仮装して姿を現すなど）を見るにつけ、多くの親しい人たちは、私に、いつか自分の子どもを持つつもりなのかと尋ねた。でもそれは、私たちの結婚がうまくいっていたときでさえ、難しいものだった。

糖尿病に関連するリスクを母は恐れていた。母はケビンに、もし子どもを持ちたいのなら、まずは医者になることねといった。それは家族を養うというより、それに伴う固有のリスクを充分に理解するためだった。それは母が決めることではなかったが、私も母の恐れに無関心ではいられなかった。つまり、私自身もある部分では同じ恐れを感じていたのだ。もちろん、1型の糖尿病の女性で子どもを持っている人もいた。不可能ではないのだが、母親として難しい問題が起きることを心配していた。特に、自分自身が四〇歳まで生きられるだろうかといつも考えていたのだから。私の長寿の見通しや、安全な妊娠の確率というものは、昔と比べればコントロールの方法とともに改善されてはいたが、それでも長く生きられないのではないかと恐れていた。それらの危機感が決定的な判断要素ではなかったとしても、子どもを持つことは運命に対する挑戦だったのだ。

養子というのは魅力的な代案だった。カイリーが生まれてから八年後に、ジュニアとトレイシーは、コーリーとコナーという双子を養子にしていた。トレイシーは、彼らがアイルランド系の名前の韓国人で、ポーランド人の養母とプエルトリコ人の養父を持つという、まさにアメリカ合衆国を象徴するような家族であると強調するのが好きだった。養子がどんなに感情的に満足がいくものであるかは、その甥たちを見れば充分だった。しかし私には、子どもが大人になるまで生きられるだろうかという恐れは依然としてあった。最終的に、母性の満足は得られないだろうが、だからといって私の場合、仕事のために犠牲にしたとはいわないだろう。

女性解放運動が大きな進展を見せた後でも、興味深いことに、仕事と子どもは、理想的にはあたかも達成可能なものとして、「両立」できるかという議論が続いていた。仕事に就いた私と同世代の女性の多くは、子どもを持つことをあきらめず、多くの場合「両立」に成功していた。けれどもその代償はあり、家の外で働く多くの女性たちは今もその代償を払っている。献身的な父親の場合には、男性もそうだろう。心のなかで常に妥協を繰り返している人生は、順番にどちらかがおろそかになることで、いつも二つに分断されているように感じる。この苦労や、また私とジュニアが何度も母の職場に電話をして仕事の邪魔をしたことを思って、自分の判事室では、いつも女性たちが気持ちよく働ける環境を心がけてきた。私はまだ心のどこかで、子どもの頃母がいなかったことに不平をいいながらも、母が女性の働き手の力強い実例だと信じているのだ。仕事と家庭をどちらも犠牲にせずに両立する可能性についていうと、それは、どちらか一方を選ぶ女性は不完全だという有害な考えと併せて、忘れるほうがいい神話なのだ。女性が家に残ることはその潜在能力を裏切っているなどということは、仕事を第一にしている女性がより女性的でないというのと同様に馬鹿げている。

私が検事局にいた頃は、女性が法律の仕事に就くことは多くなかった。検事であれ弁護士であれ、刑法を実践する女性はさらに少なかった。ドーンが小さな声で指摘したように、顧客で、女性の弁護士を喜んだのは、強姦容疑で告発されている男だけだった。検事局では男も女も同じ給料をもらっていたが、昇進に関しては女性にまったく不利で、私が非重大犯罪部から重大犯罪部へ異動したのは例外的だった。同じ能力でも女性が男性と同じような昇進を得るためには、より時間がかかったのだ。また彼女たちは、依然として性差別の色眼鏡で見られ、認められるためには男性の倍働かなければならなかった。

あるとき、ナンシーが告発文を朗読していると、判事が彼女を女の子扱いして「ハニー」と話しかけた。彼女は壇に近づき、判事にこういった。「判事、それは適切ではないと思います。そういう言い方はしないでいただきたい」しかし判事は彼女の頼みを意に介さず、そう呼びつづけた。あるときなど法廷の警備員が、まさに法廷で、女性判事を「スウィーティー」と呼んだのだ。

さらに、弁護士が開廷の前に部屋に入ってきて、私のまわりにいた男性の助手や弁護士補助員に向かって、何度「君が担当検事かい」と聞いたことだろう。私は机の先頭に座っていたが、彼の目には入らなかったのだ。私は何も答えず、私の仲間たちも同じだった。もし、最終的に過ちに気がついてうろたえたとしても、私たちには何の害もなく、そしてたぶん彼はそれを繰り返すことはしないだろう。

ナンシーやドーンにはこういった我慢の戦略はまったく通用しなかった。彼女たちは、プリンストンで友人が私をアジテーターにしたがったように、私が怒りを口に出していわないことを非難した。私は彼女たちの情熱を信じているし、抗議のやりとりに立ち入る勇気も尊敬しているが、それでも、組織変革のためには、それが唯一の方法とも、より良い方法とも思わなかった。検事局の雰囲気は難しいものではあったが、私には、共謀して女性を否定しているとは思えなかったのだ。不公平な扱いは、むしろ旧弊にしがみついていることが問題なのだ。ある男性の部長は、何年も男性優位で運営していて、当然、検事の典型として男性を頭に置いていた。

しかし、その文化が明らかに、多くの場合男性向きであることは否定しない。幸運なことに私は、例外的な進歩派であるジョン・フリードやウォーレン・マレーの配下の審理部の第五〇室にいた。他のボスたちのなかには、まわりに女性の法律家を配することを軽蔑する人もいて、そういう部門にはまるで男性のロッカールームのような雰囲気が蔓延していた。判事の機嫌が良くないことから、有罪の判決を勝ち取ることまで、すべてを性的な暗示で説明しようとした。裁判に勝つと、いつも判事たちとクラブの共同生活の雰囲気で食事をしている、木製のパネルや赤い皮を張ったキルトの椅子が並ぶレストラン、フォーリーニで祝杯をあげた。私はそういうことから除外されていたが、傷ついたとは感じなかった。自分の担当した案件で勝利することはいつも嬉しかったが、一人の人間がその家族の苦しみとともに刑務所に入ることを、お祝いの理由にすることは適当とは思えなかった。

私は男性の同僚のなかにあって、その道化じみた態度の前でも、ユーモアのセンスを失わず、自分を守ることができた。それは、いみじくもルディーがいったように、男のように議論することが助けになったのは疑いない。実際、英語でもスペイン語でももっと赤面するようなジョークを聞いていたし、その多くは想像がつくものだった。けれども大変な数の案件を抱え、もし子どもがまわりにいていつも後ろで気を散らすようなことをしていたならば、そういう文化に対応できるのだろうか。たぶん無理だろう。子どもが母親を必要としているように、別の命が私に完全に依存しているとしたら、くたくたになるほどの仕事上の必要性とは折り合わないだろう。今でさえ、考えたことを成し遂げる時間はあまりないのだ。

他の多くの女性たちとは異なる決心をするとき、ふと、後悔の念にかられる。ドーンの母親が他界したとき、彼女はとても嘆き悲しんで葬列を見送ったが、私は、今や親友となっていた彼女の母親を失った悲しみ以上に、大きく心を揺さぶられた。その後、数日間、私は親と子の絆についてじっくりと考え、また、私が死んだときに誰かがそんなに悲しんでくれるだろうかと考えた。そして最終的に、完全に親子の心のつながりに代わるものはないことを受け入れた。けれども家族をつくる別の方法はあり、友人たちとともに私がつくり上げた家族、そこから受けた支援や元気づけといったものに驚かされた。それらの人々の変わらぬ愛情に囲まれ、私は一人ぼっちだと感じたことはまったくなかった。

第25章

思い返してみると、自分のやっている仕事がどういうことかよく考えもせず、また時間も気にかけず夢中になって働いていたことに驚く。検事局に入り、すぐに現場の法律家になって、人々を守ることに積極的に参画する機会を得た。その使命の魅力や達成感に喜びを覚えていたが、一日一五時間も働いていると、人間の最悪のものと日々戦っていることを意識する暇さえなく、同じようにわが家で亀裂が生じている兆候にも気づかなかった。私たちの間に何が起きているか気づかせてくれたのはケビンだった。そして時が過ぎ、離婚を乗り越えた後、仕事が私にとってどういうものなのかを一人で考え直さなければならなかった。

法の執行は別の世界だった。そのなかで仕事をする人々の内情は、外からはなかなか分からない。検事と警察には、基本的に彼らだけのつき合いがある。よく一緒に飲む。彼らの離婚率は平均よりも非常に高い。結婚がなぜうまくいかなかったのか、長時間の仕事が精神的に影響したのは間違いないが、ケビンは私が検事になったことで変わったとは決していわなかった。けれども私はあるとき、検事としての仕事に没頭するあまり、家庭内の重要なことが見えなくなっていることに気づき、知らず知らずのうちに他のことも変わってしまったのではないかと考えざるを得なくなった。

治安を担当する公的機関に働く者でも、私的な人生を変えないようにうまくやっている人もあるが、それは極めて稀だ。私のまわりには、常に、皮肉と絶望の影を落とした人たちがいた。疑うことを訓練され、反対尋問に長け、人間の最悪の部分を探し、そしてそれを見つける。私は始めから、こうしたことは、私の楽観主義や人間の本性や可能性に対する信頼に反するものであると感じていた。しかし今や私自身も無慈悲になりはじめていると感じ、それが嫌だった。被害者への同情、それは私の尽きない強い思いだったが、それすらも日々の悪行や悲嘆を見るにつけ、減じていた。私は、他に同じような価値のある仕事はないのだろうかと自問しはじめた。しかしそう考えながらも検事局での仕事を続け、少なくとも何か価値のあることをやっているのだと信じていた。

けれども、そのように正当化することすら疑問を感じたのは、ある比較的重大ではない犯罪のケースに関わったときだった。ある日、告発のための新しい書類を開きながら、いつも通り、名前を見ずにその事案の事実を読んでいた。逮捕を担当した警官の叙述には名前は現れなかった。いつもと同じで、被疑者がこうした、被害者がああしたといっている。しかし、最後のページに辿り着いたとき、私は、この話は知っていると思った。同じような犯人を捕まえ、裁判にかけ、収監した。あのオルティスに違いない！　たしかに彼だった。刑期を全うしたが、出所するやいなやまた前とそっくり同じ犯罪を犯したのだ。最初は非重大犯罪で、再犯のために今度は重大犯罪となったが、それ以外はまったく同じだった。もちろん、彼以外にも再犯事例はあったが、なぜか彼のありふれた事案が、ある意味、私の努力が無駄であることを証明しているように感じられた。もしこれがシステムによるものであるなら、前線で職務を遂行するだけではなく、それを改善するように働くべきではないのか。

そのとき、裁判官になるという昔からの夢に、まだその域に達していないとしても、それに向かって動きはじめるべきだと思った。私の目は、連邦裁判所に向いた。連邦裁判所は、広い影響を持つ事柄、一人の被害者と被疑者というよりは、もっと多くの人々の人生に影響する事案について決定を下すところだ。法科大学院で、かの有名なフランク・M・ジョンソン・ジュニアのような南部出身の判事たちが、公民権についての訴訟を前進させ、ジム・クロウ法〔人種差別法。有色人種の一般公共施設の利用を禁じたもの〕に終止符を打つために為した歴史的な判断について、特別の興味を持って勉強していたときからこのことに気づいていた。裁判訴訟において、一人の人間がかくも大きな力を発揮できるのだということに衝撃を受け、自分の人生においてキャリアが重要だと思ったとき、その大志を貫かなくてはならないと感じた。

すでに、その目標への道筋を想像するには充分なほど世界を見てきた。連邦裁の多くの判事は、次の二つのうちのいずれかの実績を挙げていた。著名な弁護士事務所のパートナーであることか、あるいは彼らのキャリアの一定の重要な期間、政府に身を置くかだ。もちろん例外はあるが、常に必要なのは、学術界であれ何であれ、連邦上院議員が長となる選出委員会や大統領のスタッフの注意を引くような、優秀な経歴の証書なのだ。今日では、連邦裁の多くの判事がまず連邦検事になる。このルートは私が検事局にいた頃は当たり前ではなかったが、いずれにせよ、刑法については小休止が必要だと分かっていた。そこにいた間、公共サービスに空席があれば面接に出かけていったが、政府の官僚機構において現場の弁護士以上のものを目指すのであれば、もっといろいろな経験が必要だと思っていたのだ。

とにかく、私は民事法の経験を得たかった。イェール大学で商法の講義を興味深く聞いたので、挑戦ではあったがやってみようと思った。さらにこれらの講義は、企業やその経済的な力を代弁するのにどれくらい法律の仕事が含まれるかを教えてくれた。判事になるためには、この世界で自由に動き回ることを学ばなければならない。だから次の仕事は、民事法に没入するものにしようと決めた。

私が転身の意思を伝えると、モーゲンソーは、思っていた以上に私を引き止めた。残るのなら部門の長になれるとまでいってくれた。その地位は、州の裁判所へと続くものだったが、私の目は連邦裁に向いていたのだ。けれども私は、離脱を一年以上先に延ばし、衆目を集める例外的な少数の事案を担当することになった。

このやりとりのすぐ後で、上司が私を呼んだ。「ソニア、とても微妙な状況だ。ボスがあなたにこれを担当してもらいたいようだ」当局は、ハーレムの教会のリーダーによって提起された警察の蛮行を調査する必要があった。警察と黒人社会の関係は、そのときすでに非常に緊迫したものになっていた。その一年前に、落書きで逮捕された男が昏睡状態に陥り、留置場で死亡した。そして今、ハーレムの牧師が交通違反で止められた後、殴られたと主張していた。二人の警官は、彼が攻撃してきたのだと反論した。「結果がどうなるべきかはいわない」とボスがいった。「ただ、新聞に当局が悪く書かれないようにしてくれよ」調査の間、報告を求められた際に、もう一度同じことをいわれた。それ以外については彼は私にまかせ、彼自身は距離を置いていた。

著名な公民権の弁護士バーノン・メイスンが牧師の代理だった。私の小さな事務所にきて、メイスンはその共同体の疎外感や、警察に対する苛立ち、検事局の意図への不信感を述べ、公平な裁きは期待できないだろうし、行われないだろう、と長々と説教し、彼の依頼人は協力するつもりはないとはっきりいった。私も彼に説教した。法の執行に関わるものすべてが腐敗していると推定することは、結果的に正義が実現しないようにシステムを妨害することに等しいといった。私は、彼にチャンスを与えてほしいと感情に訴えて懇願した。その警官たちを起訴することは確約できないとしても、予断を持たずに徹底的に調査すると約束した。けれども結局、彼は私を好意的に理解することも、また調査へのいかなる援助もしてくれないだろう。

メイスンは、私の検事としての経歴を分かっていなかった。警察をとても尊敬していたし、彼らの仕事がいかに大変なものかよく分かっていたが、職権濫用が存在しないと信じるほど私はお人好しではない。他のどんな集団でも同じだが、警察においても濫用を生じさせる感情的な問題を抱えている人々は存在する。私自身も、大変な量の犯罪の波と、資金不足による残念な結果が、素晴らしい意図を持って始めた人々を変えてしまう様を見てきた。街はまた予測できないほど危険な状態になり、誰が考えるよりも暴力が素早くエスカレートするような場所になった。けれども、もし人々が公権力を信用できなくなれば、警察による監視は途方もなく困難になり、その使命は挫折を余儀なくされる。だからこそ、私がもし濫用を見つけ出せば、起訴するだろう。

それから三ヶ月の間、私は毎日、証人を探してハーレムの街を歩いた。事件のあった通りの家々のドアを叩き、その地域に私の名刺をつけて張り紙をし、何か見たことを話してくれる人がいないかと聞いて回った。有名な南部料理店シルビアのカウンターに腰掛け、出入りする人々に話しかけた。しかし誰も名乗り出ようとはしなかった。誰かが何かを見たとしても、誰もそれを話さなかった。

でも、得たものもあった。努力は見守られていたのだ。最終的に告発はなかったが、新聞の大きな見出しになることもなかった。少なくとも今回は、緊張は収まった。そうはいっても根本的な問題はすぐには解決しない。検事局はコミュニティへの歩み寄りを優先的に続けるだろう。やらなければならない。メイスンのような活動家は、職権濫用が主張されるたびに、扇動することだろう。長期的にはコミュニティとの関係改善が唯一の答えだが、それには時間と努力が必要だ。警察にも特別な訓練が必要だろう。コミュニティは、警察に加わろうとする者を裏切り者呼ばわりするのではなく、その採用を支援する価値を学ぶ必要がある。あれから何十年も経ってみると、当時の努力は一定の成果をあげている。

次にモーゲンソーが私に初めて担当させたのは、殺人事件の裁判だった。それはとてつもなく巨大で複雑、そしてセンセーショナルで、メディアが追う恰好のネタだった。私は殺人事件については新米で、起訴を主導できなかったが、担当のシニア検事助手のヒュー・モーは、私の共同パイロットとしての役割は、ただ形式的なものではありえないと請け合った。ヒューは痩せ型でよく通る声の、調和のとれた人格者だった。検事としては厳格だったが家庭的な人間で、いろいろな役を演じ分けることができた。私たちの事務所は隣り合わせで、チームや仲間としての仕事がやりやすく、お互いに隠し事はなかった。彼は、この「殺人鬼ターザン」の被告リチャード・マディックスの事件において、とても寛大に、私が目立つように参画させてくれたのだ。

新聞がこのように名づけたのは、この犯罪者のやり口が、被害者のアパートの屋根から吊るした綱にぶら下がって、窓から侵入したからだ。武器を携え、何ヶ月にもわたって泥棒を繰り返し、三人を殺し七人に重傷を負わせ、ハーレムのある一角を恐怖に陥れた。家の中で出会った者は、抵抗しようがしまいが、威嚇しようがしまいが誰でも撃った。被害者の小さな犬までも。もし何らかの邪魔が入ったら、他の日にまたやってくるか、または、続行できるまでの数分、隣の屋根や明かり取りの吹き抜けに潜んで見張っていた。

マディックスの前科がすべてを物語っていた。襲撃や強盗の二五年間だった。捕まったときは仮釈放中で、毎日二〇〇ドル相当の薬を乱用する麻薬中毒だった。彼の盗んだ戦利品を見ると、被害者がどういうクラスの人々だったかが分かる。地下鉄の切符でいっぱいのポーチ、靴やブラジャーに隠された紙幣、台所の食品。最大のものの一つは、ある夫婦が家に隠していた数千ドルで、彼らが生涯をかけて貯めていたものだった。被害者のほとんどはまず生き延びることができず、生き残ったとしても、人生を滅茶苦茶にされた。

マディックスの犯行は、完全に同じではなかったが、事件には同一犯を思わせる充分な共通点があった。一つは武器であり、もう一つはアクロバットだった。たとえば、一本の綱にぶら下がったり、明かり取りの吹き抜けをよじ登ったり、二つのビルの間にあるはしごを這ったり。彼は侵入する際、植木鉢やペンキの缶、または石の詰まったバケツなどを用いて力ずくで窓を壊していた。ぞっとするほど、恐れという感情がなかった。

ヒューと私は、二三件の事件をあげたが、そのうちの一一件は裁判に持ちこむ充分な証拠があり、同一案件としてまとめた。陪審員がマディックスの悪事の全貌を知るためには、これら一一件を一緒に処理するべきだと考えた。けれどもいうは易く行うは難しだ。法律は、関連のない事件を同時に扱うことを禁じている。従って、弁護側が複数の異なる告発に分けるべきだと主張するのは予想されたことだった。

法が、これは許す、あれは禁ずるというとき、最初はまずなぜそうなのかを問いただす。この「なぜ」が要点であり、それを理解すれば、ある特殊なケースで、その法を適用しないのないの犯罪の証拠は受け入れられないのか？　なぜなら、誰かが犯罪を犯す傾向があると示唆することは、彼が審理されている事件を判断しようとする陪審員に先入観を与えることになるからだ。もちろん、それらの犯罪を結びつける共通の要素があれば別であり、一緒に審理することが賢明で法の下に許されるのだが、それは注意深く規制され、また州法と連邦法の違いが問題をより複雑にしているのだった。

「これは共謀ではない」とヒューがいった。「単独犯なのだ」私は徹底的に文献をあたり、犯罪を結びつける共通の要素を形作る適切なやり方を探した。そして判事に、この事件の事実が、証拠として認められるかどうかを判断する「モリニュー審理」を要請した。論点は、私たちの主張が犯罪の傾向を示すことではなく、同一性を明らかにすることだった。これらの事件に共通するアクロバット的な行為が、強靭な肉体と稀に見る柔軟性を必要とすることを考慮すると、私たちはこの要素が、その手口が同様であることと相まって、マディックスが実行犯であることを示していると考えていた。

ロスワックス判事が、裁判前の申し立ての担当だった。いつものように、私は準備が万端であることを確認して出かけたが、彼はとても理にかなっていた。私たちは一件を一つの裁判で審理することになる。私は、この事案が法の許す範囲内に収まっていることを示す、充分に説得力のある論理を考え出したことに満足感を覚えていた。イェールでは抽象にとどまり、ポール・ワイスでは私を避け、また多くの案件の処理には必要とされない批判的な能力というものが、今や私のものになっていた。疑いなく、私は法律家の立場で考えていたのだ。

証人が四〇人いたので、ヒューと私で二〇人ずつ分担して面接し、裁判に備えた。私にとって初の殺人事件であり、準備活動のほとんどが初めての経験だった。またその資料は膨大で（解剖や痕跡のデジタルデータ、弾道の情報やいろいろな警官に申し出のあった複数の証人の供述）それらを消化する必要があった。私はヒューの指導のもと、案件を構築するために決定的なデータを求めてそれらを調べることを学んだ。また彼は私に、表や図、地図など、証拠を視覚的に表現することも指示した。それは複雑な裁判でありがちな、目もくらむような詳細なあれこれに陪審員が圧倒されることを避けるためだ。

この調査では、ヒューと私は、マディックスが犯罪を犯したハーレムのいくつかの通りを隅から隅まで知る必要があった。検事にとって犯罪の現場を訪れることは基本だ。その空間に根をおろし、知識を深め細部を吸収しない限り、第三者が話を聞いても、きっと分からなくなってしまう。陪審員の脳裏にその場面をいきいきと想像させる必要があり、そのためには、まず自らが血肉としなければならないのだ。

私が訪ねたあるみすぼらしいアパートは、麻薬常用者のたまり場のようだった。使用済みの注射針やスプーンが床の至るところにあった。電気は切られ、薄汚れた窓から差し込む光では、ほとんど何も見えなかった。尿の悪臭にまみれたマットレスは、乾いた紙のように血を吸っていた。ここに横たわっていた男は、いったい、その命の代償とするような何を持っていたというのだろうか。

別の場所は、悲しみとともに祖母の家を思い出させた。大家族（母、成人した三人の息子とその妻たち、何人かの孫）が、同じビルの二つの部屋を共有していた。子どもたちは学校に通っていて、息子たち兄弟は、レストランやメンテナンスの仕事をしていた。ずいぶん前に死んだ父親は警備員だったので、マディックスが窓から現れたとき、兄弟たちが摑んだのは父親の棍棒だった。屋根の上まで追いかけたが、彼は、二つのビルの間を蜘蛛のように降りていき、消えてしまったように見えた。アパートに戻ると、家族はみな気が動転していたが、警察に電話をするために集まった。兄弟たちや母親や姪が、息子の一人スティーブ・ロビンソンのそばにいたが、そのとき向かいのビルから一発の銃弾が窓を貫通し、彼の額に当たった。

マディックスは射撃の名手だったのか、それともまぐれだったのか。とにかくスティーブ・ロビンソンの死は、家族をばらばらにしてしまった。彼の兄弟の一人だけが残り、憔悴したようすで言葉少なに、まだ血痕が残っているそのアパートで、どういう家族だったのかを私に説明してくれた。

アジリー・ソロモンは、その日仕事から家に帰ると、ドアの鍵は開けっぱなしで、家の中は滅茶苦茶、そして、彼女の生涯の伴侶（内縁の夫だった）が昼寝用の安楽椅子で死んでいるのを発見した。二人ともヒルトンホテルで二〇年間働いていて、彼女はウェイトレス、彼はコンシェルジュだった。彼らは定年後に備えて貯金をしていたが、その最後の一セントまで盗まれた。冷蔵庫からは肉やコーヒーが消え、ソロモン夫人が食料品を運ぶのに使っていたショッピングカートまでなくなっていた。

マディックスの恋人のアパートで、警察は同じ肉やコーヒーを発見したが、それは何の証拠にもならなかった。そのメーカーの品は誰でも買えたからだ。でもビルの外、ごみ箱のそばに六台のショッピングカートが並んでいるのを見て、ソロモン夫人はそのうちの一つがすぐに自分のものだと分かった。たしかに、ショッピングカートも大量生産されていた。けれども一つだけ、ソロモン夫人が壊れた横木の修理のために使った黄色いテープがついていたのだ。「上にある古着を取ってみて」と刑事にいった。「その下に黄色いテープがあるから」

裁判では、ジェームズ・レフ判事の法廷で、その発見を再現するために、ショッピングカートを並べてドラマチックな検証が行われた。

証言の準備のため、ソロモン夫人と長い時間を過ごし、彼女をよく知るようになった。彼女は全身から善意があふれ、とても信仰が篤かった。私は、彼女ほど信心深くはなかったが、信仰が彼女にもたらす平安に心を揺さぶられた。彼女の伴侶の殺害はまったく不条理で、彼女の生活を一転させてしまったが、それにもかかわらず、彼女は神の意志として何とか受け入れていた。彼女はマディックスが二度と誰かに危害を加えることがないようにと望んでいたが、まったく復讐の意思はないと明言していた。彼女が、私や陪審員に自分の話をするとき、その目からは涙があふれたが、それは彼女自身の運命を嘆いてのことではなかった。彼女は愛されていたのだと思った。

「殺人鬼ターザン」は彼女とはまったく対照的で、私にとっては救いようのない生身の人間との初めての出会いだった。裁判の間ずっと、私は彼の顔に感情のかけらを探して、取りつかれたように観察した。証人が次から次へとぞっとするような被害について話している間、私は苛立っていた。少なくとも何か感情移入なり後悔の念の兆しなりを必要としていたのだ。私は絶望した。彼は、何時間もまったく動ぜずに座っていた。私はこう考えざるを得なかった。悪魔が解き放たれてそこにいると。常に、更生ということを基本的に信じていたし、教育と努力が適切に行われれば、皆、更生できると信じていた。リチャード・マディックスは、私に、少ないけれども例外があることを教えた。彼が六七年半の判決を受けたとき、私が生きている間には釈放されないと思い、満足した。

後に、裁判の後の別れ際に、ソロモン夫人は私の事務所からいったん出てからまた戻ってきて、こういった。「ソニアさん」（彼女は、私の苗字を発音できなかった）「あなたは何か特別なものを持っている。神の祝福を受けた方です。知り合えて嬉しい」私が答える前に、彼女は立ち去ってしまったが、私は思った。「ソロモンさん、あなたも特別なものを持っているわ。あなたを知って、心から名誉に感じます」自分には成し遂げるべき重要なことがあると、うまく説明できないやり方で、私に信じさせてくれる人々がいるのだ。ときには偶然の出会いだったりする。見知らぬ人の不思議な言葉が、何らかの形で私に伝えている。ソニア、あなたにはやるべきことがある。急ぎなさい。

モーゲンソーから与えられた最後の大変な事件は、また違った悪の臭いを放っていた。ナンシーとドーンは、私が動揺するのではないかと心配していた。彼女たちは「あなたにできるの?」と聞いてきた。できることは分かっていたが、決心する際には自分自身驚くほど荒々しく立ち向かう気持ちになり、それは私自身の知らない不屈の一面でもあった。

ある夜、遅くまで仕事をして、もう限界に達していた。プロジェクターを消して明かりをつけ、深呼吸をして嫌悪感を払おうとした。これらのビデオを陪審員に見せられるだろうか。もちろんそれは先入観を与えるものだった。弁護側は除外するように要求してくるだろう。けれども人がこれを見るまでは、事象は抽象的でありつづける。幼児ポルノが忌むべきものだということや、それに使われた幼児たちのこと、そして社会に悪影響があることは分かるだろうが、そのあまりにも不快なものの重大さは想像もできない。その圧倒的な惨状は予想もできない。それを見れば、自分自身が犯されたように感じる。ビデオを認めさせなければならない。しかし戦略が必要だった。いつも思い出すのは、ウォーレン・マレーのアドバイス、有罪判決の道徳的な必要性を陪審員に訴えるということだった。けれども犯罪のなかには、残忍すぎることで、どうしても激しい怒りをひき起こすことが避けられないものもある。そのようなケースでは、同じ点を主張することは非生産的だ。だから私は、ビデオ自体が感情面での役目を果たすに違いないと思い、有罪の論拠や、反論に対し抵抗力のある論理の組み立てに力を注いだ。

被告は二人だった。小売のスコット・ハイマンは小者で、取引の現場で囮警官に何本かのビデオを売り、もっと大きな商売の場合には卸売業者につなぐ手筈だった。まだ若く脆い感じすらして、やせた身体にいつも同じだぼだぼのセーターを着て、毎日法廷に現れた。彼の両親がアダルト本の店をやっていたと知り、一体どんな子ども時代を送ったのかと考えた。仲間のクレメンテ・ダレジオは、もっと感じの悪い、背の低い筋骨隆々とした男で、髪を後ろになでつけ、あばた顔で、派手な十字架を胸にぶら下げていた。大きな取引のリーダーではなかったとしても、秘密を隠し通すに充分なほど狡猾だった。私たちの手にあったのは、みな状況証拠であり、録音された電話の会話が彼の声と認識できるかどうかにかかっていた。私の計画は、小売と卸売という二人の関係に焦点をあてて、二人が共通の取引に関わりのあることを示すことだった。

この事案では弱い点もあった。卸売の販売（囮相手への三〇〇本の販売）は、警察が現金を素早く用意できなかったためにまとまらなかった。警察はこの取引を遅らせようとしたが、ダレジオは勘づいて、尻込みしてしまった。それから逮捕すると決めるまで半年かかった。彼らは私の仕事をあまり楽にしてはくれなかった。こういう警察の信用が重要な、また囮の警察官の証言に依存する事案で、彼らはすでに多くの誤りを犯していた。きわめて重要な電話（ハイマンからダレジオへの録音された電話）ですら不備があったといえよう。というのは、それはハイマンが拘束された数分後、しかも弁護士への連絡の前に行われたことになっていたのだ。一方、不用意な捜査だからといって、こういう事案がみな無実であるとはいえず、単に私の仕事が増えただけだったが、助手のカレン・グリーブ・ミルトンにだいぶ助けてもらい、この事案の精神的な重さや実務の負荷を二人で分かち合うことで楽になった。

初日の冒頭陳述の間、久しぶりに極度に緊張していた。部門の所属長が一人の女性検事助手にいったアドバイスを思い出していた。「男のように振る舞いなさい」「それから洗面所に行って吐くんだ」笑うことで私の胃袋は落ち着いた。そのとき以来、私はすべての法廷弁護士、いや判事ですらも、緊張するのだと認識した。もし、法廷にいることが単なる型どおりの行動で、リラックスしたように感じたとすれば、逆にきっとその日は後悔するだろう。

ダレジオの弁護人は高額料金で知られる刑法の専門家で、著名人の案件を含む二〇年以上の裁判経験があった。彼は大男で驚くほど反応が早く、世間の評判にとても敏感だった。そしていろいろな面で威圧的だった。美辞麗句を弄し、愛想を振りまいていた。検事に愛想よくすることは戦術かもしれないが、それは不用意であり、ときに陪審員にも愛想を振りまいていたが、逆効果だった。私が心に留めたのは、陪審員に対して極めて礼儀正しくすることと、私たちがみな居心地が悪くなっていることを認識することだった。

弁護側は、囮捜査について主張することもできたが、そうしなかった。代わりに、ハイマンの弁護士は責任能力低下を主張した。明らかに、ハイマンは鎮静剤中毒者だった。その錠剤と引き換えに、薬剤師に幼児ポルノビデオを渡していたのだ。別の犯罪で捕まった薬剤師が情報提供者となって、囮警官とともにハイマンを罠にかけたのだ。弁護側は、ハイマンが薬の調達のためにポルノを提供しただけで、薬が彼の正常な判断を害したという立ち場を崩さなかった。

「責任能力の低下」という主張は、できても弱いものだ。法的根拠がなく、私は五つほどの違ったやり方で論破することができた。しかし弁護士は、連邦の処方箋記録を要求し、その薬剤師を証人に引っ張り出すという果てしない気晴らしに至るまで、その主張を引き伸ばした。ところがその薬剤師は、他のいくつかの容疑で連邦裁に起訴されていて、免責で保護されている範囲を調べるのに時間がかかった。結局彼はあまり証言することができなかった。弁護側が考えていたもう一人の証人は、証言のために法廷の外で待っている間に、まったく別の容疑で逮捕されてしまった。こんなひどい一団など、想像することもできない。

ダレジオの弁護人は人違いであるという戦術をとった。同じビルにもう一人のクレメンテがいて、弁護側の主張では、問題の電話でハイマンと話したのは彼だというのだ。このように実際ダレジオは被告側の席に座っているのに、見えないようにする方策を見つけたのだ。私は、彼が被っている秘密のベールを、我々が有利になるように使わねばならなかった。山ほどある状況証拠にもかかわらず潔白だというために、そのような多くの煩わしい手段を講じていること自体が、私たちが大きな魚を捕まえたという見通しと符合するのだ。

私は証拠を順序立てて、六日間かけて詳細に提示した。ビデオの山、録音されたテープ、書類など、カートに乗せて運ばなければならないほどだった。陪審員のために、地図上に場所を詳細に描き、評判の悪い店の全貌をその名前とともに色塗りして示した。これは単に雰囲気づくりではなかった。見張りチームからもたらされる、まとまりのない証拠を陪審員に説明するために、明確に領域を描く必要があったのだ。ハイマンが、ダレジオの事務所とビデオを保管していた円天井の部屋の間を行ったり来たりしている……茶色い紙袋がそこかしこに見え、入るときには見えるが出るときには見えない……隠しマイクにより会話が録音された場所……。

陪審員たちに囮捜査官の退屈な録音を聞かせてしまったが、やりすぎだったろうか。彼らは長い沈黙や、カーラジオの不鮮明な音楽を我慢しなければならず、その間、時計の針は遅々として進まず、私が何らかの宣告をするまで待たなければならなかった。しかしテープは、起こっていることの本質について疑問の余地を残さなかった。ハイマンが、彼がやった他の商売やビデオの品質を自慢し、また、小さな子どものポルノビデオのほうが簡単に手に入ることを説明していた。大きな子どもたちは、商売に気づいて分け前を要求した。また、卸売業者が秘密を守るか心配しているともいっていた。そして最終的に、ハイマンとダレジオのつながりを得た。「前回のやつだ、そうそう、同じタイプの」

ビデオは、ジグソーパズルの最後のピースで、この事件の結審にあたり、陪審員たちが結論をまとめる手助けとなるものだった。映像は、斜線や雑音が入ったり、何度もコピーされたために色も落ちていた。無声だった。音も会話も筋もなかった。場面は、簡素な一室だった。子どもたちは、七歳か八歳以上、一〇歳か一一歳以下に見えた。彼らの小さな手足はやせこけて、寒さで紫色になり垢にまみれていた。レンズは性器になんら哀れみも見せず、鋭く貪欲だった。大人の姿は見えないし声も聞こえなかったが、ぎこちなく無関心な行動から、カメラの後ろで彼らに指示をしている「幽霊」の存在があることに疑いはなかった。

一〇分から一五分のビデオを計一三本見せた。一本を巻き戻している間に、警官が次の一本を説明して、我々は皆、精神面で次のビデオに備えた。あるとき、一人の新聞記者が自ら書いている本のために、この事案を追って毎日傍聴席に座っているのに気づいた。メガネを外し、静かに、これ以上は正視に堪えないという感じで、悲しそうに虚ろな目をしていた。しかし陪審員たちはそうはいかなかった。

私のまとめには修辞はいらなかった。単に一つのピースも残さずに一歩ずつ、妥協のない論理とそれらがどうつながっているかを示すだけだった。陪審員の立場に立って、可能な疑問や誤解に備えようとした。ダレジオに対する証拠が状況的であることに抵抗があるだろうか？「状況的」という言葉は、私たちの大多数が推定によって生活していることを考えると、誇張された重みを持っている。単純かつ直接的に、と自分に言い聞かせた。この人たちは一般市民であり、学者ではないのだ。彼らにはとても不快な思いをさせてしまったので、少しユーモアを交え話をした。「どうして、あなたの母親は、缶からビスケットを盗んだのがあなただと分かったのでしょうか？」と彼らに聞いた。兄弟のうち、缶に届くために踏み台が必要なのは一人だけ。踏み台はそこに置いたままましまい忘れ、そして母親が見ると、そこにはビスケットのくずが残っていた。その場合、責任は「あなた」にあり、他の兄弟ではないのはたしかだ、と。

私の結論は、二時間半続いた。判事は、さらに二時間かけて法律のすべての要素を調べ、陪審員たちに示した。日が暮れても議論は続いた。そして翌日の終わりに、陪審員の代表が評決を読み上げた。そこでは、被告一人につき四三の罪で、八六回「有罪」と宣告した。ハイマンとダレジオはこれを予期しており、すでに保釈金を用意していた。

しかし、判決が残っていた。私は、すべての告発について有罪であっても、ある判事がいろいろな理由でそれを望まなかったために、正当な裁きがなされなかった例を見てきた。録音された会話で、ハイマンは、麻薬取引やクレジットカードの不正行為など、他の犯罪について自慢していたとき、捕まることは心配していないといっていた。判決のときがきたら、と彼はいっていたが、適した判事にあたるまで、引き延ばしつづければいいのだと。私は、そうなることを放っておけなかった。一ヶ月後に再び集まったとき、私は最長の刑となるよう圧力をかけた。そして、ダレジオの弁護人が、まったくもって挑戦的なアナロジーを持ち出したとき（彼はいった、これはマリファナの煙草を持っていただけで二〇年の刑を、というようなものだ）、私は、はっきりとは分からないだろうが、激怒しているのだと感じるように返答した。

「映像のなかで、七歳から八歳の子どもたちが、普通は大人たちの部屋だけで行われることに参加しているのが見られます」と、陪審員たちに見せたビデオの道徳的な事案を、今こそと自信を持っていった。「しかし、それだけではないのです。陪審員の皆さん。ビデオに出てくる八歳の女の子がいます。名前も誰だかも分からないようにされていますが、一人の人間です。八歳の女の子が、カメラの外から指示されて、自分でも分かっていないことをやらされています。この少女は襲われレイプされたのです。このビデオをつくった者たちに、処女や純潔を奪われたのです。ある意味、殺されたのです。判決にあたって、私はいいたい。

これはマリファナ煙草を売るのとはわけが違います。マリファナの売買は、売り手も買い手も自由意志です。この子たちには自由はない、囚われの身なのです」

ダレジオは、三年から七年の刑、ハイマンは、二年から三年の刑を宣告された。

以前からモーゲンソーは、私に年少者部の長を打診してきていた。この裁判で私が行なった仕事は、彼にこの領域が私の専門だと思わせ、また児童ポルノ専門の班が必要ではないかと考えさせていた。だが、直感的にこのオファーは断った。このような痛みと堕落の証人となれば、窒息してしまうと分かっていた。私の本来の道を歩きつづける時がきていた。

児童ポルノの案件が落着した後、プエルトリコで短い休暇をとったが、私の意識はまだニューヨークにあり、特に、私の人生に再び関わってきたいとこのネルソンのことを考えていた。彼は、麻薬中毒で八年間ひどい状態にあった後、軍隊に入り、自分を変えようと努力した。まだ浮き沈みはあったが、家族との連絡を絶つことはなく、徐々に私たちとのつながりを取り戻していた。パメラと結婚した頃には、最悪の時期はとうに過ぎていた。彼女には娘が一人いたが、彼は自分の子のように可愛がっていた。そして、彼らに子どもができたと知ったそのとき、ネルソンはエイズと診断されたのだ。彼の場合は、この病気と注射針の使用に関係があるとされた初期の例の一つで、その直後に、この病気が世のなかで爆発的に知られることとなった。

私と同じように、ネルソンも祖母との特別なつながりがあり、それは祖母の死後も続いた。

若くして死ぬだろうという昔からの予感が、今、彼を苦しめていた。トランペットの音が聴こえると、彼はいった。「おばあちゃんが呼んでる。でもまだ準備ができてないっていうよ。息子が生まれるのを見たいんだ」息子に会うことはできたが、彼は長くは生きられず、この世を去ったのは三〇歳になる前だった。最後の数週間は、失った時間を取り戻すかのように、子どもの頃に分かち合っていた透明な穏やかさのなかで、何時間もいろいろなことを語り合った。そのときまで、私は中毒患者が普通に生活し、働き、家族を維持することができるとは知らなかった。ネルソンは悪癖のために盗みをはたらくことも、階段で注射をすることもなかった。

私は、彼の知性や世界の仕組みへのあくなき好奇心が、とても眩しかったといった。そしてとても彼にはかなわないと絶望していたのだと。彼は、私を見て首を振った。「分かっていないんだね。いつも君が怖かったよ。君はやろうと決めたことは必ず習得した。確かめるまで勉強したね。僕にはそれができない。だから、大学も中退したし、仕事も続かなかった。やる気がなかったんだ。君の決断力は特別だ。それは別の知性なんだね」

ある日、やせ細ったネルソンがきて、私たちは彼の息子が誕生した喜びや、彼が子どもたちと一緒にいられない悲しみについて話し合っていた。私たちは、彼の状態が悪くなる数ヶ月前、用事があるので連れ出してほしいと頼まれたときのことを話した。彼は、すでに動くのも大変だったが、ほんの短い時間でもいいから、誰かに会う必要があったのだ。私は待っていてほしいというので、祖母が住んでいたところからさほど離れていないハンツ・ポイントの壊れたビルの前に停めた車に残った。今のうちに、昔の友だちに別れを告げたいのだろうと思っていた。けれども今、彼はそこでヘロインを手に入れていたと告白したのだ。私は壁に八つ当たりしたかった。すべてを見てきた地区の検事助手ともあろう者が、なんてお人好しなのだろう。父の、単純だけれども大事な真実の教えをつぶやいた。良い人も悪いことをしたり間違いを犯したりする。それは悪い人だけがやるのではない。

彼が私に謝ってきたとき、その声には、恥ずかしさや悲しみを駆り立てる精神錯乱を感じさせるものがあった。しかし私には、謝罪は重要ではないと分かっていた。私は生き残りの責任を負っていた。誰が私を許してくれるのだろう。どうして私は病院のベッドにいないのか。私の心の双子で、私よりもっと知的な半身、切っても切れない仲の彼ができなかったのに、私にはどうしてそれができたのだろうか。彼の謝罪は私の荷をより重くするだけだった。神よ、なんと勿体ないことだろう。

一九八三年の七月、私はファイア島で、早朝、深い眠りから目覚めた。前の晩は遅くまで起きていたのだが、外はまだ暗く、私は胸騒ぎを覚えていた。時計は四時半を指していた。ジーンズとシャツを着て、浜辺のほうに歩いていき、桟橋に腰を下ろして、夜明けの空から濃い青色が消えていくのを見ていた。太陽はまだ島の陰に隠れていた。大西洋から夜が明けてくる。ネルソンはそこにいる、と私は感じた。私に別れを告げにきたに違いない。朝日は、最後まで輝いていた星を消し去り、夜の名残を溶かしていった。

家へ帰ってくると、電話が鳴っている音が聞こえた。ネルソンの父親からだった。「ソニア、ベニーだ」その電話をかけるのがどんなに辛かったことか、本当によく分かる。

「知っているわ。一番のフェリーで行くわ」

第26章

なぜ、似通った二人の子どもがこうも違った運命を辿ることになってしまったのだろうか。突然のパニックに襲われ、群衆に押されるなか、ネルソンの手と私の手が離れ、その怪物から私は逃れたが彼はできなかった。

理性は痛みに対する、より適切な防御のように思える。まるで双子みたいにお互いにそっくりだと感じ、それぞれの人生を始めた二人なのに、その違いを決定的にしたのは、私の論理的なやり方だと思う。けれどもそれが全部ではない。彼のほうが頭も良かったし、私が欲しかった父親もいた。そして二人とも祖母の恩恵を受けていた。私のまわりにもあった同じ危険に、彼が憔悴し失敗したのに、なぜ私は、抵抗し前進することができたのだろうか？

男性優位の文化も影響しただろう。それは男たちを街へと駆り立てるが、女の子たちを保護する。けれども他にも理由がある。あの日、ネルソンが病院でいった、私にあって彼になかったものだ。どう呼んでもいいのだが、それは規律とか決断力、根気、やる気だ。彼がいったこととは別にしても、それが私の人生に大きな違いをもたらしたのだろう。もしそれらを瓶詰にできるものなら、米国のすべての子どもたちに分けたいほどだ。けれど、それは一体どこからきたのだろうか。

良い習慣を持ち、懸命に働くことは重要だが、それらは単に現象でしかない。結果であって原因ではないのだ。では、その源は何なのか？ 私は、私の競争精神（勝ちたいという気持ち、負けることへの恐れ、自分自身をいつも超えたいと思っていること）が、私の人格の奥底から芽生えていることを知っている。それはほとんど他人には向けられず、自分自身と競争しているのだ。しかしその大志が、自分のエゴや自己愛だけに向けられるのだとすれば、何の役に立つというのだろう。勝ちたいという衝動は、人生において物質的な喜びを蓄積してくれるが、その喜びはネルソンの薬物による恍惚状態のようにはかなく、また中毒を招くもので、多くの場合その地域でもっとも尊大で、もっとも悪い人間になってしまう可能性もはらんでいる。

ネルソンが、私を駆り立てていると思ったものは、別の願望から出ている。他の人々のために何かをすること、彼らのために物事を改善したいという願いだ。子どもにしてはおかしな望みだったかもしれない。そういう人もいるだろうが、物心ついたときから、私はそれに気づいていた。見栄なのかしら？ 自分のエゴを維持するよりも、他人を助けるほうがいつも気が楽なのだ。家庭のなかで辛い思いをした時期の反動なの？　そうかもしれないが、あるとき私は、人に気に入られようとする衝動を捨てた。私が到達すべきなのは、私自身の基準だ。とにかくそれを私は他人から、自分の模範となる人たちから学んできたのだと確信している。彼らはとても良い実例だった。

私心のない愛の直接的な手本といえば、直感的にまず、もっともそばにいた人が思い当たる。祖母だ。あふれんばかりの寛大な精神で、癒し、守ってくれた。そして母。在宅の看護師で、近隣から厚い信頼を得ていた。

私が生き延びるということは、あらゆる意味で祖母の庇護とつながっていた。祖母の家は、家庭内の混乱状態からの避難所だった（物理的にも精神的にも）。私に、病気を管理し、学校での不足を補い、そして最終的には私の人生に起こりそうにない可能性を想像する意欲を与えてくれた。祖母が守ってくれているのだという思いは、彼女の死後に改めて大きくなり、糖尿病の危機状態から私の命を救ってくれた考えられないような偶然の介入から、不合理に私に有利にはたらいた一連の状況まで、無数の形で現れた。簡単に起こり得たことが起こらなかった。そして可能性が低いことが実際には起こった。まるで目的を持った幸運のようなものだった。

私は、ある特定の運命のために指名されたり、選ばれたなどという幻想は抱いていなかった。けれども私の幸運は神の恩恵で、私の人生は私だけのものではないと思うようになった。

それを無駄にする自由はなかった。祖母は私たちに、天の恵みは他の人々と分かち合うものだと教えてくれた。そして、私が明確な使命を与えられていなくても、その庇護を得るためにふさわしい目的を探さなければならなかった。ここでは、原因と結果という言葉は誤解を招きやすい。あるものと関係のない別のものとの暗黙の交換なのだ。ある意味で、愛と感謝、庇護と目的の相乗効果が、私が小さいときから植えつけられたといえば足りる。そして、それが奉仕の決意となったのだ。

私の弁護士になるという子どもの頃からの夢は、中産階級の地位や安泰とは関係がなかった。私は、弁護士の仕事は人を助けることだと思っていた。法律は、善のため社会を守る、混乱の恐れから秩序を守る、そして争いを解決するための力であると理解していた。法律は我々の社会に構造を与え、皆がその利益を調和した形で同時に追求することを可能にする。そして学識をもってこの崇高な目的を監視しているのが判事の姿なのだ。子どもたちにはそれぞれ皆、行動するヒーローがいる。宇宙飛行士、消防士、遊撃隊。私のヒーローは弁護士で、判事はスーパー弁護士だった。私にとって、法律は職業ではなく使命だった。

若いときに出会った、人の助けになるような業種は、医療や教育だった。フィッシャー先生、プロスペクト病院やジャコビ病院の人々、そしてブレスト・サクラメント校のカリタス修道会の尼僧(シスター)たち。でも私は、小さい頃から、法律には違った射程があると思っていた。医師や看護師、教師たちは、各個人を一人ずつ助ける。けれども法律は、社会の構造そのものや、共同体が機能するやり方を変えることができる。このようにして、法律は多くの人々を同時に助けることができるのだ。私のまわりには、貧困や苦難が多く、変革の必要性は歴然としていた。

時代の精神は、崇高な目的としてのこの法律の理想を内在していた。公民権運動は、私たちが育った時代の背景だった。ペリー・メイスンに出てくる判事が、子どもにとって憧れの象徴だった一方、同じ小さな白黒テレビの午後のニュースでは、大胆不敵な群衆や暴力集団に立ち向かう南部の判事たちの話を映し出していた。それは、カッツ先生が話してくれた南米の貧しい人々とともに働いていた尼僧や聖職者たちについてや、南ブロンクスの荒廃した街、私たち自身の教区に赴任したヒガンテ神父についてのレポートから感じたのと同じ崇高さだった。当時は、拒絶された人々の名において正義を勝ち取ろうとすることが、最良の目的であると思われていたのだ。

そのような騒然とした光景のなか、私は実際に、一人の英雄的な弁護士が現れるのを見た。大統領選の最中、一九六八年に、ブロンクスデールの市営住宅をロバート・F・ケネディが訪問した。コミュニティセンターに面した台所の窓の格子に顔をつけて、群衆の間を行く彼から何かを得ようとわくわくしていた。もうすぐ高校生で、学生の協議会にも関与しはじめていた。私自身、選挙に没頭して、ポスターパーティーやカフェテリアで演説もした。ケネディは、皆のための正義という大義や、そのために生きた人生というものを情熱的に語った。そのすぐ後に彼は暗殺されてしまったが、その声の永遠の沈黙と、それを嘆いた人々の雄弁さが、私に彼の目的の崇高さを確認させ、私自身の目的とさせたのだ。

人生において傍観者はいない。これは、キティ・ジェノヴィスの隣人たちに関して、弁論大会で行なったプレゼンテーションのなかで私が指摘した点だった。私たちは皆、私たち自身よりも大きな何かの一部なのだ。だから、私のヒーローたちは決して孤立無援ではなかった。多くの若者たちの孤独感を虜にするような夢想家の姿は、決して私の関心を引かなかった。私のヒーローたちはみな社会に結びつけられていた。奉仕の気持ちはまず、自分が知っている人々を助けたいというところから始まるのだ。

プリンストンに行ったときすぐに、そこに所属しているという感覚は簡単には得られないと分かった。その社会は私が知っているどれよりも大きく、それ自身の伝統で結束していて、そのなかのいくつかは、女性や少数派は入りこめなかった。だから私は、「プエルトリコ活動」や第三世界センターで働きながら、可能なところに自分の居場所を見つけた。それらの組織を通して、トレントンの精神病院との関わりや、他人を助けながら自分も育っていくという教育的な経験が生まれた。プリンストンの近くではあったが、トレントンは人間的という意味からもっとも程遠く、特権とは無縁の世界だった。私が支援していた患者たちは、その荒廃した都市の基準よりもさらに、極端に弱く混乱していて、かつては助けとなっていただろう家族や友人たちとも遠く離れていた。共通の言葉がないために、彼らを世話する者たちからも孤立していた。こうした放置されたままの状態に対する憤りから、私は自分のコミュニティが、私が育った場所や知っている人々を超え、もっと広がりを持つべきだということがはっきりと分かってきた。

イェールで勉強しているとき、南ブロンクスは再びニュースで取り上げられた。カーター大統領が一九七七年に訪れた際、カメラは、焼けたビルや瓦礫の山、失業や他の経済的困難で疲弊した住民など、荒れ果てた景色を映していた。大統領の車列は、私が生まれたとき祖母や両親が住んでいたすぐそばに停まっていたが、テレビ画面を通して見るまで、本当の意味で見ることはできなかった。ひどい状況の只なかにいると、日々生活していくことだけで精一杯で、それが見えなくなってしまう。社会はその廃墟のなかでも何らかの方法で営みを続ける。たとえそこが米国でもっとも悲惨な街だとしても、唯一の荒廃した場所ではないのだ。市民社会は、法律によって注意深く守られているにもかかわらず、数えきれないほどの行き詰まった人々を置き去りにしている。そういう社会を救うために、私は、法律は全員に共通に機能するか、誰にも機能しないかだという信念のもと、自分自身が呼び出されていると初めて感じたのだった。

プリンストンとイェールには、私と同じような境遇の者もいたが、彼らは過去を見ないことに決めていた。彼らを裁くつもりはない。アイビーリーグの大学や重要な法科大学院の肩書は当然のこととして、豊かな社会に入っていくことが保証されているのだから、そこから抜け出すために大変な努力をした過去の世界をもう一度見なさいとは誰も強制できない。けれども私は、幸運というものを、私自身を救う機会とは見ていない。与えられる贈り物ではなく、一つの委任なのだと考えている。そして、その価値ある使い方を見出すまで、精神的な安らぎは得られない。チーズが乗ったテーブルでのモーゲンソーとの幸運な出会いも、彼の申し出に対し、心の底から準備していなければうまくいかなかっただろう。それは、クラスの大多数が望んでいたものではなかったが、私が思い描いてきた計画に見事に合致した。今、これまでの人生を振り返り、物事は偶然には起こらないと私は改めて確信した。残っているのは、次のステップにどのくらいかかるかを知るということなのだ。

第27章

シェイ球場、一九八六年のワールドシリーズ。メッツとレッドソックスは同点のまま緊張で張り詰めた一〇回に入った。立ち見の観衆はまず一方、次にもう一方と順番に怒鳴り合い、まるで子どものシーソーのようだ。

しかし本当のドラマは駐車場で起こっていた。私はバイクの後部座席に乗り、防弾チョッキを着て、聞き取りにくいトランシーバーを耳に、偽物グッズで一杯のトラックを追っていた。車は時速八〇〜九〇キロで走っていた。と、トラックが小道に逃げ出した。そこは袋小路で、すぐに引き返してくると私たちに向かって発砲してきた。私の運転手はすぐに逃げようとしたが、私は彼にいった。「落ち着いて、当たらないわ。ここで捕まえるのよ」この種の人間は、気がおかしいわけではないはずだが、パニックに陥っているかもしれない。たぶんそうだったのだろう。いずれにせよ、車は速度を増していた。すぐに、私たちの横のコンクリートの壁に、死の壁〔大きな円筒の内壁をオートバイで乗り回す見世物〕を登るスタントマンみたいにタイヤの半分をかけた。トラックでこんなことができるの？　そしてあっという間に、反対方向に一四〇キロのスピードで走り去った。もう充分だ。たかがメッツの偽物の帽子や安物のシャツ、土産物で誰かが死ななければならないというのだろうか？

もっといえば、ここで私は何をしているの？

いい質問だ。

検事局に残るインセンティブとしてモーゲンソーが割り当ててきた事案を終え、最終的に私が去るときがきた。貧困社会に蔓延している悪の根本的な治療は経済開発であるという確信を得た私は、商法が有効であると考えていた。また、イェール時代から興味のあった国際法を追究する準備もしていた。一つだけ確実だったのは、法廷での日々に愛着があり、裁判所で働くことを続けたかったことだ。

やりたくないこともよく分かっていた。それは大きな事務所のなかで、小部屋に閉じこもり、鎖の一つになることだった。図書館で何時間も費やし、組織の頂上にいるパートナーのために、一つ上のレベルの人々に情報を提供するということが依然として続いている仕事には興味がなかった。イェールを出た後の職探しのときのように、私はより早く重要な職を担える小さな事務所を目指していた。けれども実際に面接に行ってみると、大きさがこの気質を保証するものではないことが分かってきた。小さな事務所の多くは、大きな事務所からの顧客を引き連れてのスピンオフであるが、そのパートナーたちが前にいた大きな事務所の文化も引きずっているのだ。

そういう事務所のなかで例外として目立っていたのは、パヴィア&ハーコートで、ニューヨークの基準では小さく、私が面接に行った一九八四年でわずか三〇名の弁護士しかいなかった。創業者は、第二次大戦中にイタリアから避難してきたユダヤ系イタリア人で、米国におけるヨーロッパのエリートたちの商業的な利益を代弁するという評判だった。事務所の仕事の大半は、金融や銀行業務、商標や商品流通の規制、そして多様な範囲の国際商業や商務に関わる法律業務に関するものだった。

最初の面接に行ったとき、街の中心なのに、節度のある上品なオアシスのような雰囲気に感銘を受けた。ジョージ・パヴィアは、創業者の息子で、今は代表パートナーだが、継続を重んじ、事務所の品格は顧客リストにふさわしいもので、その顧客たちの名前はヨーロッパの贅と優秀さと同義語だった。フェンディ、フェラーリ、ブルガリ……会話はいつも英語からイタリア語やフランス語に飛んだ。検事局の事務所とはまったく雰囲気が違っていた。

事務所は古風な雰囲気ではあったが、女性の採用については先進的だった。マンハッタンの大きな事務所でも幹部に女性が一人もいない時代、九人のパートナーのうち二人が女性だったのだ。異例だったのは、この組織では、アソシエイトがパートナーと直接チームを組んで働いていたことで、パートナーが自然な形で指導教官となっていた。学ぶことができ、たぶん早く向上できそうな環境に思われた。

何度も面接し、その九人のパートナーのそれぞれと、また訴訟関係のアソシエイト全員とも面談した。お互いに好印象を持ったように感じた。私の裁判での経験が注目され、即戦力となるだろうことも明らかだった。けれども、イェール大学の肩書には問題がなかったはずなのに、突然話は進まなくなり、私は待っていたのだが連絡はなかった。一方で、他の事務所との面接は、私がどこに行きたいかを、よりはっきりとさせるのに役立つばかりだった。私たちをつないだヘッドハンターに圧力をかけてみると、ジョージ・パヴィアは、私が一年目のアソシエイトの仕事（私を契約しようとしているポスト）にすぐに退屈し、辞めてしまうことを心配していることが分かった。

礼儀を失わずに、しかしはっきりと、と自分に言い聞かせた。事を荒立てる気質ではないが、ときとして多少の大胆さは必要だ。再度の面談を要請し、私はまたエスコートされて、ペルシャ絨毯が敷き詰められ、古いジェノバの風景を映した繊細な版画が掛けられた、上品な部屋に通された。

「パヴィアさん、あなたは私の採用について疑念をお持ちと思います。もしよろしければ、それについてお話しいただけますか？」

「もちろん」彼はその懸念について話してくれた。私はたしかにそうだと認め、私の立場を説明した。民事法を実務で使ったことがないので、多くのことを学ぶ必要がある。勉強している間は退屈などしない。仕事に慣れてきたら、次のいずれかのことが起こる。一つは、まだ浮上するのに精一杯の場合で、当然退屈する暇もないが事務所には長く居られないかもしれない。もう一つは、私の能力を認めてくれて、より責任を持たせてもらえる場合だ。そうなれば私は辞めることはない。私は、私の仕事に価値があると認めたときに給与を増やしてくれさえすれば、初年度はアソシエイトの給料（それは大きな事務所で期待できる額のほんの一部だが）で不都合がないと明言した。

年末、私が最初に受けた評価後のボーナスと昇給は大きなものだった。そして二回目の評価で、私の給与は標準と遜色のないものとなった。

パヴィア&ハーコートでの最初の事案は、顧客への保証に関する係争と不動産賃貸の問題に関するものだった。新人アソシエイトの仕事は、通常、顧客のためのさまざまなさほど重要ではない法律上の仕事だった。しかしながらそれらは検事にとって、自然に備わっている能力を生かせるものなのだ。最初の数日の間に、私の近くに座っている同僚が、他のアソシエイトに話し、噂が広がったのだが、それは、私が「まるで魔女」で、相手に口を挟ませないというものだった。

そうした範疇に自分が入れられたのを聞いて驚いた。検事局で自分の直感を信じて事案を次々と裁判にかけていくことである種の強がりを醸成したが、それが、そのような経験のない彼ら弁護士たちにはぶっきらぼうに映ったのだろう。双方にとって、ある種の文化のぶつかり合いがあったのだ。センター通りの検事局の汚い事務所とマディソン通りの瀟洒な部屋との距離は、他の小さな点にも表れていた。たとえば、顧客からの謝礼の品も証人の前で送り返す必要がなく、それは予期しなかった嬉しい利得だった。

「もうあなたは民間の実務にいるのだよ、ソニア。賄賂の心配はない」とデヴィッド・ボトウィニクがいった。彼は、私だけではなく他の皆も、倫理的な助言が必要なときに相談していたパートナーだった。私は彼のことを「ラビ」〔ユダヤ教の聖職者〕と呼んでいた。贈り物を受け取っても構わないと彼はいったが、「この一〇年、顧客と仕事をしているが、誰も私には贈り物を送ってこなかった」と認めた。

デイブの行動をよく見ていて、彼の一貫性や公平性、職業的な名誉の意識に深く感動させられた。検事局におけるジョン・フリードと同じように、直感的にデイブを指導者としてあてにした。彼の存在は、安心感を与えてくれ、親切で、また旺盛な食欲が示唆するように開けっ広げだったが、彼の大きな関心は、肉体的というよりも精神的なものだった。メガネの奥でふくろうのように瞬きして軽く目を閉じた。そうした躊躇は、彼の言葉が慎重に考えられたものだと人々に思わせた。

法律の実務には受け入れ可能な行動の最低限の基準を確立する規範がある。つまり法律が許していることだ。そこから下は誰も侵せない。他の規範もあり、それは公式には成文化されていないが、倫理的な行動を規定するもっとも高レベルのもので、他の人々との関係においての、尊厳と公平性への配慮から発するものだ。たとえば、連休前の金曜日の午後五時に法的な召喚状を渡してはいけないというような法律はない。けれども一方で、それは、同じ人間で家族もあり、仕事以外のプライベートな計画や人生がある相手に対して、尊厳をもって遇する方法ではないといえる。弁護士のなかには、顧客に対する義務があり、その状況において可能なかぎり便宜を図るべきだという人もいる。しかし汚い手はしっぺ仕返しを招き、両者は泥仕合に陥ることになる。常識的な品位と職業的名誉の交点に関して、デイブ・ボトウィニクの直感は完璧だった。

また彼の指示により、法律の、複雑でよく分かっていなかった分野の知識を、幅広く得ることができた。デイブは三〇年も、米国の穀物市場で原料を買い付ける外国の仲買人の代理を専門にしていた。穀物大企業の影響を抑制する、より公平な仲裁の実務を確立するために懸命に働いた。私がどのように証人を用意し、反対尋問をするかを見ていた彼から、穀物市場に関連する仲裁を手助けしてくれないかと頼まれた。そこでは、裁判ほど形式的ではないにしても同じような戦略が必要となった。

「もう私は歳だ、君がやれるよ」といったが、彼の広範な知識なしではとてもできなかっただろう。彼はどんな契約でもその行間を読むことができ、どうしてそのように条文化されたか、関与するそれぞれにとって何が重要なのか、たちどころに理解した。完璧に男の世界であるこの業界のプレーヤーをみな知っていた。一九世紀の中頃、西部の穀物市場に穀物を持ちこんだ農業従事者たちの現場ですべて始まったのだが、このゲームは、電話で仕事をするブローカーたちでいっぱいの部屋で行われる金融ツールの謎めいたやりとりに発展した。私の海事法の知識をもってしても、この取引の論理を理解するのは大変だった。最終的には分かったが、絡み合った契約のいわば「ゴルディアーノの結び目」〔古代ギリシャの故事からくる、手に負えない難問の意〕を断ち切るために、夜明けに助けを求めたりもした。実際、私たちは穀物の積み荷を追跡しているのではなかった。穀物の先物取引とともに開始された、はかない契約上の権利の交換は、その長い取引連鎖の最後にようやく物理的な現物と交わるのだ。

一度だけだが実際に穀物を見たことがある。顧客が検査のために見本を送ってきたのだが、試験所の検査結果が偽造されたことは明白だった。私は民間の試験所の封印されたポリ袋は、監視の連鎖を保証するものではないことを知っていた。誰でも、熱でポリ袋を封印するキットをスーパーで買えるからだ。私も、そのようにやった。仲裁の最中、私の反対尋問の最後に、証人に明らかに未開封の穀物の見本を開けるように頼んだ。彼は、ポリ袋の封印を破り、なかに私の手書き文字を発見した。「袋は変えられる」

歳月を経て、私はタイプができることを知られないようにすることを学んだ。各自がパソコンを持つようになる前は、若い女性弁護士は秘書的な情報提供者にされることは確かだったので、このルールを厳しく守ったのだ。一度だけ、夜が更けて朝の締め切りがきてしまいそうになり、デイブ・ボトウィニクに目をつぶるようにいって、最終原稿をタイプした。デイブは信用できた。彼は、他の弁護士たちからの、部屋で唯一の女性である私へのコーヒーの依頼もうまく断ってくれた。

一方、フラン・バーンステインは、この男性と女性の戦いを上から見ていた。彼女は、マシンガンのように音をたてるタイプライターの前に何時間も座っていることができた。まるでその脳は機械に直接つながっているかのようだった。どうやってそれがほとんど修正の必要もない上品な文章でタイプライターから流れ出るのだろうか。けれどもそれは、彼女の信じ難い才能の、ほんの一端でしかない。話すときには、抑えきれないようにアイデアが流れ出し、えくぼとともに微笑みがその顔に輝いた。フランはその頃の法学生としては稀な、コロンビアの法律雑誌の初期の女性編集人の一人で、その後講師になった。また、控訴裁判所の判事の補佐としても、最初の女性の一人だった。子どもたちを育てるために何年か仕事を離れたが、パートタイムとして復帰した。もしそれが自分の経歴にとって障害になっても、彼女は構わなかった。最初は彼女の前では恐れを感じたが後には親友となり、彼女はパヴィア&ハーコートでの私の指導者の一人となった。

フランのごく自然な雄弁さは私を怖気づかせたので、初めて彼女が私にレポートを書くようにといったときには、固まってしまった。法廷での成功の後でも、書くことは依然として怖かった。検事局では、しばしば控訴に関する仕事を審理部が支援する義務があったが、私は文章作成力を向上させるためだけに、それを自発的に申し出ていた。私はフランへのレポートのために夜通し働き、私の脳はその不愉快な状況に身もだえし、あのポール・ワイスでのトラウマとなった夏を繰り返し思い出して苦しんでいた。夜明けを過ぎてやっと仕上げた原稿は、ひどい出来だった。しかし私がまったく無能だと感じると告白したとき、フランはとても寛容だった。教師としての職業人生を通して、彼女はたくさん書いてきたといった。彼女はまた、学ぼうとしている人をどのように鼓舞するかという直感にも優れていたのだ。

私が唯一フランの影響に抵抗したのは政治面だった。彼女は私に共和党に入るように熱心に勧めたが、それは思想的な理由からではなかった。当時、レーガンが大統領候補だった。彼女によれば、政党に入るということは、これから権力を握るだろうと思われるほうに加担することで、最終的に私が求めている種類の前進のために必要な条件なのだという。私は共和党がリンカーンの政党だという歴史をよく知っていたし、つながりは時としてたしかに重要だった。そしてまた、私はフランが共和党の政治経済政策を賞賛するのを評価するに充分なほど、財政政策的には保守派だった。けれどもそういう考えがなぜ、その政党が支援している社会的なビジョンと一緒にならなければならないのか理解できなかった。ニューヨークには、ネルソン・ロックフェラーのような、州でもっとも大胆な改革の一つを公布した進歩的な共和党のリーダーもいた。とにかく、私は一つのレッテルのもとに、自分の意見をすべてまとめる必要はないと思っていた。だから無党派で登録し、それは後々までそのままだった。そしてフランの打算とは反対に、ある政党に与しないことは、私にとっては良かったのだ。

「バッグについて、何を知っている？」と、ある日フランが聞いてきた。

「何も。何を知る必要があるの？」私はまさに専門家になろうとしているところだった。まずフランは、フェンディのバッグは八百から数千ドルしていると説明した。そのことはもう一度確かめる価値がある。私の現金や鍵、煙草は二〇ドルで買ったバッグに入っている。彼女は見本のうちの一つを見せ、縫い目の技術のもっとも繊細なものや、どうやって布地や金具の質を知るか、また本物と偽物を見分けるすべての詳細を説明した。

フランは数年にわたり、知的所有権の進展を追っていた。それは新しい領域であり、法科大学院ではほとんど言及されなかった。特許や著作権の法律は実務的にも確立された分野だが、商標はまだその時代にはあまり注目されていなかったのだ。その間、マンハッタンの歩道には、グッチやフェンディのバッグの偽物、ロレックスやカルティエの時計の模造品、そしてシャネルの五番の何ガロンもの偽造品があふれていた。

フランは、商標を保護しないことから生じる損害は、排他的な使用という貴重な権利の喪失であると早くから理解していた。私たちの顧客たちを教育しはじめたが、その多くはファッション業界で、製造の品質についての名前への信頼と深く結びついている豪華な製品をつくっていた。フェンディは、フランがやろうとしたことの重要性を最初に理解した。安いフェンディの模造品は、中国人街や国中の蚤(のみ)の市で売られていたばかりではなく、著名なチェーン店の棚にも並んでいた。ついには、五番街のフェンディの店の真ん前の歩道にも現れた。

フランは、私の助けも得て大手チェーン店を裁判に訴えようと、私を教育することにした。私に本を与え、二人で読んだ事案を議論した。フェンディの事案が裁判になったとき、担当判事が、優秀だと評判のレオナルド・サンドと知って喜んだ。彼は、ヨンカー市に対する人種差別廃止に関する物議をかもした事案を審理していた。その事案は何十年も続くのだが、当時、一般の知るところとなったばかりで、私はＰＲＬＤＥＦの活動の関係でよく知っていたのだ。

裁判の準備のとき、私は会議室で、フランがどのように証人を準備するか観察していると、彼女に電話がかかってきた。彼女は私に、代わりに続けてほしいといった。ファッション企業のフェンディは、実質的には家族ビジネスだった。フェンディの製造工程の専門家、カンディド・スペロニは、めいめいが事業の異なる観点の責任者である五人姉妹のうちの一人と結婚していた。彼の甥、アレサンドロ・サラチーノも若い弁護士で、通訳として活動していた。

証人の準備は、一つの芸術形式だ。検事は、証人に何をいってもいいか、何をいうべきではないかを示唆することはできないと教えられる。証人が法廷に呼ばれたとき、思いがけないようなことが起こるのを防ぐことはできない。かわりに、準備の目的は、各質問の背景の理解を助けることで、それによって、陪審員に重要な知識をチームとして伝えるのだ。私はカンディドとのやりとりに没頭し、時計を見て初めて、フランがいなくなってからずいぶん時間が経っていることに気づいた。大きな声で、どうしたのかしら、と独り言をいった。すると、ドアのそばから返事があった。「ここにいるわ。あなたを観察していたの」昼食のための休憩をしようといった後、彼女はアレサンドロにいった。「どうかおじさまと話して、賛成かどうか聞いてみて……私じゃなくて、ソニアがこの件を担当すべきだわ。ずっと安くすむだろうけれど、お金の問題ではないの。彼女は素晴らしいわ！」

このようにしてフェンディ家との親交や、そして定評のあるレオナルド・サンド判事の法廷に行き、翌日の法廷で必要となる書類を、上級パートナーに電話で伝えるただ一人の若い女性アソシエイトになるという、ありそうにない経験が始まったのだ。

フランが私の民事訴訟へのデビューとしてフェンディの案件を私に任せたのは、単に彼女の個人的な寛大さからだけではなく、開かれた協調というパヴィア&ハーコートの文化によるものだ。一緒に仕事をした人々も、顧客や知識を共有することを快く思っていた。このチームでオープンに仕事をする精神が私は嬉しかったので、フランやデイブが私にしてくれたように、率直に他人に奉仕する努力をした。読書障害に悩む若いアソシエイトが、私がフランのマシンガンのような見事なタイピングに驚いたように、私の読むスピードに唖然としていた。「ソニア、その記事をそんなにも速くむさぼり読んでしまったのかい！」と感嘆している。しかし彼には、もっとも役に立つものを見つけ出すという信頼できる特技があり、しばしば共に深い藪に道を開くために必要な読み物を読み、意見やアイデアを交換し合ったものだ。

この仲間意識のなかで、同僚たちが私をどう感じているかを知った。あの最初の「まるで魔女」という印象は、互いに馴染むことによって消え失せたが、誰か新しい人が入るたびに散発的に再現された。テレサ・バーテノープは、ビルの反対側の別部門に秘書として採用されたが、私は知的所有権の実務での法律助手にしたいと、彼女に釣り糸を投げた。それは、内線での頻繁な呼び出しを意味した。「テレサ、私の部屋に来て」数分後に姿を現した彼女は、息を切らし、手は震え、首にはじんましんが広がっていた。いったいどうしたのだろう？と思った。彼女がビルの反対側に戻ると、廊下の人々はこの見世物を笑っていた。最終的に誰かが助言してくれたので、私はテレサをもう一度、今度はやさしい声で呼んだ。「テレサ、私が怖いの？　噛みつかないわよ」

仕事に熱中しているとき、私は世間のいろいろな兆候に、いや、どんな兆候にもまったく気づかない。宇宙全体からまったく孤立していて、ただ目の前のページだけ、あるいは頭のなかを占めている状況だけが大事なのだ。私をよく知っている同僚たちは、それを個人的なものだとは思わない。だから、ときとしてこれは彼らにとって実に便利だ。私は熱中しているときには何も気づかないので、私の部屋の真ん前の廊下での立ち話も可能だ。検事として、私のこの傾向は悪い風評をもたらした（私はそうではないと思うのだが）。質問が情け容赦ないというのだ。それは私の意図するところではない。私が仕事に集中し、迅速に情報を処理しているとき、質問は直截に発せられるだけなのだ。

テレサは神のおかげで私への恐れを払拭し、それ以来、私のキャリアの各段階でつき添ってくれた。彼女は今も私の右腕であり保護者であり、最愛の友人だ。私が何か忘れたとき、それに気づくのは彼女だ。彼女は私がびくびくしていたり、ぶっきらぼうになっていることに気づいたときに、それは現在の私の任務の重大さにより、どうしても増幅されてしまうのだが、私に鏡をかざしてくれる。私が何かにあまりに没頭してしまったとき、彼女は私にひと息つかせ、礼儀正しくすることを思い出させるのだ。

結果的には、大手チェーン店との案件は裁判の途中、裁判外で解決したが、フラン・バーンステインとともにフェンディや他の顧客のために、知的所有権の事案について仕事を続けた。しかしながら、街や中国人街で売っている偽造品の問題に対しては、訴訟は効率のいい手段ではなかった。路上の物売りを裁判に訴えるなどということは意味がなかった。その代わり、商標の所有者たちは、その商品とその生産と流通に関する記録の押収を可能とする、法的な命令を要求して連合することを決めた。押収命令の事案の準備にあたり、私的な調査員たちと協力し、アジアの製造拠点や二重雇用のイタリアの職人たちを通してニューヨークに偽造品を持ちこむ供給者たちを追跡した。調査員たちは、いろいろな場所で販売者から商品を買い、金具や異なるロットの布地を比較することで、地図上でそのつながりを追跡することができた。ある地区を監視することにより、しばしばその場所と販売者との間を行き来するメッセンジャーを配した倉庫を特定することができた。流通の時点で密輸を捕えることができれば、おそらく税関や輸送の書類を発見でき、サプライチェーンのより上流を辿ることができるだろう。

私はフランに宣誓供述書のつくり方を教えた。彼女がレポートの大部分を書いた。私は、調査や、ジグソーパズルの挑戦、そして押収活動の高揚感が好きだった。私たちは、まるでキャグニーとレイシー〔一九八〇年代のアメリカのテレビドラマ。二人組の女刑事が主人公〕のようだった。

デンプスター・リーチは、私たちの私的調査員で、ぼんやりしてだらしない大学教授のような風貌をして、そのたどたどしい話し方は、彼の追跡活動への愛着を隠していた。悪臭を放つ中国人街を、屈強な仲間を引き連れ巡回していたが、彼らの多くは元警官であったり、非番の警官で、郊外に住んでいた。彼らは武装しなければならなかった。街の偽造品の商売はギャングに支配され、ギャングらは麻薬や他の密売に加え、売人たちを守る代償に彼らをゆすっていた。押収では、そのオペレーションを近くで見守るために、商標の各所有者の弁護士の立ち会いが必要だった。私たちの仕事は、商品を調べて、偽造品だけを押収することを確認し、適正に押収令状を提示して押収物の目録を手渡すことだった。通常は、私たちが現れると関わった者たちはみな消えてしまった。少しでも、武器のきらめきなど危険が察知されれば、デンプスターは急いで私たちを引き揚げさせた。誰も英雄的行為など望んでいなかった。しかし、何回か危険と隣り合わせになったこともある。

私が担当の弁護士だったある午後、デンプスターがカナル通りの喧騒のなかを、私のほうに走ってきた。見張りが、誰かがビルの中から箱を乗せた台車を押して出てきたのを見つけたのだ。箱の一つが途中で落ち、フェンディのバッグのようなものをばらまいた。デンプスターの配下の男たちがビルを見張っていた。窓はなかったので波止場に身を屈めて、半開きの引き戸の下から覗きこんだ。部屋の薄暗がりに、何百という偽造バッグが散らばっていた。

判事を呼び、数分後には押収の命令を得た。

その場所はフェンディの偽物で埋め尽くされていて、デンプスターのすべてのジープに詰めこんだ後、トレーラーを持ちこまなければならなかった。ひと山が全部きれいになったと思うと、パンくずのようにまた別のバッグが出てきた。ビルの内部は、中国人街特有の迷路のような部屋で、別々の店が衝立の裏でつながっていた。外から見るとそれぞれが小さな独立した構造に見えるが、実際は通り全体にわたって広がっていたのだ。

通常、押収の数日後に、目録の宣誓供述を提出するために、法廷に行かなければならなかった。けれどもそのときは別件があり、手入れに同行した若いアソシエイトに行ってもらった。トニーがセンター通りの地下鉄の駅から出ようとしたとき、入れ墨のあるアジア系の若者の一団に取り囲まれた。「あの黒い髪の女はどこだ？　俺たちが捜しているといえ。誰か分かっていると伝えろ」その日、震え上がったのはトニーだけではなかった。パヴィア&ハーコートの訴訟部門全体の会議が招集された。判事もまたそれを伝えると危険を感じて、私が法廷に行くときはいつも、警官を警護によこした。

この件はとても皮肉に思えた。私は著名な弁護士事務所で贅沢なブランドの代理だったが、武装した泥棒や殺人者を扱っていたときよりも、明らかに危険だったのだ。デイブ・ボトウィニクや他のパートナーの何人かが、押収は完全にかつ即刻やめるべきではないかという議論をした。私もトニーも、危険は上手に対処されていたし、また、私たちの顧客にとっての価値はとても大きいと思っていた。騒動に昂奮していた部分もあったかもしれない。私はまだ防弾チョッキを脱ごうとは思わなかった。事務所内での議論は、弁護士たちに、どんなオペレーションでもその危険を明らかにして、その危険にさらされることを望まない人には強制しないことを保証すると約束して解決した。

私が、フランと知的所有権の分野で働きはじめてから二年になろうとする頃、彼女はここ数年小康状態だった乳癌が再発し、苦しんでいた。そのことに彼女は押しつぶされそうになった。彼女の母親、姉妹、祖母など、ほとんどすべての女性家族を同じ病気で亡くしていたからだ。治療も進んだが、病状もまた進行して、会う機会も少なくなった。ある時期、私は電話で励ましていたが、彼女の健康状態は急速に悪化していった。

一九八八年の暮れ、私が四年目にしてパートナーになろうとしていたとき、彼女はその投票のために久しぶりに事務所にきた。かなり痩せて弱々しかったが、まだ生気があった。その夜、彼女とその夫のボブが、私を夕食に誘い「ラ・コテ・バスク」へ連れていってくれた。私はこんな贅沢なレストランに行くのは初めてなので感激していたが、フランはほとんど食べることができず悲しかった。まだパートナーの投票の結果は明らかにされていなかったので、お祝いする明確な理由はなかったのだが、フランは待てなかった。「私がいうことは聞かなかったことにしてね、だけど、お祝いしましょう！」

その後、ボブが車を取りにいき、私たちが歩道で待っているあいだ、彼女は私を上から下まで見た。「もしパートナーになるなら、それらしくしなければ。フェンディはあなたの顧客よ。彼らの代理らしくしなければ。フェンディの皮のコートを買ったほうがいいわ」

「フラン、私は皮のコートなんか欲しくないわ！」まるで、母が私の着こなしに文句をつけているようだった。すでに私はフェンディの家族とは特別な関係にあり、オートクチュールを着ているかどうかは問題ではなかった。ファミリービジネス見習い中の若い弁護士アレサンドロとは、ここ数ヶ月、お互いの時差を気にせずに、ニューヨークとローマの間で毎日のように電話をし、今はとても良い友人になっていた。後に、彼と彼の妻のフェーが米国に移るときには便宜を図り手助けをした。彼らは、最初こそ抵抗があったが、後に本物のニューヨーカーになり、自分たちが選んだ家が気に入って、文化的な生活を楽しんだ。

イタリアの贅、品質そしてデザインの代名詞としてフェンディの名を高めたのは、アレサンドロの祖母アデルとその夫だった。また彼女は、その五人の娘たちを財務や創造性のマネージメントの異なる段階を担当するように仕込み、またその夫たちをファミリービジネスに参入させたのだ。だからアレサンドロは、しっかりした女性と働くことを心地よく感じていたし、私のほうも家族の固い絆で結ばれたビジネスの環境を素直に喜んでいた。これは自然な協力関係だった。

私はプリンストンとイェールで、極端な特権階級の生活を初めて垣間見た。そしてパヴィア&ハーコートでの仕事は、もっと良い展望を与えてくれた。そこでは、裕福な顧客たちが主催する社会的なイベントに招待され、ブロンクスの小さな女の子は、有名なラクエル・ウェルチやルチアーノ・パヴァロッティと親しくしながら、自分自身を信じられない思いで見つめていた。それでも、そういう素晴らしいことには、参加するというよりまだまだ傍観者だったのだ。フェンディとの友人関係は、私に贅沢や、趣味のよい私的な世界を明らかにしてくれた。ローマにある彼らの家を訪ねたり、ヨーロッパじゅうで彼らと共に休暇を過ごしたりしていると、私は、もっとも洗練された現代イタリアのデザインや栄光ある古典的遺産ばかりではなく、まったく異なる感性にも目覚めた。劇場に魅了され、それらの生涯続く夢を手に入れた。たぶん、世界をあらゆる角度から見たことによる、ある程度の理解や確信も。

けれどもいちばん大事なのは、彼らが家族になったことだ。アレサンドロは弟のようなものだ。私を守るためには、相手に果敢に飛びかかるだろう。私の名誉のためなら、明け方に決闘だってするだろう。私も必要となれば、すぐに飛行機に乗って駆けつけるし、また母の家での感謝祭の夕食に、迷わず彼の両親パオラとシロを招待するのだ。

第28章

フラン夫妻との夕食の二週間後、ジョージ・パヴィアの部屋に呼ばれ、彼とデイブ・ボトウィニクから、今度は正式に、事務所のパートナーたちが私をパートナーに選んだと告げられた。その良いニュースは奇妙な条件つきで、その言葉は私の心に残った。「あなたがいつまでも民間組織にいるわけではないのは明らかだ」とジョージがいった。「あなたの行き先は、裁判所だと分かっているよ。デイブは、あなたがきっと最高裁まで到達すると信じている。けれども今回のオファーでは、少なくともあなたが民間にいるあいだは、私たちのところにいてほしいとお願いするものだ」

そんなに長くいない人間にパートナーになることをオファーするのは、特に小さな事務所で各パートナーがチームに必要不可欠な場合、極めて稀なことだ。私は深く感謝して承諾したが、デイブの幻想のような予言は悩みの種だった。もし彼が、判事になるのが私の小さい頃からの夢だったと知っていたのなら、それをやさしい心温まるお世辞ととることもできただろう。しかし、実際は、連邦裁判所はどこでも、政治的な力による奇妙な調整や、一つかみの運以上の何かが必要だと理解していたので、長い間、望みを言葉にするのを慎んでいたのだ。デイブは本能的に（後で分かるように、他のことでも、私がまったく何も話していないにもかかわらず、想像以上に明白だったことがあった）私の夢の方向を感じたのかもしれない。しかし、そうであっても、最高裁についてそのように語ることは、おじの一人がその成功を誇張しているときのようで、私を驚かせた。深く尊敬している人からそういう無邪気な考えを聞くのは、私の「ラビ」に対して恥ずかしさを感じた。私の同僚たちが私の秘密の夢物語について言及し、同時に私がパートナーになるという職業上の一里塚を祝ってくれているとき、迫りくるフランの死の影と相まって私の気持ちはとても複雑だった。

次の春、彼女がついに病いに負けてしまったとき、その喪失は皆にとって大きな衝撃だった。隣人の死はいつも、私自身の死すべき運命を思い出させ、自問することを強いる一撃のようだ。何を成し遂げたいのか？　私の人生は意味があるのか？　祖母の死は、私を大学での学問にいっそう駆り立てた。ネルソンのときは、検事局の外での人生を考えることをもう先延ばしにできなかった。フランは、私に知的所有権の先駆者としての仕事を託した。その仕事は彼女の形見となり、彼女が他界したときから、一大決心でそれに取り組んだ。とにかく彼女を、今の私の歳より一歳若い五七歳で見送ったことは、私の最大の目標を達成するためには、本当に時間がないかもしれないという気持ちをかき立てた。

私は人生の大部分を不可避的に、それが価値あるもので有限であることを認識しながら生きてきた。糖尿病という現実が、常に心の片隅に待ち構えていて、最初の頃は、私は長生きできないことを受け入れていた。それを心配しても意味がない。私は自分で制御できないことで心を痛めたことはなかった。でも、残された時間を無駄にすることはできなかった。ある種のメトロノームが内部でリズムを刻んでいた。今や糖尿病はより管理できるものとなり、年数が足りないという恐れはなくなった。けれども死の影を意識しながら生きるという習慣は続き、それもまた運命なのだと思っている。

六月のある上天気の日、家の裏庭で、友人たちとともに私の三七歳の誕生日を祝うバーベキューをしていた。幸運にも以前、私やドーンが住んでいた同じ通りにそのアパートを見つけることができ、コープへの転換前だったが値引きが得られ、さらに、デイブ・ボトウィニクのおかげで、月々の支払が驚くほど少なくて済む貸付を得ることができた。

皆、満足していた。コップは飲み物で一杯だし、踊らせておこうと考えた。疲れきって、少し横になる必要があった。気分がすぐれずぼうっとしていたが、いったん横になるともう動けなかった。ようやくベッドから這い出して、中庭への引き戸を開けることができた。しかしそこまでだった。すぐに座らなければならなかった。幸運なことに階段があり、そこには私の助手のテレサがいた。彼女は私に何か話していたが、私はその言葉が理解できなかった。彼女はわけの分からないことをいいながら、私に近づいてきた。彼女の手には私がどうしても欲しいものがあった。私はそれが必要だったのだ。それを摑んだが、手は震えていた。そして誕生日のケーキの一片を口に放りこんだ。テレサは驚き、口を開けてそこに立ちすくんだ。私の顔が砂糖の粉だらけだったのでとてもびっくりしただろう。

体調が回復し事情を説明すると、テレサは、私が糖尿病だということは漠然と理解していたが、血糖値が下がるとどうなるかはまったく知らなかったといった。私が横になっているのを見た友人は、飲みすぎたのではないかと思ったようだが、私はホステス役として忙しく、まだただの一杯も飲んでいなかったのだ。子どもの頃に渡され、ずっと持っていたカードが財布に入っていた。三七歳になるまでこれを引っ張り出す必要はなかった。それにはこう書いてあった。

私は糖尿病です。
私は酔っ払っているのではありません。もし意識がなかったり、おかしな行動をとったりしていたら、血糖値が下がっている可能性があります。

応急措置
私には糖分が必要です。もし私が飲みこむことができるのなら、甘いもの、清涼飲料、果物ジュース、または普通の砂糖をください。もし飲みこめない、または一五分経っても回復しないのであれば、医師か、近くの救急の医療機関に連絡をして、私が糖尿病だと告げてください。

私の友人でも、私が1型糖尿病で、インスリンが必要であることを知っている人はごく少数だ。意識的に隠しているわけではない。礼儀として控えめだといえようが、実際は、この秘密を守ることは深く根づいた私の習慣なのだ。同情を引くためのゲームのように見られるどんな告白もしたくなかった。私が生きているかぎり、ずっとこの病気を管理しつづけることは、自分自身が頼りだということの証で、それは子どもの頃には私を救ってくれたし、夫婦生活では代償もあったが、そのときも同じだった。私は誰の助けも要らなかった。本当は、私は自分が認めてもいいと思っている以上に傷つきやすいのだ。
秘密主義は単に私の本性ではなかった。若い頃には、無能力やすべての種類の病気は沈黙の掟に支配されていた。そういうことは私的なことであり、家族以外には話さなかった。人前で注射をすることなど思いもよらなかったが、注射は早朝に一回だけで良かったので、心配しなければならないことも稀だった。旅行をしていたり、家の外で一夜を明かす場合には、洗面所を使うようにと母にいわれていた。

若い頃には、多くの人がヘロインを使っている近隣で注射針と注射器を持って歩いていると宣言して、良いことなど何もなかった。ある日、プロスペクト病院へ仕事に出かける途中でつまずいてしまい、警官の足元にバッグの中身を全部ぶちまけてしまった。歩道には私の身のまわりのもの（まさに祖母の家に泊まる予定で、注射針と注射器を持っていた）が散乱していた。「ああ、だめだ、だめだ」と警官はいい、私の説明にも疑い深い目を向けたが、その間に、私は震える手で素早く全部拾い集めた。私の話は信用されなかった。フラスコのインスリンもだ。このヤンキー娘は何て馬鹿げたつくり話をしているのだろう？　私は上司が答えてくれるように、病院まで一緒にきてほしいと頼まなければならなかった。私はぞっとしていた。逮捕されれば大学への夢は消え失せるだろうし、法科大学院などいうに及ばなかったのだ。

私が大学に入る頃には、病気はあまり問題ではなくなっていて、誰にもいう必要はなかった。一日一回の注射という同じ療法を続けた。もうジャコビ医療センターに行っていなかったので、治療法の進歩を知る由もなかった。そのような状況で、私には、結果の出るのが遅いために実質的には役に立たない尿検査用の絆創膏よりも精度の高い血中の糖分を測定する方法はなかった。けれども食事に注意し、自分がどういう気分かを見ていれば、それを管理できた。この規律は、別の選択肢よりも楽だった。血糖値の上昇を伴う眠気のあるだるさが嫌だったが、発汗、震えや自失といった急降下に伴う影響もとても不快だったので、私はすぐに追加の砂糖で対処した。

でも、私は自分自身の体の変化に気づいていなかった。思春期を過ぎた後のホルモンのわずかな変化が、血糖値に影響を及ぼしていた。運動もその前に注射したインスリンの吸収を促進し、違いを生じさせた。プリンストンでは、自転車に乗ったり、授業に出るために階段を上ったりと、いつも動き回っていたが、どうしてこれらの追加された要素によって、私が対処できなくなるほど混乱する前に、いつもは表れる症状が表れず、血糖値が下がってしまうのか分からなかった。

三年生のとき、朝、起きられなくなりはじめた。一度など、とてもぼうっとしていて、意識があやふやなまま試験を受け、戻ってきて横になり、その後起きたときに、試験を受け忘れたのではないかとパニックになってしまったこともあった。今でも、どうして試験がとてもうまくいったのか理解できない。別の日には、ケビンの母親の電話に、起きて頭があまりはっきりしない状態で答えたのだが、彼女はその受け答えにとても戸惑ったようだ。そしてまたある朝、私は目を覚ますことすらなかった。私のルームメイトがいつもと違う時間に戻らなかったら、私はベッドで意識を失って発見されることもなかっただろう。彼女は私を起こすこともできず、私はその後数日間、医務室で過ごさねばならなかった。

大学、法科大学院、検事局を通して、基本的には子どもの頃と同じ療法を続けてきた。三〇代になり、ブルックリンに落ち着いてから初めて、1型糖尿病の専門家を探そうと決めた。重要な治療法の進歩を見逃していた私は、時代に追いつこうとしはじめ、改善された形のインスリンを使い、一日に二回注射するようにした。最初の医師は、その異動にあたり、アンドリュー・ドレクスラーを推薦してくれた。彼は、この国の糖尿病の分野で、もっとも優れた専門医の一人だった。今は愛すべき、信頼できる友人のアンディにより、私の治療は劇的に改善した。

私はまだ、昔ながらのインスリン注射の方法をとっているが、今日では、多くの糖尿病患者は実用的なインスリンのペンや、一日のあいだで服用量を調整するようコンピューター制御されたポンプに換えてきている。尿の検査のための絆創膏付きガーゼなど、もう昔話だ。一九八〇年代半ばに、私は最初の携帯糖度計を買ったが、当時はとても高かった。五秒で結果が分かる現在のものの四倍の大きさだった。今は、血中の糖度を測り、日に五、六回注射をしている。食事をする前に、炭水化物や油脂、タンパク質の含有量を計算する。そして一連の問いかけをする。どれだけのインスリンが必要なのか？　前回の注射はいつだったか？　いつもより遠くまで歩くか、または吸収を促進するために努力するのか？　計算に強くないと、これは難しいだろう。

この療法では、若いときよりもいっそう注意しなければならないが、同時により精度高く血糖値を調整することが可能になる。この利点は重要で、なぜなら糖尿病の合併症で問題なのは、心臓病や失明、四肢の切断につながる神経病などであるが、それらは基本的に慢性的な高血糖値が長期間にもたらす弊害なのだ。血糖値を正常範囲に保つために神経質になることは、私が通常の平均寿命を生き抜く絶好のチャンスを与えてくれた。しかしながらどんなに注意しても、発熱や感染は、血糖値を急上昇させてしまう。トラウマとかストレス過剰も同じような結果をもたらす。

より精度の高い監視を行なっても、血糖値は、その人の将来ではなく、現在の生命を脅かすような急激な変化をもたらすことがある。テレサの手から誕生日ケーキの一片を奪ったのはまさにそういうときだった。不意打ちは忍び寄ってくる。たとえば、私は典型的な中華料理の炭水化物の量を知っているが、高級な四川料理のレストランでは私の計算は危険なほど違っていた。時差もまた別の危機となる。あるとき、私はパヴィア＆ハーコートで一時期一緒に働いていた友人のイタリア人弁護士の結婚式に参列するために、飛行機でベニスに移動した。ホテルにチェックインした後、なぜか血糖値が急激に下がり、気を失ってしまった。

幸運なことに、アレサンドロと彼の妻のフェーもその結婚式に参列していた。私が現れないため、何か起こったのではないかと思った。街を横切って私のホテルに着くと、アレサンドロは、コンシェルジュに規則を無視してでもドアを開けなければドアを壊すと脅した。私にオレンジジュースを与え、救急車を、実際はボートを呼んでくれたが、大きすぎて私たちがいるホテルの水路には入ってこられなかった。そこで、柱のある椅子のようなヴェネチア式の担架で、私を病院（実際は昔の修道院の中の高齢者施設で、設備も同様に古い病院）へ運んだが、私は気を失っていて、ところどころの記憶しかない。医師に対し、私の最新式の糖度計の使い方を説明しようとしたが、彼はそれを望まなかった。アレサンドロが不機嫌そうに通訳したところによると、「私が医師で、あなたは患者なのです」と言い張ったようだ。

後になって、私たちはこの話で笑った。特にアレサンドロが話すと、そのイタリア人特有の大げさな身振りから、フェーの素晴らしい青のイブニングドレス、そして正装したアレサンドロがドアを破ろうとしている場面を彷彿とさせた。最後には、病院の人が彼らを「アメリカ人だな」といっていたことに、とても腹を立てていた。

私の記憶のなかで際立ってはいるが、このようなエピソードはしょっちゅうというわけではなかった。そしてここ一〇年ばかりは、技術の進歩と私が中年になってきたことで、稀になっていた。しかしながら、血糖値が問題を起こすたびに、そこを通りかかったり、または確たる理由もなく電話をしてきた友だちであれ、ありえないような介入が私を救ってくれたことに気づかされる。一度など、ドーンの飼い犬の小さなロッキーが、私が気を失っているのを見つけて、必要なところに注意をひくまで吠えつづけた。これほどの幸運を考えると、私はいまだに祖母に守られているという感を強くする。しかし、それは私の幸運を後押しする基本ではないと肝に銘じた。フェンディ家の人々と私にとって、ベニスでの出来事は何年もの間、笑い話の種だったが、厳しい現実としては、もしアレサンドロが私の糖尿病について知らなかったら、私は死んでいただろうということだった。それは安全のために、病気についてオープンにするべきだという最終的な確認だった。そして私が実際の仕事を始めてから何年か後、危険が遠のいたと思える頃、私にはこの病気を公にする別の理由ができた。いまだに糖尿病の子どもたちに、彼らが望むことのできない職業の一覧が渡されているかどうか分からないが、私自身が、大きな夢も達成することは不可能でないという、生きた証拠だという誇りを感じるからだ。

私が包み隠さず話すことを、先延ばししてきた人が一人いる。私が奇跡的に助かったときの話とか、私は九つの命を持っているのだというようなことは、母には一切話していない。彼女がこの本を読んだときには、この問題にうまく対処しなければならない。私の病気に対する母の恐れは度を越していて、ときどき、私の頭までおかしくさせる。そして、私に関するどんな問題でも彼女が後で知ったりすれば、毎回、同じようなヒステリーで終わるのも明らかだった。ジュニアの話では、一度など、私が母に、何が起こっているかいわないといって怒って彼に電話をしてきたようだ。彼は私よりもずっと上手に答えた。「ソニアはあなたに何にもいわないよ、母さん。あなたにいえば大ごとになるからね」そして彼は、もっと重要なことをいった。姉ほど幸せな人を知らないと。「ソニアは精一杯生きている。明日死んだとしても幸せだろうね。もし母さんの思い通りに生きたとしたら、きっと不幸な女として死ぬよ。だから放っておきなさい。いいね？」

私は弟を心から愛している。世界中の誰よりも私のことをよく知っている。いつもお互いに助け合ってきた。彼の子どもたちは私が彼をジュニアと呼ぶと死ぬほど笑う。彼は他の人たちにとってはファンだが、私にはいつもジュニアだ。今は厄介者ではないけれども。

母は、そのときは電話を切ってしまったといっていた。コープシティで、枝が天井まで伸び、大きな窓に沿って蔓が隅々まで這い上がるなか、室内の密林のような植物に水をやりながら、彼女が座っている姿が目に浮かぶ。そのメッセージは簡単には伝わらないが、長い目で見ればきっと分かってくれるだろう。

私の秘密主義と、それをもたらした自分への信頼は、糖尿病とともに始まったものでもなく、終わるものでもない。それは、私の母とともに始まり、そして終わるのだと気づいた。彼女は、いつも私の感情面での模範となり、良きにつけ悪しきにつけ、私の性格や、彼女と私の関係も知らせてくれる。

私は多くの場合、自分を世界から隔てている溝があると感じていた。私の友人たちによれば、私が素晴らしい聞き手であるにもかかわらずだ。彼女たちは自由に自分の問題を語る。私は母と同じように、良し悪しはいわず、彼女らの痛みを感じ、たぶん見過ごしただろう事実を指摘することすらした。私には他の人の精神の謎を翻訳するある種の能力があり、その人の夫や上司、母親が世のなかをどう見ているのか、その人の目を開かせることができる。唯一私が学べなかったのは、同じことを他人にどうやって頼むかということだった。

誰かと共有することは、私のスタイルではない。私は自分の問題は自分で解決した。五年生の頃、アルコール依存症患者のいる荒廃した家族の悲しみと孤立を克服したときから、またたは、あの感じのいい子どもだったカルメロに、頭が良いことはかっこいいと説得されたときから、私のまわりには大勢の友だちがいた。けれども私の内面は、孤独を感じていた。たぶん結婚生活の間も、お互いに愛し尊敬していたにもかかわらず、あのケビンを苛立たせた私のある種の自惚れも、問題だったのだ。検事局の後、初めて私が、職業の分野で理想に向かって意味のある進歩を始めたとき、感情的な面でも変わることを考えられるようになった。人間として自分を克服できるという潜在能力に対する自信は、そのときまで、学問的にも職業的にも私の成功の基盤だったが、私自身のアクセスできない領域で今、それが試されているのだ。しかし、私は楽観主義者だった。もし他人の問題を解決できるなら、自分の問題も解決できるはずだ。

人は変われるものだと思っていた。ただごく少数の人間は、動かぬ石像のような人か、またはまったく救いようがない人だった。私は今までずっと、周囲の人々を見ながら自問していた。ここで何を学べるのか？　この友だちや指導者、ライバルの質は見習う価値があるものなのか？　私は何を変えなければならないのか？　私は小さい頃から、苛立ちが何も解決せず、害を及ぼすだけということを悟り、苛立ちを感じたら直ちにそれを鎮めることを学んだ。私の病気について、もっとオープンにするのが第一歩で、自分の弱さを認めることは人々との距離を縮めるということも学んだ。私を助けたいと思っている友人たちの助けを礼儀正しく受け入れることが重要で、それは贈り物を「お気遣いなく」という言葉とともに「有難う」といって受け取るようなものなのだ。

もし、私のこの人間的な変革が成功したかどうかを測る物差しがあるとしたら、それはごく少数の友人たちだけが（私をずっと前から知っている人を含めて）その努力を始める前の私を覚えているということだ。それが親しさとか記憶の本質なのだ。彼らは、私の糖尿病を知っていて、私がオープンに注射をするずっと前から私がそうしていたのを覚えていると断言する。けれども、もっとも良い進歩の指標であり、自慢できることといえば、母との関係の改善だ。

母は、まったく上の空で、まるで空き家のようだった。私の子どもの頃には、ベッドで背を向けた母は、まるで丸太のように私の横で眠っていた。母は完璧に着飾って化粧をし、映画スターのようだった。まるでブロンクスデールのジャクリーン・ケネディ。汚れ一つない洋服にしわができるからと、私を抱くのを拒絶していた。この冷たいイメージとともに私は生きてきて私自身を形づくった。彼女は悲しくもよそよそしく、まったく魅力のない態度をとった。私は、彼女を形づくり同じように私を形づくったものを理解するまで、彼女の魔法から逃れることはできなかった。

母については、知らないことがたくさんあった。母がホストス・コミュニティ・カレッジで看護師の資格をとろうと、失敗を恐れパニックになりながら、筆記試験ごとにまるで銃殺隊に対峙するように苦闘していたとき、ラハスやサンヘルマンでの学校時代を語ったことがあった。クラスの仲間の物笑いの種になるのではないかという恐れや、先生に叱られ、頭が悪いと思いこんでいたことなど。私は彼女の子ども時代のことをほとんど知らなかった。彼女の過去は、まるで点滴のようにゆっくりと明らかになっていった。思い切って私たちの冷たい距離について話すと、私に許しを請うように、自分の情緒的な限界を告白した。

「どうして私にそんなことが分かると思うの、ソニア？　若いときに、誰が優しくすることを教えてくれたかしら？　私はマヨに腹を立てていて、いつも独りぼっちだった。他に何があったっていうの？」

今でもときどき彼女に腹が立つ。そういうときにはこのことを思い起こす。彼女には彼女の過去がある。彼女の人生に欠けている何かが。でも私にはお守りのような思い出がある。それはロサリオのすべすべした珠のように摑むことができた。私は、暗記している幼い頃の童話の本のようにそこに戻ったが、決して飽きることはなかった。それは、あの夏の夜、汗びっしょりになって目覚めると、母がジュニアを起こさないようにとささやきながら、冷たく湿ったタオルで私の身体を拭いてくれた思い出で、それは私のための私だけの時間だった。小さな扇風機が湿気を蒸発させて私の首を冷やし、母の手は私の背中にあった。

私は母のように、手本がなくて苦労するということはなかった。友人たちは、どうやって人に優しく接するかを教えてくれたし、私がそうではなかった時期を皆が忘れてしまうまで、彼らが私に見本を示してくれたのだ。学ぶにつれ、私は母でそれを実践した（真の抱擁、本当の褒め言葉、防御を下げるための追加の努力）。驚いたことに、長い間眠っていた本能が目覚めたのか、彼女自身もまだ何が起こったのかはっきりとは分からないまま、母は奇跡的に穏やかになった。心を開くことにより弱さの価値を知り、そしてそれを認めることで、私はすぐにこの行路でも自分は独りではないことを発見した。母は私のそばで行動し、彼女自身もまた機会を与えられればそうなっていただろう愛情のこもった表現に富む人間になっていった。

カイリーは、走ってきて、私に飛びついた。きゃしゃな腕を私の首に回し、その三歳の小さな身体を、まったく不釣合いな私の身体に押しつけた。すると突然、私の心は張り裂け、涙がこみ上げてきた。表現できないやさしさが血管を薬のように巡り、あまりにも長い間、人間的な接触がなかったことが、無意識のうちに自分の負担になっていたことに気づいた。

私は自分に抱擁療法を処方した。私の知るトミー、ヴァネッサ、ザチャリー……子どもたち一人ひとりに、私は充分な抱擁を受けていないのだといった。「私に会うときには、いつも抱きしめて私を助けてくれる？」カイリーにはもちろん頼む必要はなかったが、他の子どもたちもすぐに従ってくれた。この点について、子どもたちの分別は議論の余地がない。抱擁は届いた。そして、かつてなかったほど簡単に感情がほとばしった。子どもたちがむさ苦しい若者になってからも、抱擁は続いていた。もっと小さな兄弟たち、ジョンやカイルも歳を経て、この主義に加わっていくだろう。

子どもたちから学んだことを大人たちに返した。抱きしめることは、あなたを分かっているという意味だ。歓迎の抱擁、別れのキス、悲しみのときの長い抱擁。私は、単なるジェスチュアと、お互いの真の感情のほとばしりとしての行為の間に、はっきりとした違いを発見した。

私たちは試着室にいて、私はジーンズを脱いで、友だちのエレインがハンガーから持ってきてくれた山のような洋服を試着しようとしていたが、エレインは試着室に入ると、腕に持っていた服を落とし、しゃがみこんで大笑いをした。私は脆い仕切り壁を壊すのではないかと心配した。

エレイン・リトウェルはパヴィア&ハーコートの顧客だったが、とても良い友人となった。彼女はエネルギッシュで抜け目のない極貧を生き抜いた人物で、ロウアーイーストサイド〔ニューヨーク州マンハッタンの一地区〕の一風変わった家族の出だった。ずっとしゃべりつづけていたが正義の人で、愚かな人々には情け容赦なく己の才覚を発揮した。私たちは週末には買い物に行き、若者たちのように時を過ごした。

「ソニア、何てこと！　誰がその下着を買ったの？　お母さん？」

「本当をいうと、この場合はそうよ」

「すぐに何とかしなくちゃ！」

エレインのからかいから感じられたどんな攻撃も、今度だけは母のお洒落の権威を打ち壊して相殺され、私はささやかな満足を感じた。私は喜んで、エレインに年相応の下着を選ぶのを手伝ってもらうことにした。

これは、もっと大きなプロジェクトの一部だった。エレインは、私に合ったものを見つけて買うことや、服の色が肌の色合いとどう関係するか、生地のひだなど、人の目線がどういう線を追うのかなどを教えてくれた。あぁ、でもこれは、私が良い生徒になるテーマではなかった。けれども少しずつ、私は私自身の基準について自信を深めていき、エレインの方も、ありがたいことに、彼女自身このプロセスを楽しいものにする方法を発見したのだ。彼女が主導権をとってくれるまで、私は買い物が嫌いで、売り子たちの優越的な微笑や、全身を映した鏡からの嘲笑に我慢できなかったので、カタログで注文するだけにしていた。そして、私が正しいことをしても、私を元気づけようという母の考えは、あまり成功しなかった。どんな褒め言葉も直ちに条件がつけられた。「それはいいわ、ソニア、だけど今度はネイルを塗らなきゃ」

けれども正直にいうと、すべてが母の責任ではない。格好など気にしないことは私の人生においてある種の隠れ蓑で、他の人たちに、私の見てくれではなく中身に注意を向けさせるためだったのだ。私は負けが決まっている戦いはしないことにしていたが、エレインは、そうする必要はないことを示してくれる貴重な贈り物をくれた。私は女性であり、女性的な一面を持っている。楽しみを知ることは、私に他の犠牲を強いるものではなかった。

彼女は目を大きく開いて、おちゃめに笑って私を見た。「これは私だったら絶対に選ばないわ、ソニア。でもとってても似合う。分かるでしょ？　あなたはもう自分ってものが分かったのね」

ケビンと私が、若い頃の過ちから何とか救われたようには、すべての関係が品位と尊敬をもって終わりを迎えるわけではない。私は、やつれるほどの思いや、土台を揺るがされるほどの失望がどういうことか分かった。絶望は過ぎ去っていくが、私の離婚後がそうであったように、その間、友人たちが助けにきてくれる。私の場合、苦悩のなかに一人取り残されることはなかった。週末ごとに友人と買い物に出かけたが、これは愛が壊れた後に始まったキャンペーンの一つだった。アレサンドロとフェーもまた、別居中に私を助けにきてくれた。「母が、私たちと一緒にイビサ島に休暇にこないかといっているんだ」

心の痛みに対する治療薬として私が選んだのはダンスを習うことだった。レッスンの予定を立て、絨毯を巻き上げ、サルサを習うことに専念した。もう他の人が踊っているのを見て、鉢植えの花のように座っていることはない。のろくてだらしのないソニアは、動きのなかで自分自身と折り合っていた。自然なリズムを感じられないとしても、膝で腰を動かすことや、相手を読むことに長けていたので、まるでプロのようについていくことができた。

でもたとえ、人生がそれにかかっていたとしても、私はまだ歌えない（私の軽い聴覚障害が妨げになる）。けれども多くの練習を重ね、各節がどこで終わるかを暗記し、今やクリスマスパーティーの舞台で、ミュージカルの一場面を何とかやることができるようになったのだ。

そしてついに泳ぐこともできるようになった。たしかに、アスリートのような優美さはないかもしれないが、休まずに二〇回ターンすることができる。ボートから上級者たちとともに飛びこんでも、誰も私を助ける必要はないだろう。さらに後になって、野球のボールを投げることになろうとは想像もしなかったが、そんなことは誰にも分からない。私の最高裁での初めの任期中のことだ。ヤンキー・スタジアムでの始球式に備えて、毎日午後二〇分ほど練習をした。もちろんマウンドからではなかったが、まっすぐ真ん中に投げた。違う運動をすることは楽しい発見で、センチュリーツアーという自転車競技にまで参加した。何年かかかったが、今は鏡を見るのもそれほど苦ではない。食べることが好きなのは事実だ。体重は増えたり減ったりしている。しかし時間が許すかぎり、体型を維持する努力を楽しんでいる。

しかし、身体的な面でのある借りを返すことは、他のことよりも困難だった。中学生の頃から今までの人生のほとんど、一日に三箱半の煙草を吸っていた。最初に本気で禁煙しようとしたのは、法科大学院の最終年だった。煙草が吸いたくなると多くの場合、ケビンと飼い犬のスターの協力を得て、家のまわりを一緒に走った。試験の時期に急に禁煙することはあまりにも厳格に思えたが、振り返ってみれば、二年後にケビンと別れ、また喫煙を始めたことよりは、ずっと軽い懲罰だった。さらに何回か禁煙を試み、催眠療法までやったが、小さなカイリーが二本の指に鉛筆をはさみ、煙を吐く真似をするのを見るまでうまくいかなかった。愛する者の健康を危険にさらす責任を感じることは、禁煙の最良の動機となった。

私は五日間の合宿プログラムに登録し、長い間の不動の伴侶に別れを告げる愛の手紙まで書いた。それはもう一つの失恋だったが、判事になった暁には、タバコを吸いたくなったからといってそのたびに休廷を命ずることなどできないのだから、と自分を慰めた。そしてうまくいった。まだニコチン中毒で、事実、他人の中毒への同情も感じるが、それ以来再び喫煙することはない。もう私は挫折を心配してはいないが、本当のところ祖母のように、死の床で最後の一服を心ゆくまで楽しむことを夢想している。

フェラーリは私の顧客で、あるときオリジナルのテスタロッサのドライブに招待された。

一二シリンダーは、フェラーリがレース用に開発したテクノロジーの傑作だが、この最速の車は公道での走行も可能だった。五秒以内で時速一一二キロまで加速し、価格は二五万ドルもした。

坂道を走り、平原や散在する森を蛇行しながら、私は怖いとも思わず、完璧な機械的制御のもと、大きな力を感じて感動すらしていた。坂道を上ったり下ったりして、森が輪郭を持たずに過ぎ去り、私はバックミラーにぼやけて映る景色とともに、別の場面を思い出していた。私たちの車が無用の長物だったこと、父が運転できないことに腹を立てていたこと……ピクニックに行くときには、ガジェゴのワゴン車で一二人かそれ以上がぎゅう詰めだった……ケビンは夏の間ずっと歩道にいて、私は彼にマニュアルを大声で読んでいた……私が初めて安堵を感じたのは、ようやくクラッチをつないで、コープシティの母の家に自分の荷物を運ぶことができると思ったとき……その後、祖母がみんなを呼んだ。さぁ、出かけよう！そして真夜中のドライブ。今は真昼だったが、テスタロッサが走っている間、祖母の微笑みは消えなかった。

第29章

ときに、どれほどの期間夢を抱き、あるいは準備したかにかかわらず、白日の下にそれを見て驚き、半信半疑でその実現の可能性と向き合うことがある。それはある面で、私たちが運命に逆らうことを拒み、私たち自身にそう考えることを許さないからだ。

一九九〇年、私はフェー、アレサンドロ、彼の両親そして彼の姉とともに、ボクシングデイ〔クリスマスの贈り物を開ける日、一二月二六日〕の祝日、空路ロンドンに向かっていた。クリスマス休暇の後、仕事に戻ると、いつも私の机をおおっていた書類の山は消え、忘れていた暗い光沢のある木目が現れていた。机の上には私宛の一枚の紙が置いてあった。それは、連邦地方裁判所の判事職への申請書類だった。これは明らかにデイブ・ボトウィニクの仕業だ。私は書類を摑み、短い廊下を彼のいる部屋に走った。

「デイブ、やめてください」

「それはモイニハン上院議員の司法選考委員会からなのだ。彼らは、大統領への提言を審査している。書類を書いてくれ」

「どうかしたのですか？　私はまだ三七歳ですよ」

「頼むよ、ソニア。彼らはヒスパニックの人材を探している。あなたは資格があるだけでなく最適なのだよ。以上だ」彼は、申請書類を書いたら私の書類の山を返してくれると約束した。私は、ページを数える前にやるといった。しかしそれは果てのない作業だった。ただ、デイブを断念させる術はなかった。彼は、彼の助手や私の助手、さらにパラリーガル〔弁護士の業務を補助するアシスタント〕など、必要な人手を提供してくれた。長いこと感じていたのだが、彼の私への期待は、ある意味、彼自身の夢の投影だったのではないか。それまで、私は彼がこのテーマを持ち出すたびにただ無視していた。けれども今回は今までにないほど意志が固く、さらに私に期待しているのは彼一人ではなかったのだ。

その数週間前、ＰＲＬＤＥＦの会議の後、ベニート・ロマーノと一緒にタクシーに乗った。彼は、ルディ・ジュリアーニ〔一九九四年初めから二〇〇一年末までニューヨーク市長を務めた〕が市長選に立候補するため米国の検事総長の職を辞したとき、その代行を務めたが、このときモイニハン上院議員の司法選考委員会にいた友人が、彼に接触してきた。彼自身は連邦地裁判事職への申し出を断ったが、代わりに私の名前を出した。

「どうしてあなたが受けないのですか？」と、私は聞いた。

「私には妻も子もあるんだ、ソニア。判事の給料で子どもたちをどうやって大学までやれると思う？」これは大きな問題で、司法を志す多くの有能な人々を失望させていた。私の給料の減少幅は、経験豊富な弁護士の場合のようではなく、また子どもがいないので問題は大きくなかった。しかしながらお金の問題は別として、あまりにも短時間でその職に達するという感覚は変わらなかった。

助けはあったが、それでも申請書類を書き上げるまで、まるまる一週間かかった。私の今までの人生の細かい点についても説明する必要があった。たとえば、私が暮らした家々の大家たち、管理人、出会ってきた判事や反対の立場にいる法律家について、実際の住所を示す必要もあった。経済的な面は簡単だった。まだ申告すべきものはほとんどなかったからだ。この書類は、典型的な雇用申請における職歴の要約というよりも、何か過去に倫理的な過ちを犯していないかを総ざらいする調査の出発点だった。しかし私はそれを恐れなかった。すぐに気がついたが、今まで何年もの間に、私がしてきた選択の多くは、自分が認識しているよりももっと、この瞬間がくることを予見していたのだ。

申請を出してからすぐに、上院議員の委員会から返事がきて、数週間以内に面接が予定された。まだこの件を真剣に捉えてはいなかったが、人生を賭けるつもりで準備をした。イェール大学へ採用面接に行ったときには、事前に調べたり、想定問答をリハーサルすることなど考えもしなかった。法科大学院では、貪欲な大手弁護士事務所の面接で聞かれる可能性の高い質問に回答できるように、また、なされるだろう質問を予め知るように準備するのだ。何年も後になって、ワシントンの連邦政府機関のまったく異なる職種の面接を受けたとき、私はそれがマンハッタンの大手事務所の面接で、イェールの法学博士が想定したような単純なものではないことに、遅ればせながらようやく気づいた。同じ過ちは犯さないつもりだ。

だから、刑事裁判と同様に、手あたり次第に資料を読み、判事選任のプロセスを多少でも理解している同僚や友人、またその親戚を探して、充分に準備をした。どんな質問をされるのだろうか？　反論しなければならないどのような反対意見があるだろうか？　すぐ予想できる明らかな質問についてはもうあまり心配していなかった。「私はこの役職には、若すぎるのではないかしら？」だが、少し調べてみると、私がもっとも若いわけではないことが分かった。三〇代で判事になることは異例ではあるが、前代未聞ではなく、私はその例外的な人々の名を全部知っていた。さらにもう一つの真実がある。知識は人生の経験の上に構築されるが、単に歳を重ねることは何の保証にもならない。

私は、デイブ・ボトウィニクと子どもの頃からの友人で、モイニハン上院議員の顧問を長く務めているジュダー・グリベッツが長である委員会に呼ばれて、市街中心部にある弁護士事務所の会議室にいた。私の前には机を囲んで一五人が座り、そのほとんどは男性の弁護士だった。わずかに見知っていたうちの一人はジョエル・モトリーで、彼は米国の連邦地方裁判所で初めてのアフリカ系女性判事になったコンスタンス・ベイカー・モトリーの息子だった。いろいろな質問が飛んできたが、流暢に回答できたので、私は準備が良かったことに満足していた。と、ジョエルが予期していない質問をしてきた。「判事になろうとすることは、あなたにとって難しくはありませんか？」私は自分の考えをまとめるために深呼吸をした。そして答えがすらすらと出てきた。「私は今までの人生で、難しいことにどう対処するかを学んできました。そのどれもが簡単ではありませんでした。はじめは、プリンストンがどんなに大変なところか知りませんでしたが、どうやればいいかを見つけ出し、この国でもっとも良い法科大学院の一つに入ることができました。イェール大学や、地方検事局、パヴィア&ハーコートでもどこでも、最初は完全に準備が整っているとは正直いってまったく思えませんでした。けれどもいずれにおいても、私は生き残って、習得し、進歩しました。私は挑戦を恐れません。私の人生自体が挑戦でした。私は仕事に専念して、良い仕事ができるようになりたいと思っています」

議論が専門的なことに移ったときは、法廷での経験がとても役に立った。州の検事として、連邦システムの検事よりもずっと多くの事案を裁判に持ちこんでいた。幼児ポルノや「殺人鬼ターザン」の事案について詳細に話し、それらの捜査や法律的な戦略について説明した。経験がない領域にはどんなものがあるのか？　連邦レベルの刑事法については多くのことを習得する必要があるが、パヴィア&ハーコートでの私の仕事には、商標について、すでに連邦裁判所で行われた何件かの聴聞会や、一件の裁判が含まれていた。少なくとも、証拠に関する規則の違いについては馴染みがあった。もっと重要なことは、新人の判事が頼らざるを得ない専門知識の供給源（解釈集、セミナー、連邦法律センター）について学んでいた点だった。他の人のように手続きに関する具体的なことは知らなくても、どこでそのテーマを見つけることができるのかは完璧に知っていた。私は、例として新しい米国連邦判決ガイドを挙げ、問題が存在することを判断する充分な経験があれば、ある個別の状況下において、いつでも個別の問題に対する答えを探すことができると指摘した。学ぶべき規則があることを知っていれば、規則を学ぶこと自体は難しいことではない。

私たちは、モイニハン上院議員が特に重要視している、社会への私の奉仕について話し合った。ＰＲＬＤＥＦや、キャンペーン財政委員会での活動、その他のボランティア活動は、私に有利な点だった。座って質問に答えながら、私は大胆にも、この面接は良い方向に行っているのではないかと思った。質問ごとに、スローモーションカメラのように、投球が近づいてくるのが見えた。リラックスしていたが、同時に用心もしたし、集中しながら柔軟にどんな方向へも動ける用意があった。もし、選ばれなかったとしても、それは面接で失敗したからではない。そういう感覚を得られただけでも、この経験には価値があった。

これらの手続きは、少し後にモイニハン議員の事務所を通じて彼が私とワシントンで会いたいといってきたときも含め、すべて夢のなかの出来事のようだった。彼はとても率直かつ社交的で、私はすぐに好感を持った。プエルトリコやニューヨークにおけるプエルトリコ人社会の挑戦について話し合い、私たちの会話は、エディー・トーレス（判事であり、また議員の尊敬する推理小説作家）の話から、どうやってラテン系の票を得るか、さらに島の地位という永遠の問題にまで及んだ。ここには明らかに政治家であると同時に学者でもある人がいて、政治的な事柄のような社会学を理解する人が、同時に社交的な大家としての能力も有していたのだ。私は会話をとても楽しんだので、もし、ひっきりなしの電話や彼の助手たちからの質問による中断がなかったら、私が質問の対象になっていることも完全に忘れていただろう。そのたびに、助手たちとの議論のテーマについて私に話し、会話を新しいテーマへつないでいった。相手を怖がらせるのではなく、その人が心地よく感じるようなレベルでの参加を促すというやり方には、芸術的な優雅さがあった。

一時間以上が経ち、終わりに近づいたと感じた頃、そこを去る前に、これから想定される長い審議の期間を覚悟し、彼に感謝の意を伝えようと思っていた。しかし上院議員は、次のサプライズを用意していたのだ。「ソニア、もし受けてくれるなら、ニューヨークの連邦地方裁判所の判事に推薦したい」彼は私に、承認のプロセスは簡単ではないと警告した。ブッシュ政権は、民主党の推薦を喜んでは認めないのだと。初めは、いかなる候補にも難色を示すだろう。「時間がかかっても」と彼はいった。「私に任せてくれれば、最終的には必ず承認させると約束する。引き下がらないよ」

そして、私のほうに約束を果たす用意があるかと聞いてきた。これからの人生の大部分を、判事として過ごす覚悟があるか？　私は驚いた。そのときまで、夢物語から覚めてしまうので、それを考えないようにしていたのだ。けれども今や、モイニハン上院議員が、目の前で私の答えを待っている。「はい！」心の底からの、はい、だった。

ラッセル上院議員会館をふらふらと出て、呆然としてあてもなく歩いた。数本通りを行ったところに、記念碑的な階段と、馴染みのある白い柱が見えた。荘厳な最高裁判所の建物はまるで丘の上の寺院のようだった。こんな素晴らしい前兆はなかった。私は、望んできたものすべてを目の前にして、この生命を生きている幸運を感じていた。そうはいっても不安だし、この新しい職を習得するための厳しい仕事との闘いがすぐに待っているだろう。でも今は、眼前の光景に目が眩んでいた。そして現実に引き戻されるまで、ただそこにたたずんでいた。「どこで空港までのタクシーを拾えるのかしら？」

帰りの飛行機の中で、現実的なあれこれが胸中に押し寄せてきた。自分の頭をどう変えていけばいいのだろう？　マンハッタンに移る必要があるだろうか？　判事は正確にはどれぐらいの報酬をもらえるのか？　ずっとこのような高揚した考えに陥っていて、降りるときに初めて、誰か有名人が同じ飛行機にいて、大騒ぎになっていることに気づいた。私はぼんやりしていて、一時間もスパイク・リー〔アメリカの映画監督〕の隣の座席に座っていたのに気づかなかったのだ。

その頃、母とオマールは、すでに数年間も一緒に過ごしていた。はじめ母は、この男性に私の昔の部屋を貸しているといった。私が家に戻ったときに数回見かけ、何か隠していると直感した。ある夜、家に遅く着いたとき、玄関でキスをしていた彼らを驚かせてしまった。「何かいうことがあるんじゃないの？」と彼らに聞いた。母は恥ずかしげで、そして明らかにとても幸せそうだった。

「あなたにいおうと思っていたのよ、ソニア。ただ、どういえばいいか分からなかっただけ」

時間とともにオマールを知り、母の選択を全面的に承認した。今、彼らは私のブルックリンの部屋のソファに隣り合って座っている。今度は私が彼らにニュースを伝える番だった。

「ママ、オマール、あなたたちに話したいことがあるの。だけど秘密にすると約束して。あと何週間かは公にされないけれど、あなたたちには話す許可をもらったの」まず彼らに、パトリック・モイニハン上院議員を知っているか尋ねた。躊躇(ためら)いがちにうなずいている。「上院議員は、マンハッタンの連邦地裁の判事に私を推挙しようとしているの」

「ソニア、素晴らしいわ！　とても良いニュースね！」いつものように、母の最初の反応は熱狂的だった。私のニュースの意味を常に分かっているわけではないのだが、母性の行動原理として、いつも彼女は忠実なチアリーダーだった。オマールも心から私を祝福してくれた。そして質問が始まった。

「すると、あなたは給料が増えるのね？」

「そうでもないの、ママ。判事の給料は今よりもずっと少ないの」

長い休止があった。「それなら、いろいろなところに行けるのよね。世界を見られるわね？」

「実際にはそうではないの。裁判所はマンハッタンの中心部にあって、たぶんそこから出ることはないわ。パヴィアのようではないのよ」

さらに長い休止。「きっと、興味深い人々と知り合いになれて、あなたが法律事務所で会ったようないい友だちができるのね」

私は笑うまいと決めていた。「判事の前に現れるのは、普通、大きな問題を抱えた人たち、お互いが争っている人たちなの。それに、そういう人たちとつき合ってはいけないという倫理的な理由もあるのよ」

沈黙、そして「ソニア、一体全体、どうしてそんな仕事がしたいの？」。

オマールは、その頃には私をよく知っていたので、助け舟を出してくれた。「あなたの娘をよく知っているだろう、セリーナ。きっと大事な仕事に違いないよ」母の表情は、あの「Ｅ1」〔高架鉄道〕列車に乗って、プリンストンで何が私を待っているか分からず、二人で不安になっていた頃に私を引き戻した。「ソニア、あなたが何に巻きこまれようとしているのか分からない……」実のところあのときは、プリンストンが、まったく予想できなかったほど私をずっと遠くまで運んできた魔法の旅の最初の停留所だとは、夢にも思わなかったのだ。

今はただ、長くて目の回るような政治的なプロセスが進んでいくのを待つだけだった。連邦地裁の判事は大統領が任命する。けれども、ニューヨークを含む多くの州では、上院議員が候補を推薦し、大統領は儀礼的にその提言を受け入れる。「エンパイアステート」〔ニューヨーク州の愛称〕では、モイニハン議員がだいぶ前から、共和党での彼のカウンターパートであるジェイコブ・ジャビッツと交渉して、大統領が変わっても存続する取り決めをしていた。それは、大統領の与党の上院議員による指名の、三回に一回は野党側に譲るというものだった。その当時、いくつかの空席があり、時の大統領、ジョージ・H・W・ブッシュにモイニハン議員が提言できる番だった。しかし、この上院議員間での紳士協定は、政府がこれを好むことも、プロセスを促進することも義務づけるものではなかった。

私の指名の承認までに一八ヶ月も要したことは、政治と寛容の教育だった。この遅れが、私個人とは直接関係がないことは分かっていた。法務省における二つの面接や、いろいろな政府機関による調査が終了し、そして最後に、上院での承認審査が動き出した。誰も私の適性に疑いを示さず、指名に反対もしなかった。しかし、ワシントンでもっとも重要なゲーム、前時代的で得体のしれない、そこでは遅延が好まれる戦術の一つであるかのようなゲームにおいて、犠牲を強いられている、またはそれに守られている人々の間で、私は盤上の一つの駒にすぎなかった。このプロセスを通し、モイニハン上院議員は、努力を決して怠らず、また、私に希望を失わせずに約束を全うしてくれた。私は、気力を失わないようにしていたが、この遅れは、仕事の面では私の立場を居心地の悪いものにした。もし引き延ばされたとしても、途中まで仕掛かっていた顧客の仕事を終わらせ、必要に応じて同僚に引き継いで、潔く退職したいと思っていたが、ゴールはまだはっきりとは見えなかった。我慢はしていたが何もしないわけにはいかず、勿論、生活のためにも働かなければならなかった。

その間、私は、私を支援するために湧き上がった声に気がついた。ヒスパニック国家法律協会は絶えずホワイトハウスでロビー活動をして、他のラテン系組織の支持を得た。確認されたところでは、州の歴史上、私は初めてのヒスパニック系の連邦判事で、コミュニティが切望していた画期的な道しるべだった（一九七九年にホセ・カブラネスがその栄誉を担う寸前までいったが、彼は、同時にコネティカット州の裁判官にも指名され、そちらを選んでいた。もっとも彼はずっと後に、ニューヨークの第二巡回の控訴裁判所の判事となったが）。モイニハン上院議員が私を指名する前からすでに、「これがあなたの人生」（アメリカのテレビの自伝的なドキュメンタリー番組）の出演者のようなスタイルの応援団が前に出てきた。ＰＲＬＤＥＦの委員会の同僚メンバー、検事局のロバート・モーゲンソー他の人々、オヘア神父とキャンペーン財政委員会の同僚たち、同じ顧客を通じて知り合った弁護士たちだ。彼らは手紙を書き電話をかけ、影響力のある同僚たちに非公式な嘆願をした。いろいろなところから声が上がれば説得力が増す。周囲の人々が皆、私の目標に集中してくれているのを見て驚いた。今まで起こったことはすべて、この瞬間への前奏曲だったかのようだった。

最終的に、一九九二年八月一二日に、米国の上院は、私をニューヨーク州南地区の連邦地裁判事に任命することを承認した。そこは連邦裁判所の「母」ともいうべきところで、国でいちばん古い地裁だった。宣誓式は一〇月に行われた。五分ほどの短いものだったが、決して上っ面な儀式ではなかった。その一瞬一瞬に私は深く感動した。叙任式では黒い法服を身に着けて厳粛に誓った。差別なく人々に正義を与える、貧しい人にも富んだ人にも、そして憲法に則り、忠実かつ公平にすべての責務を遂行することを。そうすれば神は私を助けてくれる。私は、新任の判事がそのときにだけ座ることを許される椅子に座った。そこは判事長のチャールズ・ブリアントと、判事団のなかでその次に古い判事のコンスタンス・ベイカー・モトリーの間だった。この儀式は、裁判所が機関として、どんな個人よりも、また歴史の浮沈よりもずっと重要であることを謙虚に示すものだ。私がここに到達するまでに何を成し遂げてきたとしても、今まさにその任に就こうとしている役割は、私自身よりもはるかに重いのだ。

人生におけるこの変化は、私にとって別の現実に直面したという印象を大きくした。まずはマンハッタンに引っ越した。私の司法権が及んでいる範囲に住む必要があったからだ。ドーンは、多くの人がうまく対応しているさほど重要ではない規則によって、私が牧歌的な隣人関係を駄目にすることが信じられなかった。彼女をブルックリンに置き去りにすることは、決して許してもらえないだろうが、それは名誉の問題だった。私は判事になろうとしているのだ！　どうして規則に従わないでいられるだろうか。自分が完璧であるとはいわない。私はニューヨークっ子で、他の人と同じように、軽率に通りを横切る。スピード超過も一度ならずあった。けれども私の人生のこの瞬間、文明社会を支えている法に対する心からの尊敬は、理性的でないピンクの輝きに染まっているのだ。自分が背負おうとしている責任と尊敬を表す決意は、隣人への忠誠や愛する友人たちとのつき合いより強かった。

母のほうでは別の計画があった。それは、感情にかられた逃亡ともいえるもので、私がよく知っている母のやり方ではなく、米軍に志願したときのセリーナに近いものだったが、母はフロリダへの移住を決めた。このことは私に今一度、今回は判事であるのに非理性的ともいえるが、彼女に捨てられたという痛みを感じさせた。母とオマールは、私の宣誓式の後の月曜に休暇に出かけ、その後、母が混乱した声で、アパートを借りたと電話をしてきた。

彼らがニューヨークに戻って数日のうちに、コープシティのアパートはすっかり片付けられていた。私は荷物が運び出された部屋で母の傍らにいたが、私たちの声は家具の跡のついた壁に跳ね返り、涙と思い出の混じった年月が空っぽの部屋にこだましていた。私たちは抱き合い、そして別れのときがきて、母とオマールは去っていった。

彼らがフロリダに着く前に、プエルトリコから電話がかかってきた。アウロラ伯母が他界したのだ。彼女は夫を老人ホームに入れるためにその地を訪れていた。二番目の夫だったが、最初の夫よりもさらにクレイジーで、すでに困難な彼女の人生にさらなる悲しみと迷惑をかけていた。母へ知らせるには電話ではいけない。それを母が知ったときにそばにいられるように、すぐにマイアミへ飛ばなければならなかった。母は、マイアミへの移住についてアウロラ伯母と辛いけんかをした。さして重要ではないあらゆることでけんかをしていたが、この件はもっと根深いものだった。伯母の死は母に仲直りの機会を失わせ、耐えがたい苦痛を与えようとしていた。

まったく違う二人の女性が、こうも結束して生きてきたことに、私は驚きを覚えていた。愛情は秘訣の一部でも、また、お互いに手短かに話す習慣以上の感情表現でもなかった。秘密を打ち明けることも慰めることもなかった。この不思議な姉妹関係から得た一つの教訓は、人間同士のつながりが存続するか否かは、何か客観的な、あるいは普遍的な基準では予測できないということだ。私たちはみな限界があり極めて不完全で、ある次元では有益でも、別の次元では欠陥がある。もし、私たちの関係がどう長らえるかを理解したければ、まず一人ひとりの長所を見るべきである。伯母はその人生が辛いものだったから、気難しかったかもしれないが、彼女はその人生を真面目に、私が心から尊敬する人間的な倫理の土台にしっかりと根を下ろして生きてきたのだ。一方母は部外者に対して、より思いやりがあったが、二人の関係において、ずっと以前逆境にあったときに示された親切に深く感謝していた。その感謝は時間が経っても消えず、そのことも私は心から誇りに思っていた。

空港でレンタカーを借り、さんざん迷った挙句、夜遅く見知らぬアパート群に辿り着いた。私が着く前に、母はジュニアに電話をしたに違いない。いずれにせよ、ドアを開けてくれたときには、母は明らかにもう知っていた。私の腕の中で泣きじゃくっていた。

アウロラ伯母の葬儀のため、一緒にプエルトリコへ行った。伯母が私の名前を記して別にしていた現金入りの封筒を渡されて、私はその場にくずおれた。私たちは古くからのしきたりを守っていた。彼女がプエルトリコに行くたびに、私はその費用を貸していた。最近では私に余裕ができ、伯母は年金生活だったので、私はそのお金を贈ろうとしたが、彼女は受け取らなかった。もし受け取ってしまえば、次に頼めなくなるからだった。そして次も頼む必要があるのは分かっていた。

ニューヨークに戻り、伯母が残したわずかな遺品の整理を手伝った。「何でもとっておく」人にしてはとても少なかった。残っていたもののほとんどは使っていないもらいもので、手放すことも使うこともできなかったものだった。

「どうしてそんなに怖がっているの?」とテレサが聞いた。「何がうまくいかないというのですか?」

彼女は、パヴィア&ハーコートから私と一緒に地裁へきてくれたが、事務所で元気を与えてくれる彼女の存在だけが、私の正気を支えてくれた。判事としての最初の一ヶ月はぞっとするもので、私の人生の転機にはいつもお決まりの、自信のなさやそれを補うためのとてつもない努力を続けた。仕事には驚かなかった。一日一二時間、週七日というのは私には普通だった。私を怯えさせたのは私自身の法廷だった。ひな壇に座っている自分を考えるだけで観念的なパニックに陥った。私は夢見たことが現実となっていることを、まだ信じきれなかった。そして、こうも厚かましく運命を受け入れている自分を、詐欺師のように感じるのだった。

初めは、私の部屋で会議をすることで不安を回避していた。裁判となる事案に至るまで、この問題を避けることができた。しかしついに、アルファベット・シティ〔ニューヨーク・マンハッタンの一地域〕のヘルズ・エンジェルスクラブ本部の押収に関連する事案で、警備担当の執行官が一線を画した。この一団とは、公開の法廷でなければ会うことができなかった。

「一同起立」

初めてブレスト・サクラメントの説教壇に上がったときからいつもそうだったように、震えは一分か二分で収まるだろう、と自分に言い聞かせた。けれども、座ってもまだ両膝はぶつかり激しく震えていた。私にはその音が聞こえ、目の前にあるマイクがそれを拾ってしまうのではないかと思った。机の下で密告者の単調な音や、実体のない煩わしさや小言が続くなか、もちろん私は、弁護士のいうことに耳を傾けていた。すると訴訟当事者への最初の質問が浮かんできた。そしてそれに没頭すると膝のことは忘れ、そのとき眼前にある質問以外には興味がなくなってしまった。パニックは去った。そこへ辿り着く道筋を発見し、そしていつでもそれを発見できると確信した。その後、着替え室に戻ると、私は満足していった。「テレサ、この魚は自分の池を見つけたみたいよ」

エピローグ

今、振り返ってみると、何かに呼ばれ、それに応えるように自分の居場所を見つけ、目的の場所に到達してから、ずいぶん長い時間が経ったように思える。連邦地裁の判事になるための宣誓式で聖書に手を置いたとき、その儀式は成長と理解の道のりの一つの頂点といえたが、同時にまた次の道のりの始まりでもあった。その後も判事として、最初と同じような小さな確実なステップが続いた。なぜならそれが、私が進みつづけるためのもっとも良い方法だと分かっていたからだ。その間、家族や友人たちは、私を愛し支えてくれた。

小さいけれど確実なステップを踏み出すたびに、私はより強くなり、より大きなものに挑戦してきた。地方裁判所で六年間、そして第二巡回区の控訴裁判所、さらにその一二年後、最高裁判事に任命されたが、承認のための聴聞はそのたびに困難を増し、個人攻撃があり、全体の手続きは短期間でしなければならず、とんでもなく密度の濃いものになった。しかしまた、そのたびに、友人やまわりの共同体のメンバーや支援を申し出てくれる人々の数は、幾何級数的に増えていった。

第二巡回区のときの宣誓式には、千人以上の人が参加してくれた。そのうちの親しい友人たち三百人以上が、同じ夜に、私の第二巡回区判事としての最初の公式行事のために残ってくれた。それは、母とオマールの結婚の祝賀だった。祝いごとが重なると、喜びが倍加するだけではなく、私のもっとも愛する人々に敬意を払い、自分が家族に大きな借りを負っていることをはっきりと悟る機会にもなった。その後何年も、この借りをことさら強く感じることはなかったが、あるときテレビの大画面にジュニアの顔が現れ、私の最高裁判事任命を泣きながら喜んでいるのを見たときには、改めてその思いに駆られた。それを見て私も泣いてしまったが、いかに私が家族の愛に支えられてきたかを教えられたからだ。

弁護士として考えることを学ばなければならなかったように、私は、判事として考えることを学ばなければならなかった。第一審の判事として事実や先例と向き合い、また、控訴裁の判事としてより抽象的な法理論と闘いながら、概念的なツールをマスターしていった。私は幸せなスポンジのように、時間と誠意を惜しまない教導者たちの教訓を吸収していった。教育することから学ぶことや、法律助手との相互の影響、また私の部屋での自由な意見交換に夢中になった。今いる最高裁でも、審理の最終局面での個別の要求に対応しながら、私の教育は続いている。人々は、まるで物語は終わりに近づいているかのように、日々私が考える私の築いた遺産について聞いてくるが、実際はやっと始まったばかりなのだ。私はただこう答えることができるだけだ。もし、私が今の段階で己の法理論の性質を決めるとすれば、私の残せる遺産は、自分が期待するものよりもずっと見方の狭い、価値のないものになるだろう。最高裁において私が抱いている最大の願望は、自分が思うよりもずっと、限界よりもさらに、理解を深めることだ。

これに関連して、私は高校時代のことを思い出す。三年生のときに、市のカトリック系学校の女子生徒の会議に参加した。ある週末、宗教や社会のテーマについて議論しているとき、マルクス主義者を自認するヒスパニックの学生と何度か対立した。テレビでしか見たことのないような印象的なアフロヘアだった。カーディナル・スペルマン高校にはこのような過激派はいなかった。

私たちはそのテーブルの他の誰よりも熱心だったが、少なくとも私は自分の信念に確証があったわけではなく、意見の押したり引いたりが好きで、弁論クラブで鍛えていたレトリックの活用に喜びを感じ、意見交換から学びたいと望んでいた。そのときも後に弁護士たちと数え切れないほどやったように議論したが、私の場合、ある決まった主張から論を展開するのではなく、むしろ意見を開拓して、それらをいろいろな挑戦にさらしてみるというスタイルだった。私は詳しく検討された会話の熱気が好きなだけで、意見交換の結果で人格を評価することはない。けれどもこのとき私は、相手の返答のなかに敵意を感じ、しかもそれは週末の間に大きくなっていった。最後のセッションの後、この会議について皆で考えているとき、私は彼女に、議論することは楽しかったといい、そしてあなたは私に敵意を持ったように感じたが、それは何だったのかと尋ねた。

「それはあなたがはっきりした立場を取らないからよ」彼女が軽蔑の目で私を見たのでびっくりした。「あなたにとっては、すべてが状況次第なのね。いつもそんなに説得に対してオープンなら、どうやって人はあなたの立場を予測できる？　あなたが敵か味方かどうやって見分けることができるというの？　あなたのような人は、主義主張がないことが問題なのよ」

疑いなく、と私は考えた、彼女がいっていることは、その反対よりはましだ。個別の状況と無関係に主張を曲げず、信念に固執し、主義主張を理屈よりも優先するのなら、理性的な人間の責任を放棄することになりはしないだろうか？　私はそのようなことをいった。

私たちの会話は興奮した口調で終わったが、彼女の非難の言葉を私はその後ずっと忘れなかった。それ以来私は、こういった考察が倫理的哲学という、より複雑な言語でどのように焦点を当てられているかを学んだが、あの日の単純な会話が提起した点が、私のなかではもっとも根本的なものでありつづけた。たしかに、ときに信念や基本的な倫理を欠いている人には、何かとても間違っているところがある。また、妥協を許さない価値というものもたしかに存在し、私はそのなかに一貫性、公平性、残酷でないことを入れる。しかし、人間の動機の特異性や、誤りを犯すものだという認識のもと、各々の状況を判断することで、主義主張が曲げられるという議論は、私は決して受け入れなかった。私たちの意見がどうであれ、個人の関心や彼らの意見や必要性について尊厳を持って対応することは、他の侵すべからざる配慮と同様に、疑いなく立派な主義主張である。他者から学習するためには、相手の考えや主義主張に対して寛容でなければならない。

今まで知り合った友人たち、また私が直面した数々の事態には、何か必ず学ぶものがあった。たとえば、お湯を沸かすという単純な仕事からも貴重な教訓を得ることができる。たとえ逆境に対処する規律だけであっても、有益に活用できない経験などないのだ。成長し学びつづけることでより多くの物語が生まれる。そうなって初めて、私は判事としての自分を決定的に語りはじめることができるだろう。

私は、人間としても成長しつづけたいと願っているが、その基本はすでにでき上がっている。伝統を重んじ、元長官のジョン・マーシャルの椅子に座り、最高裁判事として宣誓するために聖書に手を置いたとき、電流が流れたように感じた。私の全人生がその瞬間に凝縮した。それを、広々とした部屋を埋め尽くす愛する人々の顔から読むことができた。母の頬に涙が伝い、私は、彼女の価値感（同情、厳しい労働、知らないことへの挑戦）を叩きこんでくれた、また一緒に成長してくれたこの素晴らしい女性に、今さらながら感嘆した。子どもの頃には「小さなメルセデス」であったかもしれないが、今は同じように母の娘でもある。私は、ジュニアやプエルトリコから来てくれた家族、何年もの間、私のそばにいてくれた多くの友人たちに目を走らせた。この瞬間は私だけではなく、彼らのものでもあった。

私はまた、最近別れを告げた人々の存在も目に見えるように感じた。親友のエレインは、何度も脳溢血に見舞われながら、最後まで彼女の終末期治療や私の任命に関するドラマに、ユーモアの種を蒔いてくれた。デイブ・ボトウィニクは、この夢の実現に向け、すべてを始動してくれた。

そのとき、私の視線は、最前列に座っていた大統領の視線と交わった。胸の中で感謝の念が燃え上がるのを感じた。その感謝は政治とは離れ、祖母の喜びや、よみがえる思い出と同じように、生き生きとして明るいものだった。溶けかけたソフトクリームで顔や腕をべたべたにして、少女ソニアの気持ちはマヤグエスの家に向かって走っていた。陽光は雲の間から降り注ぎ、雨に濡れた歩道や水が滴る木々の葉に反射していた。私は歓喜のなかを走ってぃた。この無上の喜びはただただ生きていることへの感謝から生まれたものだった。そして思い出は、時間を超越して少女の私から今の私へこの言葉をもたらした。

私の人生は何と恵まれているのだろう。

訳者あとがき

本書は、米国初のヒスパニック系女性最高裁判事ソニア・ソトマイヨールの回想録である。彼女はオバマ政権時代の二〇〇九年に連邦最高裁判事に任命されたが、病気、貧困、人種差別といったさまざまな逆境にもかかわらず、それらを克服してその地位を築いた。

ソニア・ソトマイヨールは、一九五四年にニューヨークで生まれた。両親はプエルトリコ出身で、ほぼ同時期にニューヨークに来て知り合い結婚する。ソニアは長女で弟がいる。八歳のときに、「1型糖尿病」を発症。毎日のインスリン注射が必要だと知って、自らそれをしようと決意する。自身の難病に加え、父はアルコール依存症だった。父は彼女が九歳のときに他界し、以後は看護師の母がひとりでソニアと弟を育てた。母セリーナは教育がもっとも重要と考え、子どもたちには経済的に無理をしてでもより良い教育を受けさせたいと、カトリック系の私立学校に通わせた。ソニアは優秀な成績を収め、高校に進学すると、持ち前の明るさと強い意志によってさまざまなことに積極的に挑戦する。後の夫となるケビンとも出会った。

彼女が大学を目指している頃、米国では「Affirmative Action・差別是正措置」（弱者集団の現状是正のための進学や就職、昇進での優遇措置）政策がとられはじめ、彼女もその影響のもと、アイビーリーグのひとつプリンストン大学に進学する。しかし、この政策への反発も根強く、また彼女自身もそれまでの差を埋めるための血のにじむような努力が必要だった。そして、さまざまな学内活動も評価され、最優秀学生に贈られるパイン賞を受賞し、首席で卒業する。

プリンストン大学卒業後、かねてからの夢だった法律家をめざし、イェール大学の法科大学院に進む。法科大学院卒業後は、ニューヨーク州地区検事局で検事として刑事法の、そしてパヴィア&ハーコート法律事務所で弁護士として民事法の実務経験を重ね、この間、ボランティアで、プエルトリコ人やラテン系、さらに第三世界の人々への法的支援に、またニューヨーク市財政委員会にも関わった。それらすべてが、判事として活動するための序章だった。そしてついに、彼女の実績と、彼女が携わった組織の多くの人々の後押しを得て、一九九二年八月、連邦地方裁判所の判事に指名された。この回想録は基本的にはここで終わるが、この後、控訴裁判所、そして最高裁判所の判事として現在に至っている。最高裁判所の判事は九名いるが、いずれも終身の職である。

彼女は夢を諦めない人だった。彼女自身の意志の強さと自らも認める楽観主義、そして物事の真実を見極める理性的なまなざしが、彼女にとっての正しい道を歩ませる道しるべとなったに違いない。そしてその努力を支えているのは、「公共の善」のためにという使命感と確固とした信念、また、病を得て悟った「限られた時間」という感覚からくる自己管理能力だったのではないだろうか。

「生まれながらの重荷を背負いながらも、自らの夢を実現させる生きた証拠を見ることは、多くの人々にとって希望の兆しになるだろう」とソニアはいう。糖尿病、貧困、根強い人種差別ばかりではなく、家庭問題、言語の問題、さらに性差別もあった。こういったものを不屈の努力と力強い実行力によって克服していく。

この本には「二つの世界」という印象的な言葉が出てくる。我々日本人にはなかなか理解し難いが、プエルトリコ島を故郷とするラテン文化社会と、米国本土の社会とが並行的に存在し同時進行している二重構造なのだ。プエルトリコ人にとって、島の政治的地位は大きな問題だ。現在は自由準州という扱いだが、彼らにとって、アメリカの他の州と同様に正式な州となるか、今のままの自由準州でいいか、または独立か、遙か先までの課題であろう。それぞれに不都合はあり、ソニアもその法律上の問題点を追及している。我々は、いとこたちと真夜中の大人の儀式を垣間見ながらスペイン語で囁くソニアも、判事として英語で判決を言い渡すソニアも想像することができる。スペイン語と英語をともに自国語とするソニアの心情や生き方、人となりもまた二重構造であるが、しかしそれは分裂することなく彼女の人格を大きく広く深いものにしている。この本も英語版とスペイン語版がほぼ同時に出版され、双方の世界に向けて発信された。

本書は、まずスペイン語版で読んだが、すぐに引き込まれ、非常に深い感銘を受けた。そしてすぐに英語版で再読した。子どもの頃の思い出や家族の様子、育った共同体との関係は、スペイン語のほうが圧倒的に臨場感があった。スペイン人の親しい友人はいう。「ソニア・ソトマジョール（マドリッドではこう発音される）はある意味、米国内のみならず世界のヒスパニック系社会での象徴的存在だ。その決意と努力、そしてその結果は、敬意に値するし、人々に希望を与えてくれる。現職の判事がこのような経緯を明らかにするのは、非常に珍しいことではないか」（ニューヨーク、ブロンクスの彼女が住んでいた市営住宅には今彼女の名前が冠されているほどだ）

この本は、ソニアの成長の記録であり、またサクセスストーリーでもあるが、同時に、プエルトリコからニューヨークにまたがる彼女の「家族の歴史」でもある。ヒスパニック系の愛とロマンに包まれた大家族制社会における、父母弟、祖母、おじ、おば、いとこたちが、ソニアの言葉により実に生き生きと描き出されている。またソニアと同世代の人々は、日本でも懐かしいテレビ番組「ペリー・メイスン」や映画「ラブ・ストーリー」などに親近感を覚えるのではないだろうか。そしてまさにソニアが少女の頃に憧れた「ペリー・メイスン」こそが、彼女が裁判官を目指す原点となったのだ。

本書の原題は、英語版で『My Beloved World』、スペイン語版で『Mi Mundo Adorado』であり、「私が愛する世界」という意味だ。彼女は故郷を思い、しかし少数派の人々に対してはこういう。「内にとじこもって壁をつくるのではなく、外に向かって橋をかけなさい」と。

少女ソニアはプエルトリコの明るく眩い自然のなかを、愛に抱かれ無上の喜びに満たされて走っていく。彼女は、自身の夢を追いかけて、現在も、そしてこれからも全力で走り続けるに違いない。

最後に、本書の出版に際し手厚いご支援を頂いた亜紀書房の高尾豪氏に、心より感謝申し上げたい。

ソニア・ソトマイヨール Sonia Sotomayor

1954年、プエルトリコ出身の両親のもと米国ニューヨークに生まれる。幼少期より若年性糖尿病を患い、毎日自らインスリン注射を打つ生活を送る。アルコール依存症だった父を早くに亡くし、残された母セリーナ、弟ジュニアとの暮らしぶりは決して恵まれたものではなかった。しかし、すぐにその才能は開花し、76年プリンストン大学を最優等で卒業、79年にはイェール大学法科大学院を卒業する。ニューヨーク州検事局を経て、民間のパヴィア&ハーコート法律事務所で活躍し、顧客であるフェンディやフェラーリから絶大な信頼を得る。92年から98年までニューヨーク州の連邦地裁で判事を、98年から2009年までは控訴裁判所で判事を務める。同年オバマ大統領により最高裁判事に任命され、今日に至る。

長井篤司 Atsushi Nagai

1948年宮崎県生まれ。東京大学法学部卒。大手IT企業に約40年間勤め、スペイン、オーストラリア、イギリスに駐在。英語およびスペイン語での数々の通訳、翻訳実務に携る。

All photos are from the author's personal collection, except for the last photo in the photo section, which is by Steve Petteway, courtesy of the Supreme Court of the United States.

亜紀書房翻訳ノンフィクション・シリーズⅢ-6

私が愛する世界

2018年10月11日　第1版第1刷発行

著　者　ソニア・ソトマイヨール
訳　者　長井篤司
装　幀　金井久幸＋藤 星夏［TwoThree］
発行所　株式会社亜紀書房
〒101-0051　東京都千代田区神田神保町1-32
TEL 03-5280-0261（代表）　03-5280-0269（編集）
振替 00100-9-144037

印刷・製本　株式会社トライ http://www.try-sky.com

ISBN978-4-7505-1555-7